EXIL

Dans la même collection
aux Éditions J'ai lu

Témoins à abattre, Bethany Campbell
Le disparu de San Pablo, Linda Howard
Garnethill, Denise Mina

Denise Mina

EXIL

Traduit de l'anglais par Pascal Loubet

J'AI LU

Titre original :
Exile
Bantam Press,
a division of Transworld Publishers

Pour Stevie, *cara mía*

Remerciements

Je souhaiterais exprimer ma gratitude à tout le personnel du Service de Presse et d'Information de la police de Strathclyde, et tout particulièrement au Superintendant Iain Gordon, pour l'aide qui m'a été apportée dans la préparation de ce livre ; à Philip Considine pour son soutien et ses conseils techniques et à Gerry Considine, qui me fondra dessus si son nom n'apparaît pas. J'adresse également mes chaleureux remerciements à Rachel Calder, Katrina Whone et, bien entendu, à ma mère, qui m'ont toutes soutenue pendant ce travail. Ursula, à bientôt, ma chérie. Et enfin, merci tout particulièrement à Stephen Evans pour des raisons qui ne vous regardent pas.

La fin

— Donne-lui un coup de pied, tu verras bien, dit-il.

Elle sentit le pied lui cogner le flanc. Une vague sourde traversant une douleur paralysante.

— Elle est morte, dit la femme.

Mais elle n'était pas morte, elle était encore en vie et les avait entendus. Sous elle, le sol était humide et tiède. Ses yeux secs étaient ouverts, figés, et elle voyait de l'autre côté de la pièce un verre sale près de la plinthe. La femme s'accroupit à côté d'elle, lui prit le poignet et tira sur sa gourmette.

— Laisse ça, dit l'homme.

Elle l'ignora et continua à tirer.

— Laisse ça, j'ai dit.

La femme lui lâcha le bras et s'éloigna. L'homme apparut lentement dans son champ de vision : baskets usées, pantalon gris. Ils parlaient d'elle, de la façon dont ils allaient se débarrasser d'elle, d'aller chercher le van d'Andy. La douleur déferla brusquement, et elle se convulsa en la sentant lui vriller la colonne vertébrale et lui brûler les yeux comme une lueur blanche aveuglante. La lumière fulgurante devint de plus en plus intense, puis il n'y eut plus rien.

1

Courrier

Il faisait – 5 °C dehors et, dans la chambre, le froid picotait le visage de Maureen. Elle aurait voulu se lever, prendre une cigarette et un café et rester seule, mais il avait la jambe plaquée sur les siennes et une main autour de sa taille. Toute cette chaleur moite la chatouillait. Elle s'écarta de lui en s'efforçant de ne pas le réveiller, mais elle le sentit remuer. Il tourna vers elle ses yeux entrouverts, encore bouffis de sommeil.

— Ça va ? murmura-t-il.

— Ouais, souffla Maureen.

Elle attendit en regardant le petit nuage laiteux de son haleine flotter au-dessus d'elle, tandis que le vent soufflait dehors. Quand la respiration de Vik ne fut plus qu'un léger sifflement nasal, elle se leva dans le matin triste.

Dans la cuisine, elle alluma la bouilloire, prit une cigarette et jeta un coup d'œil par la fenêtre. Janvier est le cœur désespéré de l'hiver écossais, et des nuages noirs et bas s'amoncelaient sur la ville, enflés d'une pluie malveillante. À présent, c'était la première pensée qui lui venait à l'esprit quand elle ouvrait les yeux le matin : après quinze années d'absence, quinze années sans donner de nouvelles, Michael, son père, était de retour à Glasgow.

Sa sœur aînée, Marie, avait prétendu être tombée sur lui par hasard, à Londres, mais ils avaient découvert plus tard que c'était faux. En réalité, Marie s'était mise à sa recherche, avait contacté le Syndicat national des journalistes et passé des annonces dans l'*Evening Standard*. Elle l'avait retrouvé à Surrey Docks, dans une tour HLM au sol jonché de canettes de bière vides. Comme il avait des problèmes de santé et ne travaillait plus depuis longtemps, Una lui avait payé le billet de retour. Maureen leur avait dit qu'elle refusait de le voir, mais de toute façon, Liam lui avait raconté que Michael ne parlait jamais d'elle et ne relevait pas quand les autres prononçaient son prénom. Même leur mère, Winnie, commençait à s'en étonner. Maureen ne digérait pas cette injustice. Michael était revenu dans le nid familial, et elle en était rejetée.

Dès qu'elle avait appris qu'il était revenu, tout avait changé pour elle. Elle savait que ce n'était pas de la dépression – elle n'avait pas de flash-back, comme autrefois. C'était une tristesse infinie et douloureuse qui souillait tout ce sur quoi se posait son regard. Elle ne pouvait plus se retenir : ses yeux étaient devenus larmoyants, ils laissaient échapper ces larmes idiotes dans l'évier, sur son manteau, dans le chariot au supermarché. Elle pleurait même quand elle dormait. Lorsqu'elle était à la fenêtre et contemplait Glasgow du haut de Garnethill, elle avait l'impression qu'elle allait se fendre en deux et noyer la ville sous ses larmes. Le chagrin la détournait de tout. C'était comme si sa vie continuait dans la pièce voisine : elle entendait du bruit et voyait les gens, mais elle ne pouvait ni participer ni éprouver quoi que ce soit.

Vik ronfla bruyamment, une fois, et s'arrêta. Il était le seul élément de sa vie qui ne provînt pas du passé, mais le moment était mal choisi pour tourner la page et s'attendrir sur une nouveauté. Maureen voyait son père partout, pleurait Douglas et regrettait désespérément Leslie. Vik ne savait presque rien d'elle, il ignorait que Douglas avait été assassiné dans son salon six mois plus tôt, que Michael venait la nuit dans sa chambre quand elle était enfant, qu'il y avait eu rupture entre elle et sa famille. Elle détestait le moment où elle devait parler de Michael à ses nouveaux petits copains : elle les voyait changer d'attitude envers elle et se poser des questions. Avec Douglas, cela avait été différent, parce qu'il était psychiatre. Elle n'avait pas eu à lui expliquer sans fin ses cauchemars et ses phobies irrationnelles. Douglas était aussi souillé et mélancolique qu'elle, alors que Vik était un garçon robuste et optimiste.

Elle regarda par la fenêtre, prit une longue bouffée de sa cigarette et entendit le froissement du papier dans la fente métallique de la boîte aux lettres, suivi d'un bruit sourd sur la moquette de l'entrée. Elle reconnut immédiatement l'enveloppe bleue de l'hôpital – Angus n'arrêtait jamais. Elle la ramassa et retourna dans la cuisine, s'assit et alluma avec son mégot une autre cigarette. L'enveloppe était en papier rêche et bon marché, ses nom et adresse écrits d'une main méticuleuse. Elle ouvrit le tiroir où elle rangeait les factures, en sortit la liasse d'enveloppes bleues et les posa toutes les quinze sur la table, par ordre chronologique. De l'une à l'autre, l'écriture était de plus en plus maîtrisée. Il allait mieux. Certaines de ses lettres étaient des menaces, d'autres un tissu d'incohérences, mais menaces et incohérences se succédaient à intervalles réguliers et prévisibles. Elle connaissait la voix de la folie aveugle pour avoir fait elle-même un séjour en hôpital psychiatrique, et là, ce n'était pas ça. Angus était un violeur et un assassin, mais elle n'avait pas peur de lui et s'en foutait royalement. Il était sous les verrous, à l'asile. C'était comme être défiée à un concours de danse par une brique. D'une main lasse, elle rangea sans l'ouvrir la lettre dans le tiroir, avec les autres. Elle la lirait plus tard.

— Maureen ? appela Vik d'une voix ensommeillée. Maureen ?

Elle écrasa sa cigarette et se racla la gorge.

— Ouais ?

— Viens.

— Pour quoi faire ? cria-t-elle en se levant.

Il rit.

— J'ai un truc à te montrer.

Elle rejeta ses cheveux en arrière.

— Quel genre de truc ? répondit-elle en s'efforçant de plaisanter aussi.

Si elle parvenait à se comporter normalement, peut-être réussirait-elle à se sentir normale.

2

DANIEL

Londres est une ville brutale, et elle n'était pas d'ici. S'il n'y avait eu Daniel, on ne l'aurait peut-être jamais retrouvée. Elle aurait totalement disparu, minuscule fragment d'une famille fracassée, souvenir indistinct d'une silhouette entrevue dans un pub.

Daniel passait une agréable matinée. Par cette journée ensoleillée de janvier, il allait prendre son service au bar d'un club privé de Chelsea fréquenté par des footballeurs et des célébrités. Il n'y avait pas beaucoup de circulation, les feux lui étaient favorables, et il était impatient d'arriver au travail. Il ralentit au carrefour et tendit le bras pour tourner dans la large rue qui longeait le fleuve. Il prit le virage avec aisance, en inclinant son vélo, et slaloma entre les voitures retenues aux feux. Il se redressait quand il vit foncer vers lui une Mini argent dont la jante en acier raclait le bord du trottoir dans une gerbe d'étincelles rouges. Il retint son souffle, braqua brusquement à gauche, traversa la rue, enjamba le trottoir et emboutit de sa roue avant le muret du fleuve à cinquante à l'heure. L'arrière du vélo se souleva et catapulta Daniel dans les airs à l'instant où la Mini passait derrière lui. Il fit un saut périlleux et plongea six mètres plus bas, vers la vase de la rive. La marée était basse, et de tous les déchets urbains sur lesquels il aurait pu tomber, ce fut sur un matelas détrempé et gluant qu'il atterrit.

Après une rapide inspection, il constata qu'il n'avait rien de cassé. Il remercia Dieu, se rappela qu'il ne croyait pas en Lui et s'attribua tout le mérite de sa survie. Ébahi par sa dextérité et ses réflexes, il se redressa en s'appuyant de la main gauche sur la toile visqueuse. La paume pleine d'une boue répugnante, il serra vigoureusement le poing. Des passants inquiets s'étaient rassemblés au-dessus du muret et poussaient des cris affolés.

— Ça va, cria-t-il en leur faisant signe. Ne vous inquiétez pas. Et l'autre, il a rien ?

Les passants regardèrent sur leur gauche et répondirent que non. Daniel grimaça un sourire et baissa les yeux. Il était assis sur le cadavre d'une femme, et son talon s'enfonçait dans sa cuisse.

En se relevant précipitamment à quatre pattes, il fit glisser son bras dans la vase. La femme portait une gourmette gravée au nom d'Ann. Toujours à quatre pattes, il recula vers le fleuve, sans la quitter des yeux.

Il la voyait, à présent : un ventre distendu, rose et bleuâtre, et un visage encadré de mèches grises et décoloré par l'eau acide. Un lambeau de peau flasque manquait à son ventre. Daniel poussa un cri étranglé d'animal et agita la main gauche, éparpillant autour de lui la chair putréfiée. Il s'accroupit et plongea la main dans l'eau boueuse pour tenter de se débarrasser de cette pourriture. Le souffle court, il se retourna et désigna le corps qui s'enfonçait dans le matelas.

— Vous êtes blessé ? cria un homme du haut du quai.

Daniel leva la tête. Il avait les yeux embués de larmes. Le visage de l'homme n'était qu'une tache floue qui flottait au-dessus du muret. Il regarda le cadavre, dont la vue le fit tressaillir.

L'homme s'adressait de nouveau à lui, plein de sollicitude.

— Vous m'entendez ? cria-t-il lentement, en détachant bien les syllabes. Je suis secouriste.

Daniel essaya de lever les yeux vers lui, mais chaque fois, son regard retournait vers elle. Il crut qu'elle avait bougé, et la peur lui coupa le souffle. Il se mit à pleurer.

— Vous êtes de la police ? cria-t-il, d'une voix qu'il reconnut à peine.

— Non, répondit l'autre. Je suis secouriste. Vous avez besoin de soins ?

— Appelez les flics, bordel ! hurla Daniel, les yeux pleins de larmes qui coulaient sur son nez et son menton. Appelez les flics !

3

WINNIE

Un vent âpre s'engouffrait dans Glasgow, traînant des nuages noirs de pluie avec lui. De l'autre côté de la vitre, des papiers voletaient en tous sens, et la porte fermée vibrait doucement. Tête baissée, les étudiants cheminaient péniblement vers l'école des beaux-arts. Maureen pressa son écharpe sur ses oreilles et remonta son col raide, avant d'ouvrir la porte et de s'aventurer dehors. Le vent rageur la gifla et la fit vaciller légèrement alors qu'elle se retournait pour fermer la porte. Les poings serrés enfoncés dans ses poches doublées de soie, elle descendit la colline en direction du centre-ville, bien au chaud dans son manteau de petite fille riche.

Elle l'avait acheté durant les soldes avant Noël. Il était noir, en pure laine vierge, doublé de soie grise, long et évasé vers le bas, avec un col tellement raide qu'il tenait droit et protégeait son cou du vent. Elle n'avait jamais rien possédé d'aussi luxueux. Même à moitié prix, il lui avait coûté l'équivalent de trois mois de crédit. Dans la boutique, la tête lui avait tourné, mais elle s'était convaincue qu'il durerait trois hivers, peut-être même quatre, et de toute façon, dépenser cet argent lui faisait du bien. Le jour où Angus l'avait tué, Douglas avait fait un virement de quinze mille livres sur son compte. C'était une tentative maladroite de réparation pour leur liaison, et cet argent l'avait corrompue. Le seul geste honorable, elle le savait, aurait été de faire don de cet argent, mais, étourdie à la vue du montant de son solde sur ses relevés bancaires, elle l'avait gardé et justifiait son avarice en jouant les bénévoles pour le Foyer des femmes, une association d'aide aux femmes battues. Chez elle, c'était une hémorragie d'argent : elle laissait le chauffage toute la nuit, fumait des cigarettes de luxe, achetait sans cesse de nouveaux produits de beauté, des crèmes à cinquante billets et des shampooings colorants censés vous faire découvrir celle que vous êtes vraiment. Elle essayait de dilapider cet argent, faute d'avoir le courage de le donner.

Le vent mordant lui piqua les yeux tandis qu'elle traversait la rue au bas de la colline. Leslie allait venir au bureau aujourd'hui, et elle redoutait de la croiser.

— Maureen ?

Une voix diluée dans les rafales l'avait appelée. Elle se retourna. Rapidement, mais prudemment à cause du verglas, une femme avançait vers elle, les yeux baissés, la tête couverte d'un foulard rouge. Elle s'arrêta à un mètre de Maureen et leva les yeux.

— Maureen, je t'aime.

— Je t'en prie, dit Maureen, agacée et inquiète. Fiche-moi la paix.

— Il faut que je te parle, dit Winnie.

— M'man, je t'ai dit de pas m'approcher, insista Maureen. Je te demande juste de me ficher la paix.

Winnie l'empoigna par l'avant-bras, plongeant ses doigts dans la chair. Elle était ivre et devait pleurer depuis des heures, peut-être même des jours. Elle avait les yeux rouges, les paupières lourdes et enflées par les larmes. Quelques passants pressés qui sortaient du métro les croisèrent et remontèrent la colline d'un pas rendu incertain par le sol glissant.

— Je t'aime. Et puis, regarde…

Winnie lui tendit un paquet enveloppé de papier aluminium, en serrant les dents pour réprimer un sanglot.

— Je t'ai apporté du rôti.

Elle brandit le paquet vers Maureen, qui garda obstinément les mains dans les poches.

— Je ne veux pas de ton rôti, m'man.

— Prends-le, supplia Winnie. S'il te plaît. Je l'ai apporté exprès pour toi. Le jus a coulé dans mon sac à main. J'en ai trop fait…

Une femme dérapa sur le sol gelé, poussa un cri de surprise et se rattrapa au bras de Winnie. Celle-ci vacilla et laissa échapper le paquet argenté, qui alla s'écraser sur le trottoir. La mince feuille de papier aluminium se déchira, éparpillant les tranches de viande brune et éclaboussant le sol blanc d'un jus sanguinolent.

— Oh, zut, fit la femme avec un petit gloussement effrayé.

Elle se releva, une main sur la poitrine.

— Excusez-moi. C'est tellement glissant, ce matin.

Winnie dégagea brutalement son bras.

— C'est à cause de vous que c'est tombé, dit-elle.

La femme sentit son haleine, qui empestait l'alcool à 9 heures du matin. Elle jeta un coup d'œil à l'épicerie de M. Padda, lança à Winnie un regard dégoûté et se redressa de toute sa hauteur.

— Je n'ai pas fait exprès de vous toucher, dit-elle négligemment.

— Fichez le camp, répliqua Winnie.

— Excusez-moi, dit la femme à Maureen. J'ai glissé…

— On vous a pas demandé de nous raconter votre vie, cracha Winnie.

Maureen ne put s'en empêcher. C'était une grossière erreur, mais elle sourit avec indulgence devant le comportement consternant de Winnie et céda. Avec un regard réprobateur, la femme décampa prestement, en regardant ses pieds pour ne pas tomber. Maureen prit Winnie par le bras et l'entraîna loin des allées et venues des passants.

— Merci, ma chérie, dit Winnie en couvrant de sa main celle de Maureen.

Maureen avait envie de faire demi-tour et de la laisser là. Chaque fois qu'elle avait vu Winnie avant la rupture, celle-ci l'avait blessée, effrayée ou mise sens dessus dessous d'une manière ou d'une autre. Elle avait vraiment envie de s'en aller, mais en voyant le maquillage tartiné n'importe comment, le nez luisant et les gros gants fourrés de sa mère, Maureen se rendit compte qu'elle lui manquait affreusement, tout comme leurs disputes, les drames et les odeurs mêlées de vodka et de poudre de riz.

— M'man, dit-elle, si je garde mes distances, ce n'est pas parce que je crois que tu ne m'aimes pas.

Des larmes ruisselaient sur le visage de Winnie. Son menton se mit à trembler.

— Mais pourquoi, alors ? demanda-t-elle en croisant le regard d'un employé qui entrait chez M. Padda.

— Tu sais très bien pourquoi.

Winnie s'essuya les joues avec ses gants, tachant le daim beige de ses larmes.

— Tu es au courant pour Una ? demanda-t-elle.

— Je sais qu'elle est enceinte. Liam me l'a dit.

Winnie renifla en se tordant les mains.

— Et qu'est-ce que tu as fait pour Noël ?

— J'ai dîné avec des amis, dit Maureen en haussant les épaules.

Elle avait passé la journée seule avec un paquet de friands à la saucisse de chez Marks & Spencer qui ne lui avaient pas plu du tout. Une heure plus tard, elle avait lu le dos du paquet et s'était rendu compte qu'elle était censée les faire cuire. Dans la soirée, Liam était passé, et ils avaient regardé la télévision jusqu'à la fin des émissions en fumant du shit. Il avait refusé de manger avec la famille parce que Michael devait être là. Selon Liam, George, leur beau-père, avait failli venir avec lui. George n'aimait pas Michael non plus, alors qu'il aimait bien tout le monde. George aurait été capable d'apprécier le diable en personne s'il lui avait payé un verre.

— C'est à cause de ton père, c'est ça ? On le voit pas beaucoup, à présent, dit Winnie. Il est pas très gentil.

Mais Maureen n'avait pas envie d'en savoir plus. Elle refusait que son subconscient absorbe des informations qui alimenteraient de nouveaux cauchemars.

— M'man, dit-elle en essayant de revenir au sujet, ça me fait de la peine de te voir, tu comprends ?

Winnie pressa son mouchoir sur sa bouche.

— En quoi je te fais de la peine ? dit-elle, le visage décomposé. Qu'est-ce que j'ai fait ?

— Tu le sais très bien.

— Mais non, fit Winnie en pleurnichant, j'en sais rien du tout.

— Comment peux-tu accepter qu'il revienne chez toi après ce qu'il m'a fait ? Je ne comprendrai jamais. Je sais que tu ne me crois pas, mais si tu as jamais eu des doutes…

Winnie prit une profonde inspiration, lâcha le bras de Maureen et lui donna une tape sur le poignet.

— Téléphone, au moins…

— Me tape pas, m'man, merde ! s'écria Maureen. Je suis adulte. Ça se fait pas.

Winnie recommença à sangloter, et Maureen se retrouva dans le rôle de celle qui crie des méchancetés à sa mère en pleurs. Elle s'était promis de garder son calme, mais voilà qu'elle tombait dans les pièges éculés, jouait encore une fois la vilaine fille, se trouvait une nouvelle raison de culpabiliser.

— On le voit plus, s'efforça d'articuler Winnie entre deux sanglots. Et puis, Una est en colère et George veut plus me parler… Tu me manques, Maureen. Je veux que tu reviennes me voir.

Maureen était fascinée par la force de caractère de Winnie. Si sa mère s'était mis en tête de dominer le monde, elle y serait parvenue. Libérée des entraves jumelles que sont les bonnes manières et la compassion, Winnie aurait pu convaincre une armée de représentants de commerce de faire du bénévolat si elle l'avait décidé.

— M'man, dit-elle doucement, je ne veux pas te voir pendant un certain temps, que vous vous amusiez tous ensemble ou pas.

Winnie nota la condition. Elle avait levé la tête en entendant Maureen dire que ce serait pendant un certain temps, puis s'était détournée. Elle se moucha et regarda Maureen en plissant les yeux.

— Me dis pas ce que j'ai à faire, dit-elle, tandis qu'un sourire d'espoir pointait au coin de ses lèvres. T'es encore qu'un petit bout de rien insolent. Et je te taperai si ça me chante, et tu auras pas le dessus.

Elle baissa les yeux vers la viande éparpillée et piétinée par les passants.

— Tu es sûre que t'en veux pas une tranche ?

Maureen faillit sourire, mais ses yeux s'embuèrent de larmes, et elle dut se forcer à respirer calmement et à cligner des paupières pour les retenir. C'était une bonne nouvelle : ils ne s'entendaient pas, rien ne retenait Michael ici, il n'avait aucune raison de rester. Winnie ôta l'un de ses gants et se mit à tripoter son mouchoir en tirant sur les coins pour chercher un endroit sec. L'alliance que George lui avait donnée était trop grande pour son doigt. Winnie avait maigri. Sa peau paraissait fine, et une tache de vieillesse grisâtre était apparue sur une phalange. Maureen tendit brusquement le bras pour prendre la main de sa mère, la serrer dans la sienne, essayer de la garder au chaud. Des larmes glacées picotaient ses joues comme une multitude d'insectes.

— M'man, souffla-t-elle. Ma maman.

Elles restèrent l'une près de l'autre, les yeux fixés sur la main de Winnie, leurs mentons tremblant d'affection mutuelle, à pleurer devant la tristesse de toute cette histoire.

— Je supporte plus ça, murmura Maureen.

— Moi non plus, dit Winnie.

Elle parlait de cet instant précis, mais Maureen parlait de sa vie. Winnie tendit la main vers le visage de Maureen, tapota son oreille trempée comme une sainte Véronique soûle, puis laissa ses doigts s'attarder sur sa joue.

Maureen respira un bon coup. L'air froid lui remonta jusqu'aux yeux et la réveilla.

— Il retourne à Londres, alors ?

— Je crois pas.

— Qui le retient ici ?

— Personne, fit Winnie d'un ton réprobateur. Il a un appartement, dans un HLM de Ruchill.

Elle tendit le bras par-dessus l'épaule de Maureen, vers l'horizon où se dressait la tour déchiquetée en brique rouge du vieil hôpital de Ruchill. Maureen pouvait la voir de la fenêtre de sa chambre. Elle lâcha la main de Winnie.

— Pourquoi tu viens me dire ça, merde ?

— C'est là qu'il vit, répondit négligemment Winnie.

— Je ne veux rien savoir de lui, et voilà que tu t'amènes et que tu me dis qu'il habite à côté de chez moi !

Winnie se savait en tort. Elle remit son gant et pressa son visage contre celui de Maureen.

— Ça ne t'est jamais venu à l'esprit, fit-elle, que nous aussi, on le connaît ?

— Quoi ?

— Y a pas que toi dans cette histoire, beugla Winnie. C'est leur père à eux aussi. Tu crois qu'ils se font pas de souci ? Et moi, tu crois que je m'en fais pas ?

— Du souci ? hurla Maureen. Pauvre imbécile ! Tu t'imagines que je me suis retrouvée dans un hôpital psychiatrique parce que je souffrais de souci chronique ?

— Rejette pas ça sur moi, OK ? l'avertit Winnie. Ta dépression, c'était pas seulement à cause de lui. Tu as toujours été une drôle de petite. Tu étais tout le temps malheureuse.

Cela faisait cinq mois qu'elles ne s'étaient pas vues, et bien que Maureen se souvînt très clairement que sa mère avait le don de la mettre en colère, elle avait oublié les airs de sainte-nitouche avec lesquels Winnie lançait ses rebuffades, son total mépris pour ce que sa fille éprouvait, son obstination à nier ce que Michael avait fait.

— Réfléchis un peu, Winnie, dit Maureen entre ses dents, la voix réduite à un sifflement. Pense un peu à ce qu'il m'a fait. S'il n'avait pas été là, je n'aurais jamais été aussi malheureuse. Je ne serais jamais allée à l'hôpital. J'aurais eu un vrai boulot après mon foutu diplôme. Peut-être que je serais heureuse, que je serais mariée. Peut-être même que j'espérerais avoir des enfants à mon tour. Peut-être que je réussirais à dormir et à me regarder dans cette saloperie de glace sans avoir envie de me taillader la gueule !

Hors d'elle, elle criait et pleurait en pleine rue. Des étudiants des beaux-arts lui jetèrent des regards à la dérobée en sortant de chez M. Padda avec leur journal et leur déjeuner.

— Et pourquoi il a sacrifié tout ça ? Pour tirer un coup.

D'ordinaire, Winnie répliquait avec aplomb qu'elle ne croyait pas à cette histoire de viol. Mais cette fois, elle fit une petite moue scandalisée et joignit les mains.

— C'est tout ce que tu as à dire ? fit-elle en serrant les dents, le regard perdu dans le vide.

Elle essayait d'écouter. Elle s'y efforçait, vraiment, et Maureen ne l'avait jamais vue comme cela. Ni quand ils étaient gosses, ni quand ils avaient grandi, ni même quand Maureen était à l'hôpital.

— M'man, je sais ce qu'il a fait. Et il le sait aussi.

— Il faut vraiment qu'on en parle dans la rue ? demanda Winnie en jetant des coups d'œil inquiets autour d'elle.

— Ça lui arrive de parler de moi ?

Winnie avala péniblement sa salive et se détourna. Elle marmonna quelque chose qui se perdit dans le vent.

— Quoi ? fit Maureen.

— Non, répondit calmement Winnie. Jamais il ne demande de tes nouvelles. Jamais. C'est comme si tu n'étais pas née.

— Et tu trouves ça normal, Winnie ? Ça ne t'étonne pas ?

Winnie ne trouva rien à répondre. Cela avait dû la tracasser affreusement. Elle lança un regard furibond pardessus l'épaule de Maureen.

— J'en ai assez de tout ça, fit-elle.

— Pourquoi tu m'as dit qu'il habitait ici ? Bon sang, je ne suis pas assez mal comme ça ?

— Tu ne peux pas m'accuser de…

Mais Maureen reculait déjà. Elle se pencha en avant pour que Winnie ne perde pas une miette de ce qu'elle allait dire.

— Ne m'approche plus, ordonna-t-elle lentement, en pointant un doigt vers la poitrine de sa mère. Et arrête de me harceler au téléphone quand tu as besoin de te défouler.

Le froid mordant du matin avait engourdi les oreilles de Maureen. Elle tourna au coin de la rue et le vent l'assaillit, lui arrachant presque les cils. Elle s'arrêta en attendant que le feu passe au vert, les yeux fixés sur l'asphalte de la rue. Les voitures et les bus rivalisaient de vitesse pour s'engager dans le carrefour, de peur d'être retenus au feu rouge. Si elle se jetait sur la chaussée, elle serait tuée sur le coup. Un bond d'un mètre cinquante la séparait d'une éternité paisible. Plus jamais elle n'aurait à se forcer pour avancer, plus jamais elle n'aurait à dominer la tempête. Terminés, les cauchemars ; fini, Michael. Elle songea à Pauline Doyle et envia son sort.

Pauline était une fille que Maureen avait connue à l'hôpital psychiatrique et qui s'était suicidée. Deux semaines après sa sortie, une passante l'avait trouvée morte sous un arbre. Maureen pensait constamment à elle. Son esprit, comme prisonnier d'un court-circuit, passait directement de l'angoisse à l'image heureuse de Pauline, en paix, dans l'herbe printanière, inconsciente des insectes qui grouillaient sur ses jambes.

Elle leva les yeux et se rendit compte que le petit bonhomme vert clignotait. Les autres piétons avaient presque traversé. Elle courut après eux et referma sa main dans sa poche sur son paquet de cigarettes, en se promettant d'en allumer une dès qu'elle serait arrivée au bureau.

4

LE BUREAU

La matinée s'éternisait, comme l'enterrement d'un inconnu. Maureen se surprit à repenser à tout ce qu'avait dit Winnie, à y chercher des indices cachés sur la famille, à tenter de deviner ce que sa mère avait vraiment voulu dire. Liam lui avait appris qu'Una était enceinte, mais Maureen ne s'en inquiétait pas : elle savait que Michael ne pourrait rien faire au bébé, parce que Alistair, le mari d'Una, était d'un tempérament mesuré et avait toujours cru au viol de Maureen. Ce qui la tracassait le plus, c'était que Winnie ait essayé de l'écouter. Douglas disait que Maureen était hypersensible à sa famille, qu'elle cherchait toujours des signaux à interpréter pour savoir ce qui allait arriver, car tout y était imprévisible. D'après lui, c'était un trait caractéristique des enfants issus de familles à problèmes. Maureen ne se rappelait plus clairement le visage de Douglas, à présent. Tout ce qu'elle voyait, c'étaient ses yeux qui clignaient quand il lui souriait, un lambeau de souvenir flottant dans le vide comme un morceau de pellicule photo animée.

Maureen jeta un coup d'œil à Jan, en face d'elle. Sa collègue était grande, blonde, avec des hanches un peu rondes. Elle avait un penchant inexplicable pour les vêtements verts et violets, qu'elle portait ensemble. Cela la faisait rire, comme si elle était follement originale. Elle habitait chez ses parents dans les quartiers sud, mais cela la mettait mal à l'aise de vivre à leurs crochets dans leur foyer douillet. Ses parents avaient récemment pris leur retraite et passaient leurs journées à arpenter la maison en se chamaillant pour des riens. Jan essayait constamment d'aborder ces mornes histoires en questionnant Maureen sur ses propres parents : est-ce qu'ils se disputaient, étaient-ils heureux, qui sortait les poubelles ? Maureen s'était inventé une famille de deux enfants avec une mère débordante d'affection et extrêmement pieuse, dont le mari était parti depuis longtemps. Elle ne se souvenait pas de son père, disait-elle, mais c'était un marin barbu accro aux jeux de hasard. Quand elle se représentait ce père fictif, elle le voyait sur un chalutier avec un ciré jaune et de fausses lunettes de farces et attrapes avec des yeux montés sur ressort.

— On va fumer ? demanda Jan.

— Deux minutes, répondit Maureen.

Elle se replongea dans un chapitre du code du logement. Ça n'avait aucun sens. Un décret avait introduit une contradiction dans la législation. Elle était nulle dans ce domaine. Si elle avait eu ce poste, c'était grâce à Leslie et aux affiches, et non parce qu'elle avait montré le moindre talent pour déchiffrer la réglementation sur le logement ou pour rédiger des dossiers. Les rares rapports qu'elle avait produits avaient été poliment renvoyés par les membres du comité, et elle savait que leur optimiste confiance en elle commençait à vaciller.

Prévoyant une diminution des subventions, le Foyer des femmes avait déménagé dans un des bureaux les moins chers de Glasgow. C'était un endroit hideux, gris et sans fenêtre. Grâce à la campagne d'affichage, les subventions n'avaient finalement pas diminué, mais le Foyer était resté là, afin d'économiser au mieux l'argent en prévision de la période de vaches maigres qui les attendait.

La campagne d'affichage était l'un des rares gestes altruistes qu'avait accomplis Maureen avec l'argent de Douglas. Leslie n'avait pas prévenu le comité qu'elles la lançaient. Elle et Maureen avaient tapissé la ville avec les affiches en une seule longue nuit, partant des quartiers ouest pour atteindre l'est à l'aube. Très peu de personnes avaient appelé le numéro du Foyer qui figurait en bas de l'affiche pour se plaindre. L'illustration était pour le moins obscure, et la plupart des gens n'avaient rien compris, mais malgré tout, les restrictions budgétaires avaient été repoussées de six mois. Après l'annonce de cette décision, tout le monde au bureau s'était posé des questions sur les affiches. Leslie avait organisé une réunion et avoué qu'elle en était responsable. Elle avait déclaré que c'était une idée de Maureen, qui avait tout financé, et que celle-ci désirait désormais faire du bénévolat au Foyer si on lui trouvait un poste. Voyant qu'elle avait un diplôme, le comité avait chargé Maureen de la recherche des logements. Deux mois auparavant, elle était encore une héroïne, au bureau : tout le monde voulait lui parler. Elle n'arrivait jamais à travailler de manière suivie, car des femmes n'arrêtaient pas de l'interrompre pour bavarder. À présent, elle avait nettement plus de temps.

Le bureau était à dix minutes à pied de chez elle, mais elle s'y rendait à reculons. Elle détestait cette pièce affreuse, ce flot incessant de femmes brisées que le Foyer était obligé d'éconduire et ses entrevues tendues avec Leslie. Maureen avait régulièrement envie de se lever et de tout plaquer, mais elle se retenait. Elle ne voulait pas laisser tomber Leslie, et puis, elle faisait quelque chose d'utile. Elle se disait qu'elle pouvait rester encore un peu, jusqu'à ce qu'il n'y ait plus d'argent. Du coup, elle passait ses journées à essayer de ne pas pleurer devant Jan, à éviter Leslie et à rédiger avec une exceptionnelle incompétence des rapports sur la réglementation du logement.

Jan se leva et enfila son manteau.

— Tu veux une Benny Hedgehog ? proposa-t-elle en prenant son paquet de cigarettes.

— Non, fit Maureen. Je préfère les Silk Cut.

Après avoir vérifié qu'elles avaient du feu, elles descendirent dans la rue.

Le personnel n'était pas autorisé à fumer dans les locaux. Comme l'air conditionné fonctionnait mal, le comité avait décidé que seules les femmes qui attendaient avaient le droit de fumer. Jan et Maureen passaient une bonne partie de leurs journées en bas, à essayer de trouver quelque chose à se dire. Les fumeurs exilés forment généralement de petites cliques amicales, étant donné qu'ils se rassemblent régulièrement durant dix minutes pour assouvir le même vice en toute camaraderie. Au Foyer des femmes, Maureen se retrouvait à passer beaucoup de temps avec Jan et d'autres femmes pour lesquelles elle n'éprouvait aucun intérêt. Elle tentait alors désespérément de participer aux conversations sans pleurer et de trouver des réponses appropriées quand Jan passait à la vitesse supérieure en lui chuchotant des confidences.

— Ça va ? demanda Jan, alors qu'elles descendaient l'escalier. Je te trouve pâlichonne, aujourd'hui.

— Il me faut ma clope.

— Tu dois couver la grippe, fit Jan.

Puis elle ajouta, en baissant la voix :

— Tu es au courant, pour Ann ?

— Ann ?

— Ann Harris. Tu te souviens ? Elle était venue nous voir, couverte de bleus et de coupures, elle ne voulait pas aller aux urgences. Elle avait emménagé dans le foyer de Leslie.

Maureen hocha la tête. Elle se rappelait Ann à cause de la couleur particulière de sa teinture. Sa peau rose jurait avec ses cheveux jaunes et donnait l'impression qu'elle était furieuse, honteuse ou prête à vomir. Elle portait une grosse gourmette en or, comme si elle s'était décerné une décoration pour cette faute de goût. Maureen avait remarqué que porter des bijoux voyants était caractéristique des gens très riches ou très pauvres, pour des raisons identiques. Mais si elle se rappelait aussi bien Ann, c'était parce que très peu de femmes venaient les voir quand leur mari leur avait flanqué une dérouillée. La plupart d'entre elles mettaient un temps infini avant de prendre la décision de quitter le foyer conjugal.

Ann était arrivée les yeux écarquillés et couverte de bleus, empestant le mauvais vin mal cuvé, et avait demandé qu'on prenne des photos avant même de savoir si elle aurait une place au Foyer. On proposait toujours aux femmes les services des photographes du Criminal Compensation Board, afin qu'elles aient des preuves pour les poursuites judiciaires. Généralement, les femmes ne voulaient pas de photos, elles cherchaient simplement à fuir et à trouver un abri, mais Ann les avait demandées. Elle ne désirait pas porter plainte, juste garder des preuves, au cas où. Elle s'était assise près de Maureen sur l'une des chaises en plastique en attendant qu'on la reçoive, puis que Katia prépare son appareil photo. Elle était restée là, à fixer le plancher et à fumer les cigarettes que lui proposait Maureen, en faisant attention à ne pas toucher sa lèvre fendue. La coupure avait enflé et était devenue grosse comme le pouce. On aurait dit qu'on lui avait fait une injection de collagène.

— Eh bien, elle a disparu, continua Jan.

Elle semblait sous le choc, comme si le fin mot de l'histoire était une totale surprise pour elle.

— Elle est probablement en train de cuver quelque part, dit Maureen.

— Non. Elle a vidé son casier et elle est partie.

— Qu'est-ce que ça a d'étonnant ? Des tas de femmes s'en vont sans rien dire.

Jan avait appris la nouvelle de quelqu'un qui semblait surpris par la disparition d'Ann, même si elle ne se rappelait pas pourquoi. Elle poussa la porte vitrée et sortit dans la rue, certaine d'avoir oublié un détail de l'histoire.

Les cheveux rouge vif de Katia apparurent sur le seuil, et Maureen fut tentée de tourner les talons et de remonter.

— Oh, salut, fit Katia en se retournant. Comment ça va ?

Katia était très jolie, avec une silhouette parfaite et des cheveux hérissés toujours teints dans des couleurs improbables.

— Pas trop mal, dit Jan en se rapprochant d'elle.

L'entrée abritée était le meilleur endroit pour fumer l'hiver. Au fond, une bouche d'aération soufflait l'air chaud d'une boulangerie et charriait une agréable odeur de pain frais. L'entrée était tout juste assez grande pour deux, si bien que Maureen dut rester dans le froid humide de la rue, mais elle passa la tête à l'abri du mur, tout contre celles de Jan et de Katia, pour allumer sa cigarette.

— Salut, Maureen, dit Katia. Tu ne me dis rien ?

Maureen esquissa un sourire.

— Je crois qu'elle couve la grippe, dit gentiment Jan. Mon père l'a eue.

— C'est vrai que tu es toute pâle, fit Katia en effleurant la joue de Maureen avec un sourire niais.

Maureen alluma brusquement sa cigarette, en espérant vaguement brûler la main de Katia, et aspira avec la fumée toutes les choses affreuses qu'elle avait sur le bout de la langue.

— Saloperie de froid, dit Jan en tapant des pieds.

— Ouais, fit Katia en relevant le col de fourrure de son manteau, sans quitter Maureen des yeux. On se gèle.

Un camion manœuvra devant elles dans un bruit assourdissant, et Maureen inhala une longue bouffée de fumée.

— Et comment va le charmant Vikram ? demanda Katia, une fois le camion arrêté.

— Bien.

— Tant mieux, déclara Katia d'un ton acerbe.

Voyant que cette conversation ne les mènerait nulle part, elle prit une dernière bouffée de sa cigarette et jeta le mégot dans la rue.

— Bon, à tout à l'heure.

Ni Jan ni Maureen ne lui répondirent. Katia rentra.

— Je ne sais pas pourquoi, mais je ne l'aime pas tellement, dit Jan d'un air coupable.

Maureen vint se blottir dans le calme douillet de l'entrée.

— Moi non plus.

Depuis que le groupe de Vik avait joué au *Nice and Sleazy's*, elle nourrissait une certaine rancune envers Katia. Elles s'étaient déjà croisées au bureau, mais ne se connaissaient absolument pas. Vik avait placé Maureen à la table des petites copines du groupe, et Katia l'avait repérée depuis le bar. Elle s'était frayé un chemin en ondulant entre les tables, était venue s'asseoir près de Maureen et lui avait crié pardessus la musique qu'elle était surprise de la trouver là. Elle aimait le groupe ? Oui, Maureen aimait le groupe, en effet. Katia était fan depuis une éternité, elle les avait entendus à la radio, et c'était elle qui avait pris leurs premières photos. À grand renfort de lourds sous-entendus et d'allusions à d'autres merveilleuses soirées, Katia lui avait fait comprendre qu'elle était sortie très récemment avec Vik et qu'elle était étonnée que Maureen ait réussi à le lui piquer. Quand Vik était venu retrouver Maureen, à la fin du concert, Katia s'était ostensiblement pendue à son cou pour l'embrasser. Maureen était restée assise, raide et emmitouflée dans son manteau, furieuse de se retrouver entraînée dans une compétition pour un petit copain qu'elle ne connaissait que depuis deux minutes.

— Tu es vraiment pâle, quand même, Maureen, dit Jan.

— Mais non, je vais très bien.

— Tu dois couver quelque chose.

— Jan, je t'assure que ça va.

— Papa est complètement assommé. Très agressif, ce virus.

— Ouais. Je prendrais bien une autre clope. Tu as ton paquet sur toi ?

Jan le sortit et vit la main de Maureen trembler lorsque celle-ci alluma sa cigarette.

— Tu as sûrement raison, dit Maureen. Je dois couver la grippe.

— Peut-être qu'il vaudrait mieux que tu t'arrêtes quelques jours.

Des piétons pressés arpentaient le trottoir devant elles, de retour des courses ou en route pour le bureau. Maureen passa la tête au-dehors. N'importe lequel d'entre eux aurait pu être Michael. Elle ignorait de quoi il avait l'air, aujourd'hui. Tout ce dont elle se souvenait, c'était qu'il était deux fois plus grand que le reste de la famille. Lui savait à quoi elle ressemblait. Il avait forcément vu la photo de la remise des diplômes accrochée chez Winnie. Elle passa mentalement en revue les rues de Ruchill, en essayant d'imaginer l'endroit où la municipalité l'avait logé. La tour qui abritait l'hôpital était à présent un dispensaire avec un service d'échange de seringues. Maureen était allée y faire un test HIV, et l'infirmière lui avait dit que l'hôpital avait été construit sur une colline isolée parce qu'il était spécialisé dans les maladies tropicales. Au cœur d'une épidémie, avait-elle dit, il y avait jusqu'à cent malades par salle, tête-bêche dans les lits, et il se passait des heures avant qu'on évacue les morts. Ruchill était un quartier de bâtiments délabrés, incendiés et condamnés, sans commerces, mais avec un pub mal famé en béton, peint en noir, avec de hautes fenêtres menaçantes. On aurait dit un blockhaus avec des meurtrières. Peut-être que Michael le fréquentait.

Maureen et Jan avaient terminé leurs cigarettes, mais elles restaient dans le froid mordant en se réchauffant le dos contre la grille d'aération du boulanger et en regardant les voitures passer.

— Aujourd'hui, ça tomberait mal, murmura Maureen.

— Je vois ce que tu veux dire, répondit Jan.

Elles quittèrent leur refuge et remontèrent lentement l'escalier en enlevant leurs manteaux.

En fin d'après-midi, quelques minutes avant le début de la réunion des directrices de foyers, Leslie passa la double porte, son blouson en cuir sur le dos, son casque de moto sous le bras. Ses cheveux courts et sales étaient hérissés comme le poil d'un hamster pris dans une bourrasque. Elle avait le teint mat, de grands yeux ronds et noirs, et elle faisait plus grande qu'elle ne l'était vraiment. Quand elle arrivait quelque part, elle donnait toujours l'impression de venir réclamer de l'argent.

— Ça va, Mauri ? demanda-t-elle, surprise et apparemment contente de la voir.

— Pas mal. Et toi ? répondit Maureen.

Leslie jeta un coup d'œil à Jan. Elle se pencha vers Maureen et murmura :

— Tu fais quoi, tout à l'heure ?

— Rien.

— Tu viens bouffer avec moi ?

— OK, dit Maureen, qui rougit de plaisir.

— On ira à Finneston, déclara Leslie en se redressant. Je passerai te prendre quand la réunion sera finie. Tu es au courant, pour Ann Harris ?

— Oui, on m'a dit.

Leslie allait ajouter quelque chose, mais elle se ravisa en voyant Jan qui la regardait.

— À tout à l'heure, alors, dit-elle, avant de se rendre à sa réunion.

Jan sourit, mal à l'aise et contrariée d'avoir été mise à l'écart. Maureen aurait pu lui expliquer que Leslie n'avait pas voulu se montrer grossière, qu'elle l'était naturellement, mais comme Jan aurait pu en profiter pour engager la conversation, elle renonça. Jan s'efforça de sourire aimablement.

— Leslie a toujours éprouvé un intérêt particulier pour Ann, non ?

— Ouais, ouais, fit Maureen en rangeant des papiers.

— Il paraît qu'elle a demandé au comité qu'Ann soit placée dans son foyer, c'est vrai ?

Le Foyer des femmes n'avait pas un sou, et les directrices travaillaient toutes avec des budgets qu'elles n'obtenaient jamais. Aucune d'elles ne demandait de nouvelles résidentes. Elles essayaient plutôt de se les refiler.

— Je sais pas, dit Maureen, perplexe. Je suis pas au courant.

Elle descendit aux toilettes fumer tranquillement et réfléchir.

5

ANN

Personne n'avait vu Ann depuis un mois. Elle avait quitté le foyer cinq jours après Noël et n'était jamais revenue. Les autres résidentes ne s'inquiétaient pas. Elles pensaient qu'elle était retournée avec son mari. Il avait encore les gosses, et cela avait dû être pénible pour elle d'être séparée de ses enfants, surtout pendant les fêtes. Les policiers ne s'inquiétaient pas davantage. Ils avaient cru sur parole le mari d'Ann, qui leur avait déclaré qu'il n'avait aucune nouvelle de sa femme. Mais Leslie, elle, s'inquiétait. En partant, Ann avait laissé un paquet de photos. C'étaient des clichés de son enfance, d'anniversaires ou de fêtes. Ann jeune, avec ses collègues ouvrières à l'usine. Ann dressée sur ses oreillers dans un lit d'hôpital, souriant doucement au nouveau-né dans ses bras comme s'il était tout pour elle. Il y avait également un polaroïd d'un grand type costaud dans une cour de récréation. Il portait un manteau en poil de chameau et des lunettes. Tout sourire, il tenait par la main un gamin d'environ six ans qui faisait la tête. Maureen arriva ensuite à une série de photos floues de même format : Ann avec sa lèvre fendue en compagnie d'autres femmes devant un sapin de Noël, Leslie derrière elles, le bras à moitié levé et les yeux d'un rouge diabolique à cause du flash.

— C'était au foyer pendant Noël, j'imagine ? demanda Maureen.

— Ouais, dit Leslie.

— Comment tu as fait pour qu'elles posent ?

— Je leur ai simplement demandé si elles voulaient, répondit négligemment Leslie. C'était Noël. On essayait de se comporter le plus naturellement possible.

Il était tard. La réunion avait duré plus longtemps que prévu, et les autres directrices s'étaient dépêchées de rentrer bien au chaud chez elles retrouver leurs enfants affamés, laissant Maureen et Leslie seules. Elles étaient assises sur le bureau de Maureen et fumaient malgré l'interdiction, jetant leurs cendres par terre et les écrasant dans la moquette. L'humeur de Leslie avait changé depuis la réunion : efficace, réservée, elle s'efforçait de ne pas regarder Maureen.

— Si elle était partie de son plein gré, elle ne les aurait pas laissées, dit-elle en reprenant les photos. Je le sais.

— Vous étiez proches ? demanda Maureen en tentant de croiser son regard.

— Non, dit Leslie. Pas vraiment.

Elle souffla un petit nuage de fumée et se frotta l'œil de la paume.

— Alors, comment tu peux être sûre qu'elle n'aurait pas laissé les photos ?

Leslie fit tomber son mégot dans une tasse vide ornée du logo de Radio Clyde.

— J'en suis sûre, c'est tout. Elle ne les aurait laissées que si elle pensait qu'elle allait revenir.

De la fumée s'échappait lentement de la tasse comme d'un Becher dans le laboratoire d'un savant fou.

— Peut-être qu'elle les a tout bêtement oubliées, dit Maureen.

Elle plongea les doigts dans la tasse pour écraser le mégot. L'odeur poisseuse allait lui rester sur les doigts.

— Elle n'aurait pas oublié les photos de ses gosses. Elle en parlait tout le temps.

— Peut-être qu'elle voulait commencer une nouvelle vie, qu'elle a pété les plombs et tout plaqué. Ça arrive à des tas de gens. En plus, c'était Noël. C'est forcément un moment difficile du point de vue affectif.

— Non, je crois que ça avait un rapport avec une carte qu'elle a reçue. C'était le 30 décembre, et ça l'a bouleversée. Elle est partie juste après.

— Les femmes reçoivent du courrier au foyer ?

— Certaines reçoivent des dossiers à remplir pour trouver du boulot, des trucs comme ça. Mais ce qu'Ann a reçu n'avait rien d'officiel.

— Tu as vu la carte ?

— J'ai vu l'enveloppe. C'est moi qui distribue le courrier. Ann n'a dit à personne ce que c'était.

— Comment tu sais que c'était une carte, alors ?

Leslie réfléchit un instant.

— L'enveloppe était carrée, rigide et rouge. Ça faisait très Noël.

— Et Ann a disparu juste après ?

— Quelques heures plus tard, dit gravement Leslie. Je me fais du souci pour elle. J'ai peur qu'il lui soit arrivé quelque chose.

Maureen la regarda. Elle avait la nette impression qu'elle lui mentait, qu'elle lui cachait certains détails pour l'influencer.

— Il y a déjà eu d'autres femmes qui ont quitté le foyer sans rien dire, et tu ne t'es pas fait autant de souci pour elles.

— Oui, mais généralement, ce n'est pas aussi soudain. D'habitude, on le sent, quand elles s'apprêtent à s'en aller, elles font des allusions ou se replient sur elles-mêmes, poursuivit-elle d'un ton sentencieux. Le plus souvent, c'est progressif. Elles commencent par ne pas rentrer un soir, puis elles prennent quelques affaires, et finalement, elles ne reviennent plus du tout. Ann n'a rien fait de tout ça. Elle s'est évanouie dans la nature tout d'un coup. Je n'ai rien vu venir.

Elle jeta un regard en biais à Maureen pour juger de l'effet de son petit laïus, puis elle se détourna et fit semblant d'examiner les photos.

— Mais Ann picolait. Et quand on picole, on agit n'importe comment.

— Comment tu sais qu'elle picolait ? demanda vivement Leslie.

— Parce que le jour où elle est venue, elle était assise à côté de moi, répondit Maureen en désignant la rangée de chaises en plastique voisine de son bureau. Elle est restée ici une heure, le temps de remplir le dossier et de faire les photos. J'ai eu le temps de la sentir.

Leslie haussa les épaules, l'air réprobateur.

— Ça ne veut rien dire. Nous aussi, on picole.

— Oui, mais on n'en est pas au stade d'Ann, quand même, fit Maureen.

Enfin, pour ce qu'elle en savait, c'était peut-être le cas de Leslie. Sans doute buvait-elle encore plus qu'avant.

— Est-ce qu'Ann buvait, pendant le temps où elle est restée au foyer ?

— Des fois.

— C'est contraire au règlement, non ?

Leslie lui jeta un coup d'œil.

— Elle n'a jamais bu dans le foyer, protesta-t-elle. Elle disait qu'elle allait faire des courses et elle revenait bourrée.

Maureen écrasa son mégot dans la tasse, en songeant que ses doigts allaient sentir encore plus mauvais. Elle regrettait d'avoir attendu Leslie dans cet affreux bureau et de se retrouver dans cette situation maintenant, à essayer de deviner ce qu'elle voulait vraiment dire. Si Leslie ne lui faisait plus confiance, elle n'avait qu'à se trouver quelqu'un d'autre à emmerder avec ses histoires.

— On m'a dit que tu avais demandé qu'elle vienne dans ton foyer.

— Non, j'ai rien demandé.

— J'ai entendu dire le contraire. Je croyais que tu étais serrée, question budget.

— C'est rien que des conneries, répliqua Leslie, agressive. Je n'ai pas demandé qu'elle vienne. Il se trouvait simplement que j'avais de la place.

Maureen la fixa et émit un petit sifflement entre ses dents.

— Leslie, tu connais Ann?

— Non.

— Pourquoi tu t'intéresses tellement à elle, alors?

Leslie ne répondit pas tout de suite. Elle prit le temps de sortir une cigarette de son paquet, mais Maureen savait que ce n'était pas son genre d'en fumer plusieurs à la suite. Elle faisait cela pour s'occuper les mains et ne pas avoir à la regarder en face.

— Je ne connais pas Ann, reprit lentement Leslie, mais je me fais du souci pour elle.

Elle glissa la cigarette entre ses lèvres et leva le briquet. La flamme orange sculpta son visage, et Maureen vit son menton trembler. Manifestement, ce qu'elle gardait pour elle ne lui tenait pas chaud la nuit. Elle regardait le polaroïd du type costaud et du petit garçon. L'enfant avait les cheveux blonds et la peau rosée d'Ann. Il n'avait pas l'air content et, d'après la position de son bras, on comprenait qu'il tentait de s'échapper. Dans sa main libre, il tenait une carte de Noël bricolée avec des paillettes et du coton.

— C'est un des gosses d'Ann? demanda doucement Maureen.

— Ouais, fit Leslie d'une voix soudain rauque. Elle en a trois autres. Tous des garçons.

— Il lui ressemble, non ?

Leslie hocha la tête et se racla la gorge pour se reprendre. Tout en faisant mine de regarder la photo, Maureen se rapprocha d'elle, assez près pour que leurs hanches se touchent.

— Je ne l'ai pas revue après qu'elle a quitté le bureau, poursuivit-elle. Sa lèvre a bien guéri ?

— Ouais. Elle a une cicatrice, mais sa lèvre a vite dégonflé.

Le rouge lui monta aux joues.

— Mauri, j'ai peur qu'elle soit morte, bégaya-t-elle.

— Mais où tu es allée chercher ça ? demanda Maureen avec un petit rire surpris.

— Là, répondit Leslie en frappant la photo qu'elle tenait à la main. Ce sont des photos de tout ce qui est important pour elle. Elle ne les aurait pas laissées. Je crois que quelqu'un en avait après elle.

— Arrête, Leslie. C'est un foyer pour femmes battues. Il y a toujours quelqu'un qui en a après elles.

— C'est pas pareil.

— Pourquoi donc ?

Mais c'était précisément la question à laquelle Leslie ne voulait pas répondre.

— Je crois qu'on devrait la chercher, dit-elle. Voir ce qu'on peut dégoter.

— Je ne vois pas comment on pourrait s'y prendre.

— On l'a déjà fait la dernière fois.

— Ouais, mais la dernière fois, tu ne mentais pas comme un arracheur de dents.

Elles restèrent assises côte à côte, balayant la pièce du regard comme si la solution de l'énigme était posée par erreur sur un des bureaux. Maureen se frotta l'œil.

— Winnie est venue me voir ce matin, dit-elle, retrouvant sa bonne vieille manie de dire à Leslie tout ce qui lui passait par la tête. Michael a un appartement à Glasgow.

Elle regretta aussitôt d'avoir parlé de ça à Leslie. Elle se confiait à elle par habitude et lui racontait ses soucis les plus intimes, alors que Leslie avait l'esprit complètement ailleurs.

— S'il t'emmerde, je lui défonce le portrait, répondit Leslie avec un regard agressif.

— C'est ça, dit Maureen, sceptique.

Quand elles poursuivaient Angus, Leslie avait eu la trouille et s'était défilée. C'était la seule et unique fois que Maureen lui avait demandé de se mouiller, mais Leslie avait reculé. Pourtant, elle continuait à parler comme un caïd. Maureen commençait à croire qu'elle avait besoin de jouer les dures pour cacher une peur qui la rongeait au plus profond d'elle-même. Leslie travaillait au foyer depuis longtemps, et il fallait qu'elle se différencie des femmes qui y séjournaient. Si elle n'arrivait pas à se contrôler, elle deviendrait une victime potentielle, aussi vulnérable que les autres, prête à être violée et battue, à tomber dans une embuscade tendue par le destin.

— Tu as faim ? demanda Leslie en enfilant son blouson en cuir.

Maureen haussa les épaules. Elle n'avait guère envie de passer une soirée avec cette nouvelle version de Leslie, à écouter des mensonges, à avoir l'impression qu'on la prenait pour une conne et à faire comme si cela lui était égal. Elle voulait se retrouver seule, chez elle, avec une bouteille de whisky, en compagnie d'une télévision qui ne lui poserait pas de questions.

— Bon, tu viens ou quoi ?

Maureen prit son manteau et son sac avec lassitude et suivit Leslie dans l'escalier.

Il était 19 heures, mais il faisait déjà nuit. Une petite bruine tombait et virevoltait dans les bourrasques de vent.

La moto de Leslie était garée de l'autre côté de la rue. Elle prit un deuxième casque dans le coffre, le tendit à Maureen et démarra. Maureen se cramponna à sa taille, la tête posée sur son épaule.

La chaussée était luisante de pluie, et Leslie roulait trop vite. Elle slalomait entre les voitures et les camions et accélérait brusquement avant chaque changement de vitesse. Au bas d'une côte, elle dérapa dans un virage serré, prit peur et redressa la moto au dernier moment. Maureen crut qu'elles allaient avoir un accident, mourir, peut-être, et cette éventualité l'emplit d'une étrange allégresse. Elle lâcha Leslie, laissa le vent la pousser à droite et à gauche et oscilla sur la selle comme un roseau tandis qu'elles s'enfonçaient dans les ténèbres trempées vers l'ouest de la ville.

6

AMIES POUR TOUJOURS

Maureen avait toujours su que Leslie pouvait être une fieffée salope, mais elle n'avait jamais eu à en faire l'expérience elle-même. Elle n'aurait jamais pensé qu'un mec puisse les séparer, parce que ce n'était leur genre ni à l'une ni à l'autre. Elles étaient au-dessus de cela, partageaient un passé héroïque et étaient trop proches. Elle avait commis l'erreur de croire que Cammy ne serait qu'une passade. Elle était sortie avec lui et Leslie deux ou trois fois, mais cela lui avait toujours laissé la désagréable impression qu'on parlait d'elle dans son dos – sans méchanceté, peut-être, mais qu'on parlait d'elle quand même.

Ils ne sortaient ensemble que depuis quelques mois, mais Leslie n'était plus la même. Elle ne voulait plus voir personne d'autre que Cammy et partait toujours de bonne heure pour le retrouver. Elle commençait à parler d'avoir des enfants et avait changé de style. Elle s'était acheté un nouveau pantalon en cuir qu'elle portait tous les jours et qu'elle mettait avec des petits hauts moulants et très décolletés qui lui donnaient un air vulgaire et vulnérable.

La dernière fois qu'elles avaient décidé de sortir ensemble toutes les deux, Leslie lui avait posé un lapin. Maureen avait attendu au bar, d'abord en buvant lentement son verre, ensuite en consultant sa montre toutes les cinq minutes, puis toutes les trois minutes, et enfin toutes les trente secondes, de plus en plus furieuse. Il était clair que Leslie ne viendrait pas. Elle l'avait appelée, et Leslie avait répondu qu'elle était désolée, qu'elle avait oublié. « Mais comment tu as pu oublier ? » avait demandé Maureen. Elles avaient pris ce foutu rendez-vous la veille. Leslie avait gloussé en chuchotant à Cammy d'arrêter, et Maureen avait rougi en les entendant ricaner d'elle, si intimes tous les deux. Elle lui avait raccroché au nez et était repartie chez elle d'un pas lourd, avec l'impression d'être une idiote.

Maureen et Leslie s'étaient rencontrées à un mariage et s'étaient liées d'amitié à cause de leur terreur du *Slosh*. Lisa et Kenny, les mariés, avaient à peine vingt ans et n'étaient ensemble que depuis sept mois, qu'ils avaient passés à picoler et à faire l'amour dans des lieux publics. La mariée était soûle, et le marié avait passé la soirée à faire des grimaces devant le caméscope. Le fait que tout le monde sache que ce mariage était une erreur avait donné à la réception un petit côté hystérique. Tout le monde riait un peu trop fort, faisait semblant d'être ivre avant de l'être vraiment et dansait à qui mieux mieux. Maureen et Leslie boudaient toutes seules à des tables voisines pendant que les autres menaient une farandole titubante dans la salle. Leslie avait regardé Maureen avec une grimace et lui avait demandé une cigarette, puis elle lui avait annoncé que l'orchestre menaçait de jouer le *Slosh*. Le *Slosh* est une danse réservée aux femmes, et celles qui refusent d'y participer lors d'un mariage écossais se font traîner de force sur la piste.

— Foutons le camp d'ici, avait dit Maureen.

Elles s'étaient réfugiées dans un pub pour le reste de la soirée. Là, elles avaient bu du whisky en fumant de mauvais cigares desséchés achetés au bar. Pensant que ce n'étaient jamais que de grosses cigarettes, Maureen avait inhalé la fumée avec enthousiasme. Le lendemain, elle pouvait à peine parler, mais c'était aussi parce qu'elle avait beaucoup crié : elle avait eu la conversation de pub la plus stimulante de sa vie. Leslie pensait que les différences entre hommes et femmes étaient innées, alors que pour Maureen, c'était une question de culture et d'éducation. Les déclarations à l'emporte-pièce de Leslie se fondaient sur des arguments inconsistants : tous les hommes étaient des chauffards, des individus prétentieux et violents, toutes les femmes étaient douces et serviables. C'était de la misogynie à l'envers. Maureen avait répondu que, s'il existait une nature féminine, elle comportait aussi des caractéristiques négatives : les femmes n'étaient pas douées pour les chiffres, par exemple, et certains estimaient même qu'elles étaient trop sottes pour voter. En guise de réponse, Leslie n'avait fait que répéter les mêmes arguments, mais toujours avec une conviction inébranlable. Elles avaient échangé leurs numéros et étaient restées en contact. Et c'était ensemble qu'elles étaient allées au dîner que Lisa avait donné pour son divorce. Le temps que Maureen finisse ses études, elles étaient tellement proches que Leslie avait été la seule personne, avec Liam, que Maureen avait invitée à la fête de la remise des diplômes.

Les étudiantes qui suivaient les cours d'histoire de l'art n'étaient pas un échantillon représentatif de la société. C'était une filière intellectuelle pour les filles à papa, un marchepied pour une carrière dans des cabinets de commissaires-priseurs et autres métiers si mal payés et si prestigieux que seuls les gens très riches pouvaient les exercer. Maureen n'envisageait aucune carrière, elle adorait tout simplement cette matière et ne pensait pas dépasser les vingt et un ans. Ses condisciples, qui venaient principalement de Londres et de Manchester, portaient toutes les cheveux longs, des vêtements indémodables et des bijoux de famille. Ces saines jeunes filles avaient un peu peur de Maureen, qui s'en amusait. C'était probablement le seul groupe social de Glasgow dans lequel elle passait pour quelqu'un de dangereux et de peu fréquentable. Cela irritait Leslie, qui avait essayé d'insulter toutes ses camarades pendant le dîner, s'en prenant particulièrement à Sarah Simmons, qui s'était méprise sur la nature de la soirée et portait le diadème de feu sa mère. Les autres filles avaient bien accueilli les arguments de Leslie et avaient proposé d'aller dans une boîte miteuse retrouver une bande d'étudiants en médecine très chauds qui y traînaient constamment. Maureen, Liam et Leslie avaient décliné l'invitation. Pour gâcher leur plaisir, Leslie leur avait raconté que cette boîte était réputée pour être un endroit où on pouvait « boire un coup et en tirer un autre ». Les filles n'en avaient été que plus excitées et avaient filé avant le café.

Maureen ne s'était pas donné beaucoup de mal pour les examens de fin d'année. Elle savait que quelque chose se passait en elle. Les flash-back, les étourdissements et les terreurs nocturnes étaient de plus en plus fréquents. Quand elle allait à la bibliothèque de l'université, elle passait tout son temps au sixième étage, à lire des livres et des articles sur les maladies mentales. Elle pensait qu'elle devenait schizophrène, mais elle n'en parlait à personne. Elle avait peur qu'on l'enferme, peur que Leslie disparaisse et la prive de toutes ces soirées normales et confortables passées en sa compagnie. Il avait fallu que Maureen fasse une dépression nerveuse, presque un an après, pour que Leslie montre sa véritable nature.

Après que Liam avait trouvé Maureen dans le placard du couloir de son appartement et l'avait emmenée à l'hôpital enveloppée dans une couverture, en lui chuchotant des paroles apaisantes et en la baptisant de ses larmes, Leslie avait été la première à lui rendre visite. Ensuite, elle s'était arrangée pour travailler au foyer en dehors des horaires de visites et avait continué à venir la voir régulièrement. Elle lui apportait des magazines et des petits plats et passait du temps avec elle. Mais même elle n'avait pu empêcher les rêves, la terreur, les crises de panique et les cris la nuit. Winnie était venue rendre visite à Maureen, soûle, et ses sanglots bruyants lui avaient attiré les regards apitoyés des patients. Una était venue aussi, avec Alistair. Après quelques sourires, mal à l'aise, ils étaient repartis précipitamment. Sa sœur aînée, Marie, n'avait pu quitter Londres. Elle était débordée de travail à la banque.

Maureen était à l'hôpital depuis des semaines quand Alistair était venu la voir seul. Il avait trahi la promesse qu'il avait faite à Una et avait expliqué au médecin de Maureen que ce n'était pas la première fois que cela arrivait. Maureen avait dix ans lorsque la famille l'avait trouvée enfermée dans le placard sous l'escalier. Winnie avait forcé la porte et l'avait tirée par la cheville sous les yeux de Marie et d'Una. Maureen avait une grosse ecchymose sur le visage, et quand Winnie lui avait donné son bain, elle avait découvert du sang séché entre ses jambes. Personne ne savait ce qui s'était passé, mais Michael avait quitté Glasgow en emportant son chéquier et n'avait plus jamais donné de nouvelles. Winnie n'avait pas eu besoin de dire aux enfants que c'était un secret : ils l'avaient compris d'instinct. Ils n'en avaient plus jamais reparlé, jusqu'à ce qu'Una confie tout à Alistair et qu'il prenne la décision de le raconter au médecin de Maureen.

Pour Maureen, tout était devenu clair : l'horreur qu'elle éprouvait quand des gens entraient subrepticement dans sa chambre lorsqu'elle dormait, sa répulsion pour l'odeur d'alcool associée à une certaine lumière, ses rêves peuplés de mains crochues, de cris étouffés et de tâtonnements dans l'obscurité. Il avait paniqué en voyant le sang. Elle se rappelait le coup de poing sur la tempe, puis tout était devenu blanc, il l'avait soulevée et abandonnée, enfermée avec cette odeur de sang, en espérant qu'elle serait morte avant son retour. Après cette épouvantable découverte, une fois dissipée sa dépression, ce qui l'avait le plus blessée, ç'avait été de se rappeler que Michael n'avait pas agi sous l'emprise d'un besoin irrépressible. Il avait fait cela sans entrain, comme s'il tâtait le terrain d'une toute nouvelle forme de débauche.

Après la venue d'Alistair à l'hôpital, Maureen avait essayé de se convaincre que Michael l'avait fait saigner en l'éraflant avec son ongle. Ce n'était que plus tard, beaucoup plus tard, quand elle avait agressé Angus et qu'il lui avait crié dessus, qu'elle avait regardé en face l'autre possibilité. Angus avait dit que Michael l'avait violée. Mais c'était sans importance, avait-elle pensé. Elle avait eu mal, saigné, et c'était tout. Elle était petite et, pour les enfants, le sexe n'est pas centré sur la pénétration. Pour les prêtres, les avocats et les gynécologues, oui, mais pas pour les enfants. Savoir que Michael l'avait violée n'aurait donc rien dû changer, mais pourtant, cela comptait, cela comptait énormément. Et elle ne pouvait dire à quel point cela la blessait.

À l'hôpital, Winnie avait clairement dit qu'elle ne croyait pas que Michael ait abusé de Maureen – et Maureen souhaitait ardemment qu'elle ait raison. C'était plus facile de penser qu'elle se trompait. Elle n'avait pas envie que son monde change. De nouveau, elle avait sombré lentement dans les ténèbres. Et pendant tout ce temps, Leslie venait et insistait, aussi inexorable qu'un fleuve de lave. Elle avait fait écrire à Maureen une liste d'arguments prouvant qu'elle n'avait rien inventé, lui avait apporté des livres et des articles sur les réactions des victimes et de leurs familles à ce genre de drame, lui avait expliqué qu'elle n'était pas la seule à refuser de croire que son père avait abusé d'elle : personne ne voulait ouvrir les yeux sur les viols d'enfants.

Maureen était désavantagée parce que Leslie l'avait connue quand elle était au plus bas. Elle l'avait vue s'apitoyer sur d'autres patients, les éviter, faire ouvertement la grimace lorsque Pauline arrivait en short. Bien sûr, c'était difficile de ne pas prendre Pauline en pitié. Admise à l'hôpital à trente et un kilos et en route pour vingt, Pauline n'avait jamais pu se résoudre à raconter à la police ce que son père et son frère lui avaient fait. Sa mère en serait morte si elle l'avait appris. Pauline était sortie de l'hôpital depuis une semaine quand une femme qui promenait son chien l'avait découverte dans le bois derrière chez elle. Elle était recroquevillée sous un arbre, sa jupe ramenée sur son visage, du sperme séché sur le dos. La police avait d'abord cru à un meurtre, puis on avait trouvé chez elle une lettre déchirante et un peu incohérente où il était question de culpabilité et de difficulté à vivre.

Leslie n'était pas venue aux obsèques, disant qu'elle aurait été incapable de tenir sa langue. Or tout le monde avait décidé de ne rien dire à la mère, par respect pour la mémoire de Pauline, qui avait tout fait pour garder le secret. Sa mère avait tellement pleuré qu'elle s'était éclaté des vaisseaux sanguins dans l'œil. Le père était resté à côté d'elle sur le banc, à lui presser l'épaule quand ses sanglots devenaient trop bruyants. Les frères, mal fagotés dans leurs costumes, s'étaient empressés de filer dehors fumer leur cigarette, manquant le moment des condoléances. Personne ne savait lequel des deux était le violeur. Pauline ne l'avait jamais dit. La famille et les amis s'étaient réfugiés au pub après la cérémonie, où ils avaient siroté du whisky sans rien dire en enchaînant les cigarettes. Liam avait tenu à payer un bock au père et y avait dissous deux acides. Des mois plus tard, on avait appris par le bouche-à-oreille que le père, fou de chagrin, avait fait une sorte de crise de schizophrénie et avait été interné à son tour.

Leslie avait été ravie de cette petite méchanceté. Depuis que Maureen la connaissait, elle parlait avec enthousiasme d'action directe, disait qu'elle adorerait faire exploser ceci, écrabouiller cela et prendre la tête de la révolution. La seule fois où elles avaient tenté quelque chose, c'était lorsqu'elles avaient tendu un piège à Angus Farrell. Angus avait tué Douglas et un charmant homme du nom de Martin parce qu'ils avaient découvert qu'il était le violeur du Northern Psychiatric Hospital – il savait que ses victimes, trop affectées mentalement, ne pourraient jamais fournir de témoignage crédible contre lui. Maureen et Leslie s'étaient lancées à sa poursuite, l'avaient attiré dans la petite ville côtière de Millport, sur l'île de Cumbrae, mais à la dernière minute, Leslie avait reculé, disant qu'elle se sentait incapable de faire quoi que ce soit. Maureen avait attaqué Angus seule.

Mais elles avaient vécu tout cela ensemble, et elles se connaissaient si bien que Maureen était convaincue qu'elles se remettraient du choix malheureux de Leslie en matière de petit copain. C'était seulement à la Saint-Sylvestre qu'elle s'était rendu compte que Cammy n'était pas une passade et que leur amitié déclinait.

Le réveillon du millénaire n'avait pas été une grande réussite pour Liam. Une grande pénurie régnait, et la demande de drogues récréatives était exceptionnellement élevée. Apparemment, tout le monde à Glasgow voulait fêter les deux mille ans de chrétienté en se défonçant jusqu'aux yeux. Cela faisait plusieurs mois que Liam avait cessé de dealer. Il avait encore pas mal de contacts, mais il n'avait rien pu trouver. Peu habitué à boire sans prendre de drogue, il était rond comme une queue de pelle dès 22 h 30.

Liam n'avait jamais fait de fête chez lui : ce n'était que récemment qu'il avait commencé à occuper toute sa maison. Durant sa sombre période de dealer, il avait gardé le rez-de-chaussée de sa maison de quatre étages aussi abîmé et crasseux que le jour où il l'avait achetée. Il avait laissé la porte en haut de l'escalier pour faire croire à ses nombreux et douteux visiteurs que le reste ne lui appartenait pas. Lors de l'enquête sur le meurtre de Douglas, la police avait fait une descente chez lui et lui avait flanqué une trouille bleue. Venus avec des chiens, les policiers avaient arraché les lames du parquet et les avaient fouillés, lui et sa copine. Ils avaient interrogé tous les voisins, en leur expliquant la raison de leur présence, avaient vidé jusqu'au dernier placard de la maison et inspecté le moindre bocal. Longtemps après, Liam avait confié à Maureen que la police avait découvert ses magazines de cul sous la pile de serviettes de la salle de bains. Ils n'avaient rien de particulier, mais la police les avait montrés à Maggie. Liam n'avait pas eu besoin d'expliquer à Maureen pourquoi il avait été aussi choqué par cette intrusion dans son intimité. On avait perquisitionné chez elle aussi : les policiers avaient trouvé ses vibromasseurs et s'étaient donné la peine de les laisser en évidence en un petit tas bien rangé. Elle n'avait plus jamais pu se masturber tranquillement depuis.

Liam s'était retiré des affaires juste après. Il avait réussi à retourner à l'université pour suivre des cours de cinéma, bien que, des années plus tôt, il eût encaissé plusieurs chèques de bourse d'études alors qu'il avait depuis longtemps quitté la fac de droit. Il passait son temps libre à retaper sa maison. Elle était magnifique. Il avait débloqué les volets condamnés, arraché le papier peint floqué et repeint les murs en jaune paille. Il avait également enlevé la moquette tachée et gluante de trente ans d'allées et venues, poncé et verni le parquet et acheté un lot de fauteuils victoriens à une vente aux enchères. Le réveillon avait été pour lui l'occasion de pendre la crémaillère.

Leslie était arrivée à 23 h 10 avec Cammy. Cammy avait tout ce qu'il fallait : il était grand, mince et blond, mais la nature lui avait joué un tour cruel en faisant de lui un idiot. Il coiffait sa frange en houppette, portait un maillot de football sur un jean droit et avait sur la nuque une tache de naissance qui exigeait une rapide intervention médicale. Intimidé par ce décor grandiose, il en avait conclu que Maureen et Liam étaient des parasites ultra-privilégiés. Il avait demandé à Liam s'il avait hérité la maison de son père, et Liam, bourré, ne percevant pas le ton accusateur, avait répondu que ouais, c'était ça, son père la lui avait donnée. Puis Leslie avait enlevé son blouson en cuir. En voyant son nouveau look, Liam lui avait demandé pourquoi elle s'était habillée comme une vendeuse de sex-shop. L'insulte faite à Leslie avait été oubliée dans la série d'exploits de Liam. Il avait plaqué Maggie vingt minutes avant minuit, en disant qu'elle était trop bien pour lui et que, de toute façon, il était encore amoureux de Lynn. Celle-ci l'avait entendu et, furieuse, avait déclaré qu'il la faisait passer pour une intrigante, avant d'assurer à Maggie qu'elle ne sortirait plus jamais avec lui. Bouleversée, Maggie s'était enfermée dans les seules toilettes qui fonctionnaient, provoquant une interminable file d'attente et une mare d'urine au fond du jardin. La moitié des invités avait accueilli le siècle naissant en serrant les cuisses.

Leslie et Cammy avaient quitté la soirée à 1 heure, ce qui revenait à souffleter leur hôte pour le provoquer en duel. Sur le seuil, Cammy avait dit à Maureen qu'il regrettait de ne pas être allé ailleurs. Elle lui avait répondu qu'elle le regrettait aussi.

Maureen savait qu'elle avait dû faire des bêtises au cours de ces six mois, que Leslie ne l'aurait pas traitée sans raison comme une conne, mais elle n'arrivait pas à comprendre pourquoi. Peut-être était-ce dû à son travail lamentable au foyer. Leslie était probablement déçue et embarrassée de l'avoir recommandée. Leur amitié se dégradait, mais Maureen était trop préoccupée par le passé pour arranger les choses.

7

LE *DRIFTWOOD*

Elles se retrouvèrent près du centre-ville, sur l'un des docks autrefois les plus animés d'Angleterre. Le quartier avait décliné, les maisons étaient presque en ruine, et il ne restait plus que de rares magasins délabrés. Leslie se gara au coin d'une rue, hors de vue du café, pour pouvoir boire un verre et reprendre sa moto ensuite sans se faire dénoncer. Elle libéra la béquille d'un coup de pied, puis se baissa pour attacher l'antivol à un poteau, pendant que Maureen attendait sur le trottoir.

La bruine virevoltait nerveusement autour des lampadaires. De l'autre côté de la rue très passante s'alignaient des bâtiments dont l'un abritait une épicerie ouverte vingt-quatre heures sur vingt-quatre. Derrière se dressait un énorme HLM en béton aux petites fenêtres habillées de rideaux minables. Disposés en quinconce, les appartements rectangulaires zigzaguaient le long d'une ligne droite, joints bout à bout par les cages d'ascenseur. La façade faisait écran au violent vent du sud qui venait de la rue, et les petits tourbillons qui se formaient dans l'espace vide balayaient les papiers gras. Par les belles soirées d'été, des sacs en plastique volaient à six mètres du sol pendant des heures, prisonniers des courants d'air et des bourrasques. Maureen retint le bas de son manteau contre ses jambes pour essayer de se protéger du froid.

— Il est neuf? demanda Leslie.

Maureen hocha la tête.

— Joli. Tu l'as payé avec l'argent de Douglas?

— Ouais, fit Maureen en souriant. Maintenant, je peux m'acheter plus de fringues.

Sans répondre, Leslie rangea les casques dans le coffre, ferma le cadenas et entraîna Maureen. Elles poussèrent la porte du *Driftwood*, laissant derrière elles la nuit humide et froide.

Le *Driftwood* ressemblait à un rêve de toujours qui a englouti les économies de toute une vie. C'était une salle minuscule avec de grandes fenêtres qui donnaient sur la rue crasseuse et de petites tables aux nappes en toile cirée éclairées par des bougies fichées dans des bouteilles de Perrier. On y servait une cuisine appétissante qui ne coûtait presque rien, parce que le restaurant avait ouvert exactement là où il ne fallait pas. Maureen et Leslie étaient les seules clientes. Un cuisinier en tee-shirt et pantalon à carreaux assis à une table voisine du bar lisait un tabloïd en mangeant de la soupe. Lorsqu'elles entrèrent, une jolie serveuse blonde prit deux menus derrière le bar et s'approcha d'elles d'un pas dansant.

— Pour deux?

— Oui, s'il vous plaît, dit Maureen.

La serveuse les plaça à une table près d'une fenêtre. Les convecteurs marchaient, mais Maureen et Leslie durent garder leurs manteaux. La serveuse s'excusa pour le froid et leur assura qu'il ferait bientôt chaud.

— Nous venons d'ouvrir, expliqua-t-elle.

Maureen contempla les murs peints dans un orange chaleureux et les bougies sur les tables. Derrière le bar illuminé, la serveuse préparait leurs apéritifs avec des gestes gracieux.

— Comment tu as trouvé cet endroit ? demanda-t-elle.

— J'y suis venue avec Cammy, répondit Leslie en parcourant le menu. Leur salade grecque est bien.

— Je vais en prendre une, alors, dit Maureen en refermant son menu sans le lire.

Elle n'avait pas envie de manger ni de se disputer avec Leslie à ce sujet et, tant qu'à laisser son assiette, une salade grecque ferait l'affaire.

— Je crois que je vais commander un steak, dit Leslie. Histoire de rester en forme.

Elle eut un sourire coupable, et Maureen décida de lui éviter de tourner autour du pot.

— Pourquoi on est venues ici, en fait ?

— Eh bien, pas que pour le steak, avoua Leslie.

Elle jeta un regard plein d'espoir à la serveuse, mais leurs verres n'étaient pas encore prêts.

— C'est à causc d'Ann. Tu vois, son mec prétend qu'il ne l'a jamais frappée et qu'il ne lui a pas écrit au foyer.

— Leslie, qu'est-ce que c'est que toutes ces histoires à propos d'Ann ? demanda Maureen avec lassitude. Est-ce que tu vas enfin me le dire ?

— Il prétend qu'il ne l'a pas tapée, répéta Leslie d'un ton ferme.

Maureen ne répondit rien, et elles gardèrent le silence jusqu'au moment où la serveuse arriva avec leurs commandes.

— Whisky citron vert pour vous, dit-elle en déposant le verre devant Maureen. Et vodka soda pour vous.

Leslie prit son verre, et Maureen la vit croiser le regard de la serveuse et sourire d'un air franc et aimable. Cela faisait longtemps qu'elle ne l'avait pas vue comme cela. La serveuse nota leur commande et repartit, les laissant seules, à des années-lumière l'une de l'autre.

— Bon, son mec dit qu'il ne l'a pas tapée, reprit Maureen pour rompre le silence. Et s'il disait la vérité ? Quelqu'un d'autre aurait pu la frapper. Son amant, peut-être.

Leslie parut incrédule.

— Putain, Maureen, les hommes avouent jamais qu'ils tabassent leurs femmes, mais ça ne veut pas dire qu'ils ne le font pas.

— D'accord, fit Maureen, vexée, mais quand Ann disait que c'était son mec qui l'avait frappée, elle parlait peut-être de son amant, pas de son mari. Si ça se trouve, elle est avec son petit copain en ce moment. Pourquoi elle n'a pas pris ses mômes avec elle ?

— Je me le demande, rétorqua Leslie, ironique. Peut-être que s'enfuir avec quatre gosses, c'est plus compliqué que toute seule.

Ce dernier sarcasme fut la goutte d'eau. Maureen pouvait être chez elle en vingt minutes à pied.

— Bon Dieu, Leslie, pourquoi tu es toujours d'une humeur de merde avec moi ? demanda-t-elle.

Leslie ne répondit pas.

— Tu es comme ça depuis des jours, continua Maureen. Tu ne veux jamais me voir ni me parler ni rien.

Leslie alluma une cigarette et regarda par la fenêtre. Sa bouche trembla comme si elle allait parler. Maureen but une gorgée de whisky et se radossa. Elle attendait vaguement une réponse. Leslie se gratta le nez et tourna la tête, cherchant la serveuse du regard.

— Je crois que le moins qu'on puisse faire, c'est d'aller voir son mec et de l'interroger, dit Leslie, assez magnanime pour ne pas relever le mouvement d'humeur de Maureen. Le problème, c'est que je ne peux pas y aller moi-même. S'il a rôdé du côté du foyer, il me connaît de vue.

Il aurait tout aussi bien pu voir Maureen, mais Leslie ne semblait pas y avoir pensé.

— Où il habite ? demanda Maureen.

— De l'autre côté de la rue, dans le HLM, répondit Leslie en tendant le bras derrière Maureen.

— Et tu veux que ce soit moi qui y aille ?

— T'as pas à entrer dans son appartement. S'il a l'air menaçant, tu fous le camp.

— Ça ne me plaît pas.

Leslie se méprit sur sa réponse et crut que Maureen avait la trouille. Elle détestait que Maureen avoue ses craintes : cela laissait la porte ouverte à la peur, cette peur contre laquelle elle faisait tout pour se barricader.

— Ça ira, fit-elle en ricanant. C'est un gringalet.

— Il avait l'air assez costaud, sur la photo, murmura Maureen.

— Quelle photo ?

— Le polaroïd qu'Ann a laissé. Celui avec le petit gosse dans la cour de récré.

Leslie réfléchit un instant. Puis elle sourit.

— Oh, c'est pas lui.

Maureen la regarda. Leslie savait à quoi ressemblait le mari d'Ann, mais elle disait qu'elle ne l'avait jamais rencontré. Elle avait demandé à prendre Ann comme pensionnaire bien qu'elle eût un budget serré. Elle l'avait laissée se soûler et foutre le bordel au foyer alors qu'elle en virait d'autres pour moins que cela. Et elle ne voulait pas lui dire pourquoi. Maureen termina son whisky.

— Je sais que tu me mens, Leslie, dit-elle calmement. Si je me fais casser la gueule à cause de toi, jamais je ne te le pardonnerai.

Leslie aurait pu lui dire la vérité, mais elle n'en fit rien.

— Il est tout maigre, déclara-t-elle, le regard fixé sur la nappe. Vraiment.

— C'est tout ce que tu as à me dire ?

Leslie secoua la tête sans la regarder.

— Bon, file-moi l'adresse.

— Pas la peine d'y aller tout de suite. Les plats arrivent.

— J'ai pas faim. Tu n'as qu'à prendre le mien.

Leslie sortit de sa poche un bout de papier sur lequel était griffonnée l'adresse d'Ann au stylo-bille. Maureen le lui arracha des mains, se leva et mit son écharpe encore humide.

— Tu vas vouloir prendre un verre après ça, dit Leslie en souriant gentiment. Je t'attendrai au *Grove*. Et je te reconduirai chez toi.

— Fais comme ça te chante, répondit Maureen en sortant.

8

John

Elle s'arrêta au bord du trottoir et guetta un trou dans la circulation. De grosses gouttes glaciales commencèrent à tomber, s'insinuant à travers ses cheveux jusqu'à son crâne et lui glaçant l'échine. Elle chercha dans sa poche son peigne en métal au manche affûté que Leslie lui avait donné pour se défendre. Elle referma les doigts autour de son arme, enfonçant les dents dans le creux de sa paume pour se donner du courage. Le manche pointu du peigne trouait la poche de son manteau tout neuf, mais elle préférait l'avoir sur elle.

L'immeuble surplombait la rue. Sur le toit, de puissants spots dirigés vers le ciel le signalaient aux hélicoptères tout en aveuglant les passants. Maureen ne se rappelait pas la moindre anecdote à propos de cet endroit. Les résidences HLM mal famées avaient toutes une mythologie compliquée où il était question de viols, de crucifixions, de bandes dangereuses, de familles délinquantes et de voisins morts depuis des mois dans leurs appartements. Les résidences tranquilles, comme les familles convenables, n'avaient pas d'histoire. Un couple s'arrêta un peu plus loin sur le trottoir en gloussant. La femme portait une robe légère et avait la veste de l'homme sur les épaules, comme si elle était sortie prendre un verre en juin et s'était fait surprendre par le changement de saison. Le flot de voitures s'interrompit brièvement, et Maureen traversa.

Il fallait descendre une volée de marches pour arriver à la porte d'entrée, qui se trouvait au fond d'une cour dallée de béton. En bas de l'immeuble s'alignait une rangée de boutiques vides et condamnées. Seuls un cabinet d'avocat et un tabac discount étaient encore en activité. Maureen zigzagua sur les dalles inégales en évitant les flaques traîtresses, poussa la porte d'entrée et pénétra dans un hall carrelé. Le bouton d'appel de l'ascenseur avait été brûlé avec la flamme d'un briquet. Elle appuya dessus, et une lointaine ampoule rouge s'alluma derrière le plastique fondu et noirci.

Elle regarda l'adresse sur le bout de papier. Leslie avait écrit « merci » en bas, comme si Maureen était une ancienne amie qui lui rendait un service, quelqu'un qui lui rappelait désagréablement l'époque grisâtre d'avant Cammy. L'ascenseur arriva. Maureen entra dans la cabine et appuya sur le bouton du deuxième étage. Quand les portes se refermèrent, une odeur d'urine la prit à la gorge. Un prétentieux avait pissé le plus haut possible pour tenter – sans succès – d'atteindre un slogan de l'IRA écrit au feutre sur la paroi. Il aurait suffi d'un chiffon humide pour l'effacer, mais ce type-là ne devait pas en avoir sur lui. Lorsque les portes se rouvrirent, au deuxième étage, Maureen se rua littéralement hors de l'ascenseur, tant elle avait hâte d'échapper à cette odeur infecte.

Une véranda en béton s'étendait en face de l'ascenseur et donnait sur la rue grouillante de voitures. La longue enfilade de portes alternait avec celle des lucarnes des salles de bains en verre dépoli. Une ou deux portes étaient personnalisées, repeintes et munies de sonnettes et d'alarmes voyantes, afin de faire comprendre au voisinage que les occupants étaient propriétaires. Le numéro 82 n'était pas de celles-là. Autrefois, elle avait été laquée rouge, mais les années et les intempéries l'avaient ternie, craquelée et fendillée. La sonnette avait été arrachée, laissant un trou béant sur le chambranle.

Maureen frappa légèrement, en observant le couloir et en mémorisant l'emplacement de l'escalier de secours. La porte s'entrebâilla sur un grand type maigre, qui la lorgna. Il avait les yeux un peu trop écarquillés et soulignés de cernes violacés qui lui donnaient l'air d'un pigeon effrayé. Leslie avait dit la vérité : ce n'était pas le costaud du polaroïd, mais une grande tige sans vie. Il cligna des yeux et chercha à voir derrière elle si elle était seule.

— Oui ? demanda-t-il, l'air hésitant, en passant une main dans ses cheveux clairsemés.

Maureen sourit.

— Ann cst là ?

— Elle habite plus ici.

— Vous savez où je pourrais la joindre ?

Du fond de l'appartement parvint le bruit d'une chute lourde sur un sol dur, suivi des pleurs d'un enfant. Le type poussa un long soupir, tourna les talons et laissa la porte d'entrée s'ouvrir en grand. Maureen aperçut un salon vide et miteux. Des bouts de moquette couvraient çà et là le parquet sale. Le papier peint avait été arraché, mais par endroits des morceaux restaient collés au plâtre gris, et à la place du canapé se dressaient une chaise d'enfant en plastique et un fauteuil en cuir marron usé. Cette pièce était le témoignage de toute une vie de pauvreté. Maureen songea à Ann et se demanda combien de projets désespérés avaient été échafaudés et abandonnés ici, combien il y avait eu de disputes pour des questions d'argent, combien de parents éloignés et d'amis perdus de vue Ann et son mari avaient pensé à taper. Un sac de sport bleu posé au pied d'un mur attira son regard. L'étiquette vert et blanc accrochée à la poignée lui semblait étrangement familière. Intriguée, elle entra et ferma la porte derrière elle.

L'homme était penché sur deux petits garçons qui avaient le teint rose et les cheveux blonds duveteux d'Ann. C'étaient des bébés, bien plus jeunes que celui de la photo, et si maigres qu'on voyait leurs côtes sous la peau. L'homme était en train de leur mettre leurs pyjamas quand Maureen avait frappé. Les deux gosses étaient serrés l'un contre l'autre et mâchonnaient leurs tétines en jetant autour d'eux des regards apeurés de leurs petits yeux ronds. L'aîné avait au maximum trois ans et savait qu'il avait fait une bêtise. Un gobelet Tupperware rose gisait par terre dans une flaque de jus de fruits rouge. L'homme les empoigna et leur donna de petites tapes sur les fesses en martelant en rythme :

— Toute… la… sainte… journée… vous… m'avez… cassé… les… pieds.

Les gosses levèrent la tête et se mirent à brailler, leurs tétines en équilibre précaire dans leurs bouches grandes ouvertes. Maureen hésita, puis demanda :

— Vous vous occupez tout seul des mômes ?

Il se retourna.

— Je fais de mon mieux, cria-t-il, exaspéré. Vous voyez bien que leur mère est pas là, non ?

— Vous savez qu'il y a une crèche en bas de la rue ?

Il la regarda sans comprendre.

— Si vous ne travaillez pas et que vous vous occupez tout seul des enfants, reprit Maureen, vous avez de bonnes chances de leur trouver une place.

Apparemment peu habitué aux bonnes nouvelles, il prit une expression inquiète.

— Vous auriez un peu de temps pour vous, ajouta-t-elle, sans cesser de penser au sac de sport bleu.

— Ah, fit-il en regardant les gosses, qui avaient oublié pourquoi ils pleuraient et commençaient à déchirer un journal. Comment vous vous appelez ?

— Maureen. Et vous ?

— Jimmy.

Il essaya de lui sourire, mais il était trop fatigué pour y arriver et ne fit que retrousser les lèvres. Il avait des dents dangereusement pointues, plantées vers l'intérieur de la bouche. On aurait dit celles d'un méchant petit animal carnivore, conçues pour s'enfoncer plus profondément dans la chair quand la victime résiste.

— Je deviens dingue, ici.

Il ramassa un vieux pyjama imprimé de tortues Ninja qui traînait sur le parquet glacé.

— Pourquoi vous la cherchez, Ann ?

— Je lui dois de l'argent.

— Vous vous foutez de ma gueule ?

— Non.

— Vous lui devez de l'argent, à elle ?

Maureen hocha timidement la tête. Jimmy s'agenouilla et entreprit de mettre son pyjama au plus petit. Le gamin se cramponna au pull de son père tout en mâchouillant sa tétine.

— Arrêtez de blaguer. Pourquoi vous voulez la voir ?

— Qu'est-ce qui vous fait croire que je mens ?

Jimmy découvrit de nouveau ses petites dents pointues.

— Ann doit du fric à tout l'immeuble. À mon avis, c'est pour ça qu'elle a filé. Aux dernières nouvelles, elle était au Foyer.

— Le Foyer des femmes ?

— Oui.

Il baissa la voix.

— Elle leur a dit que je l'avais frappée.

C'était affreux de voir un homme aussi accablé.

— Et c'est vrai ?

— Non, répondit-il, avec une indignation qui rassura Maureen. Jamais je l'ai frappée. J'ai jamais frappé personne.

Maureen songea à la fessée qu'il avait donnée aux deux gamins, puis elle se souvint que les enfants ne comptaient pas. Elle s'adossa au mur et sentit le plâtre rugueux contre son épaule. Elle se redressa et alla s'appuyer contre le chambranle.

— Pourquoi qu'elle a dit ça, si vous l'avez jamais frappée ?

Elle avait adopté le même langage relâché que lui, comme s'il avait été trop bête pour comprendre quelqu'un qui parlait normalement. Elle s'en voulut aussitôt.

— Je sais pas, dit-il en continuant à habiller le gosse. La police a dit qu'elle s'était fait tabasser. Elle voulait se cacher, peut-être.

— Vous lui avez envoyé une carte de Noël ?

— Une carte ?

— Ouais.

Jimmy la regarda, perplexe, et Maureen se douta qu'il n'avait pas grand monde à qui envoyer des cartes de vœux.

— Pourquoi que vous me demandez ça ? Vous êtes qui ?

Si jamais il devait se mettre en boule, c'était le moment. Maureen était soulagée de ne pas être loin de la porte et de bénéficier d'un peu d'avance. Elle répéta mentalement l'itinéraire jusqu'à l'escalier de secours.

— Je travaille pour le Foyer des femmes, dit-elle calmement.

Jimmy la regarda en hochant lentement la tête.

— On a eu des moments difficiles, dit-il. Mais… Ann, elle sait… Je peux pas croire qu'elle raconte ça sur moi. Jamais je l'ai tapée. Vous me croyez pas, hein ?

Il se détourna, donna une tape sur les fesses du gosse pour lui faire comprendre qu'il en avait terminé et tendit la main pour que l'autre approche. Les gamins échangèrent leurs places sur le bout de moquette.

— Je vous crois, Jimmy, lui assura-t-elle, sincère.

— Ah ah, fit-il platement, comme s'il ne savait pas comment rire. Vous êtes bien la seule, hein ?

— Vous voyez qui aurait pu la frapper, puisque ce n'est pas vous ? demanda-t-elle.

— Ça oui, je vois. Y a des types pas commodes qui viennent ici tous les soirs pour elle. Tout ce qui me reste, c'est les factures à payer pendant qu'elle fait la nouba avec les allocations des gosses. Ils ont même menacé les mômes dans la cour, dit-il en enfilant brutalement son pyjama élimé au gamin. Tout ce que je sais, c'est que quand elle est partie, elle avait pas un bleu sur elle.

— Quand est-elle partie ?

Jimmy réfléchit. Longtemps. Puis il se souvint que l'anniversaire de l'un des gosses était le 15 novembre et qu'Ann n'était déjà plus là. Mais il se rappelait qu'il avait de l'argent pour les cadeaux, ce qui signifiait qu'il avait touché les allocations cette semaine-là. Ann avait quitté Finneston vers le 10 ou le 11 novembre.

— Ça fait un bout de temps, dit Maureen. Elle est allée tout de suite au Foyer ?

— Je sais pas où elle est allée.

Il enfila des pulls usés par-dessus les pyjamas des gosses. Il devait faire froid la nuit, dans cet appartement en béton.

— Elle est revenue début décembre pour l'anniversaire d'Alan. J'étais sorti faire des courses, et elle est passée pendant ce temps-là. Elle a dit aux gamins qu'elle avait pas pu venir les voir parce qu'elle était tout le temps occupée à Londres. Peut-être qu'elle mentait, mais…

Il posa la main sur la tête du plus petit des gamins.

— Y a des tas de gens ici qui disent que j'ai du bol parce qu'elle se contente de picoler.

Maureen embrassa du regard la pièce misérable, le parquet nu et crasseux, les enfants frigorifiés et le type maigrichon penché sur eux. Jimmy était tout sauf chanceux.

— Vous voulez que je vous fasse du thé, Jimmy ?

Cela faisait longtemps qu'on n'avait pas eu d'égards pour lui, et il ne savait plus ce que c'était. Il leva les yeux et scruta son visage d'un œil suspicieux, comme pour essayer de comprendre où elle voulait en venir.

— Y a rien à voler ici, dit-il.

— Je vous proposais juste de vous faire une tasse de thé.

Il la dévisagea, se passa la langue au coin des lèvres et lui adressa un sourire lascif. Il s'imaginait qu'il lui plaisait.

— OK, ma poule. Une tasse de thé. Je mets les petits au lit et je reviens.

Il se hâta d'emmener les enfants, prenant le plus petit dans ses bras et tenant l'autre par la main.

— Utilisez pas le lait, cria-t-il depuis le couloir. J'en ai besoin pour leur biberon cette nuit.

Tandis qu'il faisait monter les gosses, elle contempla l'appartement sale, les jouets cassés et les vêtements élimés éparpillés sur le sol. Puis elle alla dans la cuisine et appuya sur l'interrupteur, sans résultat. L'ampoule nue était grillée. La lumière de la rue projetait une clarté orange sur le plan de travail. Il n'y avait ni bouilloire ni cuisinière, juste un réchaud électrique à l'émail abîmé avec une seule plaque. Lorsqu'elle se fut habituée à la pénombre, elle vit une petite casserole cabossée dans l'évier. Elle la remplit d'eau tandis que la plaque chauffait.

Elle revint dans le salon et croisa les bras. Il n'y avait ni télé, ni photos de famille, ni livres, pas le moindre souvenir ou objet décoratif, rien qui ne fût indispensable ou de seconde main. Les Harris n'avaient même pas de radio.

Auprès du fauteuil étaient empilés des journaux gratuits. Jimmy les déchirait en bandes en guise de papier toilette. Elle l'écoutait parler aux enfants à l'étage en les couchant quand elle se rappela brusquement le sac de sport bleu. Elle y jeta un coup d'œil : l'étiquette vert et blanc enroulée autour de la poignée provenait de British Airways. Liam laissait toujours les siennes sur ses sacs à l'époque où il dealait. Elle s'approcha sans bruit du sac. Il avait voyagé de Londres à Glasgow, et le nom inscrit en toutes petites capitales était « HARRIS ». La date était récente : moins d'une semaine. Elle recula, incrédule, et regarda le sac en essayant de comprendre ce qu'il faisait ici. Quelqu'un l'avait peut-être donné à Jimmy, quelqu'un qui portait le même nom, un parent… Mais le sac semblait avoir été vidé récemment : il était béant, aplati. Jimmy aurait pris l'avion pour Londres sur une compagnie chère, alors qu'il n'avait pas les moyens de se payer une bouilloire ? Cela n'avait aucun sens.

L'eau bouillait. Elle retourna dans la cuisine, où elle ne trouva qu'une seule tasse encore tachée de thé. Elle la remplit, la rapporta dans le salon, s'assit dans le fauteuil et alluma une cigarette. La pièce était froide et humide. Elle entendit Jimmy redescendre l'escalier en criant sèchement : « Vos gueules » aux gamins qui continuaient à l'appeler. Il entra dans le salon d'un pas léger. Il s'était mouillé les cheveux. Maureen se leva et lui proposa une cigarette. Il la prit et se pencha vers elle pour qu'elle la lui allume.

— Asseyez-vous, dit-elle.

Jimmy prit la tasse et but une gorgée en s'asseyant, les yeux levés vers elle.

— Jimmy, pourquoi Ann doit autant d'argent ?

Il sourit.

— Allons, on va pas parler d'elle, hein ?

Jimmy ne voulait pas parler d'Ann, des gosses ou d'argent. Il voulait tirer un petit coup vite fait avec une bonne âme pour oublier ses soucis pendant dix minutes. Il lui tendit la main en découvrant ses dents pointues et avides. Maureen ramena les pans de son manteau autour d'elle.

— Je veux parler d'elle, dit-elle calmement. C'est pour ça que je suis venue.

Accoutumé depuis toujours aux déceptions, Jimmy laissa retomber sa main tendue.

— Elle a commencé à emprunter du fric pour picoler, dit-il enfin, puis pour payer les crédits, et c'est devenu de pire en pire. Ann est pas une mauvaise femme. C'est l'alcool. Elle est pas pareille quand elle boit pas. Mais quand elle boit, c'est une conne.

— Vous ne pensez pas qu'elle pourrait être morte ?

— Je sais bien que non. Elle a encaissé les allocs jeudi.

— À Glasgow ?

— Aucune idée.

Il but une gorgée de thé, l'air abattu.

— Ils ont rien voulu me dire, à la poste. Tout ce que je sais, c'est qu'on a encaissé le chèque et que je peux plus toucher les sous.

— Vous pensez qu'elle va revenir ici ?

Il secoua la tête et la garda baissée.

— Elle reviendra pas.

Il vida sa tasse avec une grimace.

— Vous savez où elle est ?

— Elle a une sœur à Londres. Peut-être qu'elle sait, elle.

— Je pourrais l'appeler, alors.

— Je sais pas si elle a le téléphone.

— Comment s'appelle-t-elle ?

— Moe Akitza.

Maureen griffonna le nom de la sœur sur un ticket de distributeur automatique et le montra à Jimmy pour qu'il vérifie l'orthographe.

— Je crois que c'est ça.

Il sourit.

— Foutu nom, hein ? Elle a épousé un bronzé.

Maureen savait que si elle insistait, il prétendrait qu'il n'avait rien contre les étrangers. Sauf contre ces foutus Pakistanais, évidemment. Et ces Indiens qui venaient vous bouffer votre pain. Et puis ces Anglais arrogants. Et ces Irlandais toujours bourrés. Et quiconque était un peu trop basané.

— Eh bien, Jimmy, merci beaucoup. C'était gentil à vous de me parler.

— Y a pas de quoi, dit-il.

Ils sourirent pour passer le temps. Maureen brisa le silence.

— Vous ne savez vraiment pas où elle est, alors ?

Il contempla le fond de sa tasse vide et secoua la tête.

— Elle vous manque ?

Jimmy n'eut pas besoin de réfléchir pour répondre.

— Non, dit-il, d'un ton très sûr et très triste.

Derrière Maureen, la porte s'ouvrit brusquement, laissant entrer une bouffée d'air glacial. Deux petits garçons tout menus aux cheveux mouillés et au visage crasseux s'avancèrent dans le salon, en roulant des mécaniques comme des caïds miniatures. Ils portaient des vêtements miteux, même pour ce quartier. Tous leurs habits étaient à peu près du même gris terne, à force d'avoir été lavés avec de la lessive de mauvaise qualité. Le visage de Jimmy s'éclaira quand il les vit, et il sourit. Les deux garçons en firent autant.

— Ça va, p'pa ? dit le plus grand. Y a à manger ?

Jimmy posa doucement la main sur la nuque de l'aîné et l'entraîna dans la cuisine éteinte. Le petit resta dans le salon, à regarder Maureen. C'était le gamin du polaroïd, celui qui tenait la main du grand type au manteau en poil de chameau, mais il était différent, de près. Il avait un épi dans les cheveux et de longs cils épais.

— Vous êtes assistante sociale? demanda-t-il d'une toute petite voix, les yeux fixés sur le beau manteau de Maureen.

— Non, je suis une copine de ta mère.

— Une copine de maman? s'exclama-t-il. Elle va revenir?

— Non, John, cria Jimmy. La dame la cherche, c'est tout.

Maureen regarda vers la cuisine. Jimmy étalait de la margarine sur une tranche de pain de mie en sachet. Elle tourna le dos à la cuisine, en espérant qu'il ne l'entendrait pas.

— Dis-moi, petit, est-ce qu'on t'a pris en photo avec un homme devant l'école, il n'y a pas longtemps? Dans la cour de récré? Un grand type avec des cheveux courts?

Le gosse hocha la tête.

— Qui c'était?

Le gamin lécha d'un vif coup de langue la chandelle qui coulait de son nez.

— C'était une photo pour maman, dit-il à mi-voix, comme s'il ne voulait pas non plus que son père entende.

— Ta mère était là?

— Nan.

— Qui a pris la photo?

— Un autre bonhomme.

— Et tu le connaissais, l'autre?

— Nan.

— Tu as vu ta maman depuis l'anniversaire de ton frère?

— Nan.

— Merci, petit, dit-elle.

Maureen le regarda plus attentivement et fut soudain frappée par sa petite taille et sa peau presque diaphane. Et puis, il était 21 h 45, il avait six ans, et il avait passé la soirée à jouer dans la rue avec son frère. Elle aurait voulu l'envelopper dans son manteau bien chaud, l'emmener avec elle, lui donner un bon repas, lui faire la lecture et lui offrir une vie décente. Elle avait envie de pleurer. Le petit gamin comprit qu'elle avait de la peine pour lui, pour la façon dont il vivait et pour son avenir, et il baissa les yeux. Elle s'en voulut.

— Tu es un gentil petit garçon, dit-elle en lui ébouriffant les cheveux comme une idiote condescendante.

Elle se racla la gorge et se retourna vers la cuisine.

— J'y vais, Jimmy, cria-t-elle.

— Ouais, fit-il sans bouger.

— Je reviendrai vous voir si je la retrouve.

— Pas la peine, répondit-il sans la moindre émotion, en pliant la tranche de pain en sandwich.

Un graffiti sur la porte de l'ascenseur proclamait : « AMcG suce des bites. » Maureen fut soulagée de quitter le hall qui empestait, soulagée de se retrouver loin de Jimmy et de ses enfants mal nourris. Elle avait hâte d'oublier ce qu'elle avait vu, cette pauvreté si envahissante qu'elle en imprégnait jusqu'à la manière de parler de Jimmy. Elle s'énuméra mentalement des arguments pour se rassurer : peut-être que Jimmy était paresseux et qu'il n'avait que ce qu'il méritait, peut-être que sa situation lui convenait. Des tas de gens étaient plus pauvres que lui – mais elle, elle avait huit mille livres à la banque, et lui, il avait quatre gosses, pas de bouilloire, et elle ne voyait pas ce qui pouvait justifier tout cela. Elle sentit le regard de Michael la suivre de la cour jusqu'à la rue, sentit ses yeux vitreux la guetter dans tous les coins. Elle se raidit brusquement et se mit à courir. Jimmy avait raison. Où que se trouve Ann, elle ne reviendrait jamais ici.

9

Nuit de bagarre

— Jimmy Harris serait incapable de taper sur un tambourin.

Maureen but une longue gorgée de whisky citron vert qui lui brûla les lèvres.

— C'est quelqu'un d'autre qui a dû la tabasser.

Assise en face d'elle, Leslie tripotait son dessous-de-verre détrempé. Elles étaient au *Grove*, un petit pub situé au rez-de-chaussée d'un immeuble d'habitation. C'était un ancien appartement, et cela se voyait dans la disposition des lieux. Les murs de séparation avaient été abattus et remplacés par des piliers en fer. L'endroit était brillamment éclairé, et deux télévisions grand écran scintillaient, muettes, à chaque extrémité du bar de cinq mètres. Le pub attirait une clientèle calme d'habitués qui riaient et discutaient, tout en regardant les courses du coin de l'œil. Leslie, qui avait eu le temps de réfléchir à ce que Maureen lui avait dit au *Driftwood*, était d'une humeur massacrante. Maureen supposait que Cammy l'attendait chez elle et qu'elle avait hâte de rentrer.

— Qu'est-ce qu'il a dit ? demanda Leslie.

Elle avait parlé d'un ton dégagé, comme si elle s'en moquait, mais Maureen sentit qu'elle cherchait à savoir quelque chose.

— Pas grand-chose. Ann doit de l'argent à pas mal de monde, et il ne pense pas qu'elle reviendra. Elle a pris le livret d'allocations familiales et encaisse régulièrement les versements.

— Ah bon ? dit Leslie en se redressant.

— Ouais. Tu te rappelles la date à laquelle elle est arrivée au foyer ?

— Le 9 décembre, répondit Leslie sans hésiter. Pourquoi ?

— Il s'est écoulé un mois entre le moment où elle a quitté Jimmy et celui où elle est venue chez nous. Apparemment, elle faisait des allers-retours entre ici et Londres.

— C'est son mec qui t'a dit ça ?

— Oui.

— Je vois pas pourquoi on irait croire ce que ce salaud raconte, dit Leslie, sceptique.

— Écoute, c'est juste un pauvre mec qui est au courant de rien. Elle ne reviendra pas chez lui, et il ne l'a pas battue. Point final.

— Et tu as compris tout ça en lui parlant dix minutes ?

Maureen haussa les épaules. Leslie n'avait pas vu l'appartement vide, ni senti l'odeur dans l'ascenseur. Elle était incapable d'imaginer l'effort que devait faire Jimmy pour se lever le matin et tenir jusqu'à la fin de la journée. Maureen alluma une cigarette, encore hantée par l'image des petites dents pointues de Jimmy.

— Je crois qu'elle avait un mec, dit-elle, qu'elle est allée le voir et qu'il l'a battue. Elle doit être chez lui, en train de boire l'argent des allocations pendant que ce pauvre type nourrit ses gosses avec du pain de mie et de la margarine.

Leslie ricana.

— Qu'est-ce qui te fait croire qu'il dit la vérité ?

— S'il mentait, il se donnerait un rôle plus glorieux, répondit Maureen d'un ton ferme.

Leslie observa Maureen, qui regardait autour d'elle d'un air malheureux et s'empressait de vider son verre en soupirant profondément, comme si elle avait envie de partir et de se retrouver seule. Maureen avait changé depuis que son père était de retour à Glasgow. Elle était nerveuse, d'humeur changeante, et tout lui faisait peur. Elles passaient de moins en moins de temps ensemble, et Leslie ne voyait pas comment les choses pourraient s'arranger. Maureen n'aimait pas Cammy parce qu'il n'avait aucune éducation et qu'il n'avait pas fréquenté l'université. Elles auraient dû être plus proches maintenant qu'elles travaillaient ensemble, mais cela avait plutôt l'effet inverse. Maureen avait l'air de flipper la moitié du temps et de s'emmerder l'autre moitié. Et elle avait un nouveau mec qu'elle n'avait pas pris la peine de mentionner – il avait fallu que Leslie l'apprenne de Katia, au bureau. Elle se disait qu'elles avaient été trop proches, que leur relation avait été trop intense à l'époque de la campagne d'affichage et de Millport. En fait, c'était à ce moment-là que les choses avaient commencé à changer. Elle avait vu un aspect de Maureen qu'elle ne connaissait pas et qui lui avait fait peur. Une dispute couvait entre elles, et Leslie savait qu'elle serait carabinée. Elle tira sur sa cigarette et leva les yeux. Maureen regardait les résultats des courses. Elle préférait regarder ça plutôt que de lui parler.

— Qu'est-ce qu'on fait, maintenant ? dit Leslie.

Maureen but une gorgée de whisky et demanda, sans quitter la télévision des yeux :

— Tu veux retrouver Ann ?

— Ouais.

— Eh bien, si tu allais te renseigner dans les pubs aux environs du foyer ? On l'y a sûrement vue.

Leslie la fixa. Elle était allée à Millport avec elle. Elle lui avait tenu compagnie pendant tout un été dans un hôpital psychiatrique, elle l'avait promenée partout pendant des semaines après la mort de Douglas, et maintenant, Maureen refusait de l'aider.

— Tu te fous complètement de ce qui a pu arriver à Ann, hein, Maureen ?

— Laisse tomber, Leslie, soupira Maureen. Elle a merdé. Accepte-le. Elle a merdé et abandonné ses mômes et ce pauvre Jimmy en lui laissant toutes ses dettes à payer.

— Ce pauvre Jimmy ? Alors là, j'en suis pas si sûre.

— Je sais qu'il ne l'a pas frappée.

Leslie monta aussitôt sur ses grands chevaux.

— Parce qu'il a l'air quelconque ? fit-elle.

C'était parole d'évangile au Foyer des femmes : tout homme était capable de battre une femme.

— Arrête, Leslie. On n'est pas là pour discuter de la théologie du Foyer.

— Maureen, chaque semaine, deux femmes sont tuées par leur partenaire ou par un ex.

— Fais chier ! cria Maureen, perdant patience. Je sais tout ça. Je sais aussi qu'il ne l'a pas frappée parce que c'est un type soumis et qu'il a quatre gosses en bas âge. Ann a complètement merdé et elle s'en contrefout. Il est tout à fait possible qu'elle se soit fait tabasser par ses créanciers. Ça ne t'est pas venu à l'esprit ? Peut-être que c'est pour ça qu'elle a demandé des photos, pour les utiliser contre eux s'ils s'en prenaient encore à elle.

Maureen lui hurlait dessus dans un pub bondé. Leslie ne savait pas quoi faire. Elle ne pouvait pas se dérober une fois de plus à une dispute, et Maureen ne la respecterait plus jamais si elle se dégonflait encore, comme elle l'avait fait à Millport. Elle se pencha vers elle.

— Tu veux qu'on se bagarre ? demanda-t-elle à voix basse.

Maureen eut un rire méprisant.

— Si je veux quoi ? cria-t-elle.

— On sort et on se bat. Comme ça, ça sera réglé une fois pour toutes.

— Mais qu'est-ce qui te prend, bordel ?

— On va se bagarrer, dit calmement Leslie. Ça tourne pas rond entre nous depuis Millport.

— Dommage que tu n'aies pas été autant d'humeur à te bagarrer ce jour-là, hein ?

Maureen savait qu'elle n'aurait pas dû dire cela, mais elle ne pouvait plus faire marche arrière. Le dernier rempart de prudence et d'égards s'effondra, et elle y alla carrément :

— Tu as complètement changé depuis que tu t'es mise à fréquenter ce connard de Cammy.

— Et en quoi j'ai changé ? demanda Leslie en se levant.

Maureen en fit autant, en claquant son verre sur la table et en renversant le cendrier.

— Tu es chiante, cria-t-elle. Et tu as un caractère de cochon.

Elle enfonça l'index dans l'épaule de Leslie.

— Et qu'est-ce que tu fous à te balader constamment les nichons à l'air ?

— Mesdames ! intervint le barman en braillant encore plus fort qu'elles et en accourant vers leur table. Mesdames ! Restez correctes ou bien rentrez chez vous.

Elles se retournèrent en même temps, le fusillèrent du regard, et il comprit que les choses n'allaient pas en rester là. Il désigna la porte.

— Bonne nuit à toutes les deux, dit-il d'un ton sans réplique.

Elles prirent leurs manteaux et les casques, sortirent précipitamment dans la nuit pluvieuse et s'arrêtèrent sur le trottoir alors que la porte du pub se refermait derrière elles. À l'intérieur, les clients poussèrent de grands cris moqueurs.

— Rends-moi mon casque, ordonna Leslie en collant son visage contre celui de Maureen, qui reçut un postillon sur la paupière.

— Prends-le, dit-elle en lui fourrant le casque dans les mains. Prends-le, ton foutu casque.

Et Leslie la planta là sous la pluie battante. Elles auraient dû attendre un peu. Il n'aurait pas fallu plus de cinq minutes pour qu'elles se retrouvent à pleurer dans les bras l'une de l'autre. Ensuite, elles seraient rentrées ensemble vider leur sac devant une bouteille. Maureen attendit, espérant que Leslie ferait demi-tour.

Un couple sortit du pub derrière elle. Ils la reconnurent, frémirent et se serrèrent l'un contre l'autre, avant de s'éloigner à grands pas dans le vent. La porte retomba en cognant bruyamment plusieurs fois contre le chambranle, puis s'immobilisa. La rue était silencieuse. Un peu plus loin, une moto démarra et s'éloigna vers l'ouest. Leslie ne reviendrait pas.

Maureen rentra chez elle sous la pluie cinglante, trop fatiguée et trop triste pour réfléchir. La pluie lui coulait sur le visage, ruisselait dans ses cheveux, glissait dans son col et lui trempait le cou. Elle avait atteint le bas de Garnethill quand elle se souvint de Jimmy. Elle tourna les talons et repartit. En chemin, elle s'arrêta à un distributeur de billets. Elle retira deux cent cinquante livres, marcha jusqu'au HLM de Finneston et prit l'ascenseur pisseux jusqu'au deuxième. Elle gagna l'appartement de Jimmy sur la pointe des pieds et glissa l'argent dans la boîte aux lettres, puis elle se rua vers l'escalier, de peur qu'il ne sorte et ne la voie. Elle savait d'expérience que rien ne diminue plus cruellement que la pitié – et Jimmy était déjà assez diminué comme ça.

Ce ne fut que quand elle se retrouva dans la rue qu'elle s'avoua la vérité : retourner donner de l'argent à Jimmy était un prétexte. Elle voulait repasser devant le pub pour voir si Leslie était là. Elle s'arrêta et regarda le *Grove* depuis l'autre côté de la rue, trop gênée pour entrer. Mais Leslie n'était pas là. Et elle ne reviendrait pas.

10

Sale journée

Michael avait la fièvre. Il grattait la fenêtre de sa chambre de ses ongles acérés comme des couteaux. Maureen transpirait, elle était épuisée, et elle ne supportait plus ce bruit. Elle se pencha pour ouvrir la fenêtre, et un flot de sang inonda la chambre. Des coups insistants et inquiets la réveillèrent. Sa première pensée fut que Leslie était revenue, mais ce n'était pas sa façon de frapper, et elle ne venait jamais le matin. Elle se redressa et regarda sa montre. Il était 9 h 30, et la tour de Ruchill se dressait derrière les rideaux de la chambre.

Elle se rendit dans le couloir. Une enveloppe bleue gisait sur le sol, et le voyant rouge du répondeur clignotait. Elle enfila son manteau par-dessus son tee-shirt et sa culotte, en faisant valser la lettre d'un coup de pied sous la table du téléphone, puis elle jeta un coup d'œil par le judas. Sur le palier, les joues rougies par le froid, l'inspecteur Hugh McAskill essuyait d'une main ses cheveux roux trempés de pluie et la regardait lui aussi de ses yeux bleus et tristes, son long visage mélancolique déformé par la lentille convexe. Derrière lui se tenait l'inspecteur moustachu Inness, emmitouflé dans un gros anorak, des gants et une écharpe. Maureen n'avait aucune envie de parler avec des flics. Elle se sentait idiote, abandonnée et nauséeuse. Elle n'avait qu'à faire semblant de ne pas être là, en espérant qu'ils s'en iraient.

— Nous savons que vous êtes là, dit doucement McAskill. Nous vous entendons bouger.

Maureen posa la main sur le loquet, respira un bon coup et ouvrit la porte.

— Bonjour, Hugh.

McAskill hocha tristement la tête.

— Pouvons-nous entrer un instant, Maureen ?

Elle s'effaça, et les policiers s'essuyèrent les pieds sur le paillasson avant d'entrer. Elle avait laissé le chauffage en marche toute la nuit, espérant évaporer un peu de l'argent de Douglas, et il faisait bien chaud. Ils ôtèrent leurs écharpes et leurs gants.

— Il vous envoie pour quoi, cette fois ? demanda-t-elle.

Hugh haussa les sourcils et pinça les lèvres. L'inspecteur-chef Joe McEwan était bien décidé à lui mettre sur le dos l'agression d'Angus à Millport. Il n'avait aucune preuve, il ne pouvait affirmer avec certitude que Leslie et elle étaient sur l'île de Cumbrae à ce moment-là, et Angus lui-même jouait les fous et refusait de parler. Mais Joe mettait un point d'honneur à l'interroger sur le moindre fait nouveau, histoire de lui rappeler qu'il était toujours en chasse.

— Nous avons de nouveaux éléments, dit Hugh. Alors, nous voici.

— Comment allez-vous, mademoiselle O'Donnell ? demanda Inness d'un ton déplaisant.

C'était un petit con zélé avec une moustache à la Freddie Mercury, aussi agréable à fréquenter qu'un chihuahua en chaleur.

— Écoutez, dites-moi simplement ce que vous venez faire ici, dit Maureen, les yeux fixés sur le sol, en boutonnant son manteau et en espérant qu'elle n'allait pas se mettre à pleurer. Comme ça, j'aurai peur et vous pourrez partir.

— On nous a appris que vous aviez reçu des lettres d'un patient interné dans un hôpital, déclara Inness en claquant ses gants contre sa paume comme un nazi d'opérette. Nous sommes venus les prendre.

Maureen croisa les bras. Elle aurait pu leur donner les lettres et les laisser se débrouiller avec, mais il y était question de Millport.

— Dites à Joe que je n'ai à répondre à aucune question.

— Pourquoi donc refusez-vous de nous parler ? demanda Inness, feignant la surprise. Serait-ce parce que vous avez quelque chose à cacher ?

McAskill rougit et baissa les yeux sur ses chaussures.

— Je pensais que vous seriez disposée à nous aider, continua Inness, bien qu'il sût que cela ne mènerait à rien.

Maureen surprit le regard de Hugh.

— Vous ne trouvez pas son baratin pitoyable ? dit-elle, essayant vainement de se remonter le moral.

Hugh haussa de nouveau les sourcils. Il restait toujours plus ou moins silencieux durant ces visites. Lui et Maureen s'entendaient bien depuis l'enquête sur la mort de Douglas. Il était plus fin qu'Inness, et Maureen savait que Joe lui faisait davantage confiance, mais chaque fois que lui et Inness venaient, il laissait son collègue faire les frais de la conversation.

— Angus Farrell a convaincu les médecins qu'il était fou, poursuivit Inness.

Il balaya le salon du regard, vit les journaux épars, les cendriers pleins et le soleil bas qui filtrait par les fenêtres couvertes de poussière blanche. Puis il regarda Maureen, hirsute et à moitié nue sous son manteau. Elle devina son mépris pour elle et pour ce qu'il voyait et comprit qu'il rapporterait tout, dans les moindres détails, à Joe McEwan.

— Il l'est peut-être, dit-elle.

— Ouais, répondit Inness. Mon patron pense que Farrell sait ce que ça implique, d'être fou. Si le juge estime qu'il n'est pas responsable de ses actes, il n'aura qu'une courte peine. Peut-être qu'il sera miraculeusement guéri dans deux ans et qu'il sortira. Pensez-vous que Farrell soit conscient de tout cela ?

— Je n'en sais rien, répondit Maureen en haussant les épaules. Je ne le connais pas si bien que ça.

— Mais il était votre thérapeute.

— Il ne l'a pas été longtemps. Juste brièvement.

— L'hôpital nous a dit qu'il vous écrivait. C'est vrai ?

— Non, répondit-elle en songeant à la lettre sous la table.

— Les infirmiers postent ses lettres à votre adresse, insista Inness, alors cessez de mentir. Je vous repose la question. Vous écrit-il ?

— Peut-être qu'il se trompe d'adresse. Vous avez pensé à cette éventualité ?

— Il vous menace ?

— Je ne sais pas de quoi vous parlez.

Inness serra les dents.

— Si Farrell obtient une courte peine, qui sera-t-il impatient de venir voir à sa sortie, d'après vous ?

Maureen sentit une sueur glacée perler sur sa nuque. Elle quêta du regard le soutien de Hugh, mais il détourna les yeux et la laissa livrée à elle-même. Tout ce qu'elle pourrait dire ou faire reviendrait tout droit à McEwan. Elle respira un bon coup.

— Écoutez, Inness, reprit-elle, je sais que Joe n'a rien sur moi. Il vous envoie m'interroger parce que vous êtes un idiot et un casse-pieds. Il pense que je finirai par en avoir tellement marre de vous que je cracherai le morceau.

Elle vit Hugh se mordre la lèvre et fixer le plafond.

— Alors, dites-lui de ma part que vous ne m'emmerdez pas autant qu'il le croit et que je ne vais pas avouer un crime que je n'ai pas commis afin de ne plus avoir à vous supporter. Vous voulez bien lui transmettre le message ?

Décontenancé, Inness porta la main à sa moustache.

— Cet appartement est répugnant, dit-il d'un ton sec. C'est un truc de féministe, de ne pas faire le ménage ?

Maureen se drapa dans ce qui lui restait de dignité, mais elle sentait la panique monter en elle et entendait Michael gratter à la vitre.

— Vous m'accablez de sarcasmes alors que vous êtes en mission officielle ? fit-elle. Dites à Joe que nous ne sommes pas au Chili et qu'il ne peut pas vous envoyer ici quand ça lui chante. Ces interrogatoires sont illégaux.

— Qui vous a dit cela ?

— Mon frère.

Inness prit quelques secondes pour trouver une repartie spirituelle.

— En parlant de votre frère, comment va-t-il ? Toujours à vendre de la drogue aux écoliers ?

Manifestement, les quelques secondes n'avaient pas suffi.

— Liam n'exerce plus, répondit-elle. Vous le savez très bien.

— Ah oui, il est étudiant. Il vend de la drogue à ses condisciples, alors ?

Maureen sentit la chaleur de la colère l'envahir, l'humidité de la salive de Leslie sur sa paupière, et elle sut qu'elle risquait de fondre en larmes d'un instant à l'autre. Mais elle ne pouvait pas se permettre de craquer devant Inness. Elle refusait de lui donner cette satisfaction, refusait qu'il aille raconter ça à Joe Mc Ewan. Elle le bouscula et ouvrit la porte d'un geste brusque. Pris de court, Inness se creusa la cervelle pour lui sortir une méchanceté.

— Au fait, comment va votre amie motarde ? demanda-t-il. Peut-être accepterait-elle de nous parler, elle ?

— Inness, vous êtes pitoyable, dit-elle en lui donnant une tape sur le bras. Sacrément pitoyable, répéta-t-elle en le poussant sur le palier. Dehors !

Inness était stupéfait. Jusqu'à présent, O'Donnell n'avait jamais montré la moindre émotion, et voilà qu'elle pleurait, qu'elle le frappait et le poussait en criant. Elle était visiblement furieuse.

— Qu'est-ce que vous faites ? demanda-t-il en gloussant nerveusement et en essayant d'esquiver les coups.

Maureen ne trouva rien à répondre, aussi dit-elle la vérité.

— Vous me faites peur ! cria-t-elle.

Inness s'immobilisa.

— Ce n'était pas mon intention, dit-il bêtement.

Dans un téléfilm, ils se seraient étreints, Inness serait rentré dans l'appartement, et ils auraient gentiment discuté de leurs sentiments. Puis ils se seraient séparés, exaltés et émus par ce moment de tendresse ensoleillée entre deux étrangers. Mais c'était la réalité, et ils étaient à Glasgow.

— Allez vous faire foutre, cria Maureen en lui claquant la porte au nez.

Elle se retourna brusquement et se retrouva face à McAskill, debout sur le seuil du salon, triste et solitaire.

— Hugh, dit-elle en reprenant péniblement son souffle. Comment pouvez-vous supporter ça ?

— Maureen…

Elle rouvrit la porte et le laissa passer tandis qu'il murmurait :

— C'est mon métier.

Dès qu'il fut sorti, elle claqua la porte et resta à la fixer en pleurant et en écoutant les deux hommes qui chuchotaient en descendant les marches. Le bruit de leurs pas décrut quand ils arrivèrent au rez-de-chaussée et sortirent dans la rue. Elle fila dans le salon, se plaqua contre le mur près de la fenêtre, pour qu'on ne la voie pas de l'extérieur, et regarda en contrebas. Ils montaient dans une voiture. Elle vit Inness baisser la vitre et allumer une cigarette dont il souffla la fumée dans la rue. Puis ils démarrèrent et s'éloignèrent.

Maureen alluma à son tour une cigarette. Elle retourna dans le couloir, se baissa et récupéra l'enveloppe bleue sous la table du téléphone. Angus lui écrivait qu'il espérait que les saignements s'étaient arrêtés et qu'il aimerait la faire saigner lui-même. Le voyant du répondeur clignotait toujours. Elle appuya sur la touche de lecture.

— Je sais que tu es là, ânonna Winnie d'une voix pâteuse. Décroche, petite merde.

— Ouais, je suis une merde, murmura Maureen en tirant sur sa cigarette, consciente de hâter sa fin et savourant cette idée. Je suis une merde. Une merde.

Il était 9h45, c'était le matin, et elle avait envie de boire et de ne plus jamais dessoûler.

11

Il suffit de sauter

Maureen descendait d'un pas lourd la colline ruisselante de pluie. Des voitures passaient en trombe dans les ornières remplies d'eau, arrosant les trottoirs et les piétons. Elle aurait aimé donner les lettres d'Angus à la police – il la menaçait, après tout. Mais si jamais on l'accusait de l'avoir agressé, les lettres constitueraient un élément à charge contre elle. Elle savait qu'il n'était pas fou, mais pour le démontrer, il faudrait qu'elle explique les sens cachés et les symboles des pseudo-délires d'Angus, ce qui reviendrait à avouer qu'elle était responsable de son agression et à parler de Michael. Elle imagina les policiers en train de photocopier les lettres et de secouer la tête devant ces symboles absurdes, avant d'accorder une permission à Angus pour le week-end et de lui donner une carte de bus.

Elle jeta son mégot dans le caniveau et poussa la lourde porte en verre. Les marches de l'escalier étaient sales et mouillées. Elle pouvait presque sentir l'odeur particulière de cet endroit, l'odeur des femmes détruites et des histoires sans intérêt de Jan. Elle aurait voulu ne pas avoir à venir ici, ne pas avoir à retrouver Leslie, mais quel autre choix avait-elle ? Rester chez elle, à se ronger les sangs à cause des lettres d'Angus et à écouter Winnie sur le répondeur ? Aller dans les magasins, voir partout le visage de Michael et se sentir coupable d'acheter des trucs dont elle n'avait pas besoin ? Elle monta lentement les marches, pour retarder le plus possible son arrivée.

Le bureau était en effervescence. Les intérimaires se répartissaient le travail, et trois femmes abattues attendaient sur les chaises à côté du bureau de Maureen. Elle réussit à accrocher son manteau avant que Jan ne la repère.

— Salut, fit Jan en se levant et en s'approchant d'elle. Comment ça va ?

— Oh, ça va, dit Maureen avec un sourire forcé. Mais j'ai une tonne de trucs à faire.

Elle s'assit à son bureau, prit un dossier au hasard dans son tiroir et fit semblant de s'y plonger, dans l'espoir de se débarrasser de Jan.

— Tu as l'air encore plus pâle qu'hier, commenta celle-ci. Tu veux un café ?

— Volontiers. Merci, Jan.

Jan en proposa aux femmes qui attendaient, mais elles refusèrent. Comme elle se rendait dans la cuisine, Maureen sortit son paquet de cigarettes et le tendit à la première femme en lui faisant signe de le passer aux autres, puis elle se replongea dans son dossier. Elle ne voulait pas les regarder, de peur qu'elles ne se sentent embarrassées, si jamais elles étaient à court d'argent et qu'elles avaient envie d'une cigarette. Quand le paquet lui revint, il en manquait six. Elle jeta un coup d'œil aux trois femmes. Elles fumaient en regardant le plancher.

Elle sortit un autre dossier de son tiroir et essaya de s'absorber dans l'étude d'une clause statutaire. Elle fixa la même phrase pendant un quart d'heure, en songeant vaguement à toutes les petites querelles qui avaient lieu à chaque seconde dans le monde, à tous les imbéciles qui se disputaient avec leurs amis et qui pensaient que c'était grave, alors qu'en définitive, rien n'avait d'importance. Jan revint et lui tendit sa tasse, puis elle ouvrit son paquet de cigarettes et le passa à la première femme.

— Un policier a appelé, dit-elle. Il cherchait ta copine Leslie.

— Qui ?

— Un policier. Il voulait parler à Leslie.

— Mais pourquoi l'a-t-il appelée ici ? Elle n'y travaille même pas.

— Je sais pas, dit Jan.

— Ce policier, il a laissé son nom ?

— Non. Il a juste dit que c'était la police.

— Il a demandé Leslie nommément ?

— Je sais pas, répéta Jan en tendant la main pour reprendre son paquet de cigarettes.

— Qui a pris l'appel ?

— Katia.

— Merci, Jan.

Mais Jan ne l'écoutait plus. Elle fixait les deux pauvres cigarettes qui se battaient en duel dans son paquet.

Katia n'était pas à son bureau. Maureen la trouva dans la réserve de fournitures, en train de bavarder avec Alice, la coordinatrice financière. Elles étaient en train de convenir d'une sortie en boîte pour le week-end. Apparemment, Katia allait souvent dans le club en question et connaissait le portier. Elle disait qu'elle pouvait faire entrer Alice et son copain gratuitement. En voyant Maureen sur le seuil, Alice recula d'un pas pour qu'elle vienne se joindre à elles, mais Maureen resta à l'écart jusqu'à ce qu'elles aient fini et arrêta Katia quand elle sortit.

— Je peux te dire un mot ?

— Bien sûr. Viens.

Katia avait bien aménagé son coin. Une cloison isolait son bureau du reste de l'horrible pièce. Son classeur à tiroirs était orné de photos d'elle en compagnie de mecs séduisants dans tout un tas d'endroits à la mode.

— Qu'est-ce que je peux faire pour toi ? demanda-t-elle.

Elle écarta légèrement sa chaise du bureau et s'assit. Sa minijupe en daim remonta, découvrant des cuisses parfaites.

— Eh bien, commença Maureen d'un ton qu'elle voulait dégagé, j'ai appris qu'un policier avait téléphoné aujourd'hui et que tu avais pris l'appel.

— Oui.

— Il paraît qu'il voulait parler à Leslie.

— On t'a dit ça ?

— Oui. Le problème, c'est que…

Elle se demanda comment formuler cela sans donner l'impression qu'elle avait des ennuis.

— Un policier est venu chez moi.

Katia se pencha en avant et la regarda. Maureen surprit dans son regard une étincelle de satisfaction, immédiatement remplacée par une sollicitude mielleuse.

— Tu sors avec ce policier ?

Cette fois, Maureen s'énerva.

— Non, Katia. Il me harcèle.

— Oh. Tu as porté plainte ?

— Je n'en ai pas l'intention. Je veux simplement savoir si c'est le même que celui qui a téléphoné pour Leslie. Il a laissé son nom ?

— Eh bien, c'était une femme. Qu'est-ce qu'il te veut, ce policier qui te harcèle ?

— Ça n'a pas d'importance.

Si, ça en a, dit Katia en lui prenant la main. Tu veux qu'on en parle ? Tu dois être bouleversée.

Soudain, Maureen éclata en gros sanglots hoquetants, et Katia perdit tous ses moyens. Elle se leva si brusquement qu'elle renversa son siège, heurta le classeur et fit tomber une volée de photos flatteuses.

— Écoute, dit-elle en ramassant les clichés à quatre pattes, tu veux que je… que j'aille chercher quelqu'un ? Tiens, voilà des kleenex.

Elle lui tendit une boîte de mouchoirs en papier fleuris, ce qui fit pleurer Maureen encore plus.

— Tu veux que je te fasse une tasse de thé ? Que j'appelle Vikram ?

— Surtout pas ! s'écria Maureen.

Tout ce dont elle avait besoin, c'était que Katia s'éloigne, qu'elle lui laisse le temps de se ressaisir.

— Mais je veux bien du thé, si ça ne te dérange pas.

Katia fila prestement, laissant Maureen derrière la cloison. Celle-ci parvint à se calmer et s'essuya les yeux. Elle ne savait pas ce qui avait provoqué cette crise de larmes, mais elle se sentait mieux maintenant que Katia n'était plus là. Une dernière photo charmante de Katia glissa de sous l'aimant qui la retenait et tomba par terre. Le classeur contenait les photos du Criminal Compensation Board. Maureen s'en approcha et ouvrit discrètement les tiroirs les uns après les autres. Elle trouva le dossier d'Ann Harris dans celui du haut. C'était une enveloppe kraft remplie de photos. Elle la glissa sous son pull, en la coinçant en biais dans la ceinture de son jean, puis elle s'assit, effarée d'avoir fait cela. Elle ne savait pas si elle avait agi ainsi pour embêter Katia, pour faire plaisir à Leslie ou pour gâcher un peu plus la situation et pouvoir quitter son travail.

Quand Katia revint, avec une tasse de thé au lait, Maureen ne pleurait plus et, en plus des photos, avait subtilisé presque tous les kleenex fleuris.

— Ça va mieux ? demanda Katia.

— Oui, dit Maureen en se tamponnant le nez avec l'avant-dernier mouchoir qui restait dans la boîte. Désolée. Je… j'ai juste eu un coup de cafard.

— Qui est ce policier qui te harcèle ?

— Un mec que j'ai rencontré il y a quelques mois…

— Il est de Glasgow ?

— Ouais.

— Ce coup de fil n'a rien à voir avec lui, alors. C'est la police de Londres qui a appelé.

— Bon. Très bien, dit Maureen en se levant, les bras croisés pour cacher son larcin. Merci.

— De rien. Tu devrais vraiment porter plainte, tu sais. Réfléchis-y, d'accord ?

— Oui, oui.

— Comment va Vik ?

Maureen se réfugia de l'autre côté de la cloison, pressée de partir avant que Katia ne se rende compte qu'elle avait une curieuse bosse sous son pull.

— Bien, dit-elle. Il va bien.

— Maureen, tu m'en veux ? demanda Katia en s'approchant d'elle.

— Quoi ? fit Maureen, surprise.

— Est-ce que tu m'en veux à cause de Vik ?

Maureen la regarda, perplexe.

— Je devrais ?

— Eh bien, dit Katia en baissant la tête, tu sais qu'on est sortis ensemble, non ?

— Ouais, je le sais, répondit Maureen avec un absurde pincement de jalousie.

— C'était il y a à peu près un mois, reprit Katia d'un air entendu.

Maureen sortait avec Vik depuis un peu plus d'un mois, et Katia le savait. Maureen eut envie de répondre qu'elle s'en foutait royalement, qu'elle n'était même pas sûre de survivre à cette journée.

— Il faut que j'y aille, dit-elle.

— Tu n'en veux pas ? demanda Katia, en lui tendant la tasse de thé comme si c'était le calumet de la paix.

— J'aime pas le lait, fit Maureen.

Elle alla récupérer son manteau et ses cigarettes, puis elle sortit, laissant sur son bureau les dossiers épars.

Dehors, une pluie oblique tombait, ruisselant en cascades sur les façades, formant de petits ruisseaux bouillonnants dans les rues et des flaques autour des bouches d'égout. Les passants remontaient leurs capuches et couraient se mettre à l'abri sous les porches des immeubles. D'autres, réfugiés dans des magasins, guettaient derrière les vitrines la fin de l'averse. Maureen se sentait d'un calme inhabituel. Elle avait du whisky chez elle, et elle avait pris sa décision : plus jamais elle ne retournerait au Foyer des femmes.

Ses bottes gargouillaient bruyamment. Elle monta la côte raide, pliée en deux, les yeux baissés sur l'eau qui giclait par les œillets de ses lacets. Le hall de son immeuble sentait l'humidité, mais la chaleur des appartements du rez-de-chaussée filtrait sous les portes d'entrée, réchauffant le bas des marches et chatouillant ses oreilles engourdies par le froid.

Le répondeur était impatient de parler. Il clignotait furieusement, débordant du venin de Winnie. Maureen enleva ses bottes dans la cuisine et les vida précautionneusement dans l'évier. Puis elle souleva son pull humide, sortit délicatement l'enveloppe volée et la posa sur la table. Ensuite, elle sécha avec une serviette ses pieds blancs et ridés par l'eau, en les frottant vigoureusement pour faire circuler le sang. La bouteille de whisky attendait dans un sac en plastique. Elle s'en empara, l'ouvrit en savourant le cliquetis du bouchon neuf et remplit un grand verre à ras bord. Posé sur la table, il scintillait comme de l'ambre liquide dans la lumière grise. Elle le lorgna du coin de l'œil, flirtant avec lui. Quoi qu'il arrive dans les prochaines heures, elle avait tout ce whisky pour l'anéantir – une petite mort* à l'écossaise. Si

* En français dans le texte (NdT).

seulement elle avait pu éprouver tout le temps ce sentiment de réconfort ! Elle but trois longues gorgées, puis elle reprit son souffle, alluma une cigarette, aspira la fumée jusqu'au fond des poumons et but de nouveau, plus lentement.

Le répondeur l'appelait. Elle passa dans le couloir, appuya sur la touche de lecture et ferma les yeux tandis que l'alcool s'insinuait en elle et amortissait tout. Winnie pleurnichait en disant qu'elle lui avait donné la vie.

— Je pense à toi et tu me manques… Je t'aime.

Elle avait raccroché lentement. Puis elle avait rappelé, soûle et en colère, pour dire à Maureen qu'elle n'était qu'une petite merde. L'appareil émit deux bips, avant de rembobiner la bande. Maureen songea distraitement aux dents de carnassier de Jimmy, en buvant une autre gorgée de whisky et en fixant le répondeur, puis le souvenir de la grande bouteille dans la cuisine la ramena à la réalité.

Elle se posta devant la fenêtre. Loin en bas, les voitures se dirigeaient lentement vers l'autoroute pour s'extirper du gouffre brutal de la ville. Elle regarda au nord et vit la tour déchiquetée de l'hôpital de Ruchill dressée comme un poignard dans le ciel. La tour l'épiait, plongeait son regard chez elle. Elle serra la bouteille contre elle comme si c'était sa meilleure amie, ramassa son verre et ses cigarettes et quitta la cuisine. En passant devant le répondeur dans le couloir, elle lui donna un violent coup de poing qui le fit tomber bruyamment sur le sol.

Il faisait assez sombre dans le salon pour que les taches de sang sur le plancher se transforment en ombres graisseuses. Maureen resta assise sur le canapé, immobile, en songeant au rêve qu'elle avait fait la nuit précédente. Cet appartement avait vu beaucoup de sang. Celui de Douglas tachait encore les lames du parquet de traces sombres comme du vernis. Elle ne se résignait pas à repeindre pardessus. Pour elle, ç'aurait été aussi affreux que de dire qu'il n'avait jamais été là. La mort de Douglas l'avait terrassée. Quand votre amant est assassiné, vous ne pouvez pas réagir comme si c'était une mort normale. Cela ne ressemble pas à un deuil ordinaire, on ne remplit pas les veines du cadavre de colle et on ne l'habille pas comme pour une soirée en faisant semblant de croire que Dieu va l'accueillir en son sein. Il y a du sang, de la merde et des déchets partout, des lambeaux de peau arrachés, des membres amputés, et on se rend compte que la vie est brutale et insignifiante et qu'on n'est qu'à deux doigts de la mort.

Maureen alluma une autre cigarette, termina son verre et regarda par la fenêtre. La pluie avait presque cessé, maintenant. Elle se resservit de whisky, traversa la pièce, ouvrit la fenêtre en grand et s'assit sur le rebord. La pluie lui tombait doucement sur le visage, et le vent lui fouettait les cheveux. En bas, les rares passants ne la remarquaient pas.

Elle passa une jambe par-dessus le rebord et tira nerveusement sur sa cigarette en écoutant la rumeur de la ville. Elle ne voyait pas Ruchill d'ici, et personne là-bas ne pouvait l'apercevoir. De la cendre tomba de sa cigarette et se dispersa dans le vent. Elle agita son pied nu en l'air et le cogna contre le mur. Un petit éclat de pierre se détacha de la façade et tourbillonna lentement dans le vent, avant de tomber cinq étages plus bas. Il se fracassa sur le sol avec un bruit sec qui résonna dans la rue étroite. Le téléphone sonna dans le couloir, et le répondeur déglingué prit l'appel. Winnie sanglota et lui sortit un de ses trucs habituels : « Je t'aime, tu es une merde, viens me voir, jamais je te reverrai. »

La pluie recommença à tomber avec force et lui éclaboussa la jambe, avant de rejaillir sur le parquet du salon. Elle avait connu des tas de personnes et elle ne se rappelait pas en avoir apprécié aucune. Elle baissa les yeux. Il suffisait de sauter. Mais Jimmy n'avait rien, et elle, il lui restait huit mille livres de l'argent de Douglas. Elle pouvait laisser un mot dans le salon pour dire qu'elle donnait tout à Jimmy, mais Winnie le déchirerait. À cette heure, la banque était ouverte : elle pouvait tout retirer et aller glisser l'argent dans la boîte aux lettres de Jimmy. Mais peut-être qu'en revenant, elle n'irait pas jusqu'au rebord de la fenêtre. Elle lâcha son mégot et le regarda tomber lentement, en décrivant une spirale.

Le whisky la réchauffait, et c'était agréable de sentir la pluie et le vent sur son visage. Elle ferma les yeux et vit Pauline Doyle assise dans un grand fauteuil, les bras tendus, l'invitant à faire une pause dans la tiédeur d'une étreinte, et elle se laissa lentement couler vers elle. Elle tombait en avant, glissait vers elle sans résister, mais Pauline se changea en Ann Harris qui l'empoignait par les cheveux, un sourire fendant la croûte de sa lèvre enflée et découvrant la chair rouge à vif. Maureen se redressa brusquement, se rattrapa au montant de la fenêtre et, d'une poussée, se laissa tomber dans le salon.

Elle atterrit sur les reins et se releva en titubant. Elle se frotta le coccyx en grognant, le souffle coupé par la douleur. Puis elle regarda autour d'elle en ricanant nerveusement, comme si tous ceux qu'elle connaissait l'avaient vue. Rouge de honte, elle referma la fenêtre et alla dans le couloir appeler Liam.

12

Pas contente

Arthur Williams l'aimait bien. Il n'avait pas envie de sortir avec elle – il savait qu'elle était mariée et qu'elle avait un gosse. Il trouvait simplement que c'était une fille bien, dotée d'un caractère égal. Elle ne plaisantait pas constamment sur le fait qu'il était écossais – un miracle pour un flic de Londres –, et il était content de travailler avec elle sur cette histoire de matelas.

— C'est une chance pour vous, Bunyan. Vous allez collaborer avec l'un des plus grands.

Le superintendant Dakar ne put se contenter de le complimenter sur son travail. Il fallut qu'il rajoute une petite pique.

— Bien qu'il soit d'origine écossaise.

Williams sourit gentiment et but une gorgée de thé en regardant Dakar, qui continuait à radoter sur leur charge de travail et le rapport du ministère de l'Intérieur sur leur taux de réussite. Dakar était mal à l'aise avec Bunyan parce que c'était une femme, et il était incapable de la regarder droit dans les yeux. Williams était persuadé qu'il pensait constamment à ses nichons. « Maintenant, ferme-la, Dakar, fermela et tire-toi. File. Fous le camp », chantonna mentalement Williams jusqu'à ce que Dakar se lève.

— Eh bien, je vous laisse. Ce devrait être simple : nous avons une identité, une sœur à Streatham et de la famille dans le Nord. Nous avons envoyé une demande de renseignements à la brigade criminelle en Écosse, et la police locale s'en occupe également. Il ne vous reste qu'à suivre la piste.

Sur ce, il s'éloigna en rentrant le ventre jusqu'à ce qu'il passe derrière Bunyan.

Elle regarda Williams et haussa les sourcils.

— On va d'abord à Brixton, alors ? demanda-t-elle.

— Oui. Il faudrait appeler la sœur pour savoir si elle est là.

— Déjà fait, monsieur, dit-elle. Mme Akitza est chez elle pendant encore deux heures. Elle nous attend.

Williams eut un sourire approbateur.

— Très bien, dit-il en prenant sa veste. Continuez comme ça. Ça me plaît.

Il leur fallut une demi-heure pour faire les quinze kilomètres jusqu'à Brixton, et Bunyan lui indiqua plusieurs fois des raccourcis. Sa famille avait vécu par ici, expliqua-t-elle, avant de déménager dans le Kent. Williams remarqua combien elle était petite en la voyant sur le siège du passager. Il avait l'habitude d'y voir Hellian, ses grandes jambes coincées sous la boîte à gants. On aurait pu en mettre trois comme Bunyan, tellement elle était menue.

— Vous faites quelle taille ? demanda-t-il en entrant dans Dumbarton Court.

— Une taille suffisante, répondit-elle d'un ton vexé, en jetant son mégot par la vitre baissée.

— On vous embête souvent parce que vous êtes petite, hein ? dit Williams en riant.

— Ouais, entre autres, répondit-elle en imitant tant bien que mal son accent écossais.

Williams se gara.

— Ça doit être pénible, dit-il en tirant sur le frein à main sans enfoncer le bouton de sécurité.

Du coin de l'œil, il la vit frémir.

— Vous allez abîmer la voiture en faisant ça, vous savez. Ça va user le pignon, et le frein ne sera plus bon à rien.

Comme il la regardait, perplexe, elle expliqua :

— Je viens d'une famille de mécaniciens.

— Ça, c'est une bonne nouvelle, répondit-il en se tournant pour prendre sa veste sur la banquette arrière. Parce que ce frein n'arrête pas de lâcher.

Il fut content de la voir sourire. Il voulait qu'elle réussisse et qu'ils s'entendent bien tous les deux.

Moe Akitza ouvrit la porte et les regarda. Elle avait les yeux gonflés, et ses cheveux blonds étaient sales. Derrière elle, la maison était plongée dans la pénombre. Quand elle les fit entrer, ils remarquè-rent qu'elle boitait et qu'elle avait le souffle court. Bunyan la soutint et l'aida à s'asseoir dans un fauteuil du salon. Elle s'installa en face d'elle et se pencha en avant, avec une expression pleine de sollicitude.

— Vous êtes malade, madame Akitza ?

— Oui.

Moe Akitza leva la tête et porta une main à sa poitrine en ouvrant de grands yeux et en suffoquant.

Bunyan bondit sur ses pieds.

— Vous avez besoin de quelque chose ? demanda-t-elle. Vous avez un médicament à prendre ?

Moe secoua la tête, reprit son souffle en se tapotant la poitrine et se laissa tomber contre le dossier de son fauteuil. Bunyan regarda Williams, qui lui fit signe de se rasseoir. Il était resté sur le seuil du salon et balayait la pièce du regard.

— Nous ne resterons pas longtemps, reprit Bunyan d'une voix forte, comme si elle parlait à une sourde. Je sais que cela doit être pénible pour vous, mais nous aimerions vous poser quelques questions sur votre sœur. Vous voulez bien ?

Moe ne répondit pas. Elle haletait, les yeux fermés.

Bunyan sortit son calepin et ôta le capuchon de son stylo.

— Avant tout, avez-vous quelque chose à nous demander ?

Moe se pencha en avant, les traits crispés par la douleur.

— La gourmette, murmura-t-elle. Elle était à ma mère.

Elle retomba dans le fauteuil.

— Nous vous la rendrons dès que l'affaire sera élucidée.

Bunyan leva la tête pour voir si elle comprenait. Moe acquiesça et sourit, visiblement heureuse de cette nouvelle.

— Ah… son mari la battait.

— En effet, dit Bunyan. Nous sommes au courant. Vous nous l'avez dit lorsque vous avez signalé sa disparition. Elle se cachait dans un foyer, c'est cela ?

— Leslie, dit Moe avec peine. Fin… ah…

— Leslie Findlay, du Foyer des femmes de Glasgow, acquiesça Bunyan. Nous l'avons contactée.

— Ah… photos… ah… Ann ?

Bunyan ne comprit pas.

— Vous voulez nous montrer des photos d'elle ?

Moe leva la main de l'accoudoir et secoua la tête.

— Foyer ? dit-elle enfin.

— Ah oui, répondit Bunyan en consultant ses notes. Les photos qu'Ann gardait au Foyer ?

Moe hocha la tête.

— Malheureusement, elles semblent avoir été égarées. Je suppose que vous voulez que votre beau-frère soit inculpé pour coups et blessures ?

Moe ferma les yeux et hocha de nouveau la tête.

— Eh bien, continua Bunyan, je crains que ce ne soit pas de notre ressort. Les faits ayant eu lieu à Glasgow, cela concerne les autorités écossaises.

Moe Akitza cessa d'agoniser et ouvrit de grands yeux agacés. Williams s'avança.

— Le système judiciaire écossais est indépendant du nôtre, madame Akitza, dit-il. Je suis désolé. Comme Ann est décédée, son mari ne sera probablement pas inculpé. À moins qu'il n'y ait d'autres témoins qui l'aient vu la battre.

— Pas d'inculpation ? fit Moe Akitza d'une voix aiguë. Il… ne sera pas poursuivi ? Du tout ?

— Eh bien, dit Williams, si les mauvais traitements qu'il infligeait à sa femme sont liés au meurtre, ce sera mentionné dans le dossier, mais l'affaire ne sera pas traitée par un tribunal anglais.

Moe Akitza n'était pas contente. Pas contente du tout.

13

CHAPEAU DE COW-BOY

Liam n'avait pas vu Maureen aussi ivre depuis leurs premières beuveries d'adolescents. Elle était assise par terre, avachie contre le divan, les yeux mi-clos, de la cendre plein les vêtements et du fromage sur la manche. Bien que le canapé la soutînt, elle réussissait à osciller. Lorsqu'il avait écouté son message, il avait trouvé sa voix pâteuse, mais il ne s'attendait pas du tout à cela.

Maureen avait tout ce qu'il lui fallait ici : cigarettes, whisky, eau, cendrier, mais elle se sentait très mal. Elle avait une demi-bouteille d'alcool dans le ventre, et c'était une grande bouteille. À un moment, elle s'était rendu compte qu'elle allait être malade si elle ne mangeait pas, aussi avait-elle avalé quelque chose qu'elle avait trouvé dans le réfrigérateur – du fromage, probablement –, mais cela ne lui réussissait pas du tout. Et voilà que Liam se retrouvait devant elle, ce cher Liam, qui avait fait deux kilomètres depuis Hillhead pour venir la voir. Il était si gentil. Elle se mit à pleurer.

— Bordel, pourquoi tu as fait ça ? demanda-t-il en enlevant son blouson. Tu es complètement pétée.

Elle opina du bonnet – du moins essaya-t-elle. Elle dodelina vaguement de la tête, et Liam la regarda faire un moment, fasciné par son manque de coordination.

— Je suis malheureuse, déclara-t-elle avec indignation.

Elle s'essuya le visage sur sa manche, se fourrant du cheddar râpé dans les cheveux.

— Eh bien, c'est très original, dit Liam, serein.

Il s'assit dans le fauteuil et la regarda essayer de ramasser de ses doigts engourdis une cigarette tombée par terre.

— Pourquoi tu t'es bourré la gueule à ce point ?

Maureen renonça à sa cigarette et haussa les épaules.

— La vie est merdique, bafouilla-t-elle. Leslie… m'a craché dans l'œil.

Liam se leva.

— Bon Dieu, Mauri ! Excuse-moi, mais je ne supporte pas ça.

Il quitta la pièce, et Maureen attendit, oubliant qu'il était chez elle, s'en souvenant et l'oubliant de nouveau. Quand il revint dans le salon, ce fut une délicieuse surprise, et elle se remit à pleurer. Liam lui fit boire du café. Et le café la rendit très malade.

Il lui faisait couler de l'eau tiède dans les cheveux en tenant la pomme de douche trop bas sur la nuque, si bien que l'eau lui coulait sur les joues et dans le nez. Elle était penchée sur la baignoire et essayait de tenir debout tant bien que mal, mais ses jambes lui obéissaient à peine, et elle ne cessait de piquer du nez.

— Oh, putain, ce que je suis malade, gémit-elle.

— Tu as gerbé partout.

— Ça suffit.

Elle essaya de se redresser, mais Liam ne lui lâcha pas la tête, et elle tituba d'avant en arrière.

— Mauri, tu as du vomi plein les cheveux. Reste tranquille, bon sang.

Il la shampouina et lui rinça lentement les cheveux, puis il lui enveloppa la tête dans une serviette propre. Maureen se releva et s'affala contre le mur. Pour quelque raison obscure, avoir les cheveux mouillés lui donnait l'impression d'être dégrisée.

— Oh, putain de merde, dit-elle.

Liam s'assit sur le rebord de la baignoire.

— Tu te sens un peu mieux ?

— Oui, dit-elle en tapotant son turban.

Il ne sembla pas convaincu.

— Je te jure, insista-t-elle. T'as qu'à vomir, et je te ferai pareil.

Ils retournèrent dans le salon, et Maureen se pelotonna sur le canapé. Les vestiges de son après-midi de soûlerie gisaient sur le plancher. Il y avait des cigarettes éparpillées partout, et il restait à peine un tiers de la bouteille de whisky. Une photo de Winnie était posée contre le pied du fauteuil, face à elle. Elle regarda par la fenêtre et repensa à la pluie, au vent glacé et à son pied nu se balançant dans le vide. Liam aurait été horrifié si elle lui avait raconté ça.

— C'est vraiment sympa de ta part de t'être occupé de moi, dit-elle en s'efforçant de penser à autre chose.

— Je suis la bonté personnifiée, répondit Liam en allumant un joint.

— Je ne suis même pas fatiguée.

— Il n'est que 19h30. Pourquoi tu as picolé comme ça ?

Elle se rembrunit et but un peu d'eau, en guettant une éventuelle nausée. Elle avait encore les mains tremblantes, mais côté estomac, cela semblait aller.

— D'habitude, tu te soûles toujours avec Leslie. Où elle est ?

— On s'est disputées, avoua Maureen. C'est à cause de ce mec, Cammy. Elle l'a rencontré, et hop, elle m'a laissée tomber comme une vieille chaussette. Hier, j'en ai eu marre et je le lui ai dit.

— Mais elle est amoureuse. Elle va disparaître pendant trois mois, c'est normal.

Maureen le regarda, médusée.

— Tu ne peux pas savoir ce que c'est, parce que Douglas était marié. Quand on tombe amoureux, on passe tout son temps ensemble pendant trois mois, puis on se réveille brusquement en se demandant ce qui s'est passé et on court retrouver ses anciens copains. C'est ce qui arrive à Leslie. Je parie que c'est la première fois qu'elle est amoureuse, pas vrai ?

— C'est plus que ça, Liam. Elle a changé. Regarde comment elle s'habille, maintenant.

— Elle essaie de lui plaire, dit-il avec un sourire indulgent. Il doit en faire autant de son côté.

— Tu veux dire qu'elle aime la façon dont il s'habille ?

Liam fronça les sourcils en repensant au jean droit et au tee-shirt des Celtic que portait Cammy à la Saint-Sylvestre.

— On ne sait pas comment il s'habillait avant de la rencontrer, répondit-il. Peut-être qu'il mettait une combinaison avec plein de fermetures Éclair.

— Et des talons compensés, renchérit Maureen.

— Avec des éperons.

— Et un chapeau de cow-boy.

— C'est possible. Ne te dispute pas avec elle. Tu lui gâcherais son plaisir.

Il prit un livre et commença à disposer des feuilles de papier à rouler dessus. Il avait apporté un gros bout de shit enrobé de cellophane.

— D'où tu sors tout ça ? demanda Maureen. Je croyais que c'était la pénurie.

— J'ai eu du bol, dit-il en souriant. Tu as d'autres soucis, en dehors de Leslie ?

Maureen s'effondra sur le canapé.

— Winnie est venue me voir. Je sais que je dis toujours des saloperies sur son compte, mais elle me manque et, quand je l'ai vue, elle m'a dit que George lui faisait la tête. Ils ne vont pas se séparer, hein ? On ne le reverra jamais, s'ils divorcent.

— Mais non, Mauri, ils ne vont pas divorcer. Il essaie simplement de lui faire comprendre que ce n'était pas bien, qu'elle laisse Michael habiter chez eux.

— George me manque.

— Tu lui manques aussi, dit Liam.

Ils n'en parlaient jamais, mais les quatre enfants O'Donnell adoraient leur beau-père. Pourtant, George ne discutait pratiquement pas avec eux et ne leur donnait aucun conseil. Il n'était même pas très souvent là. Comme Winnie, il buvait, mais quand il était soûl, au lieu de déclencher des disputes ou d'essayer de les entraîner dans des drames montés de toutes pièces, il chantait et récitait des poésies sentimentales. Winnie se disputait avec lui, tout comme avec Michael autrefois, méchante, bruyante, teigneuse. George l'écoutait jusqu'à ce qu'il en ait assez, puis il sortait retrouver ses copains. Il était le seul modèle de parent bienveillant que les enfants aient connu.

— Winnie m'a dit que Michael était toujours à Glasgow, reprit Maureen.

Elle regarda Liam, mais il était occupé à lécher le papier et à le déchirer.

— C'est vrai ?

— Il n'a personne avec qui picoler, dit-il d'un ton désinvolte. Il ne restera pas longtemps.

Maureen baissa la tête et poussa un gros soupir. La journée avait été longue.

— J'ai quitté mon travail. Je le déteste. Mais c'est Leslie qui m'a trouvé ce foutu boulot, et elle me reparlera jamais si je reviens pas.

— Ça, c'est sûr.

Maureen regardait Liam se préparer sa provision de joints et les rouler tout en fumant. Il arborait un air dégagé, comme si cela n'avait pas grande importance, alors qu'il était aussi efficace et concentré qu'une petite fourmi. Elle agissait comme cela avec l'alcool. En apparence, elle semblait désinvolte, mais au fond, elle le consommait avec frénésie, en s'efforçant de ne pas ralentir l'allure pour ne pas diminuer son ivresse.

— Regarde-toi avec ta petite fabrique à joints, dit-elle méchamment.

Il leva le nez, vexé.

— Regarde-toi avec ta petite fabrique à gerbe, répliqua-t-il, avant de reprendre sa tâche.

— Tu as raison. Ça m'inquiète. J'ai peur de devenir comme Winnie.

— Avant Noël, ça m'inquiétait aussi. Comme l'alcoolisme, c'est censé être génétique, j'ai décidé de tromper le destin et de prendre des centaines de drogues.

Il gloussa en regardant les pieds de Maureen. Puis il se mit à rire franchement et fut pris d'une quinte de toux. Il se retrouva à rire et à tousser comme un catarrheux jovial, et Maureen l'observa en souriant tristement. Autrefois, Liam était révolté, constamment en colère. Mais depuis qu'il avait arrêté de dealer, il s'était tellement adouci qu'elle avait l'impression de le voir régresser et redevenir un petit gamin joyeux. Si elle mourait, cela lui manquerait. De petits coups polis frappés à la porte interrompirent Liam. Maureen sursauta et se redressa. Ils se dévisagèrent. Aucun d'eux n'osait bouger.

— Pourquoi on se tait ? chuchota-t-il en se retenant de s'esclaffer. On ne fait rien de mal.

Le visiteur frappa de nouveau.

— Vas-y, articula Liam en silence, en lui désignant la porte et en fourrant le morceau de shit sous le canapé. Va voir qui c'est.

— Jette-le par la fenêtre si c'est les flics, chuchota-t-elle en désignant la cachette.

Elle alla dans l'entrée sur la pointe des pieds et regarda par le judas. Vik se tenait sur le palier avec une bouteille de vin blanc et un bouquet, son beau visage souriant et plein d'espoir. Le regard fixé sur la porte, il attendait qu'elle apparaisse. Elle se sentit aussitôt rongée par la méchanceté et la culpabilité et furieuse contre Katia. Elle aurait dû ouvrir et lui dire de ficher le camp. C'était franc, au moins. Mais Liam était là. Maureen et son frère se ressemblaient depuis toujours : la même mâchoire carrée, les mêmes boucles brunes et les mêmes yeux clairs, mais Vik ne remarquerait peut-être pas l'air de famille. Il penserait qu'elle recevait un autre mec, et elle n'était pas en état de lui expliquer pourquoi elle acceptait la présence de son frère et pas la sienne. Elle posa le front contre la porte, à moins de trente centimètres de l'épaule de Vik, et l'écouta frapper et danser impatiemment d'un pied sur l'autre. Puis elle sentit qu'il s'appuyait contre la porte et griffonnait quelque chose. Elle entendit le bruit clair de la bouteille qu'il posait sur le sol et frissonna en l'écoutant redescendre d'un pas lourd les marches en pierre. Le vent referma la porte d'entrée avec un claquement, et elle tendit l'oreille un instant, pour être sûre qu'il ne revenait pas. Enfin, elle ouvrit la porte. Vik avait laissé les fleurs et un mot coincé sous la bouteille. Son écriture était large, ronde et joviale.

Salut ! Il est passé te faire un petit coucou ! Appelle-le vite !

Elle commença à le détester.

Elle retourna dans le salon avec la bouteille et le bouquet.

— C'était pas la police, alors ? demanda Liam.

Maureen se laissa tomber sur le canapé avec les fleurs. C'étaient des roses déjà ouvertes, dont les pétales rose pâle étaient teintés de brun aux pointes.

— Jolies fleurs, commenta Liam.

— Je vois quelqu'un.

— Ça doit bien se passer, si tu refuses de lui ouvrir la porte quand il vient.

— Il est gentil. Et c'est génial au lit.

Ils ne parlaient généralement pas de ces choses-là, mais elle n'avait personne d'autre à qui se confier.

— Ouais, je vois. Maggie et moi, c'était génial au lit aussi, mais j'en ai eu marre. On ne peut pas rester avec quelqu'un pendant des années à attendre la prochaine partie de jambes en l'air.

Il lui jeta un rapide coup d'œil.

— Tu as bien fait.

Mais Maureen savait que non. Elle ramenait ses jambes sous elle quand une brusque rafale de pluie frappa la fenêtre. Lorsqu'elle releva la tête, elle vit Liam, les yeux rouges, qui l'observait avec un sourire satisfait. Il désigna le couloir du menton.

— Va appeler Leslie.

L'estomac de Maureen se noua quand elle entendit le prénom de sa copine.

— Tu comprends pas, dit-elle. Elle ne veut pas que je l'appelle. Elle me raconte des mensonges sur tout un tas de trucs. Comme si elle ne me faisait plus confiance.

— Appelle-la et demande-lui pourquoi elle te ment.

— Je lui ai déjà posé la question, et elle n'a pas voulu me répondre.

— Mauri, Leslie n'a pas à te confier tout ce qu'elle a en tête. Appelle-la quand même.

— Non.

— Oh, allez.

— Non. Lâche-moi, Liam, tu sais rien de toute cette histoire.

— Mais c'était ta meilleure copine. Elle s'en fichera que tu quittes ton boulot. Dis-lui, c'est tout. Tu as toujours pu compter sur elle.

Liam avait raison. Leslie l'avait soutenue à l'hôpital, l'avait aidée après la mort de Douglas et avait poursuivi Angus avec elle, même si elle était terrifiée et qu'elle voulait rebrousser chemin. Elle lui avait rendu service des centaines de fois, et maintenant qu'elle y pensait, Maureen n'en avait pas fait autant. Elle était une sale petite ingrate.

— Oh, merde.

Elle se cacha la tête dans les genoux.

— Je me suis encore trompée.

Elle releva la tête, cherchant à être rassurée, mais Liam hochait la tête. Elle se laissa tomber du canapé, retourna dans le couloir, alluma la lumière et appela Leslie. Liam la suivit avec le cendrier et son joint. Le téléphone sonna dans le vide. Huit fois. Maureen allait reposer le combiné, abattue, quand Leslie décrocha.

— Allô ?

Maureen remonta prestement le combiné jusqu'à son oreille.

— Leslie ?

— Oui ?

Elle avait pris un ton très grave. Maureen ne sut que dire.

— Leslie ? Ça va ?

Leslie poussa un long soupir.

— Désolée de te déranger, dit Maureen en se préparant mentalement à essuyer une réplique cinglante.

Elle se sentait comme Vik devant sa porte. En désespoir de cause, elle regarda Liam, qui lui fit un clin d'œil et l'encouragea d'un geste. Il était complètement défoncé et ne comprenait plus rien du tout.

— Mauri, écoute… commença Leslie. Ce soir, j'ai… Ann est morte.

— Ann est quoi ?

— Morte, dit Leslie d'une voix étranglée.

Maureen se rendit brusquement compte que Leslie avait une drôle de voix parce qu'elle avait pleuré.

— On l'a retrouvée à Londres, dans la Tamise.

Maureen se rappela l'étiquette British Airways sur le sac de Jimmy. Non, pas Jimmy. Ce ne pouvait pas être lui.

— La police pense que c'est un crime ? demanda-t-elle.

Liam gloussa et s'affala contre le mur.

— Qui est-ce qui ricane, derrière ? demanda Leslie d'un ton soupçonneux.

— Liam, dit Maureen en donnant un coup de pied dans la cuisse de son frère. Il a fumé. Et je suis un peu soûle. Leslie, je m'excuse de t'avoir dit tout ça, hier. Je ne suis pas une bonne copine.

— Ouais. Pas grave. Va dormir, Mauri…

— Je suis désolée, insista Maureen.

— On en reparlera plus tard, fit Leslie en reniflant.

— Qu'est-ce qui lui est arrivé, à Ann ? Elle s'est suicidée ?

— Des tas de trucs lui sont arrivés. On l'a torturée et tuée, foutue dans un matelas et balancée à la flotte.

— Putain de merde !

Il y eut un silence. Maureen essaya de rassembler ses idées et de trouver quelque chose d'approprié à dire.

— Ce seraient les créanciers de Finneston ?

— Je ne crois pas.

Il y eut un autre silence.

— Leslie, qui était Ann pour toi ?

Leslie renifla de nouveau.

— La…

Elle se mit à pleurer.

— Jimmy est mon cousin.

Maureen comprit brusquement. Leslie avait demandé à prendre Ann au Foyer des femmes parce qu'elle se sentait responsable d'elle. Ayant passé des années à réparer les dégâts causés par des hommes, elle aurait eu bien trop honte d'avouer que Jimmy était de sa famille. Voilà pourquoi elle avait menti.

— Leslie, je ne crois pas qu'il l'ait battue.

Leslie sanglotait, à présent.

— J'allais te dire la vérité, hoqueta-t-elle. Je veux pas me disputer avec toi, Mauri…

— Leslie, ne reste pas seule, coupa Maureen. Viens chez moi. J'ai du whisky, et Liam a apporté un gros bout de shit, de la taille de son pied.

Leslie renifla longuement.

— Je… j'arrive dans une demi-heure, dit-elle, avant de raccrocher.

14

La tour

Leslie était assise en tailleur par terre, une poignée de kleenex fleuris volés à Katia dans une main et un whisky dans l'autre. Elle s'essuya le nez.

— C'est horrible, chuchota-t-elle. On lui a défoncé le vagin.

— Écoutez, les filles.

Tout excité, Liam leur fit signe de se taire et les regarda l'une après l'autre en clignant lentement des yeux comme un idiot.

— J'ai une idée de génie. Un curry, ça vous dirait ?

— Bon sang, fit Leslie, tu peux pas lui dire de la fermer ?

Elles allumèrent la télévision pour le distraire, et Liam regarda *Newsnight*, en dodelinant de la tête et en essayant de s'intéresser à un débat entre des politiciens.

— J'affronte ce genre de cas tous les jours, reprit Leslie, et j'essaie toujours de rejeter la faute sur quelqu'un, pour trouver une logique, pour comprendre comment ça aurait pu être évité – et j'en reviens toujours à la famille. Je me dis que c'est dans la famille que ça a dû merder, au départ. Et là, c'est de ma propre famille qu'il s'agit, même si je n'ai jamais été en contact avec ce mec. Isa mourrait si elle savait qu'on a assassiné Ann.

— Vous connaissez toutes les deux quelqu'un qui a été tué ? intervint Liam en souriant.

Elles le fusillèrent du regard.

— Oh, la la, je vais arrêter de vous fréquenter. Vous portez la poisse.

Leslie renifla bruyamment et fronça les sourcils. Maureen posa la main sur son bras.

— Mais comment tu peux être sûre que ce ne sont pas des voyous du HLM ?

— Enfin, Mauri, Londres est plein d'Écossais qui fuient les ennuis, et ils ne se font pas assassiner. Ann devait un peu d'argent, c'est tout.

— Peut-être plus qu'on ne pense.

— Ouais, peut-être. Peut-être.

Leslie but une longue gorgée de whisky et soupira.

— La police va s'acharner sur Jimmy. Ça m'étonnerait qu'il sorte vivant de l'interrogatoire.

— Pourquoi tu dis ça ?

— Tu n'as pas vu les photos du CCB. Elle avait été tabassée à mort.

Maureen attendit en silence, honteuse, hésitant à avouer.

— Je les ai, dit-elle brusquement.

— Quoi ?

— Les photos.

— Pourquoi ?

— Je les ai piquées, murmura-t-elle.

— Pour protéger Jimmy ? demanda Leslie en se redressant. Maureen, s'il l'a battue, il doit être jeté en taule.

— Mais il n'a rien fait. Les flics pensent qu'elle a été tuée hier ?

— Ils disent qu'elle était dans l'eau depuis une semaine.

Maureen préféra ne pas lui parler de l'étiquette de British Airways. Elles étaient confortablement installées dans son appartement, bien au chaud, à boire et à fumer ensemble, et elle ne voulait pas le lui dire.

— Ce n'est pas lui, dit-elle. J'en suis sûre.

— Et comment tu le sais ?

— Je le sais, c'est tout. Je sais que ce n'est pas lui.

— Tu savais aussi qu'Ann n'était pas morte. Espérer, ce n'est pas comme savoir, Mauri.

Leslie se prit la tête dans les mains.

— Bon Dieu, s'il va en prison, Isa va vouloir prendre les gosses chez elle. Elle n'est pas en état, ça va la tuer.

— Tu ne peux pas l'en empêcher ?

Leslie claqua la langue et leva les yeux au ciel.

— Tu peux interdire quelque chose à ta mère, toi ? Et puis, Isa aime bien Jimmy. Elle le laissera pas tomber.

— Leslie, j'ai quitté le Foyer, aujourd'hui. Je n'y retournerai pas. Pendant un certain temps, en tout cas, ajouta-t-elle en voyant l'air abattu de Leslie. Tu m'en veux ?

— Non, je comprends. C'est juste un travail de bureau, pour toi. Moi, au moins, je suis sur le terrain.

Elle lui toucha affectueusement le bras.

— Écoute, je ne vais pas aller bosser pendant un ou deux jours. Tu veux pas venir avec moi enquêter un peu sur Ann ? Voir si on peut trouver quelque chose ?

Maureen sourit.

— OK.

— Et puis, tu réfléchiras pour le boulot. Et tu prendras une décision.

Maureen se mordit la lèvre et tripota les coutures d'un coussin sans rien dire.

Michael recommençait à gratter à la fenêtre de la chambre. Elle se redressa pour le voir, savoir à quoi il ressemblait, afin d'être prête à l'affronter, mais il ouvrit la bouche et souffla, crachant du sang et des bouts de foie contre la vitre.

Leslie gloussait dans son sommeil. Maureen tourna la tête et la regarda. Son œil était caché dans l'oreiller, et ses longs cils bruns s'étalaient sur la taie. Maureen s'était crue dégrisée, la veille, mais elle s'était trompée. Elle avait la gorge irritée, et une affreuse migraine lui martelait le crâne. Elle essaya de se lever, mais sa tête faillit exploser, et son ventre lui faisait si mal qu'elle ne put s'asseoir. Elle se laissa tomber au bas du lit en faisant attention à ne pas entraîner la couette avec elle, pour que Leslie reste au chaud, puis elle se leva très lentement. Elle avait besoin de sa dose de nicotine, mais sa gorge ne supporterait pas une cigarette.

Le facteur n'avait déposé que quelques factures. Elle alla dans la cuisine, alluma la bouilloire et s'assit devant la table. Sur les vitres, le givre gris mêlé à la poussière noire encadrait la vue sur l'autoroute comme une carte de Noël de mauvais goût. Elle vit la tour de Ruchill et se gratta la tête des deux mains, en enfonçant les ongles dans la chair. Elle avait l'impression que ses cheveux pesaient une tonne. Elle se releva, en évitant de regarder la fenêtre, et marcha péniblement jusqu'à la salle de bains.

Le rebord de la fenêtre était envahi de flacons de cosmétiques, lotions et crèmes miracles hors de prix. Elle songea à Jimmy, qui n'avait pas les moyens d'acheter du papier toilette, mais qui prenait l'avion pour Londres sur British Airways. Cela n'avait aucun sens. Il y avait des tas de compagnies charters qui coûtaient moitié moins cher. Si Leslie apprenait ça, elle serait convaincue de sa culpabilité et elle exigerait que Maureen donne les photos d'Ann aux policiers. Ils ne feraient qu'une bouchée de Jimmy.

Elle se passa de l'eau sur le visage. Jimmy n'était pas le genre de mec qui tue son épouse parce qu'elle a abandonné le foyer. Elle en était sûre. Quand elle était allée le voir, il était à bout. Il avait à peine protesté lorsqu'il avait cru qu'elle lui mentait. La seule chose qu'il avait niée avec véhémence, c'était d'avoir battu sa femme. Et s'il était allé à Londres pour tuer Ann, comment expliquer cette histoire de matelas ? Cela impliquait une maison, un lit et une camionnette pour aller jusqu'à la Tamise. Il aurait fallu que Jimmy ait des amis à Londres. Elle se gratta de nouveau la tête et jeta un coup d'œil à la baignoire. Un petit flacon bleu renversé, bouchon ouvert, laissait échapper le reste du shampooing avec lequel Liam lui avait lavé les cheveux.

Elle retourna dans la cuisine et se prépara un café, en essayant d'ignorer les yeux de la tour de Ruchill posés sur elle. Elle s'assit, alluma une cigarette et aspira longuement la fumée. Elle eut l'impression d'inhaler du sable, et la douleur la ramena à la réalité. Elle entendit un bruit sourd de pas dans la chambre. Leslie arriva dans la cuisine en tee-shirt et petite culotte. Des poils noirs dépassaient de l'élastique de son slip de deux centimètres de chaque côté.

— Bon sang, ça caille. Tu me fais un café, Mauri ?

Elle tourna les talons et trottina jusqu'aux toilettes en extirpant l'étoffe de sa culotte coincée entre ses fesses.

Maureen se leva et prépara deux tasses de café. Elle ne dirait rien à Leslie au sujet du billet d'avion, elle en parlerait d'abord à Jimmy. Ce n'était pas lui qui avait tué Ann. Elle en était sûre, même si elle n'avait aucune preuve.

La chasse d'eau se déclencha à l'autre bout du couloir, et Leslie réapparut.

— Bon Dieu, c'est une vraie parfumerie, ta salle de bains.

Elle retourna dans la chambre pour s'habiller. Lorsqu'elle revint prendre son café dans la cuisine, Maureen, qui regardait par la fenêtre, détourna précipitamment les yeux en fumant d'un air angoissé. Leslie regarda à son tour au-delà des trois hauts immeubles de George's Cross, vers les collines couvertes de neige. De gros nuages crémeux s'y attardaient, laissant filtrer çà et là le soleil.

— Qu'est-ce que tu regardais là-bas ? demanda-t-elle en désignant le ciel gris.

— La tour, dit Maureen, gênée. Je la déteste.

Interloquée, Leslie contempla la tour de Ruchill qui se dressait sur la colline.

— Pourquoi ?

Maureen haussa les épaules.

— Elle est hideuse, répondit-elle en évitant son regard.

Peut-être que Maureen détestait cette tour parce que c'était un hôpital, songea Leslie. Cela devait lui rappeler l'époque où elle était internée.

— L'hôpital est fermé, à présent, dit-elle.

— Ah, bon ? Le terrain a été vendu ?

— Non, le bâtiment est classé. On est obligé de le garder.

— Ce sont des habitations, maintenant ?

— Je sais pas, mais c'est plus un hôpital, en tout cas, répondit Leslie, certaine de l'avoir rassurée.

Maureen se leva, prit sa trousse de maquillage sur le plan de travail et, à l'aide du miroir grossissant, entreprit de s'appliquer du fond de teint sur le nez. Leslie savait qu'elle n'aimait pas se rappeler l'hôpital, aussi changea-t-elle de sujet.

— Tu sais, je ne vois pas qui d'autre que Jimmy aurait pu tuer Ann. De toute façon, il a des antécédents très violents.

Maureen prit son mascara et s'assura qu'il était waterproof.

— Mais lui, il n'est pas violent, si ?

— Non, mais c'est héréditaire.

— Vous faites partie de la même famille, et tu n'es pas violente.

Maureen n'avait pas voulu paraître réprobatrice, mais cela sonnait comme un reproche. Leslie ne releva pas.

— On ne fréquente pas ce côté de la famille. Je n'ai pas vu Jimmy depuis que je suis toute petite.

Maureen plongea la brosse à mascara dans son flacon et le revissa.

— Pourtant, chez toi, vous êtes tous très proches.

— Ouais, je sais. C'est grâce à ma mère. Les familles se rassemblent autour des femmes. Nous sommes diplomates de nature.

Maureen sourit. Leslie était la fille la plus mal élevée qu'elle connût.

— Et tu es diplomate, toi ?

Leslie sourit affectueusement.

— Non, mais je suis un rempart. Un avertissement pour les gens malintentionnés. Quoi qu'il en soit, continua-t-elle en reprenant son sérieux, les femmes, ce sont elles qui s'excusent et qui négocient. Ce sont elles qui gardent le contact et qui veillent sur les autres. Elles maintiennent les liens dans la famille. Jimmy n'a jamais appelé ni invité personne ni gardé les gosses des autres, et on a perdu le contact.

Elle respira un bon coup et regarda le ciel par la fenêtre. Brusquement, elle paraissait hagarde et vieillie.

— Cette histoire va tuer Isa.

— L'assistante sociale ne laissera pas ta mère prendre les gosses, Leslie. Elle ne les connaît même pas.

— Il ne s'agit pas seulement des gosses… C'est une longue histoire. Mauri, tu veux bien venir avec moi ? Si tu es là, elle ne pleurera pas, et tu sauras la consoler mieux que moi. Je ne suis pas très douée avec elle.

Maureen referma sa trousse.

— Bon. Allons voir ta maman.

15

Isa

Leslie ne voyait pas comment s'en sortir. Sa mère avait le cœur malade, et elle ne voulait pas l'alarmer, mais si elle lui mentait et qu'Isa s'en apercevait, elle s'inquiéterait encore plus. Leslie adorait sa mère. Quand elle parlait d'Isa, elle avait les yeux qui s'emplissaient de larmes d'impuissance et de respect, parce que sa mère était une femme profondément bonne, pas simplement gentille, mais une femme qui s'était toute sa vie occupée des autres. Isa n'était que dévouement. Elle était de ces femmes qu'une existence consacrée aux autres et aux corvées avait laissées dans la souffrance et sans argent, de ces femmes qui passent leur vie à guetter la fin de leur labeur. Ce moment-là n'arrivait jamais : il y avait toujours des patates à éplucher, un gosse à laver, un plancher à nettoyer. Leslie n'en parlait pas, mais il était évident que l'humble Isa était la raison profonde de son féminisme quasi pathologique. Isa ne demandait pas grand-chose pour elle-même : son idée d'un grand moment, c'était quelque chose de sucré dans son assiette, sa famille autour d'elle et quelques vieux refrains.

Cela avait dû être accablant pour la petite Leslie de grandir avec une mère qui n'arrêtait jamais de bosser, qui ne demandait rien et se contentait de se taire et de prendre des coups. Isa n'avait guère eu le choix : son mari était absent la plupart du temps, et quand il était là, il lui rendait la vie infernale. Mais Isa s'était habituée depuis toujours à l'idée qu'elle ne devait rien espérer d'autre.

Le reste de la famille de Leslie habitait à Drumchapel. C'était un troupeau matriarcal de femmes dures à la tâche et d'enfants étrangement sauvages. Selon la tradition, les pères concevaient les enfants, puis ils tenaient encore quelques années en rivalisant avec des bébés qui accaparaient toute l'attention, avant de ficher le camp. Ils dérivaient alors dans le monde obscur des hommes solitaires, devenaient des piliers de bar et dépensaient les allocations des enfants en repas à emporter et en taxis pour rentrer chez eux, tandis que les femmes se démenaient courageusement de leur côté. Isa avait élevé deux générations sur un salaire de serveuse. Aînée de cinq enfants, elle s'était occupée de ses frères et sœurs à la mort de sa mère. Elle avait attendu qu'ils quittent tous la maison pour se marier à son tour et revivre la même existence de sacrifices et de travail.

Elle avait cinquante-cinq ans, mais elle en paraissait quatre-vingts, avec son gros ventre et ses petites jambes maigres. La graisse accumulée près de son cœur en faisait une candidate idéale pour la mort dans la plus pure tradition écossaise : à plat ventre, étouffée par sa salive pendant que son cœur lâchait. Elle portait des vêtements hideux, jupes et chemisiers en nylon, qu'elle couvrait chez elle d'un tablier à fleurs pour ne pas les abîmer. Sa maison était impeccable et meublée sans goût. Les seules décorations se trouvaient sur un buffet en teck dans le salon : des photos encadrées de parents engoncés dans des habits du dimanche à des mariages et des baptêmes, un vase en faux cristal posé sur un napperon et un lapin en céramique grise.

Isa ne voulait pas s'asseoir à la table de la cuisine. Elle ne semblait pas comprendre que Leslie et Maureen étaient venues lui parler, pas voir combien de friands à la viande elles pouvaient engloutir en une heure.

— M'man, bon Dieu, viens t'asseoir.

Isa se mordit la lèvre en entendant Leslie jurer.

— J'espère qu'elle ne parle pas comme ça tout le temps, dit-elle à Maureen.

C'était une question de pure forme, car elle savait que si. Elle posa une autre assiette de scones aux fruits sur la table et retourna précipitamment à son plan de travail.

— Allons, Isa, venez vous asseoir et bavarder un peu avec nous, dit Maureen d'un ton dégagé, pour ne pas l'effrayer.

— Je refais juste un peu de thé, répondit Isa en prenant la théière en inox.

Le plus triste, avec tous les efforts d'hospitalité d'Isa, c'était que ce n'était pas très réussi. Le thé était de la lavasse, les friands insipides et les biscuits sans grande saveur. D'après Leslie, c'était dû à son éducation calviniste : Isa associait le moindre plaisir à un terrible danger moral et pensait qu'un friand savoureux provoquerait une explosion des sens, jetant sa victime dans les mains des bookmakers, des dealers et autres individus dévoyés. Isa posa la théière sur la table et regarda Maureen.

— Tu veux un petit peu de haddock poché au lait ?

— M'man ! gémit Leslie.

— Je disais ça parce que Maureen a l'air un peu pâlichonne, protesta Isa, gênée.

La simple pensée du poisson donna nettement la nausée à Maureen. Si ça continuait comme ça, elles y passeraient la journée, avec Isa qui apporterait sans cesse des assiettes de nourriture à en faire s'effondrer la table.

— S'il vous plaît, Isa, dit Maureen. On est venues vous parler. C'est à propos de Jimmy Harris.

Isa se retourna et la fixa, l'air angoissé. Elle s'assit et tripota une éraflure sur la table.

— Qu'est-ce qu'il a encore fait ? demanda-t-elle.

Maureen ne s'attendait pas à une réaction aussi pessimiste.

— Il a de petits ennuis, dit-elle calmement.

— De quel genre ?

Maureen regarda Leslie, qui lui fit signe de continuer.

— Vous connaissez sa femme, Ann ?

Isa hocha la tête.

— Elle est morte, dit doucement Maureen. Je suis désolée.

— Oh ! s'exclama Isa. Mais elle était tellement jeune.

Maureen et Leslie échangèrent un regard, et Leslie se décida.

— Quelqu'un l'a tuée, m'man.

— Ô mon Dieu !

Isa porta la main à sa bouche et ferma les yeux.

Maureen ne savait pas si elle devait continuer, mais Leslie l'encouragea d'un geste.

— Avant de mourir, elle est venue au Foyer. On l'avait battue. Elle nous a dit que c'était Jimmy.

— Jimmy ? Non, je n'y crois pas, dit Isa.

Leslie lui prit la main.

— M'man, il aurait très bien pu la battre.

Isa repoussa la main de sa fille et se cramponna à sa tasse.

— Leslie, dit-elle, choquée et ébranlée, je connais James Harris depuis qu'il est tout petit, et je vais te dire une bonne chose : jamais il n'aurait frappé sa femme.

— Maureen pense comme toi, répondit Leslie.

— Elle a bien raison.

Isa se tourna vers Maureen.

— Tu le connais ?

Maureen se sentait déjà moins sûre d'elle.

— Je suis allée le voir, et ça ne m'a pas paru son genre.

— Tu vois ? dit Isa à Leslie.

Maureen regarda la mère et la fille tour à tour. Elle ne savait pas quoi dire et craignait de provoquer une dispute.

— Quoi qu'il en soit, on l'a tuée, reprit Leslie.

— C'est pas Jimmy, dit Isa.

— Mais comment peux-tu en être sûre, m'man ? Il y a des tas d'hommes violents à qui on donnerait le bon Dieu sans confession. Tu es bien placée pour le savoir.

Isa poussa un soupir menaçant et haussa les sourcils. Leslie savait qu'elle avait dit exactement ce qu'il ne fallait pas dire. Néanmoins, elle ajouta :

— Et puis, Jimmy a des antécédents, avec son père.

Isa se redressa, mortifiée et effarée par l'impudence de sa fille. Elle ne voulait pas insulter Maureen, mais les histoires de famille ne la regardaient pas, et Leslie avait transgressé les règles en brisant le secret. Elle se leva.

— Je vais allumer la bouilloire, dit-elle d'un ton larmoyant.

— M'man, rassieds-toi.

Isa remplit la bouilloire et la brancha. Puis, ne sachant plus quoi faire, elle prit un torchon et entreprit de récurer le plan de travail déjà impeccable.

— M'man, rassieds-toi.

Mais Isa pleurait en silence. Leslie la rejoignit, lui enleva le torchon et la prit par les épaules.

— M'man, pourquoi tu as encore honte à cause de Billy ? demanda-t-elle doucement. Il n'a pas la décence d'avoir honte lui-même.

Isa secoua la tête.

— Viens te rasseoir.

— Je veux pas, chuchota Isa.

— M'man, si on ne fait rien, Jimmy ira en taule et ses quatre pauvres mômes seront confiés aux services sociaux.

— Je les prendrai, s'indigna Isa.

— On ne te les laissera pas, insista Leslie. Ils ne te connaissent même pas, et tu n'es plus en état de t'occuper de quatre gamins.

— Je les prendrai.

— M'man, viens t'asseoir et raconte à Maureen toute l'histoire. Elle comprend bien ce genre de chose.

— Isa, venez, renchérit Maureen. Moi non plus, je ne crois pas que Jimmy soit l'assassin.

Isa tira un mouchoir en coton blanc de sa manche et se tamponna le nez avec.

— Pourquoi vous pensez ça ?

— Il est tellement doux. À côté de lui, on a l'impression d'être un monstre.

Assises à table, elles fumaient les cigarettes de Leslie pendant qu'Isa leur parlait du père de Jimmy et de tous les méfaits qu'il avait commis. De temps à autre, elle se dérobait, cédant à une longue habitude de secret, ne parlait d'elle qu'en passant et en minimisant sa gentillesse.

Billy, le père de Jimmy, était le cousin d'Isa et un gangster de la vieille école. C'était dans les années cinquante, et Billy Harris ne prenait pas la peine de cambrioler des banques ni de faire du trafic : il se contentait de terroriser les autres et de se bagarrer dans la rue. Il s'était forgé une réputation de dur dans le Carlton, le quartier le plus dangereux d'une ville déjà bien agitée. Il était ami avec tous les gangsters de l'époque, et la liste de noms redoutables qu'Isa débita fut comme un écho creux du passé. Billy était extrêmement séduisant. Il aurait eu toutes les filles à ses pieds s'il n'avait pas été un tel bagarreur. Dès dix-sept ans, il était couturé de cicatrices, et les filles bien avaient peur de lui. Elles acceptaient de danser avec lui une fois et quittaient la salle si jamais il les invitait de nouveau. Les frères et sœurs d'Isa avaient honte d'être de la même famille que lui et l'évitaient dans les bals. Il avait épousé Monica Beatty alors qu'elle était enceinte, ce qui était scandaleux à l'époque. Avec ses cheveux blond platine et ses lèvres rouges, Monica était belle comme une vedette de cinéma. La première fois que Billy l'avait battue, c'était durant leur nuit de noces, sous prétexte qu'elle avait souri au photographe. Il n'y avait pas de foyers, dans ces années-là. Monica, enceinte, devait sortir quand Billy revenait soûl à la maison. Elle errait dans les rues sombres de Bridgeton en attendant qu'il soit endormi, puis elle rentrait discrètement. Personne ne s'en étonnait. On se mariait, et si votre mari vous tabassait, tant pis. Isa déclara qu'à l'époque, il y avait un moment, la nuit, juste après l'heure de fermeture des pubs, où les seules personnes dans les rues étaient des femmes et des gosses.

Dès sa naissance, il parut évident que Jimmy n'était pas le fils de Billy. Physiquement, il ne lui ressemblait pas du tout. En outre, Jimmy était gentil et craintif: il n'y avait pas une goutte de Billy en lui.

Billy travaillait sur des bateaux. La dernière fois qu'il revint pendant un congé, il emmena le petit Jimmy chez Isa et le lui confia pour quelques jours. Isa prit le gosse – et franchement, elle ne se doutait de rien, dit-elle. Monica lui avait déjà demandé plusieurs fois de garder Jimmy. C'était un gentil petit bonhomme qui riait tout le temps, et vu que les frères et sœurs d'Isa travaillaient la journée et dansaient la nuit, avoir le petit, c'était comme être une vraie mère. Billy confia donc le gosse à Isa et alla chercher sa femme. Il avait entendu dire que Monica traînait avec une bande des Gorbals, laissant le petit tout seul pendant qu'elle sortait avec des hommes. Il la trouva dans un pub mal fréquenté près des docks et l'entraîna dehors. Il lui cassa les bras et – Isa marqua une pause et fixa la table – il lui arracha un œil. Les clients du pub entendirent les cris de Monica. Quand ils découvrirent ce que Billy avait fait, ils lui flanquèrent une dérouillée. Il se pendit dans sa cellule de la marine. Monica mourut quelques mois plus tard. À cause de l'infection, dit Isa en frémissant, un doigt pointé sur son œil. Elle pensait que quelque chose d'affreux avait dû arriver à Billy sur les bateaux, quelque chose de si terrible qu'il en était devenu méchant.

— Peut-être qu'il était simplement cruel de nature, supposa Leslie.

— Il lui a arraché un œil, répéta Isa.

— M'man, j'entends raconter ce genre de trucs tout le temps, et ces salauds n'ont plus l'excuse de travailler sur des bateaux. Ils sont comme ça, c'est tout.

— Oh.

Isa se détourna comme si on l'avait giflée. Elle adressa un sourire désemparé à Maureen.

— J'espère qu'elle ne parle pas aussi mal, d'habitude.

Maureen lui tapota la main.

— Qu'est-il arrivé au petit Jimmy, Isa ?

— La sœur de Monica est venue et l'a emmené. Elle croyait que je savais ce que Billy mijotait quand il m'a laissé le petit, mais je ne m'en doutais pas. Jamais je n'aurais imaginé une chose pareille. J'étais toute jeune, moi aussi. Mais c'était mon cousin, il était mort et, pour elle, c'était ma faute. Elle n'a pas été très gentille avec moi.

— Et vous avez revu le petit, après ça ? demanda Maureen.

Isa secoua la tête.

— Je ne l'ai pas vu pendant des années. Puis, il y a dix ans, je suis tombée sur lui au Barras. Il avait bien grandi. Il m'a reconnue et il a couru pour venir m'embrasser dans la rue devant tout le monde. Ce que j'étais contente ! Je croyais que sa tante l'aurait monté contre moi, mais, il faut lui reconnaître ça, elle l'avait pas fait. Elle est morte avant qu'il se marie. On est restés en contact, et il est venu au mariage de notre petite Maisie avec sa femme, Ann. C'était bien d'être tous ensemble. Après, il a disparu. Mais je sais bien qu'il n'aurait pas frappé sa femme.

Leslie se pencha en avant.

— Moi, je pense que si, dit-elle d'un ton ferme.

— Sottises, répliqua Isa.

Leslie ouvrit la bouche, prête à protester, mais Maureen intervint :

— Il ne ferait de mal à personne. Pas avec l'enfance qu'il a eue.

— Au contraire, il aurait toutes les raisons, insista Leslie.

— Non, dit Isa.

— Non, renchérit Maureen. Quand on a connu ce genre d'enfance, on sait ce que ça signifie et ce à quoi ça peut mener.

— Je pense quand même qu'il l'a frappée, rétorqua Leslie, butée.

Isa servit du thé à Maureen. Elle insista pour qu'elle mange un friand ou au moins un biscuit, un tout petit biscuit. Maureen en prit un par politesse.

— Qu'est-ce qui va lui arriver, à votre avis ? chuchota Isa.

Leslie quêta du regard l'aide de Maureen, mais elle avait la bouche pleine.

— La police lui mettra le meurtre sur le dos quand elle verra les photos du CCB, dit-elle.

— Et si elle ne les voit pas ? demanda Maureen en s'efforçant d'avaler sa bouchée de guimauve et de mauvais chocolat.

— Elle les verra, dit Leslie fermement.

— Vous pourriez les cacher ? murmura Isa.

— Maman, qu'est-ce que tu insinues ? demanda Leslie.

Isa arrangea les biscuits sur leur assiette.

— On pourrait les égarer, dit-elle sans émotion.

— M'man, enfin !

— Je les ai volées, déclara Maureen. Elles sont dans mon sac.

— Oh, fit Isa, rayonnante. C'est mal.

— Je suis une sale gamine, dit Maureen.

Isa lui fit prendre un autre biscuit.

— Je crois qu'Ann avait un petit copain, continua Maureen, ravie qu'Isa l'approuve. Il aurait très bien pu la battre, puis elle l'aurait suivi jusqu'à Londres, et c'est là qu'il l'aurait tuée. On devrait chercher dans cette direction. Se renseigner pour savoir si elle avait un petit copain.

— Oui, dit Leslie. Mais il faut attendre de voir ce que va faire la police.

— Je vais aller voir Jimmy et faire la connaissance des enfants, déclara Isa.

Elle soupira.

— Je ne sais pas pourquoi je me retrouve toujours à jouer les oiseaux de mauvais augure, dans cette famille.

— M'man, si tu n'avais pas été là, Billy aurait très bien pu tuer le petit aussi.

On sonna trois coups rapides à la porte. Isa soupira et se leva en rajustant son tablier et en pinçant les lèvres.

— Je parie que c'est cette foutue Sheila McGregor.

— Oh, dit Maureen à Leslie. J'espère que ta mère ne parle pas aussi mal, d'habitude.

Isa gloussa et disparut dans le couloir. Maureen et Leslie entendirent deux voix chevrotantes parler de thé et de gâteaux.

— Tu as été parfaite, dit Leslie. Elle se serait étranglée si c'était moi qui lui avais dit. Merci.

— De rien, répondit Maureen. C'est qui ? demanda-t-elle en désignant le couloir.

— Une voisine affamée. Elle sent le parfum des biscuits dès qu'on ouvre la boîte.

Mme McGregor traîna ses sacs de courses jusque dans la cuisine et se redressa, aveugle derrière ses lunettes couvertes de buée. Elle portait un gros manteau en tweed vert, mesurait moins d'un mètre cinquante et avait des jambes arquées comme celles d'un cow-boy. Isa revint et ralluma la bouilloire.

— Seigneur, il fait vraiment un temps de chien, aujourd'hui, dit Mme McGregor en tirant une chaise et en s'asseyant. C'est toi, ma petite Leslie ?

Leslie se renfrogna.

— Oui. Bonjour, madame McGregor. Comment ça va ?

Mme McGregor prit un biscuit et regarda Maureen.

— Qui c'est ? demanda-t-elle en la toisant. C'est ta concubine, Leslie ?

— Arrêtez de faire la moderne, madame McGregor. C'est une copine.

— Oh, d'accord, fit Mme McGregor en prenant la demitasse de thé à peine infusé que lui tendait Isa et en la remplissant de lait à ras bord. Ta mère dit que je ne peux pas rester longtemps parce que vous avez eu un décès dans la famille.

— C'est vrai, dit Leslie.

— Ah, la la, dit Mme McGregor en ouvrant la bouche et en laissant tomber des miettes partout sur son manteau. Et juste après Noël, en plus. C'est vraiment pas de chance.

Elles durent attendre que Mme McGregor soit repartie, parce que Leslie ne voulait pas laisser sa mère seule avec elle. Puis elles s'en allèrent.

— McGregor la terrorise, expliqua Leslie en défaisant l'antivol de sa moto accroché au lampadaire. Elle serait restée si on ne l'avait pas virée. Cette femme est une vraie plaie. Chaque fois qu'il y a une tragédie dans le coin, elle se pointe.

Maureen mit son casque et boutonna son manteau en regardant Leslie démarrer la moto.

— Pourquoi elle a cru que j'étais ta petite copine ?

— Elle pense que je suis lesbienne depuis que je suis toute gosse. En plus, comme j'ai une moto…

— Ah oui, un symptôme évident. Tu devrais lui dire que les psys ont démontré qu'on avait tous un côté homosexuel. Même elle.

Leslie rit à gorge déployée d'un rire rauque qui découvrit des plombages noirâtres et des taches de café, et Maureen eut envie qu'elle continue pour pouvoir la regarder.

16

Sandwich au poulet

— Rien pour le moment, alors ?

— Non, monsieur. Que dalle, répondit Williams.

Dakar secoua la tête et se leva. Il se rappela que Bunyan était là et rentra le ventre, le temps d'aller à la fenêtre et de lui tourner le dos.

— C'est un matelas, nom d'un chien. Selon la division de la Tamise, un objet aussi volumineux ne se déplace pas très loin. Par conséquent, il a dû être jeté du côté du Chelsea Wharf. Ils ne sont même pas sûrs qu'il aurait pu traverser le fleuve. Il a donc probablement été jeté du côté où on l'a trouvé. Il y a forcément des témoins, conclut-il en se retournant.

— Certainement, dit Williams entre deux bouchées de sandwich au poulet. Mais soit ils se taisent, soit ils n'ont pas compris que c'était louche.

Bunyan se pencha en avant contre le bureau, et son chemisier se tendit sur son buste. Williams remarqua que Dakar s'efforçait de ne pas regarder sa poitrine.

— Si on a jeté le matelas à l'eau à 4 heures du matin, dit-elle, la rue devait être complètement déserte. Peut-être qu'il n'y a pas de témoin.

— Possible, admit Dakar. Tout à fait possible. Le mari est notre seule piste, n'est-ce pas ?

— Oui, dit Bunyan. Mais on ne pourra pas savoir s'il était à Londres au moment des faits tant qu'on ne l'aura pas interrogé.

Williams fit pivoter son fauteuil en songeant au pays. Il faudrait qu'ils aillent à Glasgow voir le mari. Il n'y était pas retourné depuis l'enterrement de son père, des années plus tôt. Il entendit Dakar parler de Glasgow et vit qu'il lui jetait un regard interrogateur. Bunyan aussi le regardait.

— Nous devons aller là-bas, dit-elle.

— Oh, fit Williams, bien sûr.

— Je vais demander un temps d'antenne sur *Crimewatch*, déclara Dakar. Elle avait quatre enfants, bon sang. Il y a forcément un témoin.

17

Les photos

Maureen n'avait encore jamais vu les photos. Les clichés glacés étalés par terre formaient un patchwork de membres éclairés par la lumière crue.

— C'est toujours comme ça ? chuchota-t-elle, intimidée.

— Non.

Leslie, assise à côté d'elle, contemplait cette mer d'images.

— Généralement, ce n'est pas si affreux. Celles-là, ce sont les pires que j'aie vues.

Ann se dressait contre une paroi blanche, vêtue seulement de ses sous-vêtements élimés. Elle fixait l'objectif d'un œil vide et résigné, la bouche entrouverte. Il y avait des clichés en pied, de face, de profil et de dos, et d'autres qui montraient les blessures en gros plan, découpant son corps en morceaux. Elle était visiblement sous-alimentée. Ses bras étaient d'une extrême maigreur, les os de ses hanches saillaient, et cinq bons centimètres séparaient ses cuisses osseuses. Des marques argentées s'étiraient sur son ventre et ses seins affaissés. On lui avait fait passer un sale quart d'heure. Un coup à la mâchoire lui avait fendu la lèvre, qui était restée enflée. Son dos et son buste étaient semés d'ecchymoses noires et jaunâtres. Une série de bleus était concentrée sur son entrejambe. L'objectif faisait un gros plan sur la petite culotte, tache de coton blanc dans une mer de peau noircie qui descendait jusqu'aux genoux.

— Tu vois, là ? dit Leslie en désignant du petit doigt, comme si elle avait peur de le toucher, un bleu ovale sur la nuque. C'est la marque d'une chaussure.

— Mon Dieu, murmura Maureen. Elle a dû se débattre de toutes ses forces.

— Non, dit Leslie en prenant une photo en pied pour lui montrer les mains d'Ann. Regarde ça. Il n'y a pas une seule marque sur le dos des mains ou sur les bras.

— Et ça veut dire quoi ? demanda Maureen, perplexe.

— Voilà comment tu réagis quand on te frappe, dit Leslie en se protégeant la tête et le dos avec les bras. Mais Ann ne l'a pas fait. Tu vois ce gros bleu ?

Elle suivit du doigt une marque en diagonale sur la poitrine.

— Elle ne s'est pas du tout défendue. Elle avait probablement perdu conscience.

— Peut-être qu'elle était bourrée, suggéra Maureen en examinant les jambes d'Ann sur une photo en pied.

Des bleus et des coupures plus ou moins récents parsemaient sa cuisse maigre. Ann avait tendance à faire des chutes. Et depuis longtemps. Maureen observa ses yeux las. On eût dit qu'elle était déjà morte.

Elles restèrent un moment silencieuses, à regarder les photos, tristes et mal à l'aise. Maureen essayait d'imaginer la colère qu'il fallait éprouver pour être capable de faire un truc pareil à un corps inerte. Dehors, les nuages se dissipèrent et, pendant un bref instant, un éclatant soleil jaune inonda le salon.

Leslie habitait un petit appartement dans une bonne résidence de Drumchapel. Elle avait de la chance, côté voisins. Ils étaient âgés, se serraient les coudes et entretenaient l'entrée. Les appartements étaient mignons, bas de plafond, avec de petites pièces carrées et une véranda. Leslie adorait prendre ses repas dehors, elle disait que cela lui donnait l'impression d'être privilégiée, mais autrefois, lorsque les soirées étaient douces, elle et Maureen dînaient sur la véranda, qui surplombait un terrain vague. À présent, c'était Cammy qui y dînait avec elle, songea Maureen. Sa présence se voyait partout dans l'appartement. Son blouson était accroché dans l'entrée, sa mousse à raser trônait dans la salle de bains et, à en juger d'après les tasses des Celtic dans la cuisine et une affreuse peinture à l'huile de Jock Stein, il avait apporté ici ses biens les plus précieux. Maureen s'en voulut de penser cela. Elle aurait dû souhaiter le bonheur de Leslie. C'était son amie, après tout, et elle semblait heureuse avec Cammy. Elle contempla de nouveau les photos d'Ann, puis se recula dans le canapé pour s'éloigner de ces images.

— Ann savait que tu étais la cousine de Jimmy ? demanda-t-elle.

— Non. Lorsque j'ai entendu son nom, je n'ai pas réagi, mais je l'ai reconnue en la voyant. M'man m'avait montré des photos du mariage d'une cousine, et elle était dessus, avec Jimmy.

— Tu as dit au comité que tu la connaissais ?

— Non. Enfin, je n'étais pas sûre que c'était elle. Tu n'imagines pas comme j'étais contente quand tu m'as dit que tu pensais que Jimmy était innocent.

— Tu n'avais pas vraiment l'air ravie.

— Je voulais que ce soit vrai, mais tu donnais l'impression de dire ça juste pour me faire plaisir.

— Jimmy est tout maigre. À côté, Ann a l'air d'une haltérophile.

— Ouais, dit Leslie en se frottant le visage. Mais a-t-on besoin d'être en pleine forme pour donner des coups de pied pareils à quelqu'un, Mauri ?

Elle entreprit de ramasser les photos éparpillées et de les ranger.

— Il faut vraiment qu'on les rapporte ? demanda Maureen en songeant aux petits durs qui rentraient dîner de pain et de margarine.

Leslie caressa pensivement la tranche des photos.

— Tu veux prendre le risque, Mauri ? Et si c'était lui, le coupable ?

— Viens le voir.

— Je n'ai pas envie.

— Il faudra bien que tu le rencontres un jour. Et si on les gardait jusqu'à ce que tu ailles le voir ?

— Ça ne me dit rien d'aller chez lui. Pourquoi tu as pris ces photos, d'ailleurs ? demanda-t-elle, perplexe.

— Je… je sais pas. Je voulais les voir.

— Ouais, fit Leslie d'un air entendu. On ne peut pas s'empêcher de plaindre Ann, hein ?

Maureen avait envie de faire avancer les choses.

— Si elle sortait faire des courses et rentrait soûle au Foyer, elle devait boire dans le quartier. On pourrait photocopier le visage de la grande photo et la montrer dans les pubs des environs du Foyer. On peut y aller ce soir, si tu n'es pas occupée.

Leslie sourit.

— Non, je ne suis pas occupée.

Maureen fouilla dans la poche de son jean et en sortit le papier sur lequel elle avait noté le nom de la sœur d'Ann. Elle faillit répéter à Leslie que Jimmy avait dit que M. Akitza était un bronzé, mais elle se ravisa. Leslie le détestait déjà assez comme ça, alors qu'elle ne l'avait même pas rencontré. Elle lui donna le nom de Moe Akitza, en précisant qu'elle habitait du côté de Streatham, et Leslie appela les renseignements, attendit un long moment, puis demanda plusieurs fois : « Pourquoi vous ne pouvez pas ? »

Elle finit par s'énerver et raccrocher. Apparemment, l'opératrice avait besoin du code postal pour trouver l'adresse de Moe Akitza. Leslie déclara qu'elle ne connaissait déjà pas le sien, mais qu'elles pourraient sans doute trouver celui de Moe à la bibliothèque Mitchell.

Elle prépara du café, qu'elle rallongea d'une petite goutte de whisky pour soulager la gueule de bois de Maureen et se faire plaisir. Tout en buvant et fumant, elles essayèrent de trouver un moyen de découvrir le contenu de la lettre qu'avait reçue Ann avant de partir.

Au Foyer des femmes, Ann était amie avec une certaine Senga. Celle-ci était restée au Foyer pendant les fêtes, et peut-être Ann lui avait-elle montré la lettre. Leslie pouvait trouver la nouvelle adresse de Senga au bureau. Ensuite, elles n'auraient plus qu'à aller l'interroger. Plus elles échafaudaient des plans et plus cela devenait excitant, comme au bon vieux temps, mais Maureen savait que ce n'était pas pareil. La tension qui régnait entre elles ne disparaîtrait probablement jamais. Elle regarda Leslie écraser violemment son mégot dans le cendrier en verre bleu, comme pour éteindre ses doutes avec sa cigarette. Ce ne serait jamais réparé. Elles ne retrouveraient pas cette confiance cristalline. Les larmes lui montèrent de nouveau aux yeux, et elle se leva en prétendant qu'elle devait aller aux toilettes. Assise sur le rebord de la baignoire, elle se ressaisit en respirant lentement et en se morigénant.

— Mauri ! cria Leslie quand elle ressortit. Qu'est-ce qu'on fait, si on découvre quelque chose ?

— Je ne sais pas. On en parle à la police ?

— On ne peut pas. Tu l'as déjà sur le dos à cause de ce que tu as fait à Angus à Millport.

— J'ai des policiers sur le dos pour ça, pas toute la police, rectifia Maureen.

Elle se rassit et but pensivement son café au whisky. Puis elle prit l'annuaire, chercha le numéro du commissariat de Stewart Street, le composa et demanda Hugh McAskill. On lui passa son poste, et Hugh décrocha aussitôt.

— Oh… Hugh ?

— Oui, Hugh McAskill. Que puis-je pour vous ?

— Hugh, c'est Maureen O'Donnell.

— Maureen !

Elle pouvait presque le voir sourire.

— Ça va ?

— Oui. J'étais un peu énervée, hier.

— Maureen, je suis désolé…

— Ça ne fait rien.

— … mais c'est mon boulot d'aller voir les gens et de leur poser des questions sur des crimes non élucidés. Je ne peux pas refuser de le faire, même si je vous aime bien.

— Je sais. J'étais dans un mauvais jour.

— Je comprends.

Puis il ajouta, en baissant la voix :

— Vous n'êtes jamais revenue me voir.

Maureen s'imagina devant une tablée de policiers hargneux en uniforme. Leslie la regardait d'un air interrogateur depuis le canapé.

— J'en avais l'intention.

— Je pensais vous voir aux réunions.

Hugh allait aux réunions d'une association de victimes d'inceste tous les jeudis, et il avait avoué son passé à Maureen pour qu'elle accepte d'y venir. Elle y était allée une fois, mais n'était restée que le temps de prendre une tasse de thé et de voir Hugh, car un type pénible était arrivé, et elle s'était finalement sentie incapable de parler d'elle et de sa famille.

— Je n'ai pas arrêté de me dire que je devais y retourner… Hugh, je vous appelais parce que… Si j'avais des informations sur un crime, vous pourriez les exploiter ?

— Nous sommes toujours à la recherche de renseignements, répondit Hugh sans hésiter. Il s'agit de quelque chose qui s'est passé à Glasgow ?

— Non, à Londres.

— Ce n'est pas de notre ressort, mais nous pouvons transmettre les informations à la police de Londres. Écoutez, Maureen, n'allez pas vous fourrer dans quelque chose de louche, d'accord ?

— Ne vous inquiétez pas, Hugh.

— Maureen, cette agression à Millport… Joe ne va pas laisser tomber. Il est convaincu que Farrell feint la folie pour n'écoper que d'une peine légère.

— Je crois qu'il a raison.

— Il est bien décidé à vous pincer. Le pire que vous puissiez faire, c'est de vous retrouver mêlée à autre chose.

— Je ne me mêle de rien.

— Écoutez, je vais vous reposer la question, dit Hugh en baissant encore plus la voix. Farrell vous écrit-il ?

Maureen jeta un regard à Leslie.

— Non.

C'était un mensonge cousu de fil blanc, et Hugh était un type bien qui s'était mis en quatre pour l'aider. Il méritait mieux, et elle s'en voulait de lui mentir.

— L'hôpital dit le contraire, insista-t-il. On a vérifié : c'est bien à votre adresse qu'il écrit.

— Eh bien, comme je ne reçois pas de lettres, il doit y avoir une erreur quelque part.

À la mention des lettres, Leslie fronça les sourcils.

— Bon, il faut que je vous laisse, Hugh, reprit sèchement Maureen. Je vous rappelle.

— Bientôt ?

— Oui. Salut.

Elle raccrocha. Leslie la dévisageait.

— Il te parlait des lettres d'Angus Farrell ? demanda-t-elle.

— Ouais. Les infirmiers ont dit aux flics qu'il m'écrivait, répondit Maureen en s'asseyant à côté d'elle. Ils veulent voir les lettres, mais je ne peux pas les leur montrer… Bon sang, elles parlent de Millport et de tout ça. Si les flics les lisent, ils me colleront l'agression sur le dos.

— Tu crois qu'il écrit aussi à Siobhain ? Il connaît son adresse.

— J'en sais rien. Je ne l'ai pas vue depuis Noël.

— Il faudrait qu'on aille la voir.

Comme la plupart des femmes du service George I du Northern, Siobhain avait été violée par Angus. C'était la seule victime encore vivante, ou du moins, la seule qui pouvait encore parler de manière cohérente, et si Angus s'en prenait à quelqu'un, ce serait à elle.

— Son écriture devient de plus en plus petite, dit Maureen d'un ton calme. Je crois qu'il va mieux.

— Mais il est toujours fou, non ?

— Les lettres donnent l'impression d'avoir été écrites par un fou, mais c'est du chiqué. Je le sais.

— Qu'est-ce qui te fait dire ça ?

— C'est trop bien fait. Pas assez chaotique. Je ne sais pas comment t'expliquer. Joe McEwan pense qu'il fait semblant d'être fou, qu'il ne va avoir qu'une condamnation légère et sortir rapidement. Tu crois qu'il va s'en prendre à moi ?

— Je ne sais pas.

Maureen cherchait désespérément à être rassurée.

— Tu ne penses quand même pas que je sois en danger, si ? insista-t-elle.

— Bien sûr que non, s'exclama Leslie sans conviction. Réfléchis. S'il avait l'intention de te faire du mal, pourquoi il t'écrirait pour te menacer ? Ce serait une preuve contre lui.

Maureen souhaitait de tout son cœur qu'elle ait raison, mais Angus était malin, probablement plus qu'elles deux, et il ne faisait jamais rien au hasard.

Elles traversèrent la ville jusqu'à la bibliothèque Mitchell, située dans un imposant bâtiment victorien dangereusement proche d'une bretelle d'autoroute. La bâtisse, immense, abritait une vaste bibliothèque, un café et un théâtre. À l'accueil, un réceptionniste obèse et essoufflé leur indiqua le quatrième étage.

Le Centre d'Information des Affaires était une salle silencieuse, à l'éclairage tamisé et apaisant. Trois clients débraillés étaient assis à une longue table, à égale distance les uns des autres. Leslie et Maureen s'approchèrent de la réception.

— Que puis-je faire pour vous, mesdames ? demanda l'employé avec empressement.

— Il nous faudrait une photocopieuse. Couleur, si vous avez, répondit Maureen. Et les annuaires de Londres.

— La photocopieuse couleur est là-bas, dit-il en indiquant l'autre bout de la salle. C'est cinquante pence la copie. Pour Londres, vous voulez le Nord ou le Sud ?

Elles n'en avaient pas la moindre idée.

— J'ai un plan, dit-il gentiment.

Il sortit une petite carte de Londres, qu'il déplia et tint devant lui.

— Prenez votre temps.

Stupéfaite par tant d'amabilité, Leslie fila à la photocopieuse. Au bout d'un moment, Maureen repéra Streatham sur le plan, au sud de la Tamise, juste à côté de Brixton. Le pauvre employé devait avoir mal aux bras, depuis le temps.

— Je crois que c'est au sud, dit-elle en baissant le plan pour le voir.

— Ce type est cinglé, si tu veux mon avis, décréta Leslie, une fois qu'elles furent dans l'ascenseur.

— Il essayait juste de rendre service, dit Maureen.

— Tu as trouvé le numéro ?

— Oui. Il n'y a qu'un seul Akitza dans l'annuaire. J'ai vérifié dans le Nord, mais je n'en ai repéré qu'un autre, quelque part dans le Middlesex.

Elle leva la tête. Leslie s'était tournée vers elle, campée sagement sur ses deux jambes. Elle tremblait et semblait au bord des larmes.

— Excuse-moi d'avoir voulu qu'on se bagarre, Mauri, dit-elle.

— Excuse-moi d'avoir été une salope. Et en ce qui concerne Cammy, Leslie, je suis contente pour toi.

Leslie se détourna et reprit son calme. Elle fixa ses pieds sans rien dire, puis demanda :

— Ça t'embête de faire ça pour Ann ?

— Non, dit Maureen.

Mais elles savaient toutes les deux pourquoi elle le faisait – et ce n'était pas pour Ann.

18

INTÉRESSÉ

Le bas soleil hivernal n'était qu'un aveuglant rayon horizontal qui traversait la ville, laissant intactes les plaques de givre et les flaques gelées. Les passants traînaient derrière eux des ombres de six mètres, et les hauts bâtiments victoriens du centre semblaient se fondre dans la terre. Leslie prit un virage et ralentit quand elle se retrouva face à la lumière.

Maureen se tenait bien droite sur la selle derrière elle. Les pans de son manteau frôlaient les voitures et ses cheveux claquaient dans sa nuque. Elle revint mentalement à la veille, au rebord de la fenêtre et au tourbillon attirant du vide. Elle était encore en vie. Une journée de plus. Elle se perdait dans les problèmes de Jimmy et d'Ann et se sentait à peu près bien. Elle regarda les passants et se rendit compte que le monde devait être rempli de gens qui avaient voulu se tuer la veille et s'étaient réveillés le matin, nauséeux et déçus, obligés d'aller travailler et de continuer à vivre. Elle pensa à Pauline et comprit brusquement que le suicide n'était pas une fin. C'était un coup de tête, une virgule, pas un point final. Si elle avait sauté de la fenêtre, cette pause aurait duré éternellement, comme pour Pauline. Ç'aurait été un souffle suspendu, un silence interminable en attente d'infini.

Elle pensa à la petite main de Winnie, et ses yeux recommencèrent à déborder de larmes. Voilà qu'elle pleurait de nouveau sous son casque, sentimentale comme une jeune divorcée au Nouvel An. Puis, dans un bref instant d'optimisme, elle entrevit ce qu'aurait pu être sa vie si les choses n'avaient pas dérapé. Michael aurait été un père prodigue, d'autant plus bienvenu qu'il avait été longtemps absent. Una et Marie auraient été des sœurs patientes qui auraient attendu qu'elle devienne à son tour une sœur pour elles, et Winnie une douce mère qui aurait cherché à regagner l'affection de sa fille meurtrie qui la repoussait. Ç'aurait été tellement plus simple.

La moto s'arrêta au feu de Woodlands Road, et Maureen leva les yeux. Deux affichettes de leur campagne pour le Foyer étaient collées sur la vitrine d'une boutique abandonnée. Leslie lui donna un coup de coude, se rappelant elle aussi ce petit matin, leurs mains gluantes de colle, le vent qui se levait et les ouvriers de nuit ensommeillés qui attendaient à l'arrêt de bus. Puis le feu passa au vert, et elle redémarra.

L'entrée de l'immeuble de Siobhain sentait les chats, l'eau de Javel et la cuisine. Dans l'appartement situé en face du sien, une télévision piaillait impatiemment dans une langue étrangère. Leslie frappa et recula. Siobhain ouvrit et les regarda par l'entrebâillement de la porte, sans ôter la chaîne de sécurité. Elle était belle, avec sa peau d'un blanc lunaire, ses lèvres rosées et ses épais cheveux noirs où les mèches blanches semblaient briller.

— Je regarde la télévision, dit-elle d'un ton impérieux.

— On peut quand même entrer ? demanda Maureen. On a fait tout le chemin exprès pour te voir.

— Mais ils passent *Quincy*.

Depuis le couloir, elles entendaient Quincy gazouiller avec une bande de tout nouveaux amis dont il résolvait les problèmes. Avant de mourir, Douglas avait donné à Siobhain un tas de billets qu'elle avait dépensés en gros achats. La télévision géante était son grand délice. Elle en parlait comme d'un pur-sang et s'extasiait – comme elle marchait bien, qu'elle était belle, personne à sa connaissance n'en avait de pareille. Lorsque Maureen et elle la regardaient ensemble, de temps en temps, elle se tournait vers Maureen en souriant et disait : « Tu entends ce son ? Tu vois ces couleurs ? C'est génial, non ? » Elle s'était également inscrite à un vidéoclub et s'était mise à visionner tous les soirs des navets sentimentaux et des films d'horreur de série Z. Sérieusement à court de sujets de conversation durant ses visites bimensuelles, Maureen lui avait parlé des films de Liam. Ils n'étaient pas très bons et il n'y avait pas la moindre histoire, mais elle s'était dit que Siobhain aimerait voir un film et rencontrer son auteur. Ç'avait été un échec total. Au bout de vingt minutes, Siobhain avait regardé Liam, assis au bout du canapé beige, et lui avait demandé sincèrement pourquoi il s'était donné la peine de tourner ce truc.

Leslie s'avança.

— Écoute, Siobhain, on est juste venues voir si ça allait.

Siobhain pinça ses jolies lèvres.

— Vous auriez dû me téléphoner avant de venir, répondit-elle. C'est pas un salon de thé, ici.

— On a essayé, dit Leslie, mais tu avais éteint ton portable, comme d'habitude.

Comme tous les gens dans ce pays qui s'étaient retrouvés avec un peu de liquide au moment de Noël, Siobhain avait éprouvé le besoin d'avoir un téléphone en poche à tout moment et s'était acheté un portable, mais elle n'en supportait pas la sonnerie. Elle ne le rechargeait pas et le laissait dans un tiroir de la cuisine, de façon que, si par hasard il sonnait quand même, elle ne puisse pas l'entendre.

— Ah oui, sûrement, dit-elle.

Elle ferma la porte, défit la chaîne et les laissa entrer, puis referma soigneusement derrière elles en remettant la chaîne. Avec un petit sourire satisfait, comme si elle était toute nue et seule à le savoir, elle leur indiqua le salon.

Siobhain ne se souciait pas de son apparence. Le matin, elle enfilait ce qui lui tombait sous la main, du moment que c'était propre. Ce jour-là, elle arborait un pull rouge moulant et un pantalon de jogging en polyester orange qui froufroutait à chacun de ses pas. Elle s'était efforcée de grossir le plus possible après sa sortie de l'hôpital psychiatrique. Maureen et Leslie l'avaient vue une fois prendre son petit-déjeuner : la moitié d'un paquet de pain de mie qu'elle faisait passer avec du lait entier. Elle ne se souciait pas davantage de son intérieur. Des assistantes sociales bien intentionnées avaient décoré l'appartement, et les murs étaient peints en beige, avec moquette assortie et mobilier à l'avenant. Maureen ne croyait guère à l'influence sur le psychisme de la décoration intérieure, mais l'appartement de Siobhain lui donnait le vague à l'âme. La seule chose intéressante dans le salon, c'était une peinture à l'huile qui représentait le frère décédé de Siobhain et que celle-ci avait fait exécuter à partir d'une photo. Le tableau était réussi : les gestes du petit garçon, son doigt pointé et son clin d'œil semblaient spontanés. Il souriait tristement, vêtu d'un bermuda d'où dépassaient ses petits genoux roses et ses pieds chaussés de bottes en caoutchouc rouges maculées de boue.

Leslie s'installa dans le fauteuil et Maureen sur le canapé, près de la porte, pour que Siobhain puisse s'asseoir bien en face de la télévision et ne rien manquer des paroles de Quincy. Leslie croisa les jambes et posa sa botte de moto sur l'accoudoir.

— Enlève ton pied de là, dit Siobhain. S'il te plaît.

Leslie leva les yeux au ciel et obéit. Elles restèrent silencieuses, à écouter Quincy résumer l'affaire à son idiot de compère. À un moment, Siobhain se baissa pour prendre deux albums photos en plastique bleu. Elle les posa sur ses genoux et les tapota en souriant toute seule à chaque blague de Quincy. Enfin, la pub commença.

— Vous avez apporté quelque chose à manger? demanda-t-elle.

— Je crois que j'ai des chewing-gums, répondit Maureen.

Elle extirpa un paquet entamé de la poche arrière de son jean. Siobhain tendit la main pendant que Maureen faisait sortir deux petites tablettes luisantes et en prenait une pour elle. Elle en proposa à Leslie, qui refusa. Elles mâchouillèrent un moment en regardant les pubs, puis Siobhain se tourna vers Maureen, lui posa un album sur les genoux, se leva lentement et alla donner l'autre à Leslie.

— Jetez-y un œil, dit-elle en se rasseyant.

Maureen ouvrit le sien à la première page. C'était une débauche de couleurs. Les photos provenaient de magazines imprimés sur du papier de mauvaise qualité et représentaient des bébés, des mannequins et des gens ordinaires, des tubes de dentifrice, des flacons de ketchup, des maisons, des voitures neuves et des lots de concours. Elles avaient toutes été soigneusement découpées. La page d'en face était du même genre, ainsi que les suivantes. Siobhain avait dû mettre des heures à remplir son album. Elle semblait ravie de leur surprise.

— Alors? fit-elle en souriant.

Maureen était franchement décontenancée, même si elle connaissait assez Siobhain pour savoir qu'elle serait toujours bizarre, malgré les antidépresseurs.

— Ce sont tes photos? demanda-t-elle.

— Oui. C'est moi qui les ai faites, pour moi. Elles te plaisent?

— Oui. Mais c'est quoi, en fait? demanda Maureen avec un sourire gêné.

— Ça représente ma famille. Ma jeunesse et les martyrs.

Leslie désigna la photo d'un bébé dans une baignoire, la tête couronnée de mousse.

— Celle-là, c'est une photo de martyr ?

— Elle représente ma mère donnant leur bain aux enfants dans le Sutherland.

— Ça fait beaucoup de photos, Siobhain, commenta Leslie en tournant une page et en fixant un cliché de Majorque extrait d'une brochure touristique.

— Elles viennent de mes livres.

Elle désigna du menton une pile de magazines dépenaillés derrière la télévision.

— On me les a donnés au centre de jour. Je peux faire ce que je veux avec.

— Combien de temps ça t'a pris pour faire tout ça ? demanda Maureen.

— Toute la soirée d'hier et ce matin, répondit-elle solennellement, comme si elle avait accompli un exploit. Continue un peu plus loin, dit-elle à Leslie. Regarde celle-ci. Tu vois ?

C'était une photo de voiture. Maureen dévisagea Siobhain. Ces images étaient bizarres. Peut-être qu'elle avait reçu des lettres d'Angus, que cela l'avait angoissée et qu'elle avait augmenté sa dose de médicaments : c'était une explication. Siobhain lui sourit, pas de cet air ensommeillé que Maureen lui connaissait, mais d'un grand sourire bien réveillé.

— Tu aimes mes photos ? demanda-t-elle, pleine d'espoir.

— Je ne les comprends pas très bien, pour être franche, répondit Maureen.

— Non, opina Siobhain tranquillement. Je sais. Elles racontent une histoire que tu ne connais pas, sur ma maison et ma famille.

— Tu envisages de retourner chez toi ? demanda Maureen, déconcertée.

— Non, chez moi, ça n'existe plus. Tout est là, maintenant, dit-elle en tapotant l'album posé sur les genoux de Maureen.

Leslie posa le sien par terre et se leva.

— Je vais aux W-C, annonça-t-elle en se dirigeant vers le couloir à peine éclairé.

— Quand on oublie d'où on vient, dit Siobhain lorsque Leslie fut sortie, quand on oublie sa famille, c'est une sorte de trahison, n'est-ce pas ?

Maureen se racla la gorge.

— Tu reçois beaucoup de courrier, Siobhain ?

— Non.

Elle revint à l'album.

— Et celle-là, elle te plaît ?

— Très jolie, dit Maureen. Alors, quoi de neuf dans ta vie ? Tu continues à aller au centre de jour ?

— Oui.

— Comment va Tanya ?

— Très bien.

Maureen ne savait pas comment lui parler d'Angus sans lui faire peur.

— Tu comprends, maintenant ? demanda Siobhain.

— Un petit peu. Tu reçois du courrier ?

— Pas beaucoup.

Elle mâcha son chewing-gum un moment, en scrutant le couloir pour voir si Leslie revenait.

— Pourquoi elle met autant de temps ? J'espère qu'elle ne fouille pas.

— Tu n'as pas reçu de lettre, récemment ?

Siobhain soupira et la regarda avec mépris.

— Non. Pas de courrier. Arrête de me bassiner avec ça.

— Tu en es sûre ?

— Arrête, répéta Siobhain d'un ton calme mais hargneux, comme une baby-sitter qui se venge pendant que les parents ont le dos tourné. Tu ne peux pas débarquer chez moi en pleine journée et me harceler avec tes questions.

— Excuse-moi, dit Maureen, qui avait de nouveau envie de pleurer. C'est que… je n'arrive pas à comprendre tes images.

Siobhain regarda de nouveau vers le couloir.

— Je sais que tu ne comprends pas, chuchota-t-elle. Mais ça ne veut pas dire que j'ai tort, hein ?

Maureen la regarda. Les grosses joues de Siobhain avaient rougi. Elle ramena une mèche de cheveux derrière son oreille.

— Siobhain, je ne t'ai jamais vue comme ça.

— Je n'avais pas éprouvé ça depuis longtemps.

— C'est-à-dire ?

Siobhain tapota l'album et la regarda droit dans les yeux.

— De l'intérêt pour quelque chose.

Elles entendirent la chasse d'eau, puis la porte des toilettes s'ouvrit, amplifiant le bruit. Siobhain attendit que Leslie soit revenue dans le salon et se soit rassise pour s'installer confortablement et leur dire qu'il était l'heure de partir parce que son feuilleton préféré allait commencer.

Elles descendirent l'escalier prudemment. L'humidité rendait les marches glissantes.

— Tu crois qu'on devrait appeler un médecin ? demanda Maureen alors qu'elles sortaient dans le soleil aveuglant.

— Je ne sais pas. Elle est bizarre, mais elle l'a toujours été, non ?

— Elle est complètement partie, là. Les dépressifs ne sont pas comme ça, sauf quand il leur arrive quelque chose.

— Tu lui as parlé des lettres ?

— Il ne lui écrit pas.

— Il n'écrit qu'à toi, alors ?

— Ouais.

— Eh bien, elle en sait plus long que toi sur lui. Ce serait logique qu'il veuille la faire taire, mais vu qu'il n'essaie pas de la menacer, je ne crois pas qu'il représente un danger.

— Bon, mais qu'est-ce qu'il cherche, alors ?

Duke Street était encombrée de bus qui se frayaient un chemin entre les piétons. Le soleil dardait ses rayons sur la rue bondée, aveuglant tous ceux qui allaient vers l'ouest et éblouissant dans leurs rétroviseurs les conducteurs qui roulaient vers l'est. Leslie slalomait entre les voitures, coupait la route aux taxis et fonçait au milieu de la rue. Elles traversèrent un carrefour et remontèrent la colline jusqu'à la ville, en dépassant l'abattoir et la brasserie. Un feu rouge les arrêta devant le Model Lodging, un foyer délabré pour les sans-abri construit à l'ombre du Necropolis. Derrière une glissière de protection, assis sur les marches, des hommes sans âge aux visages crasseux buvaient de la bière et fumaient des cigarettes roulées en contemplant la rue.

Leslie se gara en face du bureau et confia la moto à Maureen, le temps d'y faire un saut. Katia et Jan étaient dans l'entrée et se réchauffaient devant la bouche d'aération de la boulangerie en bavardant sans entrain. Elles ne firent pas attention à Maureen, qui leur tournait le dos, assise sur la moto, son casque sur la tête.

Peut-être qu'elle était encore malade. Peut-être qu'elle avait eu tort de penser qu'elle n'avait plus besoin de voir un psychiatre. Peut-être que sa famille avait raison et qu'elle était folle. Elle envisagea cette possibilité, la tourna et la retourna dans son esprit comme du sable chauffé au soleil qu'on fait couler entre ses doigts. Mais elle savait bien qu'elle n'était pas folle. Michael lui avait fait du mal, la famille prenait son parti, et le monde était un gouffre noir et désespérant.

Leslie réapparut à côté d'elle, essoufflée et tout excitée.

— Les flics ont appelé deux fois, mais ils ne sont pas passés, et Senga dit qu'on peut aller la voir demain.

19

LA VÉRANDA

Elles avaient deux heures à tuer, et Leslie avait faim. Elle déclara que le seul endroit convenable à Glasgow était le restaurant *Fratelli* et qu'il fallait absolument retourner à Drumchapel. Maureen n'en avait pas envie. Elle avait l'intuition que Cammy serait chez Leslie et que *Fratelli* n'était qu'un prétexte pour aller le voir. C'était la première fois que Leslie parlait de ce restaurant. Mais elle finit par accepter, et elles reprirent la Great Western Road dans la lumière dorée du couchant.

On faisait déjà la queue devant *Fratelli*. Des pères de famille achetaient des portions de frites à emporter en rentrant du bureau, et des célibataires venaient prendre un repas chaud. Maureen fut soulagée quand Leslie commanda un menu pour deux. Elle prit également une bouteille de Bru et des barres chocolatées Chomp en guise de dessert. Maureen tint à payer.

— Ne sois pas idiote, dit Leslie. C'était mon idée.

Mais Maureen passa devant elle et tendit un billet de dix. Elles fourrèrent le sac plastique dans le coffre, et Leslie fonça jusque chez elle pour arriver avant que les frites ne ramollissent. Cammy n'était pas là, mais il avait laissé un mot dans la cuisine. Leslie le lut, gloussa toute seule, puis releva la tête et regarda Maureen comme si elle était surprise de la voir.

— Il est parti à son entraînement de foot, dit-elle.

— Vous habitez ensemble, alors ? demanda Maureen en sortant du placard deux assiettes Barbie ébréchées.

— Si on veut. Il vit chez ses parents, mais il passe pas mal de temps ici.

— Tu lui as donné une clé ?

Leslie la fusilla du regard. Elle avait toujours juré qu'elle ne donnerait jamais la clé de son appartement à un homme. Elle savait trop bien ce qui arrivait ensuite – elle le voyait chaque jour avec les femmes qu'elle recevait au Foyer. C'était un piège classique. Elles rencontraient un type et, progressivement, il s'insinuait chez elles. Par commodité, elles lui donnaient une clé et, quand il les battait, la seule solution était de s'enfuir en lui laissant la maison.

— Non, dit-elle en défaisant le papier qui enveloppait sa part de poisson, qu'elle fit glisser sur son assiette. C'est Mme Gallagher, ma voisine de palier, qui lui ouvre.

Elle rougit et sortit deux verres Barbie du placard, dévissa le bouchon de la limonade et leur servit méticuleusement un verre à chacune.

— Tu lui as donné une clé, hein ?

— Oui, dit Leslie en reposant violemment la bouteille. Je lui ai donné une clé. Tu es contente ?

Maureen eut un sourire narquois.

— Ce n'est pas moi qui invente tes règles à la noix, Leslie. T'en prends pas à moi.

— Mais pourquoi tu m'asticotes ?

— Leslie, tu t'asticotes toute seule.

Leslie souffla sur son plat.

— Je sais. J'ai donné des tas de conseils pendant des années, et maintenant que ça tombe sur toi, je me retrouve complètement démunie.

— Ouais, dit Maureen. C'est ce que je vois.

Leslie se tourna vers la fenêtre et croisa les bras. Elle semblait terrifiée.

— Des fois, dit-elle en baissant la voix, je lui prépare à manger quand je rentre.

— Oh, fit Maureen. C'est très mauvais signe. Tu seras morte dans un mois.

— C'est mauvais signe ? répéta Leslie, inquiète.

Maureen vit qu'elle ne plaisantait pas.

— Tu es juste amoureuse. Profites-en.

— Mais je ne me sens pas moi-même.

— C'est ça, tomber amoureuse. On ne se sent plus soi-même. C'est censé être agréable. Ça ne l'est pas pour toi ?

— C'est ce que tu éprouvais avec Douglas ?

Maureen écarta pensivement les frites les plus brunes sur le bord de son assiette, les racornies, cuites deux fois, qui avaient un goût de caramel. Elle ne se rappelait pas très bien sa relation avec Douglas. Toute la douceur et les bons moments s'étaient perdus dans la violence finale, mais oui, sans doute avait-elle éprouvé cela, et son comportement avait dû paraître tout aussi incompréhensible à Leslie. Maintenant qu'elle y repensait, elle comprenait combien cela avait dû la rendre furieuse, aussi furieuse qu'elle l'avait été elle-même ces derniers mois à cause de Cammy. Il était temps d'être un peu plus indulgente, décida-t-elle. Puis elle se rappela que Leslie n'appréciait pas Douglas et qu'elle n'avait jamais été agréable avec lui, ne fût-ce qu'une fois.

— Je crois que oui, dit-elle en prenant son assiette, son verre et le flacon de sauce. Bon, on mange ? C'est en train de refroidir.

Elles sortirent sur la véranda, enjambèrent les pots de fleurs mortes et s'assirent sur les chaises longues tachées, leur assiette sur les genoux, pour manger avec les doigts. De petits nuages de vapeur parfumée s'élevaient des morceaux de poisson pané, emplissant l'air d'une odeur appétissante. La véranda donnait sur un vaste terrain vague où jouaient les enfants de la résidence. Les plus vieux discutaient en surveillant leurs petits frères qui se passaient un VTT et faisaient des tours entre les buttes et les flaques de boue. Leslie n'avait pas menti en vantant la cuisine de *Fratelli*. Le poisson était frais et ferme et les frites croquantes.

— C'est bon, hein ? fit Leslie en mordant dans la chair tendre du poisson à travers la chapelure croustillante.

— Délicieux, dit Maureen.

La lumière baissait. Des traînées orange s'étiraient dans le ciel d'un jaune satiné. De gros nuages noirs s'amoncelaient à l'horizon. Maureen se radossa en considérant son assiette.

— Je ne sais pas si je vais pouvoir tout manger.

— Tu as intérêt à finir ton assiette, sinon tu n'auras pas de dessert.

Maureen sourit.

— Tu as laissé ta salade l'autre soir aussi, dit tranquillement Leslie. Tu manges, en ce moment ?

L'appétit de Maureen était un bon indicateur de son état mental. Elle ne pouvait jamais rien avaler quand elle était bouleversée, car sa gorge se nouait littéralement. Quand elle avait fait sa dépression, elle avait perdu dix-huit kilos, et on avait dû la nourrir de purées à l'hôpital.

— Je mange bien, oui.

— Et tu te sens comment ?

— Triste. Très triste, dit-elle en prenant ses cigarettes. Je ne suis ni en colère ni énervée, juste très triste.

— Peut-être que tu as du chagrin à cause de Douglas.

— C'est plutôt comme si j'en avais à cause de tout, répondit Maureen en lui tendant son paquet pour qu'elle se serve. J'arrête pas de chialer. Je peux pas m'en empêcher, et ça arrive toujours au moment où il ne faut pas, quand je suis en train de me disputer avec quelqu'un ou que je fais mes courses, par exemple.

Leslie prit une cigarette et posa son assiette par terre, puis elle releva le col de son blouson pour se tenir chaud.

— Si c'est du chagrin, c'est bien.

— Pourquoi ?

— Ça veut dire que tu guéris. Le chagrin ne dure pas éternellement.

— J'ai pourtant l'impression que si.

En bas, un gamin traversa le terrain vague en courant, enfourcha le VTT et fila à toute vitesse vers les collines. Furieux, les petits se lancèrent à sa poursuite en criant et en appelant leurs frères et sœurs à la rescousse. Mais les grands restèrent les bras croisés, à regarder la scène sans rien faire.

— Hé, dit Maureen en se redressant, ce petit salaud vient de piquer le vélo.

— C'est le sien, expliqua Leslie. Il l'a eu pour Noël. Ce sont les petits qui arrêtent pas de lui prendre. Il est obligé de le récupérer tous les soirs.

Maureen se rassit.

— Tu as le polaroïd d'Ann sur toi ?

— Ouais, dit Leslie en le sortant de sa poche.

Maureen le regarda à la lumière de la fenêtre de la cuisine.

— Tiens, dit-elle en désignant la main du petit garçon. Tu vois la carte de Noël ? Ça ne pourrait pas être celle qu'elle a reçue au courrier ?

— Je sais pas. Elle a l'air plus grande que l'enveloppe que j'ai vue.

— Oui, mais le gosse est petit. Peut-être qu'elle a l'air plus grande dans sa main.

Leslie regarda la photo de plus près, en jetant sa cendre par terre.

— Ouais, mais elle est quand même plus grande, et il y a du coton collé dessus. Celle d'Ann paraissait lisse et mince, dans l'enveloppe, pas molle comme celle-là. Et elle était carrée.

— Quelle taille elle faisait ?

— À peu près celle du polaroïd...

Elle s'interrompit soudain.

— Si ça se trouve, c'est justement le polaroïd qu'on lui a envoyé.

— Mmm, fit Maureen. Mais pourquoi lui aurait-on envoyé la photo d'un seul de ses gosses ?

— Peut-être que c'était son préféré.

— Ferme les yeux et tâte la photo.

Leslie s'exécuta et déclara que c'était la bonne taille.

— Et ça glissait à l'intérieur, comme une carte en carton glacé.

— Alors, ça aurait pu être la photo ?

— Possible.

— Dis, j'ai assez mangé pour avoir droit à mon Chomp ? demanda Maureen en désignant son assiette.

Leslie l'examina soigneusement.

— Bon, d'accord, dit-elle à contrecœur, en sortant les barres chocolatées de sa poche.

Elles mangèrent leur dessert en fumant et en contemplant les gros nuages noirs qui envahissaient le ciel et éclipsaient le coucher de soleil. En bas, les enfants commençaient à se disperser, et on entendait la pluie arriver au loin. Maureen repensa à ce qu'avait dit Liam : elle ne devait pas gâcher le plaisir de Leslie.

— Tu es heureuse avec Cammy ? demanda-t-elle en fixant l'horizon.

Leslie leva la tête.

— Oui.

— Excuse-moi pour ce que j'ai dit au *Grove*, reprit Maureen d'une voix douce. J'ai tendance à me replier sur moi-même, en ce moment. Je veux vraiment que tu sois heureuse, Leslie, tu es la personne la plus sympa que je connaisse.

Elle avait à peine prononcé ces mots que ses yeux débordèrent de larmes. Elle se donna une tape agacée sur le front et regarda Leslie.

— Tu vois ? dit-elle en désignant ses yeux. Ça recommence.

Mais Leslie pleurait aussi, le regard fixé sur la lourde averse qui s'abattait sur le terrain vague.

— J'ai eu la trouille à Millport, dit-elle d'une voix tremblante. Mauri, j'ai eu la trouille et je m'en suis voulu de pas t'avoir aidée. J'en étais tout bonnement incapable.

Maureen se pencha et lui toucha la joue, recueillant les grosses larmes du bout des doigts.

— Oh, pauvre poussin, murmura-t-elle. Je crois que Jimmy est pareil. Il aurait pas pu non plus.

Elles reniflèrent un moment en silence, la tête baissée, perdues dans leurs pensées.

— Tu sais ce que j'aimerais faire ? dit Maureen. Foutre le camp et ne plus jamais revenir. J'ai envie de me barrer, loin de Winnie et d'Una. Je ne me sens même plus bien dans mon appartement.

Leslie n'avait jamais imaginé que l'une d'elles puisse partir. Elle avait toujours pensé qu'elles auraient leurs gosses ensemble, en mères célibataires qui se soutiennent et se débrouillent comme elles peuvent.

— Est-ce que ce serait la solution, de se barrer ? demanda-t-elle.

— J'en sais rien, mais je peux quand même pas continuer à me disputer constamment avec tout le monde, non ? C'est pas une vie.

— Tu te disputes pas constamment avec tout le monde.

Maureen soupira et baissa la tête.

— C'est l'impression que j'ai.

— Tu peux pas baisser les bras et t'en aller. Et puis, je te connais. Ce qui te torture ici te torturera aussi ailleurs. Tu penses que c'est à cause de ce que tu as fait à Millport que tu te sens mal ?

— Je sais pas. La violence, ça te corrompt.

— Tu crois ?

— C'est forcé. Il faut perdre toute compassion avant de pouvoir faire du mal à quelqu'un, non ?

Leslie réfléchit à la question et hésita avant de répondre.

— On ne peut pas perdre sa compassion dans certains cas seulement ?

— Et n'attaquer que les méchants ? ironisa Maureen.

— Ouais.

— C'est peut-être possible en théorie de trier les bons des méchants, mais c'est dur de faire la distinction dans le feu de l'action.

Elle soupira et tira sur sa cigarette.

— Ça te corrompt, répéta-t-elle. Le sang appelle toujours le sang.

— Ouais, renchérit Leslie en fixant ses genoux. Je parle comme un caïd depuis des années et je ne suis même pas fichue de donner une tape sur la main d'un gosse. Je dis aux femmes du Foyer de ne jamais confier leurs clés à un homme, et je connais un mec depuis deux mois que je le supplie déjà de prendre les miennes.

Maureen aurait voulu que le doute s'insinue en Leslie et qu'elle finisse par ne plus avoir du tout confiance en Cammy, mais elle répondit :

— Je n'aime pas trop Cammy, mais je crois que tu ne cours pas de risques avec lui.

Leslie se redressa et la fixa avec attention. La lumière de la cuisine se reflétait sur le cuir de son blouson.

— C'est vraiment ce que tu penses ?

— Franchement, tu ne le connais pas assez pour savoir s'il serait capable de te frapper ?

— Non. Je ne sais pas comment faire la distinction entre ceux qui pourraient et ceux qui ne pourraient pas.

— Alors, qu'est-ce que tu fous à l'inviter chez toi ?

Leslie secoua la tête et se détourna. La pluie tombait à verse, éclaboussant la véranda. Elles voyaient les trombes d'eau qui balayaient le terrain vague. Les rares gamins restants s'étaient mis à l'abri en attendant que la pluie s'arrête.

Leslie se pencha et baissa la tête en aspirant la fumée.

— Tu te rappelles quand les flics cherchaient l'Éventreur du Yorkshire ? Un des trucs qui les a retardés, c'est qu'ils ont dû interroger des tas de femmes qui s'étaient mises à soupçonner leurs mecs et les avaient dénoncés. À l'époque, je trouvais ça grotesque.

— Je crois pas que Cammy soit l'Éventreur du Yorkshire, Leslie, dit Maureen en lui tapotant la main.

— Je sais. Mais tu penses te connaître, avoir des principes, puis il se passe un truc, et tu te rends compte que tu n'es pas du tout celle que tu croyais.

— C'est ce qui s'appelle devenir adulte.

— Eh bien, ça fout la trouille, dit Leslie en soufflant un gros nuage de fumée. Et ça ne me plaît pas.

— À moi non plus.

20

Malki

Des nuages sombres continuèrent à déferler dans le ciel, et la nuit tomba rapidement. Le trottoir noir et luisant scintillait des traînées orange des lampadaires. Leslie alla garer la moto à pied dans l'impasse gravillonnée à côté du Foyer et l'attacha à la barrière métallique dissimulée dans la pénombre. Pendant ce temps, Maureen errait dans la rue déserte. La pluie qui tombait dru rebondissait sur la chaussée, et elle était contente d'avoir son grand manteau. Elle regarda de part et d'autre de la rue, en essayant d'imaginer ce qu'avait pu éprouver Ann au même endroit, nouvelle venue dans le Foyer, avec son corps maigre et couvert d'ecchymoses, loin de ses quatre enfants et cherchant un endroit où se soûler.

La rue était large, suffisamment pour que deux voitures se croisent sans peine, et des arbres vénérables se dressaient sur le trottoir. Maureen releva son col et contempla la maison victorienne qui se trouvait derrière elle. C'était une demeure en brique de trois étages surmontés d'un petit grenier pour les chambres des domestiques. Les maisons voisines, tout aussi imposantes, étaient séparées de la rue par des murets et de petites cours semées de gravier. N'importe qui pouvait voir que le Foyer était plus pauvre que les autres maisons. Aucune voiture n'était garée devant, le petit jardin n'était pas entretenu, et toutes les fenêtres étaient allumées. Leslie surgit de l'obscurité et rejoignit Maureen. Elles levèrent les yeux vers le Foyer. Une radio braillait par la fenêtre ouverte d'une salle de bains.

— On a saccagé cette maison, hein ? dit Leslie.

— Il suffirait d'un peu d'argent pour qu'elle soit aussi belle que les autres, répondit Maureen. Ann connaissait ce quartier avant de venir ?

— Non. Il a fallu lui dire quel bus prendre pour aller dans le centre.

— OK. Elle a donc dû suivre la rue principale, non ?

Leslie haussa les épaules. Cent mètres plus haut, un carrefour nimbé de lumière jaune luisait comme une pierre précieuse dans la nuit d'encre. Elles s'y dirigèrent lentement, passant le long des grandes maisons. Dans l'une d'elles, les rideaux étaient ouverts. Un homme et une femme élégants, assis sur un immense canapé en cuir blanc, regardaient une télévision à écran géant. Leur fille, une adolescente mince, entra dans la pièce et leur parla. Elle avait l'air furieuse. Ses épais cheveux blonds bouclés lui descendaient jusqu'à la taille. La mère répondit quelque chose, et la jeune fille se donna un coup de poing rageur sur la cuisse, avant de sortir à grands pas. Maureen soupira. Elle aurait voulu être cette fille chérie d'une famille unie et aisée, avec des parents assez solides pour qu'on puisse leur résister.

— Agréable existence, dit-elle en essuyant la pluie sur son front.

— Oui, fit Leslie. La fille apprend à conduire. Je la vois faire des allers-retours dans la rue à dix à l'heure dans la Mercedes.

— Elle apprend à conduire avec une Mercedes ?

Leslie hocha la tête. Maureen regarda de nouveau la pièce chaleureuse, où l'on ne connaissait ni l'indigence, ni l'envie, ni l'inquiétude.

— Eh bien, c'est vraiment la belle vie.

Des voitures et des camions traversaient le carrefour en trombe. Leslie et Maureen s'arrêtèrent, regardèrent autour d'elles, et Leslie désigna la droite. Elles firent quelques centaines de mètres de plus et aperçurent les lumières d'un pub qui brillaient sous la pluie. C'était un bâtiment isolé, plus ancien et plus grand que le Foyer, avec une enseigne lumineuse en plastique rouge et or. Des bacs de plantes artificielles garnissaient l'intérieur des fenêtres. Une Jeep et une Jaguar étaient garées sur le parking.

— Impossible qu'elle soit venue ici, dit Maureen. Elle ne l'aurait pas vu depuis le carrefour et, de toute façon, c'est une brasserie, et elles sont toujours chères. Jamais elle n'aurait eu assez pour se soûler, et je ne vois pas qui aurait eu envie de lui payer des verres.

— Ouais, mais c'est quand même proche du Foyer, objecta Leslie.

— Si tu étais couverte de bleus et que tu voulais picoler, tu viendrais là ?

— Non, fit Leslie après avoir regardé la façade.

Elles rebroussèrent chemin jusqu'au carrefour et prirent à gauche. Elles distinguèrent bientôt une devanture. C'était un pub appelé le *Lismore*, mal éclairé et dépourvu de la moindre enseigne.

— On y va ? fit Maureen.

L'intérieur du pub était étonnamment agréable. Le vernis du parquet usé par des années d'allées et venues dessinait une bande plus pâle qui allait vers le bar et le longeait. Chose étrange, il n'y avait pas de musique. Seuls résonnaient le murmure de voix et le cliquetis des verres qu'on lavait derrière le comptoir. À une table solitaire, de vieux bonshommes bavardaient, penchés sur leurs chopes de bière. Le barman sourit machinalement en voyant ces deux nouvelles clientes et posa le verre qu'il essuyait.

— Bonsoir, mesdames. Que désirez-vous ?

— Deux whiskies, s'il vous plaît, dit Maureen en essuyant ses cheveux humides.

Elles s'assirent sur des tabourets et observèrent la salle pendant que le barman les servait. Il déposa les verres devant elles et leur apporta un cendrier.

— Je me demandais si vous pourriez nous renseigner, dit Maureen en payant la somme exacte. Nous cherchons une amie qui a disparu.

— Ça dépend, répondit le barman d'un air embarrassé, tout en ramassant l'argent.

Leslie sortit la photocopie de sa poche. Elle n'avait pas très bien fait son travail : c'était un agrandissement à deux cents pour cent qui montrait Ann jusqu'à la taille, si bien qu'elle devait laisser la feuille pliée au milieu pour cacher le soutien-gorge et la poitrine affaissée. En plus, les couleurs étaient mal réglées : le visage était orange et les yeux tout noirs. On aurait dit un coloriage d'enfant.

— Oh oui, Ann. Elle a disparu, alors ?

Le barman marqua une pause et leur jeta un coup d'œil sévère.

— Vous venez pas de la part de son mec, j'espère ? Parce que je sais qu'il la battait.

— Non, répondit précipitamment Leslie. En fait, on essaie de savoir si elle est retournée avec lui.

— On ne sait pas où la trouver, ajouta Maureen. On voulait juste savoir si vous l'aviez vue.

— D'accord.

Il réfléchit un instant.

— Non, je ne sais pas où elle est. Elle est venue ici un moment, pendant deux semaines, elle avait la lèvre éclatée. Les vieux, là-bas, ils l'aimaient bien. Elle écoutait leurs histoires et elle flirtait un peu avec eux. Ah oui, ils l'aimaient bien.

— Quand a-t-elle cessé de venir ? demanda Maureen.

— Il y a environ un mois. Avant le Nouvel An. Elle est venue le lendemain de Noël, mais je l'ai fichue dehors. Elle suppliait les clients de lui payer à boire.

— Vous l'avez virée ? demanda Leslie, intriguée, en s'accoudant au bar.

— Oui.

Il désigna un vieux panneau en zinc qui disait : « Il est interdit de porter les couleurs d'un club de football, de cracher, de mendier. »

— C'est pas bon pour les affaires, expliqua-t-il en essuyant le comptoir de plus en plus près du bras de Leslie, comme pour revendiquer son territoire.

Leslie se redressa.

— Elle ne vous a pas causé du tort, tout de même ? demanda Maureen.

— Vous voyez ces vieux porcs, là-bas ?

Il désigna la seule table occupée. Les clients, qui l'avaient entendu, se turent.

— Ils lui demandaient ce qu'ils auraient en échange de leur fric, reprit le barman. Ces vieux cochons, qui essayaient de profiter de la faiblesse de la pauvre fille pour l'alcool.

Puis il baissa la voix.

— C'est ça, les retraités : ils sentent la bonne affaire à un kilomètre, murmura-t-il, comme si le flair du troisième âge était une vérité universelle qu'il fallait cacher.

— Alors, elle vous embêtait ? demanda Maureen.

— Non, ma petite. Mais je suis un tenancier de pub, moi, pas un vautour. Et quand quelqu'un a besoin de boire à ce point-là, je cède pas, faut s'adresser ailleurs.

— Où ça, par exemple ?

— Au *Clansman*. C'est deux rues plus bas. Il paraît que votre copine y allait. C'est un boui-boui.

Maureen vida son whisky.

— Très bien, dit-elle. Merci de votre aide.

— Pas de problème, mesdames. Revenez quand vous voulez.

Dehors, le vent s'était levé, et Maureen dut écarter les mèches de cheveux mouillés qui se collaient sur son visage. Elles quittèrent la rue principale selon les indications du barman, longèrent des résidences de plus en plus sordides, aux fenêtres de plus en plus petites. Le quartier se dégradait rapidement à mesure qu'elles avançaient. Les immeubles étaient plus grands et moins bien entretenus, et des pavillons en préfabriqué construits dans les années cinquante et soixante se dressaient dans les trous laissés par les bombes allemandes. Trois rues après le *Lismore*, elles atteignirent un pâté de maisons minables dont la plupart étaient inhabitées. Le *Clansman* était tout au bout. Devant, un ivrogne cramponné à un lampadaire oscillait doucement. Les fenêtres en verre dépoli étaient haut placées – un vieux stratagème pour empêcher les femmes et les enfants de regarder à l'intérieur. La porte du pub était entrebâillée, et l'odeur douceâtre de l'alcool flottait dans la rue, subtile et attirante comme une exhalaison de phéromones. Leslie entra et se fraya un chemin parmi les clients qui se pressaient contre la porte, suivie de Maureen.

Le bar était crasseux, mais il restait encore trop chic pour ces hommes au regard vide qui buvaient du vin et fumaient des Club en paquet de dix. La moquette était aussi luisante que du lino. Les appliques murales en forme de bougie luisaient comme des fanaux dans l'épaisse fumée, et il y avait des verres vides partout. Des clients plaisantaient et d'autres riaient à leurs blagues, selon qu'ils avaient ou non de l'argent ce soir. Des durs côtoyaient des clochards, ces êtres qui se nourrissaient de leurs déchets, imitaient leur langage et leur volaient leurs histoires. Maureen voyait bien Ann dans un endroit pareil. Il n'y avait aucune femme, et elle n'aurait pas eu de peine à trouver des dragueurs pleins d'espoir prêts à lui payer un verre pour essayer d'obtenir quelque chose en échange. Leslie et elle s'approchèrent du bar.

— Tu commandes. Moi, je pose les questions, dit Maureen en criant pour couvrir le brouhaha ambiant.

— J'aime pas cet endroit, dit Leslie, furieuse d'avoir peur.

— Hé, vous, dit une voix rauque et grave. Les filles, là.

Elles regardèrent dans leur dos et virent un petit homme se faufiler vers elles. Il avait une tignasse de cheveux noirs et gras, le menton en galoche et les épaules de travers. Il buvait un grand verre de vin rouge en ricanant.

— Je m'appelle Malki, brailla-t-il en lorgnant le blouson en cuir de Leslie.

Il brandit sa main sous son nez. Leslie refusa de la serrer, mais Malki ne s'en formalisa pas et sourit de plus belle.

— Vous êtes de la police ?

— Leslie, lui murmura Maureen à l'oreille, si tu veux, va t'asseoir, personne viendra te parler.

Leslie hocha la tête à contrecœur et quitta le comptoir. Maureen prit sa place.

— Et arrête de faire la tête, sinon on va avoir des ennuis.

— Je fais pas la tête, rétorqua Leslie. C'est mon expression normale.

— Alors ? reprit Malki à l'adresse de Leslie. Vous êtes de la police ? J'aime bien les policiers, surtout quand c'est des femmes.

Il éclata de rire en les dévisageant tour à tour. Voyant qu'elles ne trouvaient pas cela drôle, il s'arrêta net et but une gorgée de vin.

— J'y vais, dit Leslie en désignant une table libre au bout de la salle.

— Hé, Malki, tu viens souvent ici ? demanda Maureen.

— Oui, pourquoi ?

— On cherche une fille qui s'appelle Ann. Tu l'as vue ?

Malki regarda autour de lui.

— Nan, fit-il, avant de se tourner vers le bar.

Maureen se pencha vers lui en souriant.

— Et comment tu sais que tu l'as pas vue ?

Malki continuait à chercher quelqu'un du regard.

— Et si je te payais un verre ? demanda-t-elle.

Elle agita un billet de dix livres sous son nez, et Malki parut se détendre.

— Ouais, fit-il en levant son verre. Un grand verre de rouge.

Maureen se pencha sur le comptoir et essaya d'attirer l'attention des barmen en brandissant son billet. Ils étaient à l'autre bout du bar, en train de servir et d'encaisser. Impatient d'avoir un verre à l'œil, Malki monta sur la barre et se mit à brailler :

— Serveur ! Serveur !

Un jeune barman aux yeux cernés s'approcha, l'air las et énervé. Il haussa le menton à l'adresse de Malki.

— Un autre, cria Malki en désignant le billet de Maureen.

Le barman regarda l'argent, puis Maureen.

— Et deux whiskies, ajouta-t-elle.

Le barman hésita. Il semblait se demander ce qu'elle faisait là. Mais il dut estimer que cela n'avait aucune importance, car il alla préparer leurs verres. Malki, ravi qu'on l'ait vu avec une femme et un billet de dix, sourit à Maureen.

— Tu es un peu serré, question fric ? demanda-t-elle.

— T'en fais pas. Je t'en paierai un aussi, dit Malki d'un ton peu convaincant.

— C'est pas ce que je voulais dire, répondit Maureen. Je me disais… Si tu es un peu à court…

Elle se penchait vers lui en criant quand la foule s'ouvrit derrière eux, laissant passer un rai de lumière qui éclaira la tête de Malki. Maureen se retrouva nez à nez avec son oreille, où bourgeonnaient les points noirs les plus gros et les plus mûrs qu'elle eût jamais vus. Elle réprima un haut-le-cœur et reprit, sans le regarder :

— Je me disais, étant donné que je veux des renseignements sur ma copine, peut-être qu'un billet de cinq te ferait pas de mal ?

Malki leva vers elle un œil brillant de convoitise. Puis il regarda de nouveau autour de lui. La personne qu'il cherchait n'était pas là. Il se retourna vers elle.

— On va aller s'asseoir, dit-il en montrant le barman, qui revenait avec leur commande.

Maureen paya, et ils rejoignirent Leslie avec leurs verres graisseux. Assise seule à une table sur une estrade, elle arborait un regard noir destiné à décourager quiconque aurait voulu l'aborder. Personne n'avait encore osé. Maureen et Malki s'assirent et posèrent leurs verres sur la table sale, puis Maureen offrit une cigarette à son nouveau copain.

— Alors, tu le veux, ce billet de cinq ? demanda-t-elle en lui donnant du feu.

— Non, mais j'en veux bien un de dix.

Il sourit en plissant les yeux.

Maureen hésita et prit un air réticent pour qu'il n'augmente pas son prix.

— Bon, d'accord, dit-elle. Mais tu réponds à tout, OK ?

Malki fixa son verre.

— File-moi le billet tout de suite, dit-il.

— Après, répondit Maureen, qui aurait préféré que ce soit n'importe quel enfoiré qui les aborde au lieu de ce petit connard.

— Tout de suite.

— Laisse tomber, alors.

Il ne se passa pas trente secondes avant que Malki ne cède.

— OK, dit-il. Après.

Maureen sortit la photocopie pliée en deux et la lui glissa sous la table. Il baissa les yeux.

— Tu la reconnais ?

Il hocha vigoureusement la tête.

— Elle est venue quand ?

— Il y a des semaines. Je l'ai pas revue depuis.

— Tu sais où elle est ?

— Aucune idée. Elle vient plus ici, c'est tout ce que je peux dire.

— Tu lui as parlé ?

— J'ai essayé, dit-il avec un sourire lascif. J'essaie toujours.

— Avec qui elle traînait ?

C'était manifestement la question que redoutait Malki. Son regard erra sur les visages des autres clients.

— Tout le monde. On se connaît tous, ici.

— Allez, tu peux bien me le dire, roucoula Maureen, séductrice. C'est une de mes copines.

Mais Malki n'entra pas dans son jeu. Il but une gorgée de vin et tira nerveusement sur sa cigarette. Puis il regarda sur sa gauche, en tournant si brusquement la tête que Maureen comprit qu'il avait vu quelque chose.

— Elle traînait avec quelqu'un en particulier ?

Il grimaça de nouveau un sourire.

— Vous êtes de la police ?

— Non, dit Maureen en se penchant vers lui, si près qu'elle se retrouva pratiquement nez à nez avec lui. Tu vois, Malki, son mec la battait. On veut être sûres qu'elle est pas retournée avec lui.

— Elle est pas avec son mec, fit Malki en secouant sa tignasse.

— Elle est avec un autre ?

Malki était sur le point de répondre. Il était au bord de la confidence, oscillait devant le précipice, et regarder au fond lui donnait le vertige. Leslie se pencha à son tour, dans l'espoir que cela l'intimiderait. Il la regarda.

— T'as un beau cul, toi, dit-il.

Leslie se retint de le gifler, et il le sentit.

— Filez-moi mon fric, ajouta-t-il.

— Mais tu ne m'as même pas répondu ! dit Maureen, consternée.

— Bien sûr que si, je t'ai répondu, répliqua Malki, prêt à faire un drame si on ne lui donnait pas son argent.

— Voilà ce qu'on va faire, Malki, dit Maureen. Tu laisses ton verre ici, tu vas aux toilettes, tu reviens, et je te file le billet. OK ?

Malki semblait médusé.

— Je sais que son mec est là, reprit Maureen. J'ai bien compris que tu l'avais vu. Alors, tu vas aux toilettes et, en passant à côté de lui, tu te grattes la tête, et je saurai qui c'est. Comme ça, tu m'auras rien dit et tu seras quand même payé. Ça marche ?

Malki hésita, peu disposé à s'éloigner de son verre et de la fille qui détenait son billet de dix.

— C'est le seul moyen d'avoir ton fric, insista-t-elle.

— Je vais prendre mon verre avec moi, dit-il finalement. Comme ça, j'aurai au moins eu quelque chose.

— Tu pourras t'en acheter dix avec le billet, Malki. Ça te fera toute la nuit.

Malki se fraya un chemin dans la foule. À mi-chemin du bar, il leva la main et se gratta la tête. Ç'aurait pu être n'importe lequel des ivrognes parmi lesquels il se trouvait, mais Maureen devina aussitôt qui il désignait. Il avait grossi, son visage était bouffi et couperosé, mais elle le reconnut. Vêtu d'un blouson mouillé, un verre de rouge à la main, il dépassait d'une tête les poivrots qui l'entouraient. Il regarda dans sa direction, la reconnut aussi et se dirigea vers leur table.

— Nom de Dieu, dit Maureen en se recroquevillant. C'est Mark Doyle.

— Quoi ? fit Leslie.

— Mark Doyle, le frère de Pauline, chuchota Maureen.

Leslie ne comprit pas, et Mark arriva près d'elles avant que Maureen ait pu répéter.

— Salut, dit-elle. Comment ça va ?

— Ça va. Qu'est-ce que vous fichez là ?

— On cherche une copine, répondit Maureen.

Il hocha lentement la tête en la regardant. Il souffrait d'une bonne crise d'eczéma : sa peau était sèche et se desquamait. Sous son œil gauche, une plaque de boutons suintait, et ses cheveux étaient parsemés de grosses pellicules.

— Elle s'appelle comment, votre copine ?

— Ann, dit Leslie.

Mark Doyle prit la place de Malki, posa son verre sur la table et tendit la main vers sa cheville. Croyant qu'il cachait un couteau dans sa chaussette, Maureen frémit, avant de se rendre compte qu'il se grattait simplement la jambe. Elle sortit maladroitement une cigarette de son paquet et l'alluma. Quand Mark eut fini de se gratter, il posa sa grosse main sur la table et regarda Maureen en clignant des yeux, comme s'il était ivre ou sous médicaments.

— Votre tête me dit quelque chose, fit-il. Mais je n'arrive pas à me rappeler où je vous ai vue.

— Je... je connaissais votre sœur, dit Maureen, terrifiée.

— Pauline ? demanda-t-il pensivement. Vous la connaissiez ?

Il fixa la table, puis releva la tête.

— Vous la connaissiez bien ? répéta-t-il en scrutant le visage de Maureen.

Maureen prit une bouffée de sa cigarette. Mark Doyle continuait à la dévisager, attendant la réponse à sa question, le regard las, mauvais.

— Non, pas très bien, dit-elle. J'étais à son enterrement parce que mon copain… Vous connaissez Ann ? demanda-t-elle pour changer de sujet.

Il haussa les épaules d'un air désinvolte. Maureen sortit la photocopie et la posa sur la table. Les yeux noirs d'Ann fixèrent Mark Doyle.

— Oui, elle est venue ici. Mais ça fait déjà un bail. Je l'ai aussi vue à Londres.

— À Londres ? répéta Leslie en se penchant brusquement en avant.

— Ouais, ma poule. Dans un pub de Brixton, le *Coach and Horses*. Des tas de gens de Glasgow y vont.

— C'était quand ? demanda Maureen.

— Y a un mois, peut-être. Elle était avec de drôles de types. Pas prudent pour une femme. Je lui ai dit de faire gaffe.

Il posa sur Maureen un regard qu'elle ne parvint pas à déchiffrer, mais qui la glaça. Elle repliait la photocopie d'une main tremblante quand il se leva. Elle n'aurait pas dû rester assise là avec lui sans rien faire. Par respect pour Pauline, elle aurait au moins dû l'insulter.

— Comment va votre frère ? demanda-t-elle.

Il sembla pris de court.

— Il est mort, répondit-il simplement, avant de retourner dans la foule en titubant.

Maureen suivit du regard ce grand type aux épaules larges, en se demandant ce qu'il avait sur la conscience.

Malki revint avec son verre vide. Au lieu de se rasseoir, il resta debout, à moitié caché derrière Maureen, afin que les autres clients ne voient pas ses mains.

— Tu nous montrais qui ? demanda Leslie. Le grand avec de l'eczéma ?

Il hocha la tête.

— À ta santé, Malki, dit Maureen en lui glissant le billet de dix.

À peine l'argent empoché, elles cessèrent d'exister pour lui. Il tourna les talons et s'en alla sans un mot.

— Foutons le camp d'ici, dit Maureen.

Elles sortirent, suivies par le regard avide de Mark Doyle qui gravait leurs visages dans sa mémoire. Maureen marcha si vite qu'elle était hors d'haleine quand elles parvinrent au foyer.

21

Herb Alpert

Leslie conduisait prudemment dans les rues luisantes de pluie en direction de Garnethill. Maureen ne voulait pas rentrer chez elle, elle ne se sentait pas à l'aise dans son appartement, mais elle ne pouvait rester éternellement dehors, et Mark Doyle lui avait fichu la trouille. Quand Leslie s'arrêta devant l'entrée de son immeuble, Maureen descendit et rangea le casque dans le coffre.

— Rendez-vous demain matin, dit Leslie. On ira voir ce que raconte Senga.

— On pourra aller chez Jimmy aussi ?

— On verra.

Une cigarette aux lèvres, Vik attendait dans sa voiture depuis trois quarts d'heure en écoutant Glen Campbell et en essuyant régulièrement la buée sur la vitre. Il vit Maureen arriver et attendit que la moto soit repartie pour descendre de voiture. Il l'appela et la rejoignit en courant alors qu'elle ouvrait la porte d'entrée.

— Salut ! dit-il en souriant, essoufflé d'avoir dû faire un sprint avec les poumons remplis de fumée. Comment ça va ?

— Pas mal.

Elle hocha la tête et sentit les muscles tendus de sa nuque protester.

— T'as pas l'air bien. Tu es malade ?

— Non. J'ai juste passé une drôle de soirée.

Elle entra dans le hall, pensant qu'il allait la suivre, mais il ne bougea pas.

— Tu ne montes pas ?

— Tu veux ? demanda-t-il.

Elle hésita. Elle n'arrivait pas à comprendre ce qu'il attendait d'elle.

— Ouais.

Il haussa les épaules, les cils et le menton dégoulinants de pluie.

— Vik, pourquoi tu es venu me voir si tu ne veux pas monter ?

Elle le regarda. Le gel dans ses cheveux se mêlait à la pluie et ruisselait en petits filets blanchâtres sur ses joues et son cou.

— Je suis venu te plaquer, dit-il gentiment.

Il n'était pas en colère, il ne plaisantait pas. Il se défendait simplement.

— Me plaquer ? répéta Maureen en laissant la porte se refermer.

— Tu me rappelles pas et, quand je frappe chez toi, tu es derrière la porte et t'ouvres pas.

Elle frémit.

— Ouais, je t'ai entendue. Tu me regardais par le judas.

— Vik, j'étais malade et mon frère était là…

— Et tu pouvais pas me le présenter, ton frère ?

— Je ne voulais pas.

— C'est parce que je suis black ?

Elle sourit et essaya de le regarder dans les yeux, mais il était à contre-jour.

— Si tu connaissais Liam, tu comprendrais à quel point c'est idiot de penser ça.

Elle plissa les paupières et réussit à distinguer son visage. Il ne souriait pas.

— Maureen, dit-il en enfonçant les mains dans ses poches, tu me traites comme de la merde. Tu ne me présentes ni à tes copains ni à ta famille, et tu me laisses poireauter devant chez toi.

Elle repensa au mois précédent. Vik avait raison. Quand Shan, le cousin de Vik, les avait présentés l'un à l'autre, au *Variety*, elle n'en était pas revenue d'avoir autant de chance. Vik était grand et mince, avec des cheveux noirs comme de la Guinness et des yeux bruns remplis d'amour. Ce soir-là, ils avaient bu et rigolé ensemble jusqu'au petit matin, avant de rentrer chez elle. Seuls dans le salon silencieux, ils s'étaient rendu compte qu'ils n'avaient rien à se dire. Vik était du genre taciturne. Il ne parlait que lorsqu'il avait quelque chose à dire, et Maureen était trop ivre pour bavarder. Dans les brumes de l'alcool, ils avaient pris ce lourd silence pour de la tension sexuelle et avaient commencé à s'embrasser. Vingt minutes plus tard, ils étaient nus, en sueur, et ils haletaient sur le lit, main dans la main, dégrisés par la surprise. Durant le mois suivant, ils s'étaient revus, mais ils n'avaient jamais vraiment discuté : ils sortaient avec des amis de Vik, écoutaient de la musique ou restaient au lit, mais ils ne bavardaient de rien. Maureen avait beau apprécier leur relation, elle ne signifiait rien pour elle. Elle ouvrit la bouche pour s'excuser, mais rien n'en sortit.

— C'est bon, fit Vik en reculant. Allez, salut.

Il tourna les talons et regagna sa voiture.

— Vik, je t'en prie.

Elle le suivit, soudain paniquée.

— Je suis complètement paumée en ce moment, je sais pas ce que je fous la moitié du temps, et puis Katia m'a dit qu'elle était sortie avec toi et…

— Ça fait un siècle.

— Elle m'a dit que c'était le mois dernier, quand on avait commencé à se voir.

Elle se tut et fixa ses chaussures.

— Ça m'a fait tout drôle.

— C'était il y a deux mois, Katia, s'exclama-t-il, la main sur la portière. Et ça n'a duré que trois jours.

— S'il te plaît, monte, on boira ta bouteille, dit-elle en se détournant pour ne pas le regarder en face. Laisse-moi au moins t'expliquer. Je ne veux pas que tu partes sur une mauvaise impression.

Il hésita. Puis il lâcha la poignée et se planta devant elle.

— Comment ça se fait que tu sois paumée ?

Elle regarda en direction de Ruchill, en songeant au sang qui giclait sur la fenêtre et aux ongles qui griffaient la vitre.

— Vik, tu trouves que la vie est juste ?

— Mais qu'est-ce que tu racontes, bordel ?

— Est-ce que tu crois qu'il arrive des trucs bien aux gens bien ? Qu'on a la vie qu'on mérite, tu vois ?

— Non, pas vraiment, répondit Vik, avec un sourire gêné.

— Parfois, je me dis que ça sert à rien de se donner autant de mal. La vie n'est qu'une suite d'humiliations décourageantes. Tu penses jamais ça ?

— Tu vois ? dit-il en agitant l'index. C'est exactement pour ça que je crois qu'on devrait arrêter de sortir ensemble.

— Quoi ?

— Tu te poses tout le temps de grandes questions, Maureen. Tu sais parler que de politique, de vérité, de beauté et de justice.

Il tendit la main et ramena derrière l'oreille une mèche égarée sur la joue de Maureen.

— T'as que vingt-quatre ans, arrête de te ronger, merde. Trouve-toi un hobby, je sais pas, moi.

— Un hobby comme le tien ? fit Maureen, agacée de voir qu'il n'avait rien compris. Picoler et écouter de la musique dans des bars qui puent ?

— Et toi, tu aimes faire quoi ?

Elle voulut répondre. Ouvrit la bouche. La referma. Qu'est-ce qu'elle aimait ? Le whisky. Être chez elle, seule. La friture. Et l'art, avant.

— Tu vois ? Tu aimes rien.

Une grosse goutte blanche coula des cheveux de Vik et tomba sur le front de Maureen. Il sentait bon, le frais, comme une odeur d'orange. Elle leva la tête et vit un sourire lointain dans ses grands yeux.

— Merci pour les fleurs et la bouteille.

— Oh, de rien, dit-il avec un grand sourire.

— Tu veux monter ?

Il jeta un coup d'œil à la boutique éteinte de M. Padda et réfléchit.

— Bon, d'accord.

Vik ferma sa voiture, et ils montèrent jusqu'au dernier étage en gloussant et en se poussant parce qu'il était tard et qu'ils auraient dû être discrets. Maureen cherchait ses clés en chahutant avec Vik quand la porte d'en face s'ouvrit. Son voisin, Jim Maliano, apparut sur le seuil avec sa drôle de coiffure, son peignoir lie-de-vin et ses pantoufles bordeaux ornées d'un monogramme. Maliano ramenait ses cheveux sur le dessus de son crâne. C'était une coquetterie de chauve, mais Maliano ne perdait pas ses cheveux, et la raison de cette coiffure était une source de spéculations régulières pour Maureen. De toute évidence, il était au lit quand il les avait entendus dans l'escalier, et trois mèches indignées hérissées comme la houppe d'un oiseau tremblèrent quand il parla.

— Vous pourriez faire moins de bruit, dit-il dans un chuchotement furieux. Il y a des personnes âgées et des malades, dans cet immeuble.

— Excusez-moi, Jim, dit Maureen en essayant de ne pas rire.

Jim regarda Vik, s'attendant à lui être présenté, mais Maureen n'était pas d'humeur à lui faire plaisir.

— Bonne nuit, dit-elle.

Jim la regarda une dernière fois, avant de refermer sa porte. Maureen l'entendit repartir à pas de loup dans son couloir.

L'appartement était en désordre et sentait le hasch et le tabac froid. Vik ouvrit la bouteille de vin, mais Maureen n'était pas d'attaque et se prépara une tasse de thé. Ils s'installèrent dans le salon, et Vik en profita pour jeter un coup d'œil à ses disques, pestant contre les mauvais et hochant la tête devant ceux qu'il approuvait. Maureen n'avait jamais compris l'obsession des hommes pour la musique et les collections de disques. Liam avait eu une période comme ça à l'adolescence : il amassait les disques de *dance* les plus obscurs qu'il trouvait, les écoutait une fois et se vantait de les avoir. Maureen aimait bien la musique, mais elle écoutait constamment la même chose jusqu'à ce qu'elle s'en lasse, et elle aurait été incapable de citer trois noms de chanteurs à la mode.

Assise sur le canapé, elle regardait Vik passer les CD en revue et tentait d'oublier Mark Doyle quand elle vit par terre un petit morceau de shit.

— D'où tu sors ça ? demanda Vik. Pas moyen d'en trouver, en ce moment.

— Mon frère l'a oublié. Tu veux qu'on s'en roule un petit ?

— Vaut mieux pas. Ton frère va vouloir le récupérer. Ça vaut encore plus qu'une pépite d'or, ces jours-ci.

— T'en fais pas, il en a un gros bout.

Vik n'aurait pas été plus impressionné si le frère de Maureen avait été Howard Marks. Accroupi par terre, il renifla le morceau de shit pour s'assurer que ce n'était pas un cube de bouillon de bœuf. Soudain, Maureen eut la vision de

Mark Doyle en train de se branler sur le dos de Pauline. Elle fronça les sourcils, ferma les yeux et se frotta les paupières pour revenir à la réalité.

— Tiens, dit Vik en lui donnant le morceau de hasch et son briquet. Roule.

Les membres du groupe de Vik s'étaient cotisés pour lui offrir un joli briquet ovale chromé pour son anniversaire. Le groupe l'avait un peu enlaidi en y faisant graver «*Let's get the rock out of here*» en référence à un album qu'ils avaient trouvé dans la collection de Vik.

Le chauffage étant resté éteint toute la journée, Maureen apporta la couette de la chambre, et ils s'assirent sur le canapé, les jambes enlacées, bien au chaud, en fumant la pépite d'or et en écoutant Herb Alpert & the Tijuana Brass. Maureen regarda Vik boire, consciente qu'au deuxième verre, il serait trop ivre pour conduire et resterait dormir ici.

— Tu croyais vraiment que je t'avais trompé avec Katia?

— Elle a dit que c'était le mois dernier.

— C'est une connasse. Je lui plais parce que je suis indien et que j'ai un groupe. Elle est sortie avec le bassiste pendant quinze jours. Quand il l'a larguée, elle a pas arrêté de venir aux concerts me faire suer.

Il lui tendit le joint. Elle tira dessus et sentit la fumée lui chatouiller la gorge, une sensation de chaleur dans le ventre et un léger assoupissement.

— Tu dois l'avoir un peu encouragée, aussi. Tu es sorti avec elle, quand même.

— Juste une ou deux fois. J'étais bourré, et puis franchement, je me suis dit: «Si elle y tient tant que ça, autant lui donner ce qu'elle veut.»

Maureen n'apprécia pas cette explication, qui faisait passer Vik pour quelqu'un d'insensible et de désinvolte. Elle ne se voyait pas coucher avec un type parce qu'il insistait.

— Je trouve pas ça très bien, dit-elle.

— Maureen, je crois pas que tu sois la mieux placée pour me dire ça.

Elle eut un sourire d'excuse, mais elle ne se sentait pas vraiment coupable. Elle n'attendait rien de Vik, elle savait qu'elle ne l'aimerait jamais. Elle observa ses pommettes géométriques soulignées par la lumière et se rendit compte qu'elle désirait encore Douglas – ou, du moins, revenir à l'époque où elle sortait avec Douglas.

— Ce que tu disais à propos de la vie qui n'est pas juste, reprit Vik, c'est intéressant.

— Tu n'as pas un peu de sagesse orientale qui nous éclairerait ?

— Me demande pas ça, ma chérie, je suis un Écossais pur jus. Mais je peux te dire que la vie n'est pas juste.

— Je sais. Mais alors, à quoi bon ? À quoi ça sert de bosser comme un malade si on finit sous les roues d'un bus, qu'on meurt d'un cancer ou qu'on a des gosses infects ? Pourquoi être gentil et jouer les bons Samaritains ? C'est vrai, tu es gentil avec moi, et moi pas, alors à quoi ça sert que tu le sois ?

Elle tira sur le joint et garda la fumée le plus longtemps possible.

— Je suis gentil avec toi parce que je suis un mec sympa et que j'aime bien ton cul.

Maureen sourit en soufflant la fumée, et Vik gloussa.

— À quoi ça sert de vivre ? reprit-il en prenant le joint. Eh bien, ma petite Maureen, pas à faire régner sur la terre la beauté, la vérité et la justice, ça, c'est sûr. La vie, ajouta-t-il en levant le joint comme pour porter un toast, c'est fait pour se marrer avec ses potes. Et pour s'occuper de sa mère. Je dis ça parce que, sinon, elle va me foutre une fessée.

Maureen songea à Leslie assise sur sa moto devant chez Isa, en train de rire à gorge déployée, et à Liam qui toussait et ricanait en même temps.

— Je sais que tu fais des cauchemars, dit-il en tirant sur le joint, les yeux fixés sur elle. Je t'ai entendue pleurer la nuit. Pourquoi ?

Maureen tourna la tête vers la fenêtre et contempla le ciel noir et la lueur blanche de la ville qui effleurait le bas de la vitre comme une larme sur le point de s'évaporer.

— Quand j'étais jeune, dit-elle en baissant la voix, j'ai eu… euh… des petits problèmes.

— Shan m'a dit que tu avais fait un séjour en hôpital psychiatrique.

Il la regardait. Son visage n'avait pas bougé, ses yeux n'avaient pas changé d'expression, il n'avait pas l'air mal à l'aise.

— Ouais, j'ai fait une petite dépression, répondit-elle, alors qu'il lui tendait le joint. Mais je ne t'en dirai pas plus, se hâta-t-elle d'ajouter, parce que je déteste parler de ça.

Sous la couette, la main de Vik avait trouvé la sienne, et il lui caressait le poignet du bout des doigts.

— Alors, on va parler d'autre chose, dit-il doucement. S'amuser un peu.

— J'ai un peu le blues, en ce moment, dit-elle d'une toute petite voix.

— Je sais. Ça se voit.

Ses doigts la touchaient à peine, mais ils l'apaisaient.

Vik se glissa vers elle dans le lit, la prit dans ses bras et pressa son visage contre sa poitrine chaude et velue. C'était le matin, et elle avait dormi d'une seule traite. Il lui fallut quelques minutes pour se souvenir ne fût-ce que de Michael. Elle se dégagea de son étreinte, rejeta la couette et s'assit.

— Pourquoi tu te lèves ? protesta-t-il.

— J'ai besoin de bouger.

— Faut toujours que tu te lèves le matin. Pourquoi on reste pas un peu au lit ?

Maureen enfila son peignoir, gagna la salle de bains et remplit le lavabo en songeant au *Clansman* et à la plaque d'eczéma suintante sous l'œil de Mark Doyle. Elle se passa de l'eau froide sur le visage, puis elle baissa la tête en se cramponnant au rebord du lavabo et laissa l'eau s'égoutter. Michael était derrière elle, un Michael de cinq mètres de haut, la main levée pour la frapper. Elle resta un instant pétrifiée, puis elle plongea la tête dans l'eau. Quand elle la releva, il avait disparu. Il devait être allé picoler dans le pub près de l'hôpital de Ruchill. Il y retrouvait Mark Doyle, ils rencontraient Ann et la frappaient, et Pauline était morte sous un arbre par un bel été, du sperme séché sur le dos.

Elle ne réalisa que Vik était derrière elle que quand il posa la main sur ses fesses.

— Dégage !

Elle fit volte-face et lui donna un violent coup de coude dans le ventre.

Vik bascula en arrière et se rattrapa de justesse au lavabo. Il s'assit sur le rebord de la baignoire, une main sur le ventre, en gémissant de douleur.

— Putain, tu es complètement cinglée, dit-il, avant de sortir de la salle de bains en clopinant et en se tenant au mur.

Maureen s'assit sur les toilettes. Elle se sentait incapable d'aller le retrouver pour lui expliquer ce qui lui était arrivé. Il lui aurait fallu quatre jours pour tout expliquer. Elle avait envie d'une cigarette. Elle se retint le plus longtemps possible. Quand elle sortit, elle trouva Vik tout habillé dans l'entrée, sur le point de partir.

— Vikram…

— Va te faire foutre.

Il retourna dans le salon et prit son blouson en cuir sur l'accoudoir du canapé. Maureen s'appuya contre le chambranle et se rendit compte que, pour la première fois, elle voulait désespérément qu'il reste.

— Je suis vraiment désolée.

Vik la foudroya du regard en enfilant son blouson et en prenant son paquet de cigarettes froissé.

— Jamais personne m'a fait un truc pareil, dit-il en secouant la tête. On traite pas les gens comme ça.

— J'ai eu peur...

— Toi, tu as eu peur ?

— Je ne m'étais pas rendu compte que c'était toi...

— Maureen, si tu es assez dingue pour ne pas savoir qui est chez toi, c'est que tu as pas envie qu'on sorte ensemble.

Derrière lui, elle vit la tour de l'hôpital osciller à l'horizon et hésita. Vik lui lança un regard noir.

— Je veux pas d'une relation comme ça, dit-il. Soit on est gentils l'un avec l'autre, soit c'est fini. Tu choisis.

— Je ne veux pas qu'on arrête de se voir, dit-elle faiblement.

Il se frotta les côtes.

— Vu ta façon d'agir, j'y crois pas trop. Le monde est rempli de mecs qui seraient prêts à supporter ça d'une femme. Sors avec eux et fiche-moi la paix.

— Ce n'est pas aussi simple que ça.

— Si. À toi de choisir. Mais je veux pas recevoir moins que je donne. Je mérite mieux.

Il essaya de franchir la porte, mais elle lui barra le passage.

— Dégage, dit-il.

Elle ne bougea pas. Vik se glissa derrière elle, ouvrit la porte d'entrée et sortit sans se retourner.

22

Guenon disco

Elles étaient au fond de la banlieue est, dans un réseau tentaculaire de rues bordées de maisons en béton gris. Chacune comportait quatre appartements et disposait d'un long jardin vide. Construites dans les années soixante pour reloger les habitants des quartiers pauvres, ces maisons étaient desservies par de larges rues destinées à faciliter aux travailleurs l'accès en ville, mais les rares voitures du quartier ne semblaient guère capables d'effectuer les douze kilomètres qui les séparaient du centre. Il n'y en avait aucune garée devant la maison de Senga Brolly. La clôture métallique qui bordait le jardin était piquée de rouille, et les marches usées du porche s'effritaient.

Senga avait le nez aplati et le tour des dents noirci. Sa coiffure était trop jeune de vingt ans pour son visage : noir corbeau, avec une frange stricte, la moitié des cheveux tirés en arrière en queue-de-cheval, le reste retombant sur les côtés comme un épais rideau pour cacher ses oreilles. Elle se montra peu loquace durant la visite de Maureen et Leslie. Quand elles lui posèrent des questions, elle ne répondit pratiquement que par gestes, en fixant résolument le sol. Elle était amie avec Ann, n'est-ce pas ? Hochement de tête. Elles bavardaient beaucoup ? Hochement de tête. Savait-elle où Ann allait quand elle quittait le foyer? Haussement d'épaules. Ann lui avait-elle montré une enveloppe? Haussement d'épaules. Connaissait-elle l'homme du polaroïd? Haussement d'épaules. Par deux fois, Maureen crut surprendre un sourire rusé, mais Senga se ressaisit rapidement.

Leslie se chargea de poser les questions, laissant Maureen à elle-même, hantée par Vik. Elle voulait avoir un petit copain sympa, elle cherchait gentillesse et respectabilité. Elle n'avait pas envie de passer sa vie avec des gens qui lui ressemblaient, mais avec des gens comme lui. Les hochements de tête de Senga étaient de moins en moins perceptibles. Elle discutait avec Ann, tout de même? Hochement de tête. Ann lui parlait-elle beaucoup de ses gosses? Haussement d'épaules. D'un de ses gosses en particulier? Haussement d'épaules. Maureen demanda à aller aux toilettes, et Senga réussit à les lui indiquer en deux mots.

— Droite, murmura-t-elle avec un geste. Gauche.

Les meubles de la salle de bains étaient en plastique bordeaux. Il y avait des taches indélébiles de dentifrice dans le lavabo, et des traînées de Javel dans la cuvette de toilettes. Maureen se lava les mains et s'essuya avec une serviette grise et rêche. Quand elle revint dans le salon, Leslie et Senga s'étaient levées. Leslie embrassa Senga, qui resta raide comme un piquet, la laissant faire toute seule les démonstrations d'affection.

— On y va, dit Leslie. Merci, ma cocotte.

Senga adressa un timide sourire au plancher et les raccompagna jusqu'à la porte d'entrée. Les marches étaient si effritées qu'elles durent les descendre de biais.

— Tu as pu en tirer quelque chose? demanda Maureen quand elles furent dans la rue.

— Ouais. Elle est assez bavarde, en tête à tête.

— Ah, bon? fit Maureen, sceptique.

Elle se retourna vers la maison grisâtre. Senga était postée dans l'ombre derrière son rideau, semblable à une tête de mort coiffée d'une perruque. Elle leva la main. Maureen lui fit un petit signe.

— Ouais. Elle m'a dit qu'Ann et elle étaient très proches, continua Leslie. Mais, quelques jours avant de partir, Ann a cessé de lui parler. D'après Senga, elles ne se sont pas disputées, elles regardaient simplement le journal, et Ann a reconnu la photo d'un mec et dit qu'elle le connaissait. Senga a dit qu'elle connaissait la femme qui était avec lui, qu'elle était allée à l'école avec elle, et le comportement d'Ann a changé après ça. Je lui ai parlé de la carte de Noël, mais elle m'a répondu que n'importe qui pouvait l'avoir envoyée. D'après elle, tout le monde sait où se trouvent les foyers.

— N'importe quoi, fit Maureen en enfilant son casque.

— Je sais, dit Leslie en regardant la maison et en faisant un petit signe à Senga. Je comprends pas pourquoi elle m'a dit ça.

— Qui c'était, le couple dans le journal?

— Neil Hutton et sa copine. D'après elle, il a été arrêté pour trafic de drogue, et sa copine l'accompagnait au tribunal, dit Leslie en mettant son casque.

— Comment ça se fait qu'Ann ait connu un dealer? Elle ne se droguait pas, si?

Leslie releva sa visière et la regarda.

— Non, c'était une alcoolique. Elle le connaissait peut-être pour l'avoir vu à Finneston. En tout cas, Senga dit que la fille travaille au rayon cosmétiques de Fraser.

— On pourrait interroger Liam. Il connaît sûrement ce Neil Hutton, si c'est un dealer.

— On peut aller voir la fille avant?

— Tu me demandes d'aller visiter le rayon cosmétiques d'une grande surface?

— Parfaitement.

— Alors, j'accepte l'invitation.

La totalité du rez-de-chaussée de la galerie victorienne était consacrée au maquillage et à la parfumerie. Des femmes en blouses blanches montaient la garde auprès des stands en bavardant et en se faisant les ongles, sans prêter attention aux clientes laides et trempées par la pluie qui passaient en poussant de petits cris devant les étiquettes de prix. Le magasin couvrait cinq étages, dont chacun ouvrait sur l'intérieur du bâtiment. Une verrière laissait passer la lumière du jour, avantage dont n'avaient pas tenu compte les architectes d'intérieur, puisqu'ils avaient placé des spots aveuglants partout.

Elles avaient déjà demandé Maxine à plusieurs stands quand Maureen remarqua des vendeuses qui faisaient discrètement signe à l'intéressée en tendant la main vers elles. Elles n'étaient pas difficiles à repérer. Le manteau de Maureen avait l'air coûteux, mais elle portait des bottes usées, et ses cheveux bouclés restaient rétifs à toute tentative de coiffage. Quant à la tenue en cuir et aux cheveux sales de Leslie, ils auraient été très chics dans un bar de motards, mais dans cette galerie consacrée au luxe, ils étaient aussi visibles qu'un ongle noir dans un nu-pieds.

Maxine avait un visage dur, des lèvres minces et un menton volontaire. Vêtue d'un tailleur vieux rose, elle s'occupait d'un stand où s'empilaient des boîtes noires et dorées. Entre elle et les étagères du fond trônait un fauteuil en cuir blanc doté d'un large accoudoir sur lequel étaient placés des échantillons. Elle portait un maquillage beaucoup trop appuyé qui, bien qu'appliqué avec doigté, lui donnait l'air d'une grande brûlée qui réussit parfaitement à cacher ses défauts. Ses cheveux blonds et courts avaient été tirés impitoyablement pour former une grosse touffe dans la nuque, et une raie au milieu séparait sa frange en deux mèches fermement retenues de part et d'autre du visage par des clips pailletés.

— Bonjour, dit-elle avec un sourire faussement innocent. Puis-je vous renseigner ?

— Ouais, fit Leslie en se penchant par-dessus le comptoir du stand. On est venues vous poser des questions. Je crois que vous connaissez une de nos amies.

Maxine se rembrunit, et son accent dégringola de deux degrés dans l'échelle sociale.

— Écoutez, dit-elle à mi-voix, en scrutant la foule derrière elles, je travaille, là, alors laissez-moi tranquille, d'accord?

— Dans une minute, fit Leslie en souriant, certaine d'avoir le dessus. Notre copine s'appelle Ann Harris. Regardez, ajouta-t-elle en sortant la photocopie de son blouson. Ça ne vous dit rien?

Maxine contemplait toujours l'horizon, comme si elle guettait quelqu'un. Elle jeta un coup d'œil distrait à la photo, mais quelque chose dut attirer son regard, car elle l'examina de plus près.

— Mon Dieu, souffla-t-elle.

— Vous la connaissez? demanda Maureen.

— Qu'est-ce qu'elle a à la lèvre? demanda Maxine en posant un doigt sur l'image et en frissonnant.

— Comment vous l'avez rencontrée? s'enquit Leslie.

Maxine se redressa de toute sa hauteur.

— J'ai jamais dit que je la connaissais, répliqua-t-elle sèchement.

Mais elle mentait. Elle les toisa, comme pour les mettre au défi de la contredire. Maureen sortit le polaroïd du petit John avec le grand type en manteau.

— Et ce mec, vous le connaissez?

Maxine regardait par-dessus l'épaule de Maureen.

— Le directeur est là, dit-elle entre ses dents. Je peux pas papoter comme ça, faut qu'y en ait une qui s'assoie.

Leslie poussa Maureen vers le fauteuil blanc, et elle se retrouva avec un spot halogène en pleine figure. Maxine appuya sur une pédale pour renverser le siège en arrière, tout en suivant du coin de l'œil le directeur qui rôdait dans les rayons. Elle fourra des kleenex dans le col de Maureen pour protéger son manteau et entreprit de lui masser le visage.

— C'est un vrai connard, le directeur, dit-elle en décrivant des cercles sur les joues de Maureen et aux coins de ses lèvres. Et pour la fille, je la connais pas.

Maureen préféra ne pas insister.

— Et le mec sur le polaroïd ? demanda-t-elle en tentant de se redresser.

Maxine fit une moue agacée.

— Rasseyez-vous.

Maureen obéit. Maxine prit un flacon blanc sous le comptoir et commença à lui appliquer une lotion grasse sur le front et les joues, puis elle se pencha pour l'essuyer avec un mouchoir en papier en marmonnant :

— Vous avez pas intérêt à m'attirer des emmerdes, pigé ? J'ai pas envie de perdre ma place.

Un jeune homme boutonneux en costume sombre se pencha par-dessus le comptoir. Il avait la vingtaine, comme Maxine.

— Bonjour, mesdames, dit-il avec un fort accent d'Édimbourg. Vous vous faites maquiller ?

— Ouais, répondit Leslie.

— Cela vous plaît ?

— Oh, oui, dit Maureen. Beaucoup.

— C'est bien, ma petite Maxine, c'est bien.

Il se redressa et s'éloigna en regardant à droite et à gauche, tout en jouant avec le gros trousseau de clés pendu à sa ceinture.

— Quel connard, dit Leslie.

— Ouais. Je lui enverrais bien quelqu'un pour l'étriper, fit Maxine d'un ton désinvolte, en essuyant la crème sur le cou de Maureen.

Leslie et Maureen furent trop effrayées pour lui demander de préciser.

— Où vous avez appris à faire ça ? demanda Maureen, éblouie par le spot. Vous êtes très douée.

— On m'a envoyée en formation une semaine pour apprendre toutes les astuces.

— C'est un bon boulot ?

— Pour moi, oui. Je suis encore enceinte et je pourrai m'absenter pour la naissance. On vous reprend toujours quand vous êtes douée.

— Oh, vous êtes enceinte ? demanda Leslie. Félicitations.

Pour une raison inconnue, Maxine s'était braquée contre Leslie. Elle réagit comme si elle l'avait insultée et cessa de nettoyer le visage de Maureen pour lui faire une grimace obscène. Maureen, quant à elle, était de plus en plus éblouie par le spot, et sa vision des narines dilatées de Maxine était mouchetée de taches blanches aveuglantes.

— La crème que je viens de vous appliquer, dit Maxine en revenant à Maureen, contient un ingrédient spécial qui ouvre les pores et leur permet de respirer…

Elle écarta les mains dans un geste éloquent.

— … avant de contracter la peau…

Elle rejoignit les mains.

— … afin de la protéger de la pollution.

— Ça fait un effet sensationnel, dit Maureen, préférant se montrer aimable avec une fille capable de faire étriper son patron simplement parce qu'il l'agaçait.

— Elle coûte très cher, l'avertit Maxine en approchant des échantillons de fond de teint du visage de Maureen pour trouver la bonne teinte.

— Combien ? demanda Maureen, incapable de résister à une crème qui promettait des effets miraculeux.

— Trente-deux livres.

— Adjugé. Je la prends.

— OK, dit Maxine, avec un enthousiasme qui laissait entendre qu'elle touchait une commission.

Elle se retourna pour attraper un flacon sur l'étagère, et Leslie en profita pour faire une grimace dans son dos. Maxine mit la crème dans un sac qu'elle posa sur le comptoir, de façon que Maureen n'ait plus d'autre choix que de l'acheter. Elle avait décidé qu'elle était une conne bourrée de fric et ne cessait plus de vanter ses produits.

— Il est extrêmement onctueux, et il suffit d'une seule application le matin pour qu'il tienne jusqu'au coucher. C'est ce qui est stupéfiant avec ce fond de teint.

Armée d'une éponge, elle étala un peu de l'épaisse crème sur le visage de Maureen, puis descendit sur le menton en tapotant.

— C'est l'erreur courante que commettent les femmes quand elles appliquent leur fond de teint. Elles ne font pas de dégradé sur le cou, et le visage prend des allures de masque, déclara-t-elle avec mépris.

Maxine accompagnait son dealer de petit copain au tribunal et était capable de faire tuer son patron, mais tout le monde a des principes, et elle n'aurait pas toléré un maquillage mal appliqué : c'était criminel. Maureen plissa les paupières et essaya de lever les yeux vers elle.

— Vous connaissez Senga, Maxine ?

— Celle qui a le nez écrasé ?

Maureen acquiesça.

— Oui, je la connais. Pauvre petite Senga. C'est vraiment dommage qu'il lui ait fait ça au nez. Avant, elle était pas si moche. Elle était dans la classe de ma sœur, à l'école, et je la vois encore de temps en temps, quand elle passe au magasin.

Leslie revint à la charge.

— Qui est le type sur le polaroïd ? Le petit copain d'Ann ?

Maxine se concentra sur les yeux de Maureen, prête à attaquer le maquillage des paupières.

— N'importe qui pourrait vous dire qui c'est : Frank Toner. Un dur. Il habite à Londres. Vous avez déjà du mascara ?

— Ouais, répondit Maureen.

— Je vais vous l'enlever, et vous essaierez le nôtre. Il recourbe les cils. Comme vous avez de très beaux yeux bleus, je vais utiliser ceci, dit-elle en brandissant une ombre à paupières d'un bleu criard, pour rappeler la couleur et illuminer votre regard. Vos yeux sont votre meilleur atout. Vous devriez jouer dessus.

Leslie se pencha vers Maureen et fit mine de regarder le résultat.

— Toner, c'est le mec d'Ann ? répéta-t-elle.

Maxine commença à appliquer l'épais mascara noir, et Maureen eut l'impression qu'elle lui recourbait les cils jusqu'au front. Elle poussa un petit cri paniqué.

— Il faut un peu de temps pour s'y habituer, dit Maxine d'un ton lénifiant. Je crois pas que ce soit son mec, répondit-elle à Leslie. Mais bon, ce n'est pas impossible non plus.

— Il vient souvent à Glasgow ?

— Comment je pourrais le savoir ?

— Il vient souvent ou pas ?

— Je crois pas.

Maxine souligna les sourcils de Maureen au crayon et appliqua l'ombre à paupières avec un pinceau.

— Avec qui il traîne ? demanda Maureen, qui commençait à en avoir assez de se laisser peindre.

Maxine n'apprécia pas du tout la question. Elle retourna à son comptoir tripoter ses pinceaux. Quand elle revint, elle semblait très énervée.

— Maxine, Ann est morte, dit Maureen.

— Ah, fit Maxine. Vous êtes flics ?

— Non.

Maureen essaya de se redresser, mais Maxine la repoussa dans le fauteuil d'une main ferme.

— Nous travaillons au Foyer des femmes. Ann était venue se réfugier chez nous. Elle disait que son mec l'avait tabassée.

Maxine se racla la gorge.

— Vous travaillez pour un foyer de femmes battues, alors ?

— Oui.

Maureen voulut hocher la tête, mais Maxine lui maintenait solidement le menton, comme si elle avait pris sa tête en otage.

— Toutes les deux ?

— Ouais, dit Leslie.

— Oui, renchérit Maureen, qui aurait bien aimé que Maxine la lâche.

— Bon, dit Maxine en lui libérant le menton. C'est bien, de faire ça. On en a besoin, des foyers.

Elle échangea son pinceau contre un crayon.

— Son mec l'a jamais battue.

— C'est Toner qui l'a tabassée, alors ?

— Si on veut.

Elle serra les dents.

— Non, c'est pas Toner, mais c'est pas non plus son mari.

— Comment vous savez ça ? demanda Leslie.

Maxine haussa les épaules.

— Les gens sont bavards.

— Le problème, intervint Maureen, c'est que la police va soupçonner son mari. S'il va en prison, ses quatre gosses seront confiés aux services sociaux.

Maxine entreprit de dessiner le contour des lèvres de Maureen au crayon.

— Il y a pire, comme vie, dit-elle tranquillement, en appuyant durement avec son crayon.

Elle le posa et se reprit, s'empara d'un rouge à lèvres et le brandit sous le nez de Maureen.

— Je vais prendre Pêche du Soir à cause de votre teint, dit-elle comme s'il s'agissait d'une menace. Il est léger, mais il soulignera tout de même votre bouche.

— Nous ne vous voulons pas de mal, reprit Leslie. Simplement, nous aimerions éviter qu'il aille en prison…

Maxine lui jeta un coup d'œil qui lui cloua le bec. C'était la première fois que Maureen voyait quelqu'un réussir ce tour de force. Maxine termina de lui maquiller les lèvres et recula sans lui proposer de miroir.

— Vous voulez toujours la crème ?

— Oui, répondit timidement Maureen. Vous dites que les gens sont bavards. Ils savent où se trouvent les foyers ?

— Certains, oui, dit Maxine après réflexion.

— Vous le savez, vous ?

— Comment je pourrais le savoir ?

La réponse était si évidente – elle n'aurait eu qu'à demander à Senga l'adresse du Foyer des femmes – que Leslie et Maureen ne prirent même pas la peine de la contredire. Maxine fronça les sourcils en regardant l'étiquette du flacon de crème, l'air coupable et énervé. Elle tapa le montant sur la caisse et prit la carte de crédit que lui tendait Maureen.

— Le polaroïd, dit-elle en fixant l'écran de la caisse, brûlez-le ou balancez-le. Arrêtez de le montrer aux gens.

— Pourquoi ? demanda Maureen.

— C'est comme ça.

Un vendeur de journaux jeta à Maureen un regard apitoyé quand elles franchirent les portes du magasin.

— De quoi j'ai l'air ? demanda-t-elle.

— D'une guenon furibarde qui s'est maquillée pour aller en boîte, dit Leslie. Non, l'enlève pas. Garde-le, ça fera rigoler Liam.

23

PARFAITEMENT

Liam les regardait depuis la fenêtre du premier étage tandis que la pluie ruisselait sur leurs cheveux et leurs épaules. Il fit l'imbécile, feignant de ne pas les reconnaître, se retourna pour rire avec quelqu'un de sa blague et disparut. Par la porte d'entrée vitrée, elles le virent descendre l'escalier sans se presser. Il ouvrit et ôta la cigarette de sa bouche.

— Mon Dieu, fit-il en fixant Maureen, mais qu'est-ce qui t'est arrivé ?

— Elle est tombée dans le rayon maquillage, dit Leslie.

Liam accrocha leurs manteaux trempés à la patère, les laissant s'égoutter sur le sol. L'entrée était glaciale : il ne pouvait pas se permettre de faire installer le chauffage central et, en enlevant la porte d'accès au premier étage, il avait créé un puits de courants d'air au cœur de la maison.

— Bon, dit-il. Montez prendre des serviettes et des pulls. Il y a du thé de prêt. Mauri, va chercher des tasses dans la cuisine.

— Je peux prendre des biscuits aussi ? demanda-t-elle, pleine d'espoir.

— OK, dit Liam en levant les yeux au ciel.

Maureen se rendit dans la cuisine tandis que Leslie suivait Liam à l'étage. Liam avait toujours de bons biscuits chez lui, de délicieux pains d'épice fourrés à la confiture et couverts de sucre glace. Mais, chose inexplicable, il avait tendance à les garder jusqu'à ce qu'ils soient rances. Maureen, qui ne supportait pas ce gaspillage, se chargeait donc de finir le paquet chaque fois qu'elle venait chez lui.

La cuisine était petite, avec une fenêtre branlante qui donnait sur un long jardin étroit et mal entretenu. Liam s'était contenté de lessiver les murs au lieu de les repeindre, comme il l'avait fait pour le reste de la maison. Le réfrigérateur était très vieux, avec un moteur si bruyant qu'il faisait vibrer le sol, si bien que tout ce qu'on laissait sur le plan de travail ou sur la table finissait par glisser et tomber. Maureen se lava le visage et regarda l'eau orange et laiteuse tourbillonner et disparaître dans le siphon du vieil évier ébréché. Elle avait envie de retrouver Vik et que tout se passe bien entre eux. Elle avait envie d'être une fille normale, avec un avenir. Elle se sécha la figure, prit deux tasses, les biscuits, puis monta.

Le salon était la retraite de Liam quand il dealait. C'était une pièce parquetée aux murs bleu pâle, haute de plafond et éclairée par deux immenses fenêtres à guillotine. Autrefois, elle était peu meublée, mais à présent, il y avait un bureau, une commode, les deux fauteuils préférés de Liam et une chaise longue Le Corbusier. Il faisait plus froid dedans que dehors, et Liam avait un carton de vieux pulls pour les gens qui venaient l'hiver. Quand Maureen arriva, Liam et Leslie riaient bruyamment à une anecdote que racontait une voix familière.

— Et il avait un bulldozer avec un dessin de Tammy Wynette peint dessus.

Maureen entra et vit Lynn assise dans un minuscule fauteuil vert émeraude sous la fenêtre, un petit pull rouge passé par-dessus ses vêtements.

— Lynn !

— Mauri !

Lynn sourit et se précipita vers elle pour l'embrasser.

— Comment ça va ?

— Pas mal, dit Maureen en attrapant le pull marron que lui jetait Liam. Tu t'es pas remise avec ce naze, quand même ?

— Eh bien…

Lynn baissa les paupières et sourit avec coquetterie en regardant Liam.

— Peut-être.

Elle retourna en sautillant à son fauteuil, sous les regards appuyés de Liam.

Gênée par un tel étalage d'intimité, Maureen enfila le pull, tandis que Leslie servait le thé, l'air concentré. Elles s'assirent sur la chaise longue, l'une à côté de l'autre, et se partagèrent une serviette pour se sécher les cheveux.

— Mais qu'est-ce qui t'est passé par la tête ? demanda Maureen en se frictionnant.

— Eh bien, dit Lynn, je suis une Écossaise vieux jeu, et je crois que la pitié et la crainte constituent des bases saines pour une relation.

Elle sourit, et Liam sembla aussi choqué qu'une nonne dans un sex-shop.

— Notre amour n'est pas un sujet de plaisanterie, dit-il solennellement, tandis que Lynn ricanait.

Lynn était la première fille avec qui Liam était sorti. Ils s'étaient rencontrés à une soirée de Noël du lycée quand ils avaient quatorze ans. Lynn vivait dans un quartier difficile de Shettleston et n'était même pas du lycée. Elle était simplement venue pour empêcher les autres de se moquer de sa cousine Mary Ann McGuire, qui louchait. Liam avait craqué dès qu'elle était entrée dans la salle avec ses Doc Martens huit trous, ses cheveux d'un noir de jais caressant les épaules de sa robe courte en soie verte. Affolé à l'idée qu'un autre mec la lui pique, il s'était précipité vers elle et en avait oublié son répertoire habituel. Il était resté bouche bée comme un poisson qui se noie devant sa peau de porcelaine et ses yeux noirs. Une autre fille se serait moquée de lui et lui aurait brisé le cœur, mais Lynn lui avait pris la main et l'avait entraîné sur la piste, où ils avaient dansé, hypnotisés l'un par l'autre. C'était *Especially For You*, de Kylie Minogue et Jason Donovan, et les autres garçons avaient maudit ce veinard de Liam O'Donnell. À partir de ce moment-là, plus personne ne s'était moqué de Mary Ann McGuire. Liam et Lynn étaient restés ensemble pendant huit ans, mais Lynn ne supportait pas les sautes d'humeur de Liam et ses activités de dealer. Elle disait qu'elle était jeune et qu'elle avait envie de s'amuser et de pouvoir regarder la télé tranquillement, sans que son mec insulte les présentateurs. Cela faisait deux ans qu'elle avait plaqué Liam et un an et demi que celui-ci sortait avec Maggie, une fille terne et pathétique, malgré son cul parfait et sa voix à la Marilyn qui donnait envie aux mecs de l'embrasser et aux filles de la gifler.

— Qu'est-ce que vous venez faire ici, toutes les deux ? demanda Liam.

Maureen plongea la main dans le paquet de biscuits et en prit le plus possible en une seule poignée.

— On voulait te parler de quelqu'un, dit-elle en mettant un biscuit entier dans sa bouche. Tu connais un certain Neil Hutton ?

— Seulement de réputation. Pourquoi vous le cherchez ?

— On ne le cherche pas. Quelqu'un nous a parlé de lui, c'est tout.

— Ouais, eh bien, ne l'approchez pas. C'est un barjot.

— C'est un dealer ? demanda Maureen, qui se réchauffait les mains sur sa tasse de thé.

— Ouais, dans la banlieue est. Pourquoi ?

— La banlieue est ? répéta Leslie. Alors, elle ne le connaissait pas de Finneston.

— Bon sang, mais qu'est-ce que vous racontez ? demanda Liam.

Jugeant que le plus simple était de lui dire la vérité, Leslie lui parla de Maxine, de l'article de journal qu'avait mentionné Senga et de la disparition d'Ann. Maureen ajouta que Senga passait souvent chez Fraser.

— Ça ne veut pas dire que Senga a raconté à Maxine où était Ann, remarqua Leslie.

— Elle l'a probablement fait, répondit Maureen. Et c'est pour ça que Maxine a dit que tout le monde savait où se trouvaient les foyers, pour se dédouaner. Mais quelle importance, que Hutton ait su où elle était ?

— Elle lui devait du fric ? demanda Liam.

— Non, dit Maureen. Elle était alcoolo, pas droguée. Est-ce que Hutton est du genre à tabasser les gens ?

— Absolument, répondit Liam avec une moue dégoûtée. Il adore ça.

— Et en dehors du fait qu'il est barjot, comment il est ?

Liam réfléchit.

— Il est ambitieux, mais c'est pas un vrai dealer. En fait, c'est un gangster qui deale.

— C'est quoi, la différence ?

Liam s'approcha du fauteuil de Lynn et regarda par la fenêtre.

— Je vais vous raconter une histoire sur Hutton. Il a failli déclencher une guerre il y a deux ans. Il a incendié la maison d'un autre gangster sans même prendre la peine d'entrer et de piquer la came avant. Ça lui suffisait pas de lui voler son territoire, il fallait qu'il anéantisse le mec. Aucun dealer n'agirait comme ça, c'est beaucoup trop violent et peu profitable. Mais Hutton fait pas ce genre de truc par goût ou pour l'argent. Il cherche à prouver quelque chose.

Il laissa glisser sa main sur le visage de Lynn, lui enleva sa cigarette, prit une bouffée, puis la lui replaça entre les lèvres. Même Lynn fut gênée par son geste. Elle se pencha en avant pour s'éloigner de lui et écrasa sa cigarette dans le cendrier.

— Si votre copine se droguait pas, dit-elle, elle avait peut-être peur de lui pour une autre raison, un truc personnel. Ou bien elle lui servait de mule.

— Non, fit Maureen. Elle avait quatre gosses, elle aurait pas fait ça. Et puis, elle était tellement maigre qu'elle serait pas passée inaperçue dans un avion.

— Les mules ne prennent pas toutes l'avion, répondit Liam. Si c'était entre Londres et ici, elle pouvait faire le trajet en voiture.

— Justement, on l'a retrouvée à Londres, dit Maureen. Et on sait qu'elle a fait l'aller-retour pendant le mois de décembre.

— Mais elle ne savait pas conduire, dit Leslie. Il aurait fallu que quelqu'un l'emmène.

— Pourquoi payer un chauffeur et une mule ? fit Liam.

— Et le train ? suggéra Lynn.

— Sûrement pas, dit Liam. La police ratissait les quais et les trains en novembre et décembre. C'est pour ça qu'il y a pénurie. Personne ne prend plus le train. Et le car ?

— Franchement, je crois pas qu'elle aurait fait ça, dit Leslie. Excuse-moi, Liam, mais c'était pas son genre.

— Comment ? Tu veux dire que c'était pas une créature du mal, comme moi ?

— C'est pas ce que je dis, mais elle fréquentait pas de criminels. C'était une alcoolique, voilà tout.

— Elle avait des dettes ?

Leslie ne répondit pas.

— Oui, dit Maureen. Elle devait un paquet d'argent.

— Eh bien, voilà, fit Liam. Cinq cents livres pour deux ou trois voyages, ça suffisait à en faire une créature du mal.

— Mais c'est grotesque, protesta Maureen. Pourquoi confier un paquet de drogue à une ménagère instable et alcoolique ?

— Peut-être pour tester l'itinéraire, voir si c'était sans risque, expliqua Liam. La police a pincé tout le monde. Ils ont pu l'utiliser parce qu'elle était totalement inconnue, qu'elle ne connaissait personne du milieu et qu'elle n'aurait rien dit si on l'avait piquée.

— En tout cas, ça ne lui a pas rapporté assez de fric, dit Leslie. D'après Maureen, ses créanciers étaient à sa porte tous les soirs.

Les trois filles regardèrent Liam, attendant une explication. Il secoua brusquement la tête.

— Qu'est-ce que vous voulez que je vous dise ? J'en sais rien, moi !

— Ann serait passée inaperçue dans le car pour Londres ? demanda Lynn.

Maureen ne réfléchit qu'une seconde.

— Parfaitement, dit-elle en regardant Leslie.

— Parfaitement, renchérit Leslie.

Liam et Lynn descendirent à la cuisine sous prétexte de refaire du thé. Manifestement, ils avaient envie d'un peu de tranquillité pour pouvoir se rouler des pelles. Maureen ne les avait jamais vus aussi démonstratifs. Peut-être était-ce parce qu'elle se sentait seule, mais elle trouvait qu'il y avait quelque chose de désespéré dans leur relation, comme s'ils savaient que ça ne durerait pas et qu'il fallait qu'ils se touchent constamment pour s'assurer que ce n'était pas encore terminé. Le bruit étouffé de leurs voix décrut, et Leslie se leva pour s'approcher de la fenêtre.

— Bon sang, quelle baraque ! dit-elle.

— Il l'a bien retapée, hein ?

Leslie regardait par la fenêtre, les mains derrière le dos.

— Tu te sens prête à retourner au travail ?

Maureen aurait voulu lui dire qu'elle n'y retournerait pas, mais elles avaient passé ensemble deux jours si agréables qu'elle n'aurait pu supporter une dispute en ce moment.

— Mais on n'a même pas commencé à enquêter sur Ann, dit-elle. Il faut qu'on aille à Londres.

Leslie hésita. Puis elle répondit qu'elle ne pouvait pas laisser son poste maintenant, alors que le Foyer était de nouveau en train de se battre pour les subventions, et que c'était trop risqué pour que Maureen y aille seule. Mais Maureen tenait à y aller. Elle voulait quitter Glasgow, s'éloigner de Ruchill, de la fenêtre de la chambre, de Vik, du Foyer des femmes et de Winnie. Elle avait de bons arguments : elle irait jeter un coup d'œil au pub dont avait parlé Mark Doyle et rendrait une petite visite à la sœur d'Ann, à Streatham. Maxine avait dit que le mec du polaroïd habitait à Londres, et elle pourrait demander à la sœur d'Ann si elle le connaissait. Tout irait bien, assura-t-elle, elle ne courrait aucun danger, elle demanderait à une vieille copine de fac de l'héberger. Et puis, si Ann avait fui à Londres, c'était parce qu'elle se sentait en danger à Glasgow, non ? Tout cela était assez convaincant.

Leslie réfléchit.

— Mais Ann a été tuée à Londres, dit-elle. C'est donc là qu'est le danger.

— Je veux le faire, Leslie.

— Pour moi ?

— Oui, mentit Maureen. Et pour Jimmy.

— Pourquoi pour lui ?

— Il est tellement pauvre, Leslie. Personne ne se soucie de lui, à part nous.

Lynn et Liam revinrent en gloussant et en se tenant par la main.

— Je pars à Londres, annonça Maureen.

— Si ça a le moindre rapport avec Hutton, je te le déconseille, dit Liam.

— Aucun rapport, assura-t-elle. Je vais juste voir la sœur d'Ann.

— Tu pourrais dormir chez Marie, plaisanta Liam.

Marie, leur sœur aînée, n'aurait jamais supporté que Liam ou Maureen viennent chez elle. Elle était dans une situation des plus justes. Elle était partie à Londres pour fuir Winnie et vivre le rêve des années Thatcher. Son mari et elle avaient gagné des fortunes comme banquiers d'affaires et étaient sur le point d'emménager dans une maison à Holborn quand l'effondrement de la Lloyd's les avait conduits à la faillite et à un studio en location. Marie pensait que son frère et sa sœur se moqueraient d'elle en voyant son studio, et elle n'avait pas tort.

— Je connais d'autres gens à Londres, dit Liam. Mais ils ne vont pas pouvoir t'héberger.

— Des junkies, hein ? fit Lynn d'un ton réprobateur.

— Je vais appeler Sarah Simmons, dit Maureen. Je dormirai chez elle. Je peux partir ce soir et revenir dimanche. Ça me fera des petites vacances.

Maureen songea à Sarah, à l'époque où elles se fréquentaient et à cet hiver lointain où elle se sentait bien plus jeune, où Otto Dix était son héros et où les nuits de terreur et de cauchemars étaient encore un secret honteux qu'elle ne pouvait partager. Sarah et Maureen étudiaient ensemble, s'intéressaient aux mêmes choses, échangeaient leurs notes et faisaient leurs dossiers à deux : l'une étudiait une partie du sujet et l'autre le reste, puis elles réunissaient leurs informations. Elles n'avaient pas grand-chose en commun, mais elles étaient restées liées longtemps, et Maureen était sûre que Sarah accepterait de l'accueillir quelques jours chez elle.

— Je déteste Londres, dit Lynn. C'est tellement sale.

— Et les Londoniens sont bêtes, renchérit Liam, parce que Lynn n'aimait pas Londres. Ils détestent les Écossais. En particulier les habitants de Glasgow.

— Ouais, ce ne sont que de sales racistes, dit Leslie en souriant à Maureen.

Leslie se gara devant chez Maureen, et elles montèrent en courant appeler Sarah Simmons. Elles étaient dans la chambre et cherchaient son agenda quand Maureen se retourna et vit Leslie qui contemplait les préservatifs usagés par terre. Maureen ne fournit pas d'explication – elle n'avait pas envie de parler de Vik ni de leur dispute –, mais elle éprouva un délicieux chatouillement dans le ventre à l'idée qu'elle aussi cachait quelque chose.

Quand elles eurent trouvé l'agenda, elles s'assirent sur le canapé du salon et examinèrent les bouts de papier glissés dans la couverture. Il y en avait des tonnes : numéros de bureau, changements d'adresse, connaissances éphémères à qui Maureen avait promis de ne pas perdre le contact, mystérieux numéros sans nom ni adresse, écrits de sa main des années auparavant. Elles trouvèrent une Sara, mais le numéro était à Glasgow, et Sarah avait toujours insisté sur l'orthographe exacte de son prénom. Maureen la repéra finalement à la page des S : elle était la deuxième.

Sarah déclara qu'elle serait ravie de revoir Maureen, mais qu'elle n'aurait guère de temps à lui consacrer, car elle avait beaucoup de travail et des tas de soirées prévues. Maureen lui assura qu'elle voulait simplement un endroit où dormir et s'étonna que Sarah soit toujours au même numéro. Sarah répondit qu'elle y serait probablement jusqu'à sa mort. C'était une maison de famille, précisa-t-elle, pensant – à tort – que Maureen comprendrait ce que cela impliquait. Elle lui indiqua le chemin depuis King's Cross et lui dit qu'elles se verraient le lendemain matin.

Maureen remettait les mystérieux bouts de papier dans la couverture de son agenda quand un éclair argenté attira son regard. C'était le précieux briquet de Vik. Elle était sûre qu'il ne pouvait l'avoir laissé là par mégarde.

— Il est joli, dit Leslie en la voyant ramasser le briquet sur le canapé et l'épousseter.

— Ouais, répondit Maureen en le glissant dans sa poche. Très.

24

Arthur Williams

C'était l'heure de pointe quand Arthur Williams arriva aux abords de Glasgow. L'autoroute à quatre voies descendait vers la ville en passant le long d'un hôpital de style gothique aux pierres noircies. Cela faisait sept heures qu'ils étaient sur la route, sept heures qu'ils écoutaient le best of de Phil Collins parce que Bunyan aimait ça. Elle était ravie de ce petit voyage dans le Nord payé en heures supplémentaires. Williams envisageait de passer un jour et demi maximum sur place. C'était lui qui avait eu l'idée de prendre la voiture. Ils en auraient besoin s'ils arrêtaient Harris. À cause du *Police and Criminal Evidence Act*, ils ne pourraient l'interroger dans un commissariat écossais et devraient l'emmener à Carlisle. Mais Harris ne faisait pas un suspect très probable. Le mari de la victime numéro 14/2 000 avait un casier judiciaire vierge, n'avait pas de mauvaises fréquentations et vivait dans un quartier sans histoire.

On leur avait dit de quitter la M8 à la sortie 16 et de prendre deux fois à droite pour trouver Stewart Street. Ils n'avaient pas très envie d'y aller, mais les policiers écossais risquaient de se vexer s'ils ne le faisaient pas, et Williams savait d'expérience qu'ils auraient peut-être besoin d'eux pour la suite de leur enquête.

— Encore à droite, dit Bunyan. Ça devrait être là.

Le commissariat de Stewart Street était situé au bout d'une impasse. C'était un grand bâtiment avec une façade en verre, à deux minutes du centre-ville. Les voitures des policiers garées devant étaient toutes en parfait état, certaines dotées de gadgets voyants. Williams arrêta la voiture d'un grand coup de frein à main.

— Bon sang, soupira Bunyan. Vous êtes vraiment obligé de faire ça ?

Williams sourit.

— Oh, la petite maniaque, dit-il.

Elle sourit à son tour.

— Ce n'est pas comme ça qu'on conduit une voiture, dit-elle.

— C'est comme ça qu'on les conduit, chez moi, rétorqua-t-il.

Ils descendirent en lissant leurs vêtements froissés. La soirée était sèche et froide. Au loin résonnait le son d'une cornemuse.

— On joue de la cornemuse partout dans ce pays ? demanda Bunyan.

— Non, expliqua patiemment Williams. C'est quelqu'un qui en joue dans le coin.

Ils se présentèrent à l'agent de service à l'accueil et lui annoncèrent qu'ils avaient rendez-vous avec l'inspecteur Hugh McAskill.

— Il arrive dans une minute, dit l'agent, après avoir appelé McAskill.

— On a entendu une cornemuse, dehors, dit Bunyan. On en joue partout, dans ce pays ?

— Non, répondit l'agent en souriant poliment. Mais il y a un conservatoire de musique au bout de la rue. Les joueurs de cornemuse qui en sortent sont parmi les meilleurs.

— Je ne saurais pas faire la différence entre un bon et un mauvais joueur de cornemuse, dit Bunyan à Williams.

— Mais si, vous sauriez, assura l'agent en redressant les papiers du tableau d'affichage. Inspecteur McAskill, dit-il en regardant derrière elle, je vous présente l'inspecteur Williams et le sergent Bunyan, de la police de Londres.

McAskill était grand et roux, avec un visage triste.

— Bonjour, dit-il en leur serrant fermement la main. Je suis désolé, mais je ne peux pas vous recevoir tout de suite. Vous avez eu le rapport ?

— Oui. On est en retard ? demanda Bunyan en fourrant les mains dans ses poches. Dommage.

Williams intervint :

— On reviendra demain matin. Vous serez libre ?

— Oui, dit McAskill d'un ton grave. Venez vers 8 heures.

— Très bien.

— On se voit demain matin, dit McAskill, avant de repartir vers son bureau.

— On n'a pas de bol, râla Bunyan en remontant en voiture. Sinistre, le mec.

Williams perdit patience.

— Ne soyez pas stupide, dit-il. Il a dû se passer quelque chose, sinon il nous aurait expédiés.

— Comment vous voulez que je devine ça ? dit Bunyan, vexée, en attachant sa ceinture.

— Si cet inspecteur est trop occupé à 19 heures pour nous recevoir, c'est qu'il est arrivé quelque chose. Sinon, il serait chez lui à regarder la télé, non ? C'est pour ça que ce gars avait l'air sinistre.

— Je vois, fit Bunyan. Remettez-nous Phil Collins.

Le chaos régnait dans le salon de James Harris. Il avait quatre gamins de moins de dix ans, tous très excités par la visite de ces deux étrangers. Les deux aînés sautaient sur l'unique fauteuil de la pièce et enfourchaient tour à tour le haut dossier comme un cheval. Les deux petits, presque des bébés, assis par terre, jouaient avec leurs assiettes en plastique remplies de spaghettis et s'en collaient sur leurs pyjamas et dans les cheveux. James Harris avait l'air au bord de la crise de nerfs.

— C'est pas bientôt fini, oui ? hurla-t-il.

Les deux aînés se calmèrent un instant, puis reprirent de plus belle.

— Monsieur Harris, dit Williams, pourriez-vous faire monter vos enfants ? Nous devons vous parler de votre femme.

Harris réagit bizarrement. Il ouvrit tout grands ses yeux rouges et secoua la tête.

— Non, murmura-t-il.

Les deux aînés, qui avaient entendu Williams, vinrent les rejoindre sur le seuil.

— M'man ? dit le plus grand.

— Maman rentre bientôt ? demanda l'autre.

Les bébés cessèrent de se lancer des spaghettis à la tête et levèrent le nez. Williams n'en revenait pas. Ce salaud ne leur avait rien dit. Bunyan voulut intervenir, mais Williams s'interposa.

— Bon, les garçons, commença-t-il d'un ton ferme, on m'a dit que vous étiez très doués en dessin.

Il sortit son bloc-notes et déchira deux feuilles.

— Voilà. Une pour chacun.

Il les brandit au-dessus d'eux, et ils levèrent les yeux. Plus longtemps elles resteraient hors de leur portée, plus ils seraient convaincus que leur plus cher désir était de dessiner dessus.

— Maintenant, il faut que deux petits garçons très calmes aillent chercher chacun un crayon.

Ils détalèrent bruyamment.

— Calmement ! leur rappela Williams.

Les deux petits étaient fascinés. Leur repas ne les intéressait plus. Ils voulaient faire comme les deux grands : arpenter lentement la pièce, les yeux baissés. L'aîné revint, armé d'un stylo-bille.

— J'en ai un ! hurla-t-il.

— Calmement ! répéta Williams.

Le deuxième revint avec un feutre violet à la pointe émoussée. Williams déposa les deux feuilles par terre devant eux.

— Maintenant, dessinez-moi une maison avec des enfants qui jouent. Et appliquez-vous.

Les deux garçons s'assirent et se précipitèrent sur leur feuille avec un enthousiasme surprenant. C'était à croire qu'on ne leur avait jamais proposé d'activité aussi intéressante. Williams se retourna vers Harris.

— Comment vous avez fait ? s'étonna celui-ci. Je peux jamais rien en tirer, moi.

— Monsieur Harris, dit Williams, nous avons besoin de vous parler, et ce serait mieux si nous étions seuls. Vos enfants seront à l'école, demain ?

— Oui.

— Très bien. Nous reviendrons demain, alors.

Ils allaient partir quand Harris les arrêta.

— Euh… à quelle heure vous viendrez ?

— Vers 14 heures. Cela vous convient ?

— Oui, ça va. À demain.

Williams sortit dans le couloir, mais Bunyan resta en arrière.

— Vous ne pensez pas que… demanda-t-elle en désignant le salon.

— Quoi encore ? s'impatienta Williams.

— Les gosses vous font un dessin.

Le plus grand se leva en agitant sa feuille et en hurlant qu'il avait fini. Il manqua marcher sur le dessin de son frère dans sa hâte à l'apporter à Bunyan, ce qui faillit déclencher une bagarre. Il avait dessiné une maison et un enfant à une fenêtre de l'étage qui agitait la main.

— C'est super, commenta Bunyan de la voix chantante et indulgente dont elle usait avec sa fille de trois ans. Il nous dit au revoir, c'est ça ?

— Ouais.

Son petit frère les rejoignit et lui tendit un vaste gribouillis violet.

— Moi, j'ai colorié le mien.

— C'est magnifique, roucoula Bunyan. Regardez-moi cette belle maison. J'aimerais bien y habiter, moi.

— On s'en va, dit sèchement Williams en se dirigeant vers l'ascenseur.

Bunyan le suivit, après avoir dit au revoir aux gamins en pyjama dans les courants d'air de la véranda. L'odeur d'urine dans l'ascenseur était épouvantable.

— Mon Dieu, dit-elle en regardant les dessins. Les pauvres gosses.

— Je n'en reviens pas que ce mec n'ait pas dit à ses enfants que leur mère était morte.

— Moi non plus. Au fait, où vous avez appris à parler comme ça aux gosses ?

— J'ai été instituteur. Avant de changer de carrière.

Bunyan hocha la tête, en songeant qu'elle n'aurait pas aimé être son élève. Williams n'écoutait jamais personne, et il pouvait se montrer sacrément autoritaire.

25

Alan

Quand Leslie et Maureen arrivèrent à la gare routière, le vent avait pris une vigueur nouvelle et s'engouffrait dans les rues. La gare était située sur une esplanade en béton close de murs de brique. Autrefois, ce coin de la ville était désert. L'aménagement du quartier n'avait commencé que quelques années plus tôt, mais on avait déjà construit une grande galerie marchande, un parking et une salle de concert. La gare routière avait elle aussi été rénovée. Des parois en verre protégeaient chaque arrêt, et les guichets avaient été refaits. On disait que les rénovations avaient coûté une fortune, mais la gare était toujours aussi sinistre. La plupart des passagers étaient trop pauvres pour ne pas être fumeurs, et le nouveau hall était une zone non-fumeurs. Bon nombre de voyageurs restaient donc dehors, devant l'édifice tout neuf qui demeurait intact pour d'éventuelles visites de hauts dignitaires.

Leslie et Maureen firent la queue vingt minutes pour acheter un billet aller-retour pour Londres. Il y avait un départ le soir même à 22 h 30.

— Mais pour le retour, il ne suffit pas de venir comme ça, vous comprenez ?

Le type du guichet parlait lentement, comme s'il avait l'habitude de s'adresser à des enfants.

— J'ai très bien compris, dit Maureen. Il faut réserver.

— C'est ça, il faut réserver.

Maureen paya, et il lui tendit son billet. Elle le prit, mais il ne le lâcha pas immédiatement.

— Voilà le numéro à appeler quand vous voulez réserver, dit-il en le désignant au dos du billet.

— Il faut réserver, opina Maureen.

— Faut réserver, ricana Leslie.

— C'est ça, dit l'homme. Il faut réserver.

En quittant la gare routière, Leslie déclara qu'elle n'était pas très enthousiaste à l'idée que Maureen se retrouve seule à Londres sans qu'elle puisse la contacter. On était jeudi, et les magasins fermaient tard. Pourquoi Maureen ne s'achèterait pas un portable ? Maureen répondit qu'elle aurait préféré se pendre. Elles firent un compromis : Maureen accepta d'acheter un bipeur et promit de rappeler Leslie chaque fois qu'elle laisserait un message. Dans le magasin, elle choisit le bipeur le plus cher et annonça qu'elle le prenait, mais le vendeur refusait de renoncer à son baratin commercial.

— Je le prends.

— Il peut être utilisé d'un grand nombre de manières et est fourni avec des piles.

— Je le prends.

— Il peut également être réglé de façon à ne pas vous interrompre durant les importants rendez-vous d'affaires.

— Je le prends.

— La garantie d'un an, pièces et main-d'œuvre coûte…

Leslie se pencha par-dessus le comptoir.

— Hé, crétin, tu encaisses et tu fous ce fichu machin dans un sac, d'accord ? s'écria-t-elle.

Une minute plus tard, elles se retrouvèrent dans les tourbillons de Sauchiehall Street.

— Tu es sacrément culottée, Leslie.

— Ouais.

— On est à cinq minutes de chez Jimmy, dit Maureen. Tu peux plus te dérober, maintenant.

— Je sais.

Elles durent frapper quatre fois avant que Jimmy n'ouvre la porte. Son teint était blême de fatigue, ses yeux humides et abattus. Il osait à peine lever la tête pour voir qui c'était, certain que cette énième visite était l'annonce d'une nouvelle catastrophe.

— Jimmy, c'est moi, dit Maureen en se baissant pour qu'il la voie.

Il regarda Leslie.

— Jimmy, c'est votre cousine, Leslie. La fille d'Isa. Elle veut vous aider.

— Isa ? Isa ? répéta Jimmy, se rappelant un lointain passé et une douceur depuis longtemps disparue.

— Ouais, dit Leslie, gênée. Isa est ma mère.

Jimmy laissa la porte ouverte et retourna dans le salon. Il était encore tôt, mais les gosses étaient déjà couchés. Chaussures et vêtements étaient éparpillés sur le plancher. Une bouteille de MadMan – un alcool sucré bon marché destiné à séduire une clientèle préadolescente – était posée par terre près du fauteuil. La lumière crue de l'ampoule nue n'épargnait pas Jimmy. Il avait la peau des joues et des tempes grisâtre, comme s'il était déjà rongé par la mort. Il s'assit dans le fauteuil, en veillant à ne pas faire tomber la vieille photo d'Ann posée sur l'accoudoir.

— Je suis désolée, Jimmy, dit Maureen. Vous l'avez dit aux petits ?

Il secoua la tête.

— La police vous a expliqué ce qui s'était passé ?

— Elle est morte, souffla-t-il, comme s'il n'y avait rien d'autre à dire.

Leslie s'adossa au mur près de la porte et alluma une cigarette. Maureen s'accroupit près du fauteuil.

— On vous a dit qu'elle avait été tuée ? demanda-t-elle sans hausser la voix, de peur que Jimmy ne s'effondre.

Il hocha la tête, se pencha lentement, porta la bouteille à ses lèvres et but goulûment. Sur l'accoudoir, la photo d'Ann trembla comme une aile d'insecte.

— C'est la seule photo que j'aie.

Il sourit à Maureen, découvrant ses affreuses dents jaunes et pointues, et ses yeux s'emplirent de larmes. Il se cacha le visage derrière une main aux ongles trop longs et sanglota silencieusement. Pendant un long moment, il resta ainsi, immobile, et Maureen le regarda en se disant qu'elle l'aurait pris dans ses bras et réconforté si elle avait été une fille bien et ne l'avait pas trouvé aussi répugnant. Elle alluma deux cigarettes et en glissa une entre les doigts de Jimmy. Le temps qu'il retire la main de son visage et la porte à sa bouche, elle s'était déjà à moitié consumée. Il tira longuement dessus. La cendre tomba sur ses genoux, et il la balaya lentement, en soufflant la fumée.

— Des policiers sont venus, dit-il. Je sais pas quoi leur dire.

— La vérité, répondit Maureen.

Elle sortit le polaroïd de sa poche et le lui montra.

— Vous savez qui est cet homme ?

Jimmy s'essuya les yeux et regarda le type bien nourri et à l'air brutal qui tenait son fils par la main.

— Non. Le petit m'a dit que vous lui aviez posé des questions sur une photo, l'autre jour.

— Je ne voulais pas vous en parler. J'avais peur que ce soit le petit copain d'Ann.

— Ah, fit Jimmy, qui semblait se moquer éperdument de l'éventuelle infidélité de sa femme.

Il désigna l'homme.

— Il a dit au petit qu'il avait besoin d'envoyer une photo à Ann.

Des larmes embuèrent de nouveau ses yeux rougis.

— Jimmy, pourquoi Ann aurait-elle demandé une photo de John ? C'était son préféré ?

— Non.

Il se leva lentement, une main sous la cigarette pour récupérer la cendre, et alla chercher une soucoupe ébréchée dans la cuisine. Maureen la lui prit des mains et écrasa sa cigarette dedans, tout en glissant discrètement le briquet de Vik loin sous le fauteuil.

— Le petit vous a dit quand la photo avait été prise ?

Jimmy se rassit.

— Le dernier jour d'école avant les vacances de Noël. Regardez, on voit la petite carte qu'il avait faite pour moi.

— Le dernier jour d'école ? C'était quand ? Le 21 décembre ?

— Oui.

— Jimmy, vous voulez bien me rendre un service ? Allez à la poste demain et demandez si on a encaissé les allocations aujourd'hui. D'accord ?

— Oui.

— Voilà mon numéro de bipeur, dit-elle en le notant sur un ticket de bus. Si vous apprenez quelque chose, appelez-moi. Une femme vous demandera quel message vous voulez laisser et quand vous le lui aurez dit, je le recevrai là-dessus.

Elle rangea le polaroïd et lui montra l'écran du bipeur.

Leslie s'approcha et tendit à Jimmy un numéro inscrit sur un morceau de paquet de cigarettes.

— Voilà le téléphone de ma mère, dit-elle.

— Vous êtes la fille d'Isa, alors ? fit Jimmy.

— Oui.

— Elle doit être fière de vous. J'aime bien votre mère. C'est une gentille femme, Isa.

Jimmy parlait de plus en plus vite, comme s'il se précipitait vers une autre crise de larmes. Des bruits sourds sur les marches en bois attirèrent leur attention. Jimmy essuya vivement ses larmes et recoiffa ses maigres cheveux. Son fils aîné apparut sur le seuil du salon, un sweat-shirt par-dessus son vieux pyjama, ses chaussettes grises à moitié enfilées. Apparemment effrayée par l'apparition de ce gamin ensommeillé, Leslie s'aplatit contre le mur.

— C'est qui, p'pa ? demanda-t-il.

Il ne regarda ni Leslie ni Maureen. Il attendait seulement que son père le rassure.

— Tout va bien, mon gars, dit docilement Jimmy en tendant les bras.

Le gamin accourut, monta sur ses genoux et noua les bras autour de son cou, comme pour protéger Jimmy, au cas où Leslie et Maureen seraient venues lui faire du mal. Maureen l'imagina assis à l'étage, entendant les coups frappés à la porte puis tendant l'oreille pour essayer de discerner la conversation, jusqu'à ce que la tension et l'inquiétude deviennent insupportables et qu'il décide de descendre. Elle se remémora son beau-père, George, durant le mariage de sa cousine Betsy. George avait été consterné d'apprendre qu'on ne l'avait jamais fait danser. Il l'avait entraînée sur la piste, l'avait juchée sur ses pieds et l'avait fait valser tout autour de la salle. Elle avait eu l'impression d'être une toute petite fille choyée, alors qu'elle avait douze ans et pesait près de quarante kilos – maintenant qu'elle y repensait, elle avait dû lui massacrer les pieds. Elle se rappela George en sueur, qui levait péniblement les jambes. Il avait essayé de rattraper les erreurs de Michael comme il le pouvait.

Jimmy Harris écrasa sa cigarette dans la soucoupe et dénoua les bras de son fils.

— Tu vois la dame ? dit-il en désignant Leslie. C'est ta cousine, Leslie. Leslie, voici Alan.

— Salut, Alan, dit Leslie d'un air dégoûté.

— Salut, fit Alan.

Il se redressa, oubliant qu'il était censé avoir sommeil.

— Tu es déjà venue, dit-il à Maureen. Tu as trouvé ma mère ?

Personne ne sut quoi lui répondre.

— Pas encore, mon bonhomme.

— Mais tu vas la retrouver ?

— Je sais pas, petit.

Jimmy donna une petite tape dans le dos de son fils.

— Allez, remonte. C'est l'heure de dormir.

— Je veux que tu me bordes, dit-il en s'accrochant au bras de son père.

— Voyons, Alan, j'ai des invitées…

— On va vous laisser, Jimmy, dit Maureen.

Le gamin sourit.

— Pas la peine, fit Jimmy. Il est assez grand pour…

— On va vous laisser, répéta Maureen. Allez le recoucher.

Leslie se dirigea vers la porte, impatiente de partir.

— Salut, Alan, dit Maureen en caressant les cheveux blonds du gosse.

Alan refusa de la regarder. Il se cramponnait à son père, l'empêchant de bouger et de les raccompagner.

— À bientôt, Jimmy, ajouta Maureen, une fois sur le seuil.

Mais Jimmy ne lui répondit pas. Il était bien trop occupé à ne pas trébucher sur son gamin.

Elle referma la porte sans bruit et suivit Leslie. Il y avait du vent sur la véranda, et les télévisions hurlaient derrière les portes des appartements. Dans l'ascenseur, l'odeur d'urine subsistait, moins âcre cependant que lors de la première visite de Maureen. AMcG suçait toujours des bites, mais avait été rejoint dans cette tâche par Rory T.

— Bon Dieu, gémit Leslie, quand ma mère va voir ces gosses, elle va leur filer du pâté en intraveineuse. Pourquoi Alan a fait tout ce cinéma avec son père ?

— Je t'ai dit qu'il y avait des créanciers qui venaient harceler Jimmy tous les soirs. Le petit avait peur pour lui. Ils sont très proches, ajouta Maureen, désireuse de dire quelque chose de positif sur Jimmy.

— Ils sont surtout très effrayés, corrigea Leslie. Ce gosse sait ce qui va arriver à son père. Il le sait mieux que Jimmy.

— Tu vas apporter les photos à la police ?

— Je sais pas, dit Leslie d'un ton neutre. Mais à la moindre preuve de sa culpabilité, je les prends et je fonce à Peel Street.

Maureen lui sourit alors que les portes de l'ascenseur s'ouvraient sur le hall désert. Leslie sortit, et Maureen la suivit dans la pénombre de la cour. Elle attendit qu'elle ait défait l'antivol de sa moto pour s'exclamer :

— Zut ! J'ai oublié mon briquet là-haut. Attends-moi, j'en ai pour une seconde.

Elle frappa discrètement pour que le gamin n'entende pas. Jimmy sourit en la revoyant et parut plus content encore lorsqu'il constata qu'elle était seule.

— Pourquoi vous revenez ? demanda-t-il en ouvrant la porte en grand.

Maureen jeta un coup d'œil à l'escalier et vit la tête ébouriffée du gamin entre les barreaux de la balustrade.

— C'est moi, lui dit-elle.

Alan se pencha et la regarda. Il avait les yeux bouffis de sommeil.

— Retourne te coucher, dit-elle doucement. Tout va bien, j'ai juste oublié quelque chose.

Jimmy leva les yeux, apparemment surpris que son fils soit encore debout.

— File te coucher ! dit-il en levant une main menaçante. Allez !

Alan se releva, fonça dans sa chambre et referma doucement la porte pour ne pas réveiller ses frères. Jimmy fit signe à Maureen d'aller dans le salon et ferma à son tour la porte qui donnait sur l'entrée, pour qu'Alan ne les entende pas.

— Jimmy, pourquoi vous êtes allé à Londres la semaine dernière ? demanda Maureen en ramassant le briquet de Vik.

Il ne répondit pas. Elle désigna l'endroit où elle avait vu le sac de sport.

— J'ai vu votre sac avec l'étiquette.

— La police est au courant ? chuchota Jimmy, angoissé.

— Je ne sais pas.

Jimmy se laissa tomber dans le fauteuil, hagard, l'air coupable.

— J'ai cru que j'avais enfin de la veine, dit-il avec un sourire nerveux.

— Pourquoi vous êtes allé là-bas ? insista Maureen.

— Quelqu'un a glissé un billet d'avion sous la porte. La nuit. Avec une lettre qui disait d'aller voir un avocat à Brixton.

— Pourquoi vous y êtes allé ?

Il la regarda sans comprendre.

— C'était une lettre d'avocat, dit-il simplement, comme si cela expliquait tout.

— De quoi s'agissait-il ?

— D'argent.

— Quel argent ?

— D'un testament. Quelqu'un qui était mort et me laissait de l'argent. Si j'y allais pas, je l'aurais pas.

— Comme dans les films ? demanda tristement Maureen.

— Ouais.

Maureen sortit ses cigarettes et lui en donna une.

— Et qu'est-ce qui s'est passé chez l'avocat ?

Jimmy tira la soucoupe de sous le fauteuil. Il souffla un mince ruban de fumée et marqua une pause.

— J'y suis allé. C'était bien un cabinet d'avocats, mais le nom n'était pas le même que sur la lettre. Ils m'ont dit que c'était leur ancien nom. Jamais ils m'avaient écrit. Y avait pas de testament. Ça devait être une blague, mais je me suis dit : « Oh, après tout, j'ai pris l'avion quand même », voyez ?

— Vous avez encore la lettre ?

— Celle de l'avocat ?

— Oui.

— Je crois. Quelque part là-dedans.

Il fouilla dans une pile de factures à côté du fauteuil, sans résultat. Il se leva, souleva le coussin et exhiba une enveloppe sans timbre avec une adresse tapée à la machine. L'en-tête de la lettre, « McCallum & Headie », était imprimé dans une police disponible sur le plus rudimentaire des traitements de texte. Le texte était tapé dans le même caractère, sur un papier blanc ordinaire. L'orthographe était fantaisiste : Jimmy était prié de se « présanter » à 14 heures le jeudi, sinon il perdrait tous ses droits sur l'« éritage ». Il reposa le coussin et se rassit.

— Mais qu'est-ce qui vous a pris d'y aller ? demanda Maureen, consternée par sa naïveté.

— Je croyais que ma chance avait enfin tourné. Vous auriez deviné, vous ? demanda-t-il en désignant la lettre.

Il la regarda d'un air interrogateur. Elle ne répondit pas, mais il comprit.

— Quand y êtes-vous allé ?

— Ça fait une semaine pile aujourd'hui.

— Jeudi dernier ?

— Oui. La police a dit qu'elle était dans l'eau depuis une semaine. Ça veut dire que j'étais là-bas quand c'est arrivé, non ?

— Quand avez-vous reçu le billet ?

— Il a été glissé sous la porte la veille.

Jimmy n'était vraiment pas futé. Il aurait mieux valu pour les gosses qu'ils soient placés dans une famille d'accueil, mais Jimmy méritait un rayon de soleil dans son existence minable. Elle regarda de nouveau la lettre. Liam avait un avocat, mais il ne le disait à personne. D'après lui, on pouvait connaître les détails les plus intimes de la vie de quelqu'un rien qu'avec le nom de son avocat : son salaire, s'il était hétéro ou homo, avec qui il traînait et ce qui l'intéressait. Elle nota le nom et l'adresse du cabinet McCallum & Headie.

— Est-ce qu'on vous a vu à Londres ? demanda-t-elle. Vous avez croisé quelqu'un qui pourrait se souvenir de vous ?

— Non, je suis resté qu'un jour. J'avais l'impression de faire partie de la haute, à prendre l'avion le matin pour revenir le soir. Et puis, on vous sert de bons trucs, dans l'avion. J'ai mis de côté mon dessert pour les petits.

— Vous connaissez quelqu'un à Londres, Jimmy ?

— Non. Je connais Moe, mais pas assez bien pour aller chez elle. Qu'est-ce que je dois dire à la police ?

— Je ne sais pas. Ne leur parlez pas spontanément de Londres, d'accord ? Attendez qu'on vous pose la question.

— OK, dit Jimmy, docile.

Brusquement, Maureen eut terriblement envie d'un grand whisky.

— Vous savez que la sœur d'Ann habite à Streatham ?

— Ben oui. C'est moi qui vous l'ai dit.

— Streatham, c'est juste à côté de Brixton. On a vu Ann dans un pub là-bas.

— Oh. Je savais pas. Je savais juste que Moe habitait à Streatham. Normal, vu que son mari est un bronzé.

— Il y a des Noirs partout dans Londres, Jimmy, pas seulement à Brixton.

Jimmy comprit qu'elle avait raison de le corriger. Son menton retomba sur sa poitrine. Elle s'en voulut.

— Moe est une femme bien, dit-il.

— Je n'en doute pas. Est-ce qu'Ann était proche de sa sœur ? Serait-elle allée coucher chez elle ?

— Oh oui, elles étaient très proches. Vous savez comment c'est, des sœurs.

Maureen n'en savait rien. Elle avait deux sœurs, mais elle n'en savait rien. Elle se rappela soudain que Leslie l'attendait dehors et remonta le col de son manteau.

— On a aussi glissé de l'argent dans ma boîte aux lettres, l'autre soir, déclara Jimmy d'une traite. Beaucoup. Je sais pas ce qu'il faut en penser.

— Combien ?

— Deux cent cinquante livres. J'y comprends rien.

— Qu'est-ce que vous en avez fait ?

— Je l'ai caché.

Maureen hésita un instant, gênée.

— Jimmy, c'est moi qui vous ai donné cet argent. Vous pouvez le dépenser comme vous voulez. Seulement, ne parlez pas de moi à la police, OK ?

Jimmy fixa sa cigarette.

— Écoutez, dit-elle, je pense qu'Isa va bientôt passer prendre de vos nouvelles, avec Leslie. Moi, je vais aller à Londres quelques jours, voir si je peux découvrir ce qui est arrivé à Ann.

— Pourquoi vous faites tout ça pour moi ? demanda Jimmy, l'air absent. Et puis cet argent, pourquoi ?

Maureen rougit. Elle agissait ainsi parce qu'elle avait pitié de lui, parce qu'il était l'être le plus triste, le plus lamentable et le plus antipathique qu'elle ait jamais rencontré.

— Ça m'est arrivé de manquer d'argent, dit-elle.

Elle but du café dans le salon en faisant la liste de ce dont elle aurait besoin à Londres. Les lettres d'Angus étaient étalées sur la table basse. Elle les avait relues en essayant d'en percer la logique, mais cela l'avait écœurée, et elle ne pouvait même plus se résoudre à les toucher pour les ranger. Elle posa sa tasse dessus et alla chercher son sac dans le placard du couloir. C'était un gros sac en plastique noir avec une bande rouge au milieu. Elle l'avait acheté à cause du petit logo argenté en forme de poisson. La large bandoulière était confortable. Bien que conçue pour un homme et non pour une femme dotée d'une poitrine généreuse, elle passait entre les deux seins, soulevant l'un et rabaissant l'autre. Elle sortit le sac et s'accroupit pour observer la tache de sang sur le sol du placard, à l'endroit où demeurait le tendre souvenir de Douglas et du passé. Puis elle se releva et alla regarder par la fenêtre de la cuisine, au-delà de la pluie et des nuages noirs, vers l'ombre grise de Ruchill. Quoi qu'il arrive, elle ne reviendrait que quand elle n'aurait plus peur de regarder par la fenêtre.

Elle emporta le sac dans la chambre et commença à préparer ses affaires. Elle se mentait en estimant son séjour entre trois jours et une semaine, alors qu'elle pliait une flopée de pantalons, chaussettes et pulls. Elle prit dans la salle de bains sa brosse à dents et la coûteuse crème de Maxine. Puis elle laissa tomber le sac sur le carrelage, s'assit sur le rebord de la baignoire et se mit à pleurer. Elle se sentait attirée par Londres, par cette ville anonyme. Elle allait s'éloigner de Ruchill, de sa famille et de sa vie passée, et elle ne reviendrait jamais.

Elle se fit couler un bain et se déshabilla lentement, avant d'entrer dans l'eau brûlante et d'allumer une cigarette. L'humidité imprégna le papier, et la cigarette s'éteignit. Maureen la posa sur le rebord, baissa les yeux sur son corps rougi, presque ébouillanté, et pleura de plus belle, submergée par la douleur et le chagrin.

Le téléphone sonna dans l'entrée, et la voix de Winnie s'éleva sur le répondeur, sobre et sombre. Il était 21 heures. Elle aurait dû être complètement soûle.

— Maureen, c'est ta mère. Excuse-moi pour tous mes coups de fil, mais je t'aime et je voudrais que tu me contactes. Appelle-moi dès que possible.

Maureen attendit un peu, heureuse de partir à Londres et d'avoir quelque chose à faire. Elle se lava le visage en s'aspergeant d'eau jusqu'à en avoir le souffle coupé. Puis elle enroula la chaîne autour de son orteil et tira pour enlever la bonde, s'assit et se hissa hors de l'eau.

Elle ruisselait dans un drap de bain quand Liam répondit à son coup de fil.

— Non, Mauri, elle va bien.

— J'ai à peine reconnu sa voix.

— Elle avait pas bu, c'est pour ça, fit Liam en gloussant.

Maureen entendit Lynn crier : « Salut, Mauri » derrière lui.

— Elle boit plus depuis trois jours.

— Trois jours ? Et la nuit ?

— Elle boit plus du tout.

— Merde alors. Et comment ça va ?

— Eh bien, elle est aussi folle que quand elle a bu, mais elle dort moins et elle a moins de problèmes d'élocution.

Maureen fut brusquement très contente d'avoir une bonne raison de ne pas rappeler Winnie. Sa mère avait déjà essayé de se soigner plusieurs fois, et cela avait été des moments très pénibles pour tout le monde. Maureen se rappelait avoir joué aux cartes avec elle après la classe pour l'occuper jusqu'au dîner et l'aider à passer une demi-heure de plus de cette affreuse journée de sobriété. Winnie tremblait comme une feuille tandis que l'alcool la quittait. Elle ne cessait de regarder la pendule et pleurait à mesure que passaient les minutes, en se disant que sans le réconfort de l'alcool, chaque seconde jusqu'à la fin de sa vie serait une souffrance. Elle ne tenait jamais plus d'une journée, parce qu'ils étaient bien obligés de la laisser seule de temps en temps.

— Comment elle fait pour rester sobre ?

— Elle est aux Alcooliques Anonymes.

— Avec ce salaud de Benny ?

— Non. Elle dit qu'il y a des tas de réunions à Glasgow et qu'elle ne le rencontrera sûrement jamais.

Benny était allé à l'école avec Maureen et Liam. Elle l'avait laissé dormir par terre dans sa chambre durant sa désintoxication, mais il avait joué un double jeu pendant l'enquête sur la mort de Douglas. Quand Liam avait découvert que son vieux copain était un traître, il lui avait démoli la mâchoire. La dernière fois que Maureen avait vu Benny, il était à l'hôpital, un bras en écharpe et la tête en compote. Une Winnie sobre et le retour possible d'un faux frère, cela faisait deux mauvaises nouvelles. Maureen ferma les yeux, plus que jamais décidée à fuir.

— J'ai acheté un bipeur, dit-elle, contente de s'entendre parler d'un ton si dégagé. Tu veux le numéro ?

— Ouais. Tu vas à Londres, alors ?

— Je pars dans une heure par le car de nuit.

— Merde, personne me ferait prendre le car de nuit, moi, dit Liam. Fais gaffe là-bas. Et parle de Hutton à personne.

Maureen était habillée et prête à partir quand elle décrocha de nouveau son téléphone pour appeler Vik. Elle tomba sur le répondeur.

— Décroche, Vik. Décroche.

Elle attendit un peu. Comme il ne répondait pas, elle laissa un message. Elle prenait le car de nuit pour Londres, elle le rappellerait et elle était désolée, oui, vraiment désolée. « Tu décroches ? » Elle avait retrouvé son briquet. « S'il te plaît. » Elle se sentit ridicule, sale et moche, comme si tout ce que Katia pensait d'elle était vrai. En raccrochant, elle vit une ombre derrière la fenêtre de sa chambre. Michael était là, dehors. Il leva son doigt à l'ongle acéré comme une lame de rasoir, prêt à faire la première incision.

Maureen retint son souffle et attendit que son cauchemar disparaisse.

Jimmy était assis dans le fauteuil et buvait le reste de MadMan. Il se demandait ce qu'il allait raconter à la police le lendemain quand il entendit un bruit dans l'entrée.

— C'est toi, mon bonhomme ? dit-il en se levant et en sortant dans le couloir. Tu dors toujours pas ?

Alan n'était pas dans le couloir. Jimmy leva les yeux vers l'escalier. Alan n'était pas là non plus. Il regarda la porte de la chambre, mais elle était fermée. Puis il baissa les yeux. Une enveloppe kraft gisait par terre, sous la fente de la boîte aux lettres. Jimmy la ramassa et l'ouvrit. C'étaient des photos d'Ann. Elle avait été salement tabassée, mais elle se remettait : les ecchymoses étaient jaunes et verdâtres, pas noires. Coiffée d'un chapeau coloré en papier, elle était attablée avec quatre ou cinq autres femmes et souriait à l'objectif. Une autre photo la montrait assise sur un canapé avec une fille au nez écrasé et aux dents pourries. Sur une autre encore, elle se tenait près d'un arbre au milieu d'un groupe de femmes. Au mur, un panneau indiquait la sortie de secours. C'était le dernier Noël d'Ann, son Noël au Foyer des femmes. Jimmy passa le doigt sur le visage adoré de sa femme et pleura, en remerciant de nouveau Maureen O'Donnell pour sa gentillesse.

26

CAR DE NUIT

Bras dessus, bras dessous, Leslie et Maureen retournèrent à la gare routière. Le sac de Maureen tressauta dans son dos alors qu'elles traversaient la rue au bas de la colline.

Les passagers du car de nuit étaient rassemblés devant le hall, cigarette au bec, essayant d'ingurgiter assez de nicotine pour tenir durant les sept heures de trajet. En dehors d'un couple d'étudiants sains et bien nourris qui jouaient les routards, la plupart des voyageurs allaient à Londres chercher du travail, accomplir des formalités ou rendre visite à des parents. Soudain, un stimulus invisible ébranla la horde. Chacun s'empara de ses bagages et se glissa rapidement vers la paroi en verre, pressé de partir. Maureen regarda le car : les portes étaient fermées et les lumières éteintes. Les voyageurs reposèrent leurs sacs, allumèrent une autre cigarette et recommencèrent leurs adieux.

Pour les habitants de Glasgow, le car de nuit pour Londres est une sorte de rite de passage. La plupart des gens le prennent une fois, attirés par le billet à vingt livres, les sièges confortables et la promesse d'arriver à Londres aussi frais qu'un gardon au petit matin. Seuls les pauvres et les désespérés tentent l'aventure une seconde fois. Maureen avait pris le car de nuit en bien des occasions. Elle oubliait toujours à quel point c'était pénible jusqu'au moment où elle se retrouvait à la gare, prête à embarquer de nouveau, mais l'expérience lui avait appris des astuces. L'étage supérieur était plus confortable, parce qu'il était éloigné des toilettes chimiques et généralement mieux chauffé. Il avait tendance à attirer les barjots, mais comme il se remplissait plus lentement, il était plus facile de s'approprier deux sièges. C'était le gros lot, ces deux sièges. On pouvait s'allonger, dormir et arriver à Londres sans être complètement courbatu…

Elle ôta son manteau et le glissa dans un sac en plastique, enfila un gros pull et sortit de son sac de voyage un journal, une bouteille de Coca et le sachet de bonbons au chocolat que lui avait apporté Leslie.

— Appelle-moi, maugréa celle-ci en ajustant le col du pull de Maureen. Et fais attention à toi là-bas.

— Arrête, Leslie. Tout ira bien.

Tout en fumant, elles guettaient l'arrivée du chauffeur. Un type dégingandé en uniforme bleu passa d'un air dégagé le long du car, faisant semblant de ne pas remarquer les quarante paires d'yeux qui le suivaient derrière la vitre comme un banc de piranhas affamés dans leur aquarium. Il se baissa, ouvrit le coffre, et la foule se précipita vers lui, chacun bousculant les autres pour arriver le premier. Quand vint le tour de Maureen, il lui sourit, vérifia son billet, prit son sac et le balança au fond.

— Prends soin de toi, OK ? dit Leslie.

— T'inquiète pas.

Elles s'étreignirent. Leslie recula sur le trottoir tandis que Maureen montait dans le car. Un autre employé vérifia une seconde fois son billet. Il était petit, avec un visage tanné par le tabac et les UV, une coupe afro et de fausses dents éblouissantes.

— C'est bon, dit-il d'une voix nasillarde.

Elle dut attendre patiemment dans la file et monter les marches une à une. L'étage était rempli de gens qui s'installaient. Maureen s'arrogea deux sièges à l'avant-dernier rang, s'assit côté allée et déposa son Coca, son journal et ses bonbons sur le siège côté fenêtre. Elle avait appris que la meilleure méthode pour garder les deux sièges était de paraître le plus désagréable possible. Elle fit semblant de lire son journal, les bras fermement appuyés sur les accoudoirs, refusant de regarder quiconque. Dehors, la queue diminuait à mesure que les passagers montaient, puis l'allée centrale se vida, et tout le monde fut installé. Maureen commençait à se dire qu'elle allait réussir à garder ses deux sièges. Leslie se tenait toujours devant l'abribus en verre, toute petite et lointaine. Elle lui fit un signe de la main, et Maureen lui répondit.

Un groupe de joyeux ivrognes apparut alors sur le trottoir. Ils agitèrent leurs sacs à l'adresse du chauffeur, avant de s'engouffrer dans le car et de monter à l'étage, en se poussant les uns les autres et en ricanant. Le premier arrivé vit que le dernier rang était libre.

— Regardez, les mecs, brailla-t-il. Le coup de bol.

Ils remontèrent l'allée, emplissant le car d'une odeur de tabac froid et de bière, et s'installèrent au dernier rang en se félicitant de leur trouvaille. Ils étaient tous assis quand un petit bonhomme hirsute apparut à son tour. Il avait bien quinze ans de plus qu'eux et portait de grosses lunettes et un anorak jaune fermé jusqu'au cou. Il chercha ses compagnons du regard et finit par les repérer au fond.

— Vous m'avez pas gardé de place ? râla-t-il.

Derrière Maureen, les autres s'esclaffèrent.

— Bande de cons, dit-il.

Il se plaça à côté de Maureen et attendit qu'elle se déplace. Maureen soupira, récupéra ses bonbons et son Coca et se glissa sur le siège côté fenêtre. Le type se laissa tomber lourdement sur le siège qu'elle avait libéré et se racla la gorge.

— Comment ça va, ma poule ? demanda-t-il.

Il tourna la tête et la regarda fixement. Ses lunettes étaient tellement épaisses que ses yeux n'étaient plus que deux taches floues.

— Tu veux pas me parler, c'est ça ? Tu te crois trop bien pour moi ?

Un chauve passa la tête entre les dossiers derrière eux.

— La ferme, Jokey, dit-il.

Jokey regarda autour de lui d'un air indigné. Puis il toussa et se gratta nonchalamment l'entrejambe.

— Vous inquiétez pas, mademoiselle, dit le chauve à Maureen. Il va pioncer dans cinq minutes.

Maureen était accablée. Elle allait passer une longue nuit à côté d'un Jokey bavant et ronflant, sans autre réconfort qu'une bouteille de Coca et des bonbons au chocolat. Sur le trottoir, Leslie lui fit de nouveau signe. Elle agita la main à son tour. Au-dessus de l'escalier, un haut-parleur grésilla, et le chauffeur afro leur annonça d'un ton morne qu'ils étaient à Glasgow, mais qu'ils partaient pour Londres.

— Il est interdit de fumer et de boire dans ce véhicule, déclara-t-il.

En entendant « boire », les passagers du fond poussèrent des cris.

— Il est également interdit de chahuter.

Les cris redoublèrent.

— Les passagers sont priés de ne pas encombrer l'allée centrale.

Les sifflements s'ajoutèrent aux cris.

— Quiconque enfreindra ces règles sera débarqué immédiatement sur le bord de la route.

Les cris cessèrent brusquement.

— Nous ferons un arrêt à la station-service de Knutsford à 3 heures et nous repartirons à 3 h 50. Les passagers qui ne seront pas remontés à temps ne seront pas attendus. Un membre de notre équipe va bientôt passer dans les rangs pour vous servir du thé, du café et des sandwiches. Nous espérons que vous ferez un agréable voyage sur les cars Caledonia.

Dans un dernier grésillement, la voix se tut.

— Il est un peu dur, non ? chuchota le chauve.

Le chauffeur démarra, et les vibrations ébranlèrent vitres et sièges. Leslie agita consciencieusement la main tandis que le car quittait son arrêt et gagnait la rue.

Maureen regardait tranquillement par la vitre en mâchant son premier bonbon au chocolat de la nuit quand elle le vit. Vik remontait à grands pas la rue vers la gare routière. Il était venu lui dire au revoir. Maureen se leva, oubliant son sachet de bonbons, qui tomba par terre.

— Hé ! cria-t-elle en donnant des coups de poing sur la vitre.

Mais il ne la vit pas. Elle frappa plus fort et tourna la tête pour ne pas le perdre de vue alors que le car prenait de la vitesse sur Cathedral Street. Il n'était plus qu'un petit bout de réglisse sur le trottoir et la gare une tache de lumière sous le ciel bas et noir. Le chauve passa de nouveau la tête entre les dossiers.

— Je sais, dit-il aimablement. Moi non plus, je les aime pas, ces Pakis.

— C'est mon petit copain, répliqua Maureen.

Gêné, le chauve se rassit et bomba le torse.

— Ouais, bon, dit-il à ses copains qui ricanaient. J'essayais juste d'être sympa, moi.

La route était dégagée. Le car traversa Blackhill en grondant. Ils passèrent devant les cheminées de la prison de Barlinnie, puis devant les appartements noirs de suie d'Easterhouse, et le chauffeur baissa l'éclairage pour laisser les passagers dormir. Le silence envahit bientôt le car. Ils prirent vers le sud au carrefour de Crosshill, un entrelacs de routes au creux des collines. Sur une éminence se dressait le clocher pointu d'une église, comme une protestation contre les rondeurs des collines couvertes de neige.

Vik était venu lui dire au revoir.

Dans la chaleur du bus, Jokey commençait à exhaler une étrange odeur qui rappelait les cheveux sales et le fromage rance. Il luttait contre le sommeil, s'assoupissait et se réveillait en sursaut. Après un réveil particulièrement violent, il se retourna et beugla : « Connards ! » à ses compagnons assis au fond. Le chauve passa la main entre les sièges et lui tapota l'épaule.

— Du calme, le tigre, dit-il.

Jokey céda finalement au sommeil, son coude planté dans les côtes de Maureen.

L'employé qui avait rangé son sac dans le coffre monta l'escalier pour apporter les sandwiches et prendre les commandes de thé et de café. Maureen entendit soudain des bips et une mélodie électronique. Quelqu'un devait jouer à la Gameboy, se dit-elle distraitement. Puis elle se rendit compte que cela provenait de sa poche et sortit prestement son bipeur, angoissée à l'idée de réveiller Jokey.

Espère que ça va bien. Baisers. Leslie.

Elle avait déjà bien entamé ses bonbons et parcouru la moitié de son journal quand l'odeur de Jokey devint si dérangeante qu'elle renonça à lire. Elle regarda par la fenêtre la campagne plongée dans le noir. Ils montaient une côte, après avoir traversé une étroite vallée. Vik était venu lui dire au revoir, mais elle était heureuse qu'il soit arrivé trop tard. Elle n'aurait pas su quoi lui dire. Son avenir était comme un précipice au bord duquel elle vacillait, et son passé en était un autre, dans lequel elle essayait désespérément de ne pas retomber.

Elle posa la tête contre la vitre qui vibrait et songea à Ann en sous-vêtements dans un bureau glacial, laissant une inconnue prendre des photos de son corps épuisé, marqué et abîmé par l'alcool, comme si le mal qui la rongeait tentait de percer sa peau.

L'annonce dans les haut-parleurs et le courant d'air froid dans l'escalier la réveillèrent. Le car était arrêté sur un parking. Derrière des rangées de semi-remorques brillaient les lumières d'une station-service. Les copains de Jokey le réveillèrent et lui dirent de descendre avec eux. L'odeur qui s'était accumulée sous son anorak durant son sommeil s'échappa brusquement quand il leva les bras et se mit debout. La bouche pâteuse, Maureen attendit qu'il se soit éloigné dans le couloir avant d'étirer ses jambes ankylosées et de se lever à son tour.

Dehors, le froid la saisit. Elle alluma une cigarette sur le parking battu par le vent et suivit les autres jusqu'à la station-service. Les types du fond filèrent manger au restaurant, Jokey sur leurs talons. Maureen fuma sa cigarette, puis entra dans la boutique. Les sandwiches coûtaient cinq livres et les chips ne se vendaient que par sachets énormes, mais elle était dans un magasin au cœur de la nuit et elle se disait qu'il fallait acheter quelque chose. Après réflexion, elle prit un plan des rues de Londres et un carnet à spirales. Elle retourna au car et chercha le type sympa, celui qui s'était occupé de son sac. Comme il n'était pas dans la cabine, elle fit le tour du bus et le trouva derrière, en train de fumer.

— Ça va ? demanda-t-elle en souriant.

— Oui.

— Je peux vous montrer la photo de quelqu'un ?

— Pour quoi faire ? demanda-t-il, intrigué.

— Une de mes copines a disparu, et je pense qu'elle a pris ce car.

— Ah, fit-il, ennuyé. On a des tas de gens qui prennent ce car, vous savez.

Maureen sortit la photocopie du visage d'Ann et la leva pour qu'elle soit éclairée par les lumières intérieures du car. Le chauffeur la regarda un moment.

— Elle devait sentir un peu l'alcool, précisa Maureen.

Il secoua la tête avec incrédulité.

— Mais oui, je me souviens d'elle, dit-il. Elle a fait l'aller-retour, juste avant Noël.

— L'aller-retour ?

— En fait, je l'ai vue plusieurs fois. Je me rappelle qu'elle gardait son sac sur ses genoux, un gros sac.

— Quand l'avez-vous vue pour la dernière fois ?

— Ça fait un bail. Début décembre, je dirais. C'était le trajet Londres-Glasgow. Je m'en souviens parce qu'elle est descendue à la pause et qu'on l'a jamais revue.

— Vous l'avez laissée à la station-service ?

— Oui, celle d'en face, dit-il en désignant une passerelle qui enjambait l'autoroute.

— Elle était en retard et elle a loupé le départ ?

— Je sais pas, fit-il avec agacement.

Il avait envie de fumer sa cigarette tranquillement. Sachant qu'il ne lui accorderait plus guère de temps, Maureen sortit le polaroïd de sa poche.

— Vous avez vu ce type avec elle ?

Il haussa les épaules et jeta un coup d'œil à la photo.

— J'en sais rien, ma petite, s'impatienta-t-il.

— C'est pas grave. Merci pour tout.

Maureen le laissa et remonta à sa place, de bonne humeur. Liam ne s'était pas trompé. Ann faisait des allers-retours entre Londres et Glasgow, probablement pour le compte de quelqu'un, ses créanciers ou Hutton. Mais si elle faisait la mule pour un dealer, elle n'aurait transporté son sac que dans un seul sens, pas à l'aller et au retour.

Le moteur qui redémarrait doucement la réveilla. Elle ouvrit les yeux à l'instant où Jokey s'affalait sur son siège comme une avalanche puante en anorak. Ils quittèrent la station-service, les gros camions et les vives lumières et regagnèrent la route déserte.

Il était 5 heures du matin, et la grisaille n'était percée que par les feux arrière des voitures qui les dépassaient. Des fermes et de petits hameaux défilaient derrière les vitres. Ils passèrent devant un parcours de jumping, puis les contreforts de l'autoroute se surélevèrent et cachèrent le paysage. Ils longèrent un village, puis une ville et retrouvèrent la campagne. Les villes se rapprochèrent de plus en plus et finirent par se fondre dans un défilé dense de maisons qui recouvraient les basses collines.

Ils quittèrent l'autoroute pour une large artère qui menait à Londres par Swiss Cottage. Les maisons cédèrent la place à de petits immeubles, puis à de plus grands bâtiments, et enfin à des gratte-ciel de bureaux en acier et en verre. Le car cahotait péniblement dans la ville encore plongée dans l'obscurité, arrêté par les feux et ralenti par les ronds-points. Il s'engagea lentement dans King's Cross et se gara devant les grandes arches de St Pancras, puis le chauffeur afro annonça qu'ils étaient arrivés à Londres.

Le car se vida rapidement. Tous les passagers se massèrent devant le coffre pendant que le deuxième chauffeur sortait les sacs et les déposait sur le trottoir. Maureen alluma une cigarette bien méritée, savourant au creux de sa main la présence du briquet chromé de Vik. Elle enleva son pull et le roula, sortit son manteau de son sac plastique et l'enfila. Il y avait un peu de givre, mais il ne faisait pas très froid. Elle vit qu'on jetait son sac sur le trottoir et enjamba des valises pour l'atteindre, puis elle attendit que tout le monde ait récupéré ses bagages et aborda de nouveau le chauffeur.

— À propos de cette fille…

Il leva vers elle des yeux rouges et las.

— Écoutez, je sais pas qui est le type, dit-il en claquant la porte du coffre et en la verrouillant.

— Vous avez l'air crevé, dit-elle en lui offrant une cigarette. En fait, je voulais vous parler de son sac. Elle le transportait toujours avec elle ? Elle ne l'avait pas seulement à l'aller ?

Il souffla la fumée.

— Des fois, elle le mettait dans le coffre.

— Quand elle rentrait à Glasgow ou quand elle allait à Londres ?

Il tira sur sa cigarette et fixa le bout rougeoyant en réfléchissant.

— Maintenant que vous le dites, je crois qu'elle l'avait que dans un seul sens. Mais je me rappelle pas lequel.

— Et la dernière fois, le jour où elle est restée à la station-service, y a-t-il eu un bagage que personne n'a réclamé en arrivant à Glasgow ? insista Maureen.

Il sourit en regardant sa cigarette et hocha la tête.

— C'était au retour, dit-il. C'était au retour qu'elle le gardait sur les genoux.

27

Indifférence

Il était 7h30, et King's Cross était envahi par la circulation. Des voitures et des bus se suivaient pare-chocs contre pare-chocs sur Euston Road, et les gaz d'échappement formaient des nuages de fumée au-dessus des véhicules. De l'autre côté de la rue, la bouche de métro aspirait des flots de piétons. Maureen se rendit compte que c'était la première fois depuis des mois qu'elle marchait la tête levée, parce que le temps était très doux, que Michael n'était pas là et que Vik était venu lui dire au revoir.

Elle traversa la rue pour prendre le métro. Au pied de l'escalier se tenait un clochard répugnant avec un œil de verre. Il souriait béatement à ce fleuve déchaîné de gens maussades et, tout en se réchauffant contre les grilles d'aération, il pelait une orange d'une main, l'autre glissée dans sa ceinture, paralysée par une attaque cérébrale. Les voyageurs se plaquaient contre la paroi d'en face pour éviter de le regarder, comme si, à force d'indifférence, il allait disparaître.

Il faisait une chaleur oppressante en bas. Le temps que Maureen arrive sur le quai, elle avait le dos trempé de sueur. Après un léger coup de vent, une brise agréablement fraîche souffla dans le tunnel. La foule se tourna vers la gauche, tandis qu'un train entrait dans la station dans un fracas de ferraille. Les passagers se massèrent devant les portes qui s'ouvraient et se ruèrent à l'intérieur, sans tenir compte des protestations de ceux qui voulaient descendre. Les portes se refermèrent derrière Maureen en frôlant son sac, et la rame repartit en tressautant.

Dans le wagon, les touristes et les travailleurs se mêlaient, pressés les uns contre les autres. Ceux qui étaient debout regardaient avec envie les veinards qui étaient assis. Ces derniers, apparemment détendus et heureux, lisaient ou fixaient, ravis, l'entrejambe du passager qui se tenait devant eux. Un touriste norvégien adressa quelques mots indignés à son compagnon, qui opina. Maureen songea à Ann, à ses voyages entre Londres et Glasgow et se demanda ce que cela signifiait. Mais elle n'arrivait pas à réfléchir. Ses yeux fatigués la brûlaient, et elle avait plus que tout envie de se laver et de dormir. Elle transpirait dans la magnifique doublure en soie de son manteau et avait une crampe dans le bras à force de s'agripper à la barre fixée au plafond. La rame s'arrêta à la station suivante, et un nouveau contingent d'employés las et bien mis monta à bord.

Il faisait moins chaud dans le train qui l'emmena à la station de Blackheath. Suivant les indications de Sarah, elle prit à droite en sortant, remonta une rue en pente, puis tourna à gauche. Blackheath était une vraie carte postale. Les petites boutiques de plain-pied avaient de larges bow-windows enlaidis par des pancartes rouges qui annonçaient les soldes. Maureen continua jusqu'au parc, sur lequel donnaient de grandes demeures du XVIIIe. Sarah Simmons habitait Grote's Place, une rue en retrait du parc.

Maureen monta les marches du numéro 3, mais ne trouva pas de sonnette. Elle souleva le lourd heurtoir en bronze et le laissa retomber. Il y eut un cliquetis de talons sur des dalles, puis la porte s'ouvrit. À en croire son chemisier blanc, sa jupe marine et ses escarpins assortis, Sarah était sur le point de partir au travail. Elle regarda Maureen de haut en bas, notant son coûteux manteau, ses baskets bon marché et son gros sac.

— Bonjour, bonjour, Maureen, dit-elle en traînant sur les syllabes, comme si elle craignait de n'avoir plus rien à dire une fois les salutations terminées. Comment ça va ?

— Salut, Sarah, dit Maureen en souriant. Ça va. Et toi ?

Sarah s'effaça devant elle.

— Entre donc dans mon humble demeure, fit-elle d'un ton léger. Bienvenue.

Maureen entra et leva les yeux.

— Oh, la la, s'exclama-t-elle.

— C'est l'ancienne maison de ma grand-mère, dit Sarah en rougissant de plaisir.

Sous cinq mètres de plafond, l'entrée était dallée de blanc et noir, avec une tapisserie à fleurs de lys en relief où étaient accrochés des portraits de barbus en uniforme de la marine. Un haut escalier en bois à balustrade noire longeait le mur de droite.

— Qui sont ces types incroyables ? demanda Maureen en désignant les tableaux.

— Des membres de ma famille. Tous morts. La plupart de la syphilis. Écoute, il faut que je parte au boulot dans une demi-heure. Je te laisserais bien ici, mais je n'ai pas de double des clés.

Elles se dévisagèrent. Sarah eut un sourire penaud et baissa les yeux.

— Tu veux que je te dépose en ville ?

Maureen hocha la tête. Sarah ne lui faisait pas confiance. Pour elle, Maureen était une fille avec qui elle n'avait jamais eu grand-chose en commun et qui avait eu des problèmes psychologiques après l'université.

— Ça me paraît normal, dit Maureen, oubliant les conventions et répondant au message sous-jacent.

Sarah l'entraîna au bout de l'entrée et lui prit son manteau, qu'elle accrocha à la patère.

— Viens, dit-elle en passant son bras sous le sien. On va prendre le petit-déjeuner toutes les deux, et tu me raconteras tout ce qui t'est arrivé. Tu dois mourir de faim. Comment va ton beau gosse de frère ?

Tentant de se comporter en bonnes copines, elles s'installèrent dans la cuisine chauffée par un poêle. Là, devant une tasse de thé, Maureen fit à Sarah un résumé expurgé des quatre dernières années de sa vie. Son séjour à l'hôpital pour une petite dépression, les affaires de Liam, si florissantes qu'elles lui avaient permis de se payer des études à la fac, son petit ami Douglas, mort d'une crise cardiaque, et sa mère qui n'allait pas bien du tout. Sarah s'attrista et se réjouit tour à tour pour elle. Elle se maquilla pendant que Maureen terminait de débiter un écheveau de demi-vérités, puis elle prit le relais.

Sarah s'était fiancée à Hugo à la fin de ses études, mais leur relation n'avait pas marché. Ils n'étaient pas faits l'un pour l'autre, comme ils l'avaient cru. Maureen avait rencontré brièvement Hugo au bal de leur promotion. C'était un type BCBG trop bien élevé, avec de grosses lèvres. Il ne semblait guère s'intéresser à Sarah, encore moins être amoureux d'elle, et Maureen fut heureuse d'apprendre qu'elle ne l'avait pas épousé. D'un point de vue professionnel, en revanche, tout allait bien pour Sarah. Elle avait décroché le job de ses rêves chez un commissaire-priseur, elle bossait dur, et elle avait eu une promotion. Bref, c'était génial, et puisqu'elle avait la maison, l'argent n'était pas un problème. Et puis, comme elle connaissait tout le monde dans le quartier, elle avait plein d'amis. Et les gens d'ici étaient tellement sympas. Ils sortaient tout le temps. Les mensonges de Sarah étaient si lumineux et si joyeux que Maureen eut de la peine pour elle. C'était une fille bien, et

Maureen aurait voulu qu'elle ait une existence heureuse, mais la grande maison semblait glaciale, et Sarah donnait l'impression d'être seule et abandonnée.

— Bon, dit Sarah. Il faut qu'on y aille.

Elle termina son thé, laissant sur sa tasse la moitié du rouge à lèvres qu'elle venait de se mettre.

— Où veux-tu que je te laisse ?

Maureen répondit qu'elle allait à Brixton. Sarah se rembrunit au nom du quartier. Elle n'allait pas dans cette direction, mais Maureen pouvait prendre un train à la gare juste en bas de la colline. Elle insista pour l'y déposer. La gare était à quatre cents mètres de chez elle. Maureen se demanda pourquoi Sarah avait accepté de la recevoir : elle aurait pu dire non, tout simplement. Ç'aurait été plus simple.

— Sarah, tu es une vraie copine, mentit-elle.

Joe McEwan se renfonça dans son fauteuil et alluma sa cinquième cigarette de la matinée. Il pensait de nouveau à elle. Plus il essayait de la chasser de son esprit, plus il y pensait. Sa mère était morte un mois et demi plus tôt, et il s'en remettait mal, avait des sautes d'humeur, travaillait trop, s'était remis à fumer. Quand il se détendait ou cessait de travailler, c'était l'image de Patsy qui l'attendait, ses mains, sa voix, ses yeux. La veille, alors qu'il était seul chez lui à trier ses papiers en pleurnichant, on l'avait appelé pour lui apprendre la mort de Hutton. C'était exactement ce qu'il lui fallait : une grande enquête avec des ramifications dans toute la ville.

Hutton avait été tué parce qu'il dealait pour son compte. Il faisait partie de la génération montante de dealers, sous-produit de l'opération zéro tolérance. Le succès de cette opération était mitigé. Elle avait fait monter les prix et les bénéfices, transformé des types déjà abjects en animaux, et on avait retrouvé encore plus de junkies morts dans les toilettes des galeries marchandes. Les nouveaux dealers vendaient à leurs premiers clients de l'héroïne presque pure pour que tout le monde sache qu'ils étaient de bons fournisseurs. Une overdose amenait les clients à la porte d'un dealer encore plus sûrement qu'une campagne de pub. Mais les anciens caïds se battaient encore, et la façon dont avait été tué Hutton constituait un avertissement pour les autres entrepreneurs en herbe.

Un coup brusquement frappé à la porte annonça la première visite de la journée de l'inspecteur Inness, qui avait fait les frais des dernières sautes d'humeur de son supérieur. McEwan savait qu'il avait tort, qu'il n'aurait pas dû se défouler sur Inness, mais il le trouvait profondément agaçant. Et plus il le rabrouait, plus Inness lui léchait les bottes.

— Bonjour, monsieur, dit-il en entrant, un papier à la main.

Inness avait toujours un papier à la main, comme s'il apportait un mot de sa mère l'autorisant à faire partie de la police. C'était devenu une blague récurrente au commissariat.

— L'inspecteur et le sergent de la police de Londres sont en bas. Vous voulez toujours que je m'en occupe ?

— Oui. Allez les chercher, s'il vous plaît, s'il vous plaît, dit poliment McEwan, qui commençait la journée comme toutes les autres, c'est-à-dire avec de bonnes intentions envers Inness. Je vous attendrai dans la salle de réunion numéro deux.

Inness fit entrer Williams et Bunyan, qui s'assirent sans attendre qu'on les y invite. Williams était un chauve grassouillet avec de petites lunettes dorées, mais sa coéquipière était un joli brin de fille, mignonne, svelte, avec des cheveux blonds courts et un discret rouge à lèvres rose pâle. Tous les deux étaient élégamment vêtus de noir, lui d'un costume, elle d'un tailleur dont la jupe arrivait au genou, ce qui n'était pas tout à fait du goût de McEwan. S'ils étaient venus de n'importe quelle autre partie du pays, il n'aurait pas pris la peine de les voir, mais ils étaient de Londres, et il tenait à leur faire savoir qu'ils étaient sur son territoire.

— Tout d'abord, merci de votre coopération, monsieur, déclara Williams, avec un accent que reconnut McEwan.

— Vous êtes de la région ? demanda-t-il.

— Oui, dit Williams en souriant. Mon père était flic. Govan, de 62 à 79.

— Pourquoi êtes-vous allé travailler à Londres ?

— Par rébellion, dit-il.

McEwan sourit. Les polices régionales n'aimaient pas les Londoniens, réputés pour être arrogants et laxistes. Le père de Williams avait dû en faire une jaunisse.

— Vous avez rendu visite à votre famille hier soir ?

— Non. Je n'ai plus aucune famille ici. Nous étions dans un hôtel de Battlefields.

— C'est assez loin.

— Oui, mais je connais bien.

— Mmm, marmonna McEwan, avant de faire signe à Inness de commencer.

Inness feuilleta ses notes.

— Comme nous n'avons pas beaucoup d'informations sur la victime, dit-il, je ne sais pas en quoi nous pourrons vous être utiles. Le mari a été interrogé lorsqu'on a signalé la disparition de sa femme. Il prétend ne pas l'avoir vue depuis novembre. D'après nos notes, c'est un homme discret, très inquiet pour elle. Le quartier où il habite est pauvre, mais pas mal famé.

— Qui est suspect, pour l'instant ? demanda Mc Ewan.

Un peu surpris par cette question indiscrète, Williams se redressa.

— Eh bien, nous savons que la victime se faisait tabasser régulièrement, mais nous n'avons pas la preuve que le mari était à Londres au moment du crime et nous ne l'avons pas encore interrogé.

— Vous êtes pourtant allé chez lui hier soir, non ?

— Oui, intervint Bunyan, mais nous ne l'avons pas interrogé, parce qu'il n'a encore rien dit à ses gosses.

McEwan ignora la jeune femme. Il continua à regarder Williams et lui demanda, comme si c'était lui qui avait parlé :

— Il ne leur a pas dit qu'elle avait disparu ?

— Non, qu'elle était morte, répondit Williams en haussant les sourcils.

McEwan pencha la tête sur le côté et soupira.

— Combien de gosses ?

— Quatre, dit Williams.

— Ils ont toujours des gosses, déclara gravement McEwan. Tous ces couples de cauchemar ont des gosses.

— Oui, monsieur, opina Williams. C'est vrai.

Williams était respectueux mais ferme, et McEwan songea qu'il l'apprécierait s'ils travaillaient ensemble.

Inness passa à la page suivante et se remit à lire.

— Le Foyer des femmes… Je suppose que vous êtes au courant ?

— Oui, dit Bunyan en se penchant en avant, les mains sur la table. On a prévu d'y aller tout à l'heure.

Hugh McAskill frappa à la porte entrouverte et passa la tête par l'embrasure.

Qu'y a-t-il ? demanda McEwan.

— La copine de Hutton est là, monsieur.

— Je vois que vous avez du travail, dit Williams en se levant. Nous allons vous laisser.

— Très bien, dit McEwan. Tenez-nous au courant. Si nous pouvons faire quelque chose…

McAskill était resté sur le seuil. Il tint la porte pour les visiteurs, puis les raccompagna en bas.

— Elle est un peu grande gueule, non ? dit McEwan quand il se retrouva seul avec Inness.

— Oui, monsieur, je trouve aussi.

28

COLDHARBOUR LANE

Maureen sortit de la gare et savoura l'air frais de la rue. À Brixton, tout le monde portait des tenues printanières, alors qu'elle était prête à affronter un hiver sibérien. La transpiration accumulée dans le métro avait séché et lui donnait l'impression d'être moite et crasseuse. Elle s'arrêta devant la vitrine de Woolworth et sortit son plan. Le cabinet d'avocats était situé juste derrière la rue principale, et Moe Akitza vivait à Brixton Hill, non loin de là. Dans son sac, le bipeur se mit à chantonner. Elle fouilla parmi ses vêtements et le trouva sous un pantalon. C'était Jimmy : les allocations avaient été encaissées la veille.

Elle traversa la rue en direction du cinéma Ritzy et s'engagea dans Coldharbour Lane. Le début de la rue était rempli de bistrots et de bars à vins, de petits restaurants et de boutiques de fringues branchées. Cette courageuse tentative d'anoblissement du quartier s'éteignait brusquement au carrefour d'Electric Avenue et du marché aux légumes. À partir de cet endroit, Coldharbour Lane devenait un ghetto. Collée sur un lampadaire, une affiche de la police annonçait que quelqu'un avait été tué ici à 2 h 09 trois jours plus tôt et lançait un appel à témoins. Près d'une boutique qui ne vendait que des poulets jaune fluo se dressait une auberge victorienne dont le portique en pierre s'affaissait. C'était le *Coach and Horses*, le pub où Mark Doyle avait vu Ann. Il n'était pas encore ouvert, mais des silhouettes bougeaient derrière les petites fenêtres orange. L'endroit semblait sale et vulgaire, et Maureen s'imagina très bien Ann venant picoler ici. Après le pont de chemin de fer en brique usée, le quartier redevenait un peu plus fréquentable. Maureen longea une série de jolies boutiques victoriennes et atteignit le coin de la rue. Là, derrière une rangée de cabines téléphoniques, se trouvait un pub aux murs blancs, l'*Angel*, et juste à côté, la longue vitrine d'un bureau avec un store à lames verticales : McCallum & Arrowsmith, avocats. Maureen entra, s'approcha de la réception et essaya d'attirer l'attention de la secrétaire.

— Vous fatiguez pas.

Une jeune femme menue en veste de fausse fourrure était assise sur l'une des chaises en plastique, la tête appuyée contre la vitrine. Avec son teint hâlé, ses cheveux bruns fins et ses grands yeux globuleux mi-clos, on aurait dit une minuscule et très jolie grenouille tropicale.

— Elle en a pour un moment, expliqua-t-elle avec un discret et élégant accent de Glasgow.

Maureen trouva l'inconnue un peu effrayante, bien qu'aimable. Mais elle ne semblait pas dangereuse. Ses cheveux étaient coiffés en chignon et ses petites mules paraissaient chères.

— Des heures, reprit-elle.

— Oui, je vois, fit Maureen.

— Vous êtes de Glasgow ? interrogea la femme sans bouger.

Maureen hocha timidement la tête.

— De quel quartier ?

— Garnethill.

La petite femme sourit.

— Ah, Garnethill. J'ai fait les beaux-arts là-bas, il y a des années.

Maureen se demanda pourquoi elle venait consulter un avocat. Peut-être était-ce une criminelle ou une future divorcée. L'hypothèse du divorce lui parut la plus plausible. La femme ne semblait ni triste ni tourmentée. Un téléphone sonna, et un répondeur prit l'appel. Se souvenant de la raison de sa visite, Maureen retourna vers la réception. L'endroit n'était pas très grand : deux tables trônaient devant une porte qui menait aux bureaux des avocats. La jeune secrétaire asiatique était toute seule, coiffée d'écouteurs, occupée à transcrire quelque chose. Ses cheveux permanentés étaient teints au henné. Elle était mal placée pour voir les visiteurs, mais elle avait aperçu Maureen et avait levé les yeux une ou deux fois en délaissant son clavier, avec un petit signe de tête pour lui faire comprendre qu'elle serait à elle dans une minute. Maureen sortit de son sac un stylo et le carnet qu'elle avait acheté à la station-service, puis elle s'appuya au comptoir, prête à écrire, essayant d'avoir l'air important.

— Attendez de voir ses yeux, chuchota la femme à la fourrure.

— Excusez-moi, fit Maureen, interloquée. Vous avez peut-être rendez-vous ?

— Attendez de voir ses yeux.

Maureen la regarda et lui adressa un sourire perplexe. Les yeux toujours mi-clos, la petite femme fit la moue, avant de reposer la tête contre la vitrine.

Six longues et suffocantes minutes plus tard, la secrétaire ôta ses écouteurs, prit un bloc notes et ondula vers le comptoir. Elle portait des lentilles de contact d'un bleu si clair que ses iris semblaient se fondre dans le blanc de ses yeux. Maureen étouffa un cri. Elle regarda la petite grenouille. Elle avait les yeux fermés, mais elle devina la surprise de Maureen et sourit toute seule.

— Pouvez-vous me donner votre nom, l'heure de votre rendez-vous et le nom de la personne que vous venez voir, je vous prie ? demanda la secrétaire.

La teinture, la permanente et les lentilles semblaient conçues pour contrecarrer tous les traits de son visage, comme si elle ne voulait pas du tout être elle-même.

— Je n'ai pas rendez-vous, dit Maureen. C'est à vous que je voudrais parler.

La secrétaire leva les yeux vers elle, et Maureen sursauta de nouveau.

— J'aimerais vous poser une ou deux questions, continua Maureen de son ton le plus officiel. Ça ne prendra que quelques minutes. Cela ne vous ennuie pas ?

— Vous n'êtes pas représentante en fournitures de bureau, j'espère ?

— Non.

— Parce que je ne suis pas autorisée à acheter quoi que ce soit.

— Non, non, je veux juste vous demander quelque chose.

— De quoi s'agit-il ?

— C'est à propos d'un certain James Harris.

Elle marqua une pause, pour lui laisser le temps de bien enregistrer le nom.

— Il est venu chez vous il y a huit jours. Il avait pris ce cabinet pour un autre.

— Le petit Écossais qui pensait venir pour un héritage, comme dans les films ? dit la fille en souriant.

— Exactement. Il vous a parlé ?

— Oui. Il m'a raconté son histoire et m'a montré la lettre.

Elle ricana.

— Évidemment, c'était un faux. Nous nous occupons d'affaires criminelles, et ce n'était même pas le bon nom. Le cabinet s'appelait bien McCallum & Headie, avant, mais M. Headie nous a quittés il y a trois mois.

— Et il a été remplacé par M. Arrowsmith ?

— Oui.

— M. Headie a changé de cabinet ?

La secrétaire sembla mal à l'aise, mais ne répondit pas.

— Il a pris sa retraite ?

— En quelque sorte.

— Je vois, dit Maureen en notant « merde » sur son carnet. Vous vous entendiez bien avec lui ?

— C'était quelqu'un d'agréable.

— Et où est-il, maintenant ?

Elle hésita et jeta un coup d'œil à la grenouille.

— À Wandsworth, je crois, murmura-t-elle.

— Vous pourriez me donner le numéro de son cabinet ?

La secrétaire gloussa et leva son bloc pour couvrir sa bouche. Elle pencha la tête sur le côté pour regarder derrière Maureen, et la grenouille gloussa à son tour.

— Je ne l'ai pas.

— Eh bien, merci de votre aide, dit Maureen en refermant son carnet.

Dans la rue, le soleil tapait, et Maureen eut soudain envie d'avaler quelque chose de sucré pour se réveiller. La porte de l'*Angel* était ouverte en grand pour laisser entrer l'air matinal. Elle jeta un coup d'œil à l'intérieur. Il n'y avait aucun client, mais derrière le bar, quelqu'un lisait le journal, une tasse bleue à la main.

— Vous êtes ouverts ? cria-t-elle.

— Non, j'attends le bus.

Les murs étaient recouverts jusqu'à mi-hauteur d'un joli lambris foncé et chaulés jusqu'au plafond. Les vitres teintées adoucissaient la lumière. Quant à la personne derrière le bar, c'était soit une femme très masculine, soit un petit homme avec une belle peau. Maureen résolut le mystère quand elle vit les petites rondeurs sous le teeshirt.

— Je peux avoir une limonade avec des glaçons, s'il vous plaît ?

La femme fit claquer son journal sur le comptoir et lui servit un verre d'une bouteille de limonade en plastique qui portait encore l'étiquette de prix : quatre-vingt-dix-neuf pence.

— Une livre, dit-elle en tendant la main.

— Et les glaçons ?

— Y en a pas.

— Vous me demandez une livre pour un verre alors que la bouteille coûte moins que ça ?

— C'est le prix.

Maureen paya.

— Voilà. Vous pourrez renouveler votre stock de limonade avec ça.

La femme revissa le bouchon et retourna à son journal. Maureen but tranquillement, en songeant à sa conversation avec la secrétaire et en se demandant ce que le nouveau bureau de M. Headie pouvait avoir de si drôle.

— Vous êtes de l'Armée du salut ? lui demanda la femme masculine.

— Non. Pourquoi ?

La femme désigna son verre du menton.

— Qui d'autre boirait de la limonade dans un pub ?

— Ah bon, parce que les gens de l'Armée du salut fréquentent les pubs ?

— Oui, quand ils quêtent.

— C'est joli chez vous, dit Maureen avec un sourire.

— Ouais, fit la femme en fronçant les sourcils. Ma copine vient de faire la déco. Elle a du goût.

— C'est vrai.

— Évidemment, on choisit pas ses clients.

— Pas faciles ?

— Pas faciles du tout. On espérait qu'on aurait la clientèle des bureaux au déjeuner, mais ils viennent pas jusqu'ici.

— Et le *Coach and Horses*, c'est quel genre ?

La femme agita la main devant son nez.

— Des dingues. Surtout des Écossais et des Irlandais. Et vous savez comment ils sont, hein ?

Elle s'approcha de Maureen.

— Je vous connais bien, vous autres Écossais, tous aussi pingres les uns que les autres.

Elle reprit la bouteille de limonade et remplit le verre de Maureen.

— Pourquoi vous faites ça ? demanda Maureen.

— Je voudrais pas que vous déclenchiez une bagarre et que vous effrayiez mes autres clients, répondit la femme avec un sourire qui lui fit perdre dix ans.

Une ombre s'interposa devant la lumière de la rue. C'était la petite grenouille du cabinet d'avocats. Elle s'approcha du bar, se jucha sur un tabouret et commanda une eau minérale, puis elle paya et fit un signe de tête à Maureen.

— Je n'avais pas raison, pour les yeux ?

Maureen opina prudemment.

— Si. Ça fout les jetons.

Elle désigna le cabinet d'un geste.

— Vous attendez votre petit ami ?

La grenouille se mordit la langue et éclata de rire.

— Oui, si on veut. Pourquoi vous cherchiez M. Headie ?

Maureen se tourna vers elle.

— Je travaille pour un cabinet en Écosse, inventa-t-elle fébrilement. On m'a demandé de me renseigner sur une affaire ici.

La femme rejeta la tête en arrière et la dévisagea.

— Foutaises, dit-elle. Si vous travailliez pour un cabinet d'avocats, vos employeurs seraient au courant pour M. Headie, ils sauraient où se trouve son nouveau cabinet. C'est écrit dans la lettre d'information de l'Ordre.

Maureen se sentait très fatiguée et très sale.

— Mmm, fit-elle, à court d'idées brillantes. Et vous savez où il est, vous ?

La femme sourit.

— Ouais.

— Vous connaissez bien ce quartier, alors ?

La femme se pencha vers elle, en se tenant au bar d'une main et en lui tendant l'autre.

— Kilty Goldfarb, dit-elle.

Maureen se mit à rire.

— Déconnez pas, dit-elle. Ça peut pas être votre vrai nom.

Kilty éclata de rire, ravie de la réaction de Maureen.

— Mais si. Ma famille était polonaise, et ma grand-mère a inventé le prénom Kilty en l'honneur de notre nouvelle patrie.

Maureen cessa de rire et marmonna des excuses.

— Vous êtes sacrément culottée, dit Kilty. Et vous, comment vous vous appelez ?

— Maureen O'Donnell.

— Ce n'est pas un nom particulièrement exotique.

— Non, sauf si on est du Swaziland.

— Vous avez faim ?

— Un peu.

— Je connais un petit endroit très exotique.

Des adolescents maigrichons en uniforme brun se balançaient des coups de cartable en rigolant. Williams se tourna pour les faire taire d'un regard, et Bunyan frémit.

— Laissez tomber, dit-elle.

— Quoi ?

— Laissez tomber, ne dites rien. Tenez, voilà l'ascenseur.

Les portes métalliques coulissèrent, et ils entrèrent dans la cabine.

— Je les regardais, c'est tout, dit Williams en s'adossant à la paroi du fond, tandis que Bunyan appuyait sur le bouton. Vous n'avez pas peur d'eux, quand même ?

— Me bagarrer avec une bande d'ados, ce n'est pas ma manière préférée de me distraire, monsieur. Vous êtes sûr qu'il sera là ?

— Ouais. Il ne nous attend pas avant 14 heures. Il doit être en train de préparer les gosses pour l'école.

Ils longèrent la véranda traversée de courants d'air et frappèrent chez James Harris. L'aîné des garçons vint ouvrir. Il était encore en pyjama.

— Salut, fit-il en adressant un grand sourire à Williams.

Il avait la voix enrouée. On aurait dit qu'il fumait vingt cigarettes par jour.

— Bonjour, chuchota Bunyan d'une petite voix de gamine. Qu'est-ce que tu fais encore en pyjama, toi ?

Le gamin repartit en courant dans le salon appeler son père. James Harris était déjà sorti ce matin-là : un sac de courses était posé le long du mur près de la cuisine, et il portait encore son blouson. Assis dans son fauteuil, il habillait ses gosses. Les deux petits avaient des imperméables en plastique minces comme du papier, d'un kaki bien peu de leur âge. En voyant les policiers sur le seuil, Harris leva les yeux au ciel. Williams et Bunyan attendirent qu'il dise quelque chose. Ils durent patienter une bonne minute.

— Je croyais que vous veniez à 14 heures, murmura-t-il.

— Pourquoi vos enfants ne sont-ils pas à l'école ? demanda Bunyan.

— John est déjà parti, dit tranquillement Harris en lissant deux petits bonnets en laine sur son genou. Alan est malade.

— Je tousse, dit Alan en levant un regard plein d'adoration vers Williams, qui ne lui prêta aucune attention.

— Il faut qu'on vous parle en privé, monsieur Harris. Vous pouvez les faire monter un moment ?

— Ils resteront pas là-haut, répondit Harris en se levant.

— Alors, nous allons devoir vous parler devant eux. À vous de voir.

Harris parut accablé.

— Alan, dit-il, emmène les petits là-haut.

— Nan, je reste là, dit Alan.

Il regarda Bunyan.

— Vous pouvez parler devant moi, ajouta-t-il d'un air intéressé. Et les petits, ils comprennent pas.

Harris soupira et se frotta les yeux.

— Emmène les petits là-haut, fiston.

Kilty Goldfarb sortit son hamburger de l'emballage en polystyrène.

— Ah, la McBouffe, dit-elle. Ça me rappelle l'Écosse.

Maureen but une gorgée de Coca et grignota quelques frites.

— Vous êtes partie depuis longtemps ?

— Quelques années.

Elle réfléchit.

— Ça doit faire cinq ans. C'était juste après mon diplôme. Je suis venue à Londres suivre des cours pour devenir assistante sociale, et j'y suis restée.

Elle mordit dans son hamburger, fit la grimace et glissa deux doigts dans sa bouche. Elle en sortit un morceau de cornichon, le regarda comme si c'était un cheveu et le posa sur sa serviette en papier.

— Pourquoi avez-vous suivi ces cours, si vous veniez des beaux-arts ?

— Faire des pochoirs ne me semblait plus aussi important. J'avais décidé de sauver le monde.

— Vous ne pensez jamais à revenir au pays ?

— Tout le temps, soupira Kilty. C'est difficile de se faire une place, ici, de rencontrer des gens avec qui on a des points communs. Mais tous ceux que je connaissais à Glasgow sont partis, à part mes parents. Je n'y ai plus vraiment d'amis. Il n'y a pas plus patriote que les expatriés, conclut-elle. Et vous, vous faites quoi dans la vie, à part vous inventer des carrières dans des cabinets d'avocats ?

— Je viens de quitter mon boulot, en fait. Je travaillais au Foyer des femmes.

— Ah oui, ça me dit quelque chose, répondit Kilty. Pourquoi vous êtes partie ?

Maureen essaya vainement de trouver un prétexte.

— J'étais nulle pour ce boulot, et on m'aurait virée, de toute façon. Et puis, je détestais ça. J'étudiais des trucs administratifs, j'en rédigeais d'autres, et j'avais l'impression de ne jamais arriver à rien.

— Pas assez d'action ?

Maureen hocha la tête et but une gorgée de Coca.

— Je comprends ça. Quand j'ai commencé à bosser, je voulais me précipiter dans les immeubles en feu, me battre avec les fauves, pas remplir des formulaires à la noix. C'est un peu décevant, finalement.

Elle termina son hamburger et s'essuya les mains.

— Vous avez des cigarettes ?

Maureen sortit son paquet et le posa sur la table. Kilty prit une cigarette, la glissa entre ses lèvres en lorgnant le bout, l'alluma avec le briquet de Vik, inspira la fumée, la souffla et reprit immédiatement une bouffée. Maureen l'observait.

— Vous n'avez pas l'habitude de fumer, hein ?

Kilty secoua sa petite tête et regarda sa cigarette.

— J'aimerais tellement être une fumeuse cynique. Mais j'ai beau essayer, je n'y arrive pas.

Maureen lui prit la cigarette.

— Donnez-la-moi avant que ça ne vous fasse du mal. Qui attendiez-vous chez l'avocat ?

— Un client, dit Kilty en se redressant, très professionnelle. Un jeune qui a des problèmes.

— En tant qu'assistante sociale, vous devez connaître le système des allocations, non ?

— Pourquoi ? demanda Kilty, soudain sur ses gardes.

— La raison de ma venue ici, commença Maureen en se penchant en avant, c'est que je cherche quelqu'un. Une femme.

Kilty l'encouragea du regard.

— Elle a passé un moment au Foyer, continua Maureen. Quand elle est arrivée, elle était dans un état épouvantable. Elle a disparu, mais on a appris qu'elle avait été vue par ici.

— Vous voulez vous assurer qu'elle n'est pas retournée avec l'homme qui la battait ?

— Oui, dit Maureen, soulagée qu'elle morde à l'hameçon.

— Eh bien, que faisiez-vous chez l'avocat à poser des questions sur le départ de M. Headie, alors ?

Maureen avait oublié ce détail.

— Oh, c'est parce qu'elle avait reçu une lettre du cabinet écrite sur leur ancien papier à en-tête.

— Mais si c'est elle que vous cherchez, coupa Kilty, pourquoi est-ce que vous vous renseigniez sur un Écossais ?

Maureen ne trouva pas de nouveau mensonge pour justifier les autres.

— Moi qui croyais que les étudiants des beaux-arts étaient bêtes, dit-elle.

Kilty haussa les sourcils l'un après l'autre. Maureen la regarda faire, fascinée.

— Je ne peux pas tout vous raconter, dit-elle en observant les sourcils de Kilty et en espérant qu'elle allait recommencer son manège. Je n'en ai pas le droit.

Kilty sembla un peu agacée.

— Je ferais mieux de partir, dit-elle en se levant et en rassemblant ses affaires.

— Vous avez quelque chose de prévu, demain ?
— Je travaille.
— Un samedi ?
— Je travaille le samedi.
— Vous voulez qu'on déjeune ensemble ? se hâta de demander Maureen. Je ne connais pas le coin, et elle a disparu dans les environs.
Kilty la considéra d'un air soupçonneux.
— Je me disais que vous connaissiez peut-être des gens qui pourraient me renseigner. Enfin, tant pis.
Kilty enfila son manteau.
— Rendez-vous ici demain, à midi ? demanda-t-elle.
— D'accord, répondit Maureen, rassérénée. À midi.

Maureen sortit le numéro de la sœur d'Ann et se dirigea vers un téléphone. Des photos pornos de jeunes femmes tapissaient l'intérieur de la cabine. Elles annonçaient que les filles étaient des lycéennes, des coquines, des cochonnes, des Françaises ou des Suédoises et donnaient des numéros à cinquante pence la minute.
— Allô ? Madame Akitza ?
— Oui ?
Maureen déclara qu'elle était une amie de la famille de Jimmy Harris et qu'elle était à Londres pour quelques jours, une semaine, peut-être. Elle pouvait être chez Moe dans dix minutes, mais elle ne connaissait pas le quartier et ne savait comment se rendre chez elle. Moe Akitza hésita, puis lui indiqua le chemin depuis le métro. Elle ne semblait guère enthousiaste à l'idée de voir Maureen. Elle raccrocha sans même dire au revoir.

29

Rauque

Cela faisait vingt minutes que James Harris fixait ses pieds. Une veine violacée palpitait sous son œil. Bunyan et Williams, debout à côté de lui, posaient des questions sans obtenir de réponses. Les seules fois où Harris sembla s'animer, ce fut lorsque Alan descendit et frappa bruyamment avant d'entrer, ce qu'il fit à quatre reprises. Les deux premières fois, il prétendit avoir oublié quelque chose et remonta lentement, après avoir ramassé un jouet cassé ou un crayon. Puis il descendit prendre un verre de jus de fruits et un morceau de pain pour les petits. Harris se réveillait et se redressait quand le gamin entrait, comme s'il venait pour le sauver. À sa dernière visite, Alan se mit à pleurer dans la cuisine sans vouloir dire pourquoi. Il grimpa sur les genoux de son père et refusa d'en descendre. Williams entraîna Bunyan dans l'entrée.

— Appelez Carlisle sur votre portable, murmura-t-il. Dites-leur qu'il va peut-être nous falloir une salle d'interrogatoire. Et essayez de joindre les services sociaux du coin, pour les gosses.

Bunyan jeta un coup d'œil dans le salon.

— Pourquoi il refuse de parler ?

— Bon sang, j'en sais rien, mais il nous cache quelque chose, c'est évident.

Il retourna dans le salon.

— Monsieur Harris, nous aimerions vous emmener au commissariat de Carlisle pour un interrogatoire officiel. Nous allons appeler les services sociaux pour que quelqu'un puisse s'occuper momentanément des enfants.

Harris se leva, laissant Alan glisser le long de sa jambe.

— Non, dit-il faiblement. Non, je vous en prie.

— Il faut que nous parlions, et c'est impossible avec cet enfant qui ne cesse d'aller et venir.

— Je vais parler, souffla Harris. Je vais parler. Isa va venir les garder. Essayez de l'appeler.

Il se pencha et souleva le coussin du fauteuil. Dessous, dans le creux laissé par des ressorts depuis longtemps disparus, étaient entassés des papiers et du courrier. Harris fouilla dedans et en tira un morceau de carton arraché à un paquet de cigarettes.

— Tenez, c'est son numéro.

Bunyan repartit dans le couloir et composa le numéro. En vain. Elle leva les yeux. Williams et Harris atten daient.

— Ça ne répond pas, dit-elle. Il n'y a personne d'autre qui pourrait les garder? Un voisin, par exemple?

— On va aller chez Mme Lindsay, alors, intervint Alan. C'est la voisine. Elle a des enfants, de toute façon, et je peux lui donner un coup de main. Elle aussi, elle aime bien mes dessins, ajouta-t-il en souriant à Williams.

— Bon, dit celui-ci, plein d'espoir. Où habite-t-elle?

— À côté, dit Alan en tentant de s'interposer entre son père et le policier. Je vais aller frapper.

— Peut-être que tu devrais laisser faire ton papa.

Ils regardèrent tous Harris, qui finit par se diriger vers la porte avec l'énergie d'un octogénaire.

— Je viens avec vous, dit Williams en prenant un ton léger pour ne pas effrayer le gamin.

Ils laissèrent la porte d'entrée ouverte, et Bunyan les entendit frapper chez la voisine. Dans la rue, quelqu'un braillait, et un moteur rugissait bruyamment. La voisine ouvrit sa porte et parla d'une voix revêche. Alan sourit à Bunyan de toutes ses petites dents pointues.

— Je suis malade.

— C'est vrai, tu tousses, dit Bunyan.

— Comment une dame peut être huissier ?

— Tu crois que nous sommes des huissiers ?

— Oui.

— Mais non, dit-elle. Nous sommes des policiers.

Alan s'effondra et jeta un coup d'œil vers la porte.

— Qu'est-ce que vous lui voulez, à mon père ? demanda-t-il précipitamment.

— Juste bavarder avec lui.

Apparemment paniqué, le gosse regarda autour de lui, comme un gangster pris en flagrant délit qui cherche son arme.

— Vous allez pas…

Alan reprit son souffle.

— … l'emmener en prison, hein ?

— Mais non. Nous voulons juste lui parler, ici, à la maison.

— Qu'est-ce qu'ils vont devenir, les petits, si vous le mettez en prison ?

— Tout ira bien, dit-elle. On va juste discuter un petit peu. Ça ne prendra pas longtemps.

Williams et Harris revinrent. Harris avait les yeux encore plus rouges. Alan se précipita dans ses jambes.

— Je reste avec toi, dit-il.

— Tu ne peux pas, mon chéri, dit Bunyan.

Alan adressa un sourire effrayé et plein d'espoir à Williams.

— Laissez-moi rester. Vous pouvez me parler, je vous dirai des choses.

Harris essaya de se débarrasser du gamin, mais Alan se cramponnait à lui.

— Je reste. Mme Lindsay aime que les bébés. Elle veut pas de moi.

Harris posa la main sur sa tête et le repoussa.

— Monte t'habiller, dit-il.

Alan recula et le regarda en marmonnant des grossièretés. Puis il tourna les talons et monta bruyamment l'escalier à quatre pattes.

— Vous auriez dû parler aux enfants du décès de leur mère, dit Williams. Cela rend la situation très difficile pour nous.

Jimmy Harris s'effondra contre le mur, la bouche ouverte.

— Pourquoi ne leur avez-vous rien dit ?

— Je… je pouvais pas, dit Harris, les yeux baissés.

À l'étage, ils entendirent le gosse beugler une parodie d'air d'opéra. Une porte claqua contre un mur, puis Alan descendit l'escalier en portant le plus petit de ses frères, qu'il déposa dans le salon. Le petit avança en titubant dans la pièce.

— Encore un, dit Alan en remontant.

Les yeux embués de larmes, Harris coiffa le bébé de son bonnet et l'embrassa comme s'il n'allait plus jamais le revoir.

Bunyan prit Williams à l'écart et désigna l'étage.

— Ce môme est en train de devenir fou, dit-elle.

— Il a peur, c'est tout.

La porte claqua de nouveau, et Alan entonna une version étranglée de *Nessun dorma*. Puis il réapparut en haut de l'escalier, habillé, ses lacets défaits. Il enfilait un pull gris par-dessus son tee-shirt d'une main et tenait son petit frère de l'autre. Il continua à chanter tandis que le bébé descendait seul l'escalier, marche après marche. Il était à bout de souffle quand il arriva dans l'entrée et leva la tête vers son père.

— Je reste, haleta-t-il.

— Tu peux pas, dit son père en se baissant pour prendre le plus petit dans ses bras et l'autre par la main. Allez, fit-il en poussant Alan du genou vers la porte.

Mme Lindsay attendait sur le seuil de son appartement, une cigarette au coin des lèvres. C'était une fille de dix-huit ans avec deux bébés et une voix à la Orson Welles.

— Vous revenez les prendre quand ? croassa-t-elle.

— Bientôt, dit Bunyan, comme Harris ne répondait pas.

— Parce qu'il faut que je sorte, moi. Je peux pas les garder après 17 heures.

— Nous aurons fini d'ici là, assura Bunyan.

— Merci, mon petit, murmura Harris pendant que les policiers le ramenaient chez lui.

30

Moe

Brixton Hill était une large rue passante, bordée de hauts immeubles menaçants semblables à de hideux châteaux. En haut de la côte, les résidences portaient des noms de villes écossaises : Dumbarton, Renton et Steps. Dumbarton Court avait dû être un rêve d'architecte à l'époque de sa construction. C'était une sorte de paquebot Art déco isolé, doté de balcons blancs et de rambardes métalliques qui tournaient autour du bâtiment. Des plantes mortes, des meubles mis au rebut et du linge qui séchait troublaient l'harmonie des vérandas. Attaquée par le soleil et la pollution, la peinture blanche de la façade avait viré au gris et s'écaillait.

Maureen tourna dans Dumbarton Road, fit le tour du pâté de maisons et chercha l'entrée des appartements 1 à 29. Dans la cour, les cris des adolescents se répercutaient sur les murs en béton.

C'était la cage d'escalier qui trahissait le statut de l'immeuble. On avait lâché une cuillère brûlante, qui était maintenant collée sur le revêtement de sol en plastique. Un peu plus loin, une tache de vomi avait séché sur le bas du mur, et les marches de l'escalier étaient jonchées de détritus laissés par les junkies.

Elle sonna, entendit des pas dans l'entrée et sentit qu'on la regardait par le judas. La porte s'ouvrit sur une femme maigre d'une quarantaine d'années. Moe avait d'épais cheveux jaune paille, comme Ann, mais son teint rougeaud était atténué par le fond de teint. C'était une jolie femme, avec de grands yeux verts et des sourcils soulignés au crayon. Elle portait une modeste jupe marron et un chemisier en soie beige qui mettait en valeur sa taille de guêpe.

— Bonjour. Vous êtes bien madame Akitza ?

— Ah… oui… Ah… Maureen ?

Moe recula dans le couloir en balançant les jambes comme si elle avait les cuisses vissées dans le pelvis. Elle ne cessait de haleter et de pousser de petits « ah », ce qui donnait l'impression qu'elle faisait constamment de stupéfiantes découvertes.

— Ah… merci d'avoir appelé avant de passer, dit-elle. Cela m'a laissé le temps… ah… de faire un petit peu de ménage. Il faut que je vous demande… ah… de ne pas fumer, excusez-moi.

Elle porta la main à sa poitrine.

— Problèmes de cœur.

— Cela ne m'ennuie pas, répondit Maureen, en se demandant si elle sentait vraiment la fumée ou si c'était un simple souvenir. C'est gentil à vous de me recevoir.

— Allons nous asseoir dans le salon, proposa Moe. Ah… vous voulez une tasse de thé ?

— Avec plaisir, merci, dit Maureen en entrant dans le salon lumineux.

Elle attendit que Moe soit partie en clopinant dans la cuisine pour balayer la pièce du regard. C'était un long rectangle bas avec une baie vitrée le long d'un mur. Un canapé vert et des fauteuils assortis occupaient tout l'espace. Plantées dans un vase sur le rebord de la fenêtre, des tulipes fanées et moisies avaient laissé tomber des étamines noires sur le plancher comme autant d'allumettes brûlées. La poussière dansait paresseusement dans les rayons du soleil. Les problèmes de santé de Moe se voyaient partout : un déambulateur trônait devant le canapé, et un fauteuil roulant était plié le long du mur. Maureen s'apprêtait à s'asseoir quand elle vit sous les franges du fauteuil un cendrier maladroitement dissimulé. Il contenait un mégot. Elle se baissa et passa la main au-dessus. Il était encore chaud. Elle se releva en souriant.

Un panneau ménagé dans le mur coulissa brusquement, et la tête de Moe apparut dans l'ouverture.

— Je vais... ah... vous passer ça, si ça ne vous fait rien, dit-elle en tendant un plateau.

Maureen le prit, mais il n'y avait aucune table pour le poser, et elle dut attendre que Moe revienne dans le salon, se penche avec d'infinies difficultés et tire un pouf en cuir au milieu de la pièce. Maureen déposa le plateau dessus, tandis que Moe haletait.

— Vous êtes malade ? demanda-t-elle.

— Ah... angine de poitrine, dit-elle. C'est... ah... affreux.

— En effet, dit Maureen.

— Ah. Vous disiez que vous connaissiez la famille de Jimmy Harris ?

— Oui. Je suis une amie de sa cousine.

Brusquement, Moe s'agrippa au dossier du canapé et porta une main à son épaule en essayant de reprendre son souffle. Maureen la regarda sans broncher. Apparemment, Moe la prenait pour quelqu'un des services sociaux. Si elle faisait son grand numéro d'invalide devant les assistantes sociales, elle devait décrocher le gros lot. L'angine de poitrine valait bien quatre-vingts à quatre-vingt-dix livres par semaine. Sans compter ce qu'elle devait toucher en faisant semblant de ne pas pouvoir marcher. La crise de Moe passa, et elle regarda Maureen, en quête d'un peu de compassion. Maureen eut envie de lui proposer un concours de hula-hoop.

— Asseyez-vous, je vais servir le thé.

Moe se laissa tomber dans un fauteuil.

— Lait et sucre ? demanda Maureen.

— Mmm mmm, fit Moe en l'observant d'un air inquiet.

Maureen remplit une tasse, mit deux sucres au jugé et remua. Moe empoigna les bras du fauteuil et se pencha en avant pour prendre la tasse.

— Je suis vraiment désolée pour votre sœur, madame Akitza.

— Merci, fit Moe d'une voix triste. Ah… appelez-moi Moe. Jimmy sait que vous êtes là ?

— Oui. J'aimerais vous parler d'Ann.

Moe renifla et baissa la tête.

— On m'a emmenée à Horseferry Road l'identifier.

— Ça a dû être terrible, dit Maureen en songeant à Douglas.

Moe se pencha pour prendre un biscuit. Ses doigts raides manquèrent l'assiette d'un mètre. Maureen la regarda un moment, songeuse, avant de se baisser pour lui tendre l'assiette. Moe se servit et la remercia avec un sourire réprobateur, lui en voulant d'avoir attendu.

— Ann venait vous voir quand elle descendait à Londres ?

— Oui, toujours.

— Elle est venue, la dernière fois ?

— Oui. Elle voulait m'emprunter de l'argent. Mais je n'ai pas d'argent, moi. Je ne peux pas travailler, dans mon état.

— Quand est-elle venue ?

— La veille du Nouvel An… ah… le vendredi.

— Et elle ne venait que pour ça, demander de l'argent ?

— Oui. Elle avait très peur… ah… dit lentement Moe d'un ton solennel. Quelqu'un en avait après elle. Elle cherchait à s'enfuir.

Maureen opina.

— Eh bien, elle est morte, à présent, dit Moe en faisant la grimace.

Elle but une gorgée de thé.

— D'après Jimmy, elle était dans un état épouvantable quand on l'a retrouvée, dit Maureen.

— Oh, oui, affreux… ah.

— Il m'a dit qu'on l'avait abattue.

— Non.

Moe désigna sa nuque.

— Fracture du crâne. Ah… et puis les pieds tout brûlés, et les mains aussi.

Maureen la regarda, se rappelant le matin où elle avait trouvé le cadavre de Douglas dans son salon. Six mois avaient passé, mais ce souvenir la faisait encore frissonner. Moe avait vu sa sœur moins d'une semaine plus tôt. Elle faisait de son mieux, mais elle n'avait guère l'air bouleversée.

— Mais Jimmy m'a dit qu'elle avait pris une balle dans le crâne.

— Ah… non. Comme elle était restée dans l'eau, elle avait le visage tout déformé, mais on ne lui avait pas tiré dessus. J'avais jamais rien vu de pareil… ah. On lui avait coupé les jambes, ajouta-t-elle en mimant la trace autour de ses genoux. Elle avait encore sa gourmette. C'est notre mère qui lui avait donnée, en héritage. Ann portait le même nom qu'elle, vous comprenez. Elle avait subi tout ça et… ah… elle l'avait encore. Jamais elle ne la quittait.

Elle se passa doucement la main sur le poignet.

— C'était une gourmette en or ? demanda Maureen.

— Ah.

Dehors, une ambulance descendit la rue, toutes sirènes hurlantes. Moe but son thé en lorgnant Maureen en silence.

— Vous savez qu'Ann était dans un foyer pour femmes battues avant de disparaître ?

— Ah.

— La police risque de penser que Jimmy est mêlé à son meurtre…

— Un gentil… ah… garçon, Jimmy, coupa Moe.

— Oui. Un gentil garçon. Vous croyez qu'il aurait pu la battre ?

Moe contempla son biscuit et haussa les épaules.

— Ah… je ne sais pas. Ann était parfois pénible… ah.

— J'imagine. Je sais qu'elle buvait.

Moe déglutit et se mit à regarder dans le vide.

— Finalement, c'est l'alcool qui l'a tuée, hein ?

Maureen hocha la tête.

— Les gens qu'elle… ah… fréquentait, poursuivit tristement Moe. C'était une fille bien. Elle n'aurait pas fréquenté ces gens, sinon.

— La police a appelé le foyer de femmes battues où était Ann et a demandé à parler à quelqu'un en particulier. Savez-vous comment elle a eu ce nom ?

— Leslie Findlay au Foyer des femmes. Ann m'en a parlé quand elle est passée. C'est moi qui l'ai dit à la police.

— Pourquoi vous a-t-elle donné ce nom, à votre avis ?

— Ah… au cas où il lui arriverait quelque chose, sûrement.

— Heureusement que vous vous êtes souvenue de ce nom, dit prudemment Maureen. Sinon, la police n'aurait peut-être jamais su qu'elle avait séjourné dans un foyer.

— C'est vrai.

Maureen sortit le polaroïd de sa poche et le lui tendit.

— Vous connaissez cet homme ?

— Non, dit Moe après avoir regardé la photo de près.

Maureen tendit la main pour la reprendre, mais Moe n'avait pas envie de la lui rendre.

— Je peux la garder? demanda-t-elle.

— Pourquoi, puisque vous ne connaissez pas cet homme?

— Il y a mon neveu dessus. Peut-être que je ne reverrai jamais les enfants d'Ann. Je peux à peine sortir de chez moi. Je ne suis pas en bonne santé.

— J'ai bien peur de devoir la garder.

Maureen dut tirer sur le polaroïd pour lui reprendre la photo.

— Je demanderai à Jimmy de vous envoyer des photos d'école. Avez-vous le livret d'allocations des enfants, Moe?

Moe fut tellement surprise qu'elle faillit renverser sa tasse.

— Non, je ne l'ai pas, ah, ah, ah, ah, haleta-t-elle en jetant des regards affolés autour d'elle.

— Hé, calmez-vous, dit Maureen en lui tapotant le bras. Excusez-moi, je posais juste la question.

— Jamais je ferais ça. C'est illégal.

Un rayon de soleil tomba sur le front de Moe. Des gouttes de sueur perlaient dans le fond de teint rose.

— Je suis désolée de vous avoir bouleversée, dit Maureen. Je vois bien que vous n'êtes pas en bonne santé. J'espère que vous avez des amis et des voisins serviables.

Moe fit une moue dégoûtée.

— Ce sont des animaux, ici. Affreux. Et dangereux. Une femme a été agressée en plein jour, la semaine dernière. Des animaux, je vous dis.

— Ô mon Dieu! En tout cas, vous avez votre mari.

Maureen balaya la pièce du regard. Rien n'indiquait la présence d'un homme, ni chaussures abandonnées dans un coin, ni veste, ni fauteuil dirigé vers la télévision avec la télécommande posée sur l'accoudoir.

— Ah, fit Moe d'un air satisfait. Ah… heureusement que je l'ai.

Maureen estima qu'elle ne pourrait pas entendre un mensonge éhonté de plus sans le relever et décida de s'en aller. Elle donna à Moe son numéro de bipeur et se leva.

— C'était agréable d'entendre votre accent, dit Moe en roulant les r, trahissant son origine. Vous êtes de Glasgow ?

Maureen sourit.

— Oui.

— J'ai épousé un Londonien. Impossible de retourner vivre en Écosse. Nous n'avons même pas pu remonter là-haut voir la famille. Il est noir, vous comprenez.

— Oui, dit Maureen.

Elle repensa au chauve dans le car et eut honte de ses compatriotes.

— Je suis désolée pour vous. Vous êtes mariés depuis longtemps ?

— Quatorze ans. Ce sont d'épouvantables racistes, les Écossais.

— Oui, vous avez bien raison.

Moe s'extirpa avec peine de son fauteuil et l'accompagna jusqu'à la porte.

— Ah… Ann a eu une vie affreuse, dit-elle d'un ton sombre.

Maureen lui tapota de nouveau le bras et la remercia de l'avoir reçue. Elle descendit les marches, laissant les halètements de Moe derrière elle. Moe était mariée depuis quatorze ans et quittait rarement sa maison, mais elle prenait soin de son apparence. C'était aussi crédible que la paix en Afrique.

Elle redescendit la colline, puis remonta la rue principale et gagna la gare. Quand l'express de Dartford arriva, elle trouva une place près de la porte. Durant tout le trajet, le radiateur sous le siège lui brûla les chevilles, et la fenêtre ouverte laissa passer un courant d'air glacé qui la fit pleurer, mais c'était agréable d'être là, perdue en Ann, loin de Michael et de Ruchill, là où Winnie ne pouvait pas la trouver ni Vik exiger des réponses.

Elle essaya d'appeler Leslie depuis la gare de Blackheath, mais personne ne répondit. Presque inconsciemment, elle appela Vik.

— Allô ?

— Salut. Comment ça va ? demanda-t-elle, le cœur battant si fort qu'il faisait trembler sa voix.

— Ça va.

— J'ai… euh… ton briquet.

Elle essayait de prendre un ton dégagé, mais c'était raté. Elle donnait l'impression d'être au bord des larmes.

— Oh, fit Vik d'un ton sec. C'est vrai, je l'avais oublié chez toi.

— Oui.

Elle hocha la tête, et ils attendirent tous les deux que l'autre parle et règle la situation.

— Tu as pensé à ce que je t'ai dit ? demanda-t-il.

— Oui, Vik, oui.

Elle serra le combiné dans sa main. Elle regrettait d'avoir appelé.

— Pourquoi tu me téléphones ?

— J'ai réfléchi, Vik. Je veux la même chose que toi, mais je ne sais pas si j'en suis capable. Tu me manques.

— Tu es à Londres ?

— Ouais.

Elle n'aurait pas dû appeler. Elle respira un bon coup et ferma les yeux.

— Vik, je veux être heureuse et satisfaite, mais je n'y arrive pas. Je ne sais pas quoi faire.

— Je ne te demande pas d'être heureuse pour moi, Maureen. Je sais que tu es malheureuse. Simplement, je refuse d'en subir les conséquences.

— Comment va ton ventre ?
— Ça va.
Ils restèrent silencieux un moment.
— Je n'ai plus de pièces, dit-elle en entendant les bips.
— Tu me rappelleras ?
— Oui. Demain ?
La communication fut coupée.

31

DE *C* À *N* EN PASSANT PAR *O*

Des nuages noirs se rassemblaient devant la fenêtre, et la température dans l'appartement avait considérablement baissé. Malgré leurs manteaux, Bunyan et Williams avaient froid. Ses réserves de patience épuisées, Williams était passé de la tactique du visiteur curieux à celle de l'inquisiteur brutal. Dakar avait raison, il était très bon. La méthode douce n'avait mené à rien avec Harris, ils voulaient rentrer à Londres pour le week-end, et ce n'était pas très compliqué d'être désagréable avec Jimmy. Pour tout dire, on avait du mal à l'aimer.

— Jimmy, reprit Williams, nous avons besoin de savoir ce qui est arrivé à Ann entre le moment où elle vous a quitté et celui où elle est arrivée au foyer.

— Je l'ai jamais tapée, dit Harris.

Williams soupira. Il était debout depuis plus d'une heure et avait les jambes lourdes.

— Jimmy, on ne va pas répéter cent sept ans la même chose. On peut laisser de côté cette histoire de tabassage une minute – juste une ? On y reviendra plus tard…

— Oui, mais jamais je l'ai tapée, coupa Harris.

— C'est bien possible, mais ce qui nous intéresse, c'est ce qui est arrivé à Ann quand elle est partie d'ici. Il semble qu'elle soit allée plusieurs fois à Londres en car. Elle est passée voir sa sœur chaque fois, mais elle ne séjournait pas chez elle. Vous savez si elle connaissait quelqu'un d'autre là-bas ?

Harris resta de marbre.

— Des amis ? insista Williams. Des collègues ? De la famille ?

— Elle devait beaucoup d'argent.

— Oui, vous nous l'avez déjà dit.

— Jamais je l'ai tapée.

Williams soupira de nouveau.

— Ça aussi, vous nous l'avez déjà dit.

Il fit signe à Bunyan de donner une cigarette à Harris.

— Vous en voulez une, Jimmy ? dit-elle en lui tendant son paquet.

Le regard avide de Jimmy Harris caressa le paquet de Silk Cut. Il se passa la langue sur les dents et les lèvres.

— Oui, merci, dit-il, sans avoir la présence d'esprit de tendre la main.

Williams n'appréciait pas du tout ce type. Il lui trouvait un côté sournois, bas et vil. Williams aimait ranger les gens qu'il interrogeait dans des catégories, leur donner un rôle dans l'ordre naturel des choses, voir comment ils réagissaient en groupe et vis-à-vis de l'autorité. Harris était la victime type.

— Alors, prenez-en une, dit doucement Williams.

Harris tendit lentement la main en les regardant du coin de l'œil, comme s'il s'attendait à recevoir un coup sur les doigts. Il sortit maladroitement une cigarette du paquet et retira prestement sa main. En s'avançant pour lui donner du feu, Bunyan aperçut des photos par terre.

— Excusez-moi, dit-elle en se baissant près du fauteuil. Je peux ?

Harris hocha la tête, et Bunyan ramassa les photos.

— Jimmy, que pouvez-vous nous dire sur Ann ? reprit Williams.

Harris haussa les épaules et aspira la fumée.

— Elle buvait. Beaucoup.

— On l'a battue très cruellement. Elle a dit à tout le monde que c'était vous.

— Non. Jamais je l'aurais tapée.

— Pensez-vous que ce soit mal de battre sa femme ?

Harris hocha la tête.

— Mais parfois, continua Williams doucement, prenant son parti avant de porter le coup de grâce, certaines femmes font des choses impardonnables. Elles maltraitent leurs enfants, par exemple, ou elles s'enfuient avec un homme…

Harris secoua la tête. Il niait déjà, alors qu'il n'avait même pas entendu la suite.

— Vous pensez que c'est mal de battre son épouse parce qu'elle dépense l'argent du ménage pour boire ?

Harris leva les yeux et se rendit compte que les deux policiers le fixaient, attendant une réponse.

— Faut pas taper les gens, dit-il.

— Alors, si on frappait vos enfants, vous resteriez sans rien faire ? s'indigna Williams.

Jimmy fixa le plancher. Il s'imagina qu'on maltraitait ses gosses, son regard s'assombrit, ses mains tremblèrent de plus belle.

— Oh, bon Dieu, non.

— Vous laisseriez maltraiter vos enfants sans rien faire ?

— Non. Non.

— Que feriez-vous, alors ?

Harris ouvrit la bouche et comprit où Williams voulait en venir. Il serra ses petites dents pointues et laissa retomber sa tête.

— Ce n'est pas toujours mal de frapper quelqu'un, alors ? insista Williams.

Il regarda Harris tirer sur sa cigarette, les yeux baissés, embués de larmes. Il allait pleurer. Très bien. Un homme qui pleure est sans défense. Des larmes de culpabilité montaient dans ses petits yeux porcins. Il tripotait sa cigarette et la tapait nerveusement sur le cendrier.

— Où avez-vous eu ces photos ? demanda Bunyan.

Williams lui lança un regard noir. Harris s'apprêtait à craquer, et voilà qu'elle changeait de sujet. Bunyan lui tendit les photos, et Williams vit qu'elles représentaient la victime.

— Ce sont des photos du repas de Noël au Foyer des femmes, n'est-ce pas ? demanda-t-elle à Harris.

— Oui.

— Mais, Jimmy, reprit-elle en le regardant avec curiosité, vous disiez ne pas avoir vu Ann depuis novembre.

— C'est juste des photos, dit Harris, interloqué.

Williams sourit.

— Jimmy, vous disiez qu'Ann n'était pas revenue ici après être entrée au Foyer.

— Non, elle est pas revenue.

— Donc, vous ne l'avez pas vue depuis novembre ?

— Non.

— Aucun contact ?

— Non.

— Alors, écoutez bien, dit lentement Williams. Si quelqu'un part d'un point A avec un objet X…

Il leva les photos sur sa droite et s'assura que Harris suivait le mouvement de sa main.

— … et que cette personne va à un point B…

Il déplaça sa main vers la gauche, et Harris suivit attentivement son geste.

— … comment l'objet X peut-il se retrouver au point C ? conclut Williams en jetant les photos sur les genoux de Harris.

Harris les fixa, médusé.

— Comment ces photos peuvent-elles se trouver ici si Ann n'est jamais revenue ? demanda Williams sur le ton de la confidence, comme s'il était du côté de Harris.

Harris leva la tête.

— Mais elles ont été glissées dans la boîte aux lettres, murmura-t-il. C'est une fille que je connais qui les a apportées.

Williams secoua la tête. La partie était terminée. Harris allait avouer.

— On les a glissées dans la boîte. Jamais je l'ai revue.

— Vous ne l'avez jamais vue. Ni frappée non plus ?

— Jamais je l'aurais tapée, répéta Harris en se tortillant sur son siège, paniqué. Jamais, jamais je l'aurais tapée.

— Même si elle avait maltraité les enfants ?

Mais Harris pleurait, les yeux fixés sur le cendrier. C'était les gosses, le problème. Williams en était persuadé. Harris avouerait s'il était sûr qu'ils étaient en sécurité. Inconsciemment, il avait envie d'avouer, sinon il n'aurait pas conservé les photos.

Williams fit signe à Bunyan, qui sortit téléphoner. L'agent de service à l'accueil du commissariat de Carlisle lui répondit qu'ils pouvaient venir quand ils voulaient cet après-midi. Il n'était pas nécessaire de réserver une salle d'interrogatoire, le vendredi était généralement calme. Joindre l'assistante sociale fut beaucoup plus difficile. Bunyan tomba sur un répondeur qui lui donna un autre numéro de répondeur, lequel lui donna celui d'un portable qui sonna une bonne trentaine de fois dans le vide. Elle revint informer Williams de son échec.

— Jimmy, nous allons vous emmener au commissariat de Carlisle pour un interrogatoire officiel, dit Williams. Mais avant, nous devons joindre les services sociaux pour qu'ils nous envoient quelqu'un, à moins que vous ne connaissiez une personne qui puisse s'occuper des enfants.

— Tatie Isa ?

— Elle n'est pas chez elle, Jimmy. Vos gosses seront en sécurité avec une assistante sociale.

— Je me fais du souci pour eux.

— Pourquoi donc ?

Bunyan s'appuya contre le mur. Williams n'avait pas d'enfants. S'il en avait eu, il n'aurait pas posé la question. Il semblait penser que Harris craignait les services sociaux parce qu'il avait quelque chose à se reprocher, mais Bunyan comprenait. Grâce à elle, sa fille avait à manger et une maison propre et bien chauffée. Et malgré cela, elle n'aurait pas voulu que les services sociaux se permettent de juger la façon dont elle l'élevait.

— N'appelez pas, dit Harris en pleurant. S'il vous plaît…

— Qui est-ce que nous ne devons pas appeler, Jimmy ? demanda Williams.

Harris se mit à sangloter, et ils eurent honte pour lui. Il parvenait à peine à parler.

— Non, s'il vous plaît.

— Mais qui, Jimmy ? Qui ne devons-nous pas appeler ?

— Les services sociaux. Appelez pas les services sociaux.

Williams jeta un regard à Bunyan et s'accroupit près du fauteuil.

— Pourquoi vous ne voulez pas qu'on les appelle, Jimmy ? Ils vous connaissent ? Ils sont déjà venus ?

— Jimmy, y a-t-il quelqu'un d'autre que nous pourrions appeler ? intervint Bunyan. Quelqu'un de confiance qui pourrait garder les enfants ?

Harris se redressa.

— Leslie, dit-il. La fille d'Isa. Mais je connais pas son adresse. Elle habite dans le Drum.

— Elle est mariée ? demanda Bunyan.

Harris sembla encore plus désemparé.

— Si elle s'est mariée, elle a changé de nom, expliqua Bunyan.

— Oh, non, je crois pas.

— Bon. Elle s'appelle Findlay aussi, alors ?

— Oui, oui. Elle vit à Drumchapel. Tous les Findlay habitent là.

Bunyan repartit dans l'entrée. Elle appelait les renseignements quand elle réalisa que ce nom ne lui était pas inconnu. Elle l'avait entendu récemment, lors de l'enquête à Londres, mais elle ne se rappelait plus les circonstances. L'opératrice lui donna le numéro et, tout en le composant, elle se répéta mentalement le nom.

— Allô ? Leslie Findlay ?

— Non, dit Cammy. Leslie est pas là.

— Je suis l'agent Bunyan de la police de Londres. Il faut que je parle à Mlle Findlay. C'est à propos de son cousin James Harris. Pouvez-vous me dire où je peux la joindre ?

— À son bureau. Au Foyer des femmes.

Sarah était très fatiguée. Son chemisier retombait mollement, ses cheveux étaient ternes, et elle avait troqué ses chaussures contre des pantoufles d'homme en cuir déchirées. Elle ne parvint même pas à s'enthousiasmer pour les pâtisseries que Maureen lui avait rapportées, alors que c'étaient ses préférées – à l'époque de l'université, du moins.

— Viens, je vais te montrer ta chambre, dit-elle à Maureen.

Les moulures du plafond représentaient un délicat entrelacs de fleurs et de grappes. Au pied du lit vaste et moelleux trônait une télévision en plastique blanc perchée sur un tabouret pivotant. Une petite porte menait à une salle de bains indépendante avec des miroirs piqués et des taches de vert-de-gris sur l'émail du lavabo.

— Tu veux peut-être te rafraîchir avant de manger ?

— À vrai dire, je ne crois pas que je tiendrai debout jusqu'au dîner, dit Maureen.

Sarah sembla soulagée.

— Eh bien, couche-toi directement si tu veux, dit-elle. Fais comme chez toi. Il y a de l'eau chaude et des tas de serviettes.

— Si jamais je perds les eaux chez quelqu'un, j'espère que ce sera chez toi.

Sarah ne comprit pas la plaisanterie, mais, comme Maureen souriait, elle en fit autant. Elle avait dû passer une sale journée.

— Merci de m'héberger, dit Maureen.

— Tu es la bienvenue, répondit Sarah.

Maureen prit un bain, mais l'eau était tellement calcaire qu'elle parvint à peine à faire mousser le savon et qu'une pellicule grasse se forma sur l'eau. Lorsqu'elle se sécha, elle eut l'impression d'avoir la peau rêche, comme un verre qu'on sort du lave-vaisselle et qui couine quand on l'essuie.

En sortant de la salle de bains, elle trouva un plateau en argent posé sur une petite table. Sarah lui avait apporté une grande tasse de thé et une assiette encore tiède de *kedgeree**. Alors qu'elle mangeait, le regard de Maureen tomba sur une bible reliée en cuir noir posée de travers sur la table de chevet, en direction du lit. Maureen grimpa sur le lit, alluma la télé en noir et blanc et se glissa entre les draps en lin glacés. Elle s'endormit devant une émission d'un service d'aide aux consommateurs qui lui recommandait de faire très, très attention au concessionnaire chez qui elle achèterait sa Land Rover.

---

* En français dans le texte (*NdT*).

Leslie frappa doucement et recula. Le vent vif tourbillonnait dans la véranda, poussant les papiers et la poussière en petits tas contre le mur. C'était bien pour épargner cela à Isa qu'elle avait accepté de passer chez Jimmy après le bureau. Elle frappa de nouveau, et une petite blonde en tailleur strict lui ouvrit.

— Bonjour. Leslie ?

— Oui. Vous êtes Bunyan ?

— Entrez.

Elle ouvrit la porte en grand, et Leslie vit Jimmy assis dans son fauteuil, l'air terrorisé et épuisé. Il leva mollement la main, et elle le salua d'un signe de tête. Il avait les yeux très rouges. Les bébés étaient assis par terre devant lui, et Alan, le gamin qu'elle avait vu la veille, se tenait derrière son père, cramponné à son bras. Debout au milieu de la pièce, un gros type chauve à lunettes dorées la regardait, des photos à la main. Le gamin du polaroïd se tourna vers elle.

— Salut, dit-il.

Puis il remarqua son casque de moto et demanda :

— Tu es de la police ?

— Non.

Leslie entra dans le salon. Il faisait un froid de canard dans l'appartement, et elle regretta de ne pas avoir mis de pull. Elle regarda la femme.

— Pourquoi faut-il que vous alliez jusqu'à Carlisle ?

Bunyan leva les yeux au ciel.

— Nous voulons enregistrer l'interrogatoire, et comme nous sommes de la police anglaise, nous devons le faire en Angleterre.

— C'est un peu absurde, non ?

— Ouais.

— Merci d'être venue, Leslie, dit Jimmy.

— De rien, Jimmy. Vous partez, alors ?

La femme en tailleur regarda le gros, qui regarda Leslie.

— En fait, mademoiselle Findlay, nous voulions aussi vous parler, dit-il.

— À moi ? demanda Leslie, sentant que quelque chose clochait. De quoi ?

— Il me semble que vous travaillez au Foyer des femmes ?

Leslie fronça les sourcils et acquiesça.

— Pourrions-nous sortir un instant ?

Leslie regarda le visage inexpressif de Jimmy. Le gros l'entraîna sur le palier ouvert aux quatre vents et referma la porte.

— Je suis vraiment désolé, dit-il en souriant. Je ne me suis pas présenté. Je suis l'inspecteur Arthur Williams, de la police de Londres.

Il s'accouda à la balustrade et regarda dans la rue les gros bus orange qui s'arrêtaient pour prendre des passagers et obligeaient les voitures à poireauter derrière eux.

— Savez-vous dans quelles circonstances Mme Harris a quitté le foyer ?

— Ouais, bien sûr. Je vous l'ai déjà dit au téléphone. Elle a reçu une lettre, je crois, et elle est partie quelques heures après.

Le gros claqua des doigts et la regarda comme s'il venait de se souvenir de quelque chose.

— C'est cela. Elle a reçu une lettre au Foyer, et vous ne compreniez pas comment on avait pu se procurer son adresse.

Leslie sortit ses cigarettes et en alluma une, une main en coupe autour de la flamme de son briquet.

— Je crois que je sais ce qu'il y avait dans cette enveloppe.

— Ah, bon ?

— Une photo. Un polaroïd qu'elle a laissé au foyer avec d'autres affaires. C'était unc photo de son gosse, le deuxième, en compagnie d'un grand costaud.

— Vous l'avez encore ?

— Ah, non, dit Leslie en soufflant la fumée dans le vent. C'est une de mes copines qui l'a.

— Vous pourriez la récupérer ?

— Eh bien, je ne peux pas joindre ma copine pour le moment.

Le gros hocha la tête

— Je vois, je vois. Tiens, à propos de photos, j'en ai une de vous.

Il sortit une poignée de photos de sa poche et les passa en revue. Son visage s'éclaira quand il trouva celle qu'il cherchait.

— Tenez, dit-il en la lui tendant.

Leslie la prit. C'était une photo du repas de Noël au Foyer, celle où l'on voyait Ann, Senga et d'autres pensionnaires, raides comme des piquets devant le sapin en plastique. Elle se tenait derrière elles, l'air furieux, les yeux rouges. Pensant que le retardateur ne fonctionnait pas, elle s'était mise à râler et s'apprêtait à aller voir ce qui se passait quand l'appareil s'était finalement déclenché.

— C'est bien moi, dit-elle en souriant. Où l'avez-vous eue ?

— À votre avis ?

— Au bureau ?

— Non.

Son sourire était plutôt bienveillant, et Leslie ne se sentait pas menacée. Elle lui rendit la photo.

— Eh bien, vous l'avez forcément eue au Foyer. Nous n'en avons fait que huit tirages, un pour le bureau et les autres pour chacune des femmes.

— Vous en êtes sûre ?

— Oui. C'est moi qui les ai fait faire.

Le gros se redressa.

— Ces photos sont celles d'Ann, alors.

— Impossible. Ann a laissé les siennes au Foyer. C'est moi qui les ai.

— Nous venons de trouver celles-ci chez M. Harris.

Brusquement, Leslie se rendit compte que le gros s'était délibérément placé entre elle et l'escalier.

— Si je suivais l'hypothèse que M. Harris a tué sa femme, dit-il tranquillement, je devrais expliquer comment il l'a retrouvée après qu'elle l'a quitté, n'est-ce pas ?

Leslie s'appuya à la balustrade et tira longuement sur sa cigarette.

— Écoutez, je travaille au Foyer depuis quatre ans, et pourtant, je suis payée à coups de lance-pierres. Vous croyez vraiment que j'aurais pris le risque de lui dire qu'elle était chez nous ? J'ai rencontré ce pauvre type pour la première fois hier soir.

— Hier soir ? s'étonna le gros.

— Ouais, répondit Leslie, agressive. Hier soir.

— Mais c'est votre cousin.

— Nous ne nous sommes jamais fréquentés.

— Alors, expliquez-moi pourquoi une jolie femme comme vous lâche tout un vendredi soir pour venir faire du baby-sitting pour lui. Il a dû vous faire une sacrée bonne impression, dites-moi.

Elle secoua la tête avec véhémence.

— Écoutez, je le fais pas pour lui. Si c'est pas moi qui viens garder les gosses, c'est ma mère qui devra le faire, et elle a des problèmes cardiaques.

Mais il ne l'écoutait pas. Il regardait les photos.

— Vous disiez que c'était vous qui aviez fait faire les tirages ?

32

Citron fumé

Maureen se réveilla à 6 heures devant la télévision encore allumée et ne parvint pas à se rendormir. Sachant que Sarah serait mal à l'aise de la savoir en train de rôder dans la maison toute seule, elle resta dans sa chambre et prit un autre bain. Mais après avoir regardé pendant une demi-heure les cours de la Bourse à la télé, son sens des convenances céda à son envie d'un café et d'une cigarette. Elle prit le plateau du dîner et descendit discrètement à la cuisine.

Le poêle avait refroidi dans la nuit, mais il chauffait encore un peu, et Maureen tira une chaise à côté pour se réchauffer tout en buvant son café. Sarah avait laissé une pile de brochures religieuses sur la table. Chacune avait en couverture un titre accrocheur et un dessin extraordinairement maladroit du Christ – Jésus, blanc et barbu, expliquant à des Noirs ce qu'ils devaient faire, Jésus en train de se marrer avec des moutons, Jésus bébé qui gloussait dans une mangeoire. Maureen se rappelait vaguement avoir entendu Sarah dire que sa famille était de confession anglicane, mais d'après ce dont elle se souvenait, elle n'avait jamais été très religieuse.

La fenêtre de la cuisine donnait sur une longue et impeccable pelouse voilée d'un brouillard givrant. La vie de Sarah devait être un délice esthétique : chaque jour, elle pouvait poser son regard sur de jolies choses. Maureen était tellement occupée à garder la tête hors de l'eau qu'elle avait oublié l'impression que cela faisait, d'être entouré de belles choses, de choses qu'on désire toucher et regarder. Elle songea à Jimmy et à son existence sans le moindre plaisir, tenaillée par le besoin et le manque. On avait encaissé les allocations, et elle était sûre que Moe était au courant. Ce n'était pas Jimmy qui l'avait fait, elle en aurait mis sa main à couper.

Elle fouilla dans tous les placards et dressa la table pour le petit-déjeuner. Elle ébouillanta la théière, sortit un pot de marmelade d'oranges et des bols pour les céréales, puis elle disposa deux camélias du jardin dans un verre d'eau au centre de la table. Les fleurs rouges juraient avec la porcelaine à rayures bleues, mais elles donnaient un air de fête à la table.

Le briquet de Vik et ses cigarettes à la main, elle ouvrit la porte de derrière et sortit dans le paisible jardin, alluma une cigarette et regarda autour d'elle. Au loin, elle entendait la rumeur de la ville qui partait au travail. La brume laiteuse flottait au-dessus de l'herbe et montait à la rencontre du matin. Maureen prit une longue bouffée et sentit la nicotine s'infiltrer en elle, lui chatouiller les doigts, monter jusque dans ses cheveux, apaiser les cernes rageurs sous ses yeux et lui donner un coup de fouet. Se retournant vers la cuisine, elle aperçut une pile de vieux journaux haute d'un bon mètre, qui attendaient derrière la porte d'être recyclés. Elle termina rapidement sa cigarette, l'écrasa sur la marche et jeta le mégot déchiqueté dans la poubelle.

Elle prit tous les *Evening Standard* de la semaine précédente, les rentra dans la cuisine et les posa sur un coin libre de la table. Puis elle chercha un article sur le meurtre. Elle feuilleta l'édition du jeudi, mais n'y trouva rien. Elle parcourut celle du vendredi, sans plus de succès. Puis elle disséqua celle du lundi, jusqu'au moindre entrefilet. Elle était en train de lire un petit article sur une exposition d'art quand elle le repéra : « Un accident de vélo conduit à une découverte macabre. » Un cycliste qui se rendait à son travail était tombé sur le quai de la Tamise et avait atterri sur un matelas qui contenait un cadavre. On ne parlait pas de l'homme, mais un policier déclarait que le cadavre correspondait au signalement d'une femme disparue. La police considérait ce décès comme suspect. L'édition du lendemain identifiait la victime comme Ann Harris, une femme dont la sœur avait signalé la disparition quelques jours plus tôt.

Maureen sortit ranger les journaux et fumer une autre cigarette. Elle trouvait curieux que Moe ait signalé la disparition de sa sœur. Ann n'habitait pas chez elle, ce n'était pas la première fois qu'elle disparaissait, et Maureen savait à quoi ressemblait la vie avec une alcoolique. Si Ann était partie picoler et que la police l'avait retrouvée et ramenée, elle aurait réclamé de l'argent à sa sœur et lui aurait causé des ennuis. Les sautes d'humeur et les supplications grandiloquentes étaient le propre des alcooliques, et Ann devait prétendre régulièrement que sa vie était en danger. Non, décidément, ce n'était pas logique que Moe ait signalé sa disparition.

Sarah fit son apparition sur le seuil, vêtue d'une robe de chambre écossaise d'homme et de ses pantoufles en cuir éculées.

— Bonjour, bonjour, dit-elle. Oh, tu as mis la table ?

— Sarah, tu es si gentille avec moi, dit Maureen en se levant. C'est bien le moins que je puisse faire.

— Oh, comme c'est charmant, s'exclama Sarah en s'asseyant, pendant que Maureen faisait griller des toasts.

Elles étaient au milieu du petit-déjeuner quand elle posa un doigt sur les brochures religieuses et les poussa vers Maureen.

— Et si tu lisais un peu en mangeant ? suggéra-t-elle.

Maureen sourit.

— Tu déconnes, non?

C'est à partir de cet instant que l'ambiance se gâta.

Maureen s'était trompée de train. Elle descendit à London Bridge et commença sa longue marche vers Brixton. Il n'était que 9 heures, et elle n'avait pas grand-chose à faire avant de retrouver Kilty Goldfarb. Tout en marchant, elle observa les immeubles de bureaux, ces milliers de fenêtres derrière lesquelles d'innombrables employés travaillaient chaque jour de la semaine en s'efforçant de croire qu'ils étaient un rouage essentiel d'une grosse machine. Elle regarda le métro aspirer les gens, les bus bondés et les voitures pare-chocs contre pare-chocs, les flots de piétons qui se déversaient sur les trottoirs et dans les rues, tête baissée, en faisant semblant de ne pas se voir, comme s'ils ne pouvaient supporter l'idée qu'ils étaient insignifiants, perdus dans une telle foule. Maureen, elle, était totalement convaincue de sa propre insignifiance.

Elle prit le passage souterrain d'Elephant and Castle, avec l'agréable impression que rien n'avait vraiment d'importance, ni la vérité sur le passé, ni l'alcoolisme de Winnie, ni l'ultimatum de Vik. Londres était l'endroit idéal pour qui voulait échapper à un passé douloureux. Elle aurait pu rester des années chez elle, à essayer de comprendre la logique d'une série d'événements provoqués par le hasard. Il n'y avait aucun sens, aucune leçon à tirer, aucune morale. Elle aurait pu passer toute sa vie à tenter d'en trouver une, comme les joueurs compulsifs à la recherche de la martingale suprême. Elle comprenait pourquoi Ann était venue ici. C'était son tour, maintenant. Elle n'aurait qu'à oublier l'Écosse. Elle pourrait appeler Leslie et Liam de temps en temps, dire qu'elle allait bien, oui, bien, espacer de plus en plus les coups de fil, se forger une vie et enfin oublier.

Elle entendit le bruit et continua à marcher, pensant qu'il allait diminuer, mais il ne s'arrêtait pas, et elle se rendit compte que c'était son bipeur. Liam demandait qu'elle le rappelle.

— Rentre tout de suite.

— Quoi ?

— Maureen, Neil Hutton a été assassiné. On lui a tiré dans le cul.

— Mais je viens à peine d'arriver.

— Écoute, la manière dont on l'a tué, c'est une espèce d'avertissement. Il faut que tu rentres.

— Te mets pas dans des états pareils, Liam. Je questionne simplement la sœur d'Ann sur ses dettes et des trucs comme ça, je suis pas impliquée dans une guerre des gangs.

Liam soupira, et elle devina qu'il se creusait la tête pour trouver un moyen de la convaincre.

— S'il te plaît, Mauri, dit-il d'un ton calme. Rentre à la maison.

— Mais qu'est-ce qui se passe ? Ça a un rapport avec Michael ?

— Non, hurla-t-il. Avec Hutton !

— Ne me gueule pas dessus.

— Espèce de conne ! cria Liam. On lui a tiré une balle dans le cul, Maureen !

— Bon Dieu, mais calme-toi, je fais rien de dangereux ici.

— Maureen, si Ann lui servait de mule et que tu poses des questions sur elle, on va te tuer ! On lui a tiré une balle dans le cul, bon sang ! répéta-t-il, presque hystérique. Imagine ce qu'ils seraient capables de te faire.

Maureen dépensa quatre livres en petite monnaie avant de réussir à le convaincre de ne pas paniquer. Elle ajouta qu'elle était en sécurité chez Sarah et qu'elle rentrerait dans deux jours au plus tard. Liam lui fit promettre de le rappeler s'il se passait quoi que ce soit : il réserverait un billet avec sa carte de crédit, et elle pourrait rentrer aussitôt en avion.

— J'ai plein de fric, dit-elle. Je peux le faire toute seule.

— Et ne dis mon nom à personne, ajouta-t-il. Ni le tien.

— Pourquoi ?

— On pourrait faire le rapprochement entre nous deux.

— Comme si on était les deux seuls O'Donnell du pays !

Liam marqua une pause si longue qu'elle crut qu'ils avaient été coupés.

— Allô ? Liam ? Tu es toujours là ?

— Tu n'as pas la moindre idée de ce qui est en train de se passer, marmonna-t-il, comme s'il se parlait à lui-même.

Maureen scruta l'intérieur pour essayer de voir la clientèle, mais les fenêtres étaient tapissées d'un plastique orange qui réfléchissait la rue. Elle entra, bien droite, pour impressionner tout le monde. Le pub était divisé en deux salles réunies par un bar. À gauche se trouvait la salle des grands buveurs, avec des tables, des cendriers et pas grand-chose d'autre. Dans la salle de droite, un jeu de fléchettes et des tableaux décoraient les murs. Le pub empestait le tabac froid mêlé à un désodorisant industriel au citron. Maureen reconnut cette odeur : à l'Apollo, le théâtre où elle travaillait avant la mort de Douglas, on utilisait ce produit vendu en bonbonnes de quatre litres, garanti pour masquer n'importe quelle odeur. L'équipe d'entretien en mettait partout.

Maureen passa dans la salle de droite, s'installa au bar et défit son manteau en attendant que le barman s'approche. Le soleil qui se déversait sur les dalles formait de petites flaques jaunes et éclairait les joints sales. Le bar était constellé de marques de verres et de brûlures de cigarettes. De l'endroit où elle se trouvait, elle pouvait apercevoir la salle de gauche. Un solitaire était endormi devant sa bière, le menton avachi sur sa poitrine. Les pans de son anorak marron ouvert pendaient sous le poids de la monnaie. Elle ne voyait pas son visage. Ils étaient les deux seuls clients. Il était 11 h 30, un samedi matin, et la journée des buveurs n'avait pas commencé.

Elle alluma une cigarette quand le barman arriva. C'était un Noir d'âge mûr, vêtu d'un jean et d'une chemise en soie bleue dont le col déboutonné découvrait de petites boucles de poils. Elle commanda une limonade et un whisky, dans deux verres séparés. Désireux d'entamer la conversation, le barman la regarda siroter sa limonade en essuyant distraitement le comptoir. Finalement, il désigna du menton le whisky qu'elle n'avait pas touché et lui demanda si elle attendait quelqu'un.

— Non, dit Maureen entre deux gorgées de limonade éventée. Je suis venue parce que j'avais soif.

C'était très peu plausible. Le *Coach and Horses* était un monde à part entière, pas un endroit où on entrait par hasard. Le barman essuya les robinets placés devant elle avec un torchon déchiré et croisa son regard trois ou quatre fois.

— Ça fait longtemps que vous travaillez ici ? demanda-t-elle d'un ton qu'elle voulait dégagé.

Il répondit qu'il était là depuis deux ou trois ans, puis reprit son nettoyage en lui jetant des coups d'œil à la dérobée. Elle prit son whisky. Il n'y avait pas grand-chose dans le verre, juste assez pour colorer le fond. Elle s'était fait avoir, c'était évident. Peut-être était-ce pour cela qu'il la regardait.

— C'est dommage de salir un verre pour si peu, dit-elle.

— Vous venez d'arriver de Glasgow ? demanda-t-il.

Elle hocha la tête.

— Je comprends mieux, alors, fit-il. Des tas de pubs servent le whisky par doses d'un quart, là-haut. Ici, on sert des huitièmes.

— C'est légal ?

— Oh, ouais, dit-il en souriant. Et on fait payer le même prix.

— Vous devez pas avoir des tas d'Écossais, ici.

— En fait, si, parce qu'on sert de la Tennent's, déclara-t-il en désignant deux robinets à bière.

— Ah, dit Maureen en faisant semblant d'être intéressée.

Le silence s'installa. Bien qu'avide de conversation, le barman semblait incapable de l'alimenter. Maureen regarda autour d'elle, cherchant désespérément quelque chose à dire.

— Vous descendez du train, à ce que je vois, fit-il.

— Pourquoi vous dites ça ? Parce que je ne connais pas la dose de whisky ?

— Non, dit-il en désignant son manteau. Parce que les nouveaux s'habillent toujours trop chaudement.

— Maureen O'Donnell, dit-elle en lui tendant la main.

Il la serra mollement, sans se présenter.

— Alors, il y a des tas d'Écossais qui viennent ici ? reprit-elle.

— Oh, oui.

— Si ça se trouve, j'en connais la moitié. Neil Hutton vient ici ?

Le barman ricana comme si elle lui avait raconté une blague cochonne.

— Non.

— Et Frank Toner ?

— Qui ?

— Frank Toner. Un grand costaud, avec des lunettes, dit-elle en lui montrant le polaroïd.

— Vous le cherchez ?

— On m'a dit de venir le retrouver, répondit-elle en rangeant la photo.

Le barman fit une grimace énigmatique en frottant son torchon sur le bar. Maureen l'observa pendant un moment. Ce type ne lui plaisait pas du tout. Elle écrasa sa cigarette dans le cendrier, puis se laissa glisser du tabouret et reprit son manteau.

— C'est un client, dit tranquillement le barman.

— Il vient souvent ?

— Des fois.

— C'est sa copine ? demanda Maureen en brandissant la photocopie du cliché du CCB.

Il frémit en voyant la photo.

— Non, répondit-il en baissant les yeux sur le bar.

— Comment vous pouvez en être aussi sûr ?

Il réfléchit.

— Peut-être que c'était sa copine. Je me rappelle pas de tout.

— C'était ?

— Hein ?

— J'ai dit « c'est » et vous avez dit « c'était ».

— Je l'ai pas vue depuis un bout de temps.

— Oh, fit Maureen. Mais vous les avez vus ensemble ?

— Il y a longtemps, répondit-il en haussant les épaules. Avant Noël. Peut-être que c'était sa copine. J'en sais rien.

— Elle venait ici ?

— Très souvent. D'abord avec lui, puis toute seule, après Noël. Elle était dans un sale état.

Il haussa de nouveau les épaules.

Maureen attendit encore un peu, mais il était clair qu'il n'en savait pas davantage. Elle nota son numéro de bipeur sur une feuille de son carnet et la posa sur le bar avec un billet de cinq livres.

— Payez-vous un huitième de whisky avec ça, plaisanta-t-elle. À plus.

Puis elle sortit dans la rue ensoleillée, laissant derrière elle l'odeur de citron fumé.

33

LES VACANCES DE M. HEADIE

Assise près de la fenêtre, en manteau de fourrure et bonnet de ski, Kilty Goldfarb, l'air soucieux, était en train de boire un milk-shake. Elle regarda Maureen traverser la rue et entrer, baissa les yeux vers sa table et se composa un faible sourire avant de relever la tête.

— Excusez-moi, je suis un peu en retard, dit Maureen en prenant place en face d'elle. Je suis passée voir à quoi ressemblait le *Coach and Horses*. Vous connaissez ?

— Mon Dieu, fit Kilty d'un air vaguement dégoûté. Jamais je n'irais là-bas. C'est plein de poivrots du pays.

Maureen posa son manteau sur le dossier de son siège et sortit ses cigarettes.

— Ah ? C'était vide quand j'y suis allée.

Leur déjeuner prit soudain des allures de rendez-vous raté.

— Je peux vous commander quelque chose pour accompagner ça ? demanda Maureen en désignant le milk-shake.

— Non, je n'ai pas beaucoup de temps, dit Kilty.

Elle posa fermement son sac à main en plastique sur la table, pour bien montrer qu'elle allait partir.

— Et si vous vous asseyiez pour me poser vos questions, que je puisse m'en aller ?

— Je suis assise, lui rappela Maureen.

— Oh, bon. Il faut que je retourne au travail, je suis déjà en retard. Posez vos questions, que je parte.

— Écoutez, ce n'était pas la peine de venir si vous n'aviez pas envie de discuter.

— C'est juste que je ne sais pas vraiment ce que je fais ici, dit Kilty d'un air pincé. Vous savez, à Londres, personne ne donne rendez-vous à des inconnus sans raison.

— J'en ai une, de raison, dit Maureen. Je veux connaître l'adresse du nouveau bureau de M. Headie.

— Pourquoi ?

— Je veux le voir, lui demander quel type d'affaires il traite et qui sont ses clients.

— Et à quoi cela vous servirait de connaître la clientèle de Headie ?

— Je veux savoir quel genre de gens connaissait le cabinet sous son ancien nom. La lettre à en-tête a été déposée par quelqu'un qui a probablement eu recours aux services de M. Headie.

— Et j'aurai quoi, en échange ? demanda Kilty.

C'était une question singulière. Maureen eut l'impression qu'elle lui demandait de l'argent, mais elle n'avait pas envie de payer. Des tas de gens connaissaient M. Headie et le système d'allocations. Kilty Goldfarb n'était pas la seule à pouvoir la renseigner.

— Je peux vous apprendre à fumer, dit Maureen.

Kilty sourit à la vitre.

— Écoutez, laissez tomber, ça n'a pas d'importance. Je peux chercher l'adresse dans l'annuaire ou demander à quelqu'un d'autre.

Kilty s'empara de son sac et l'ouvrit.

— OK, dit-elle d'un ton sombre. Mais je ne veux être mêlée à rien. Je ne veux pas être votre nouvelle grande copine.

C'était ridicule : Maureen devait rentrer à Glasgow quelques jours plus tard, elle était certaine de ne plus jamais revoir la grenouille, et pourtant, elle se sentit rejetée.

— D'accord, d'accord. Jamais nous ne nous reverrons.

— Et vous devez tout me dire sur cette femme. Celle qui a disparu.

— Je ne sais pas quoi vous dire. Je suis venue ici pour essayer de découvrir ce qui lui est arrivé. Elle a deux gosses, un mari qui est soudeur dans un chantier naval, et elle aime jouer du piano.

Kilty la regarda, attendant la suite.

— La dernière fois qu'on l'a vue, c'était au *Coach and Horses*. C'est tout ce que je sais, conclut Maureen.

Kilty hocha la tête, et Maureen la vit fixer le paquet de cigarettes. Elle plaisantait quand elle lui avait dit qu'elle lui apprendrait à fumer, mais Kilty l'avait prise au sérieux. Maureen lui donna une cigarette et du feu. Kilty aspira précipitamment la fumée, en louchant légèrement sur le bout incandescent. Maureen allait lui dire d'inspirer doucement au début, de ne pas creuser à ce point les joues et de ne pas fixer le bout, mais elle se ravisa. Elle lui en voulait un peu de l'avoir accusée d'essayer de nouer des liens éternels avec elle.

— C'est parfait, dit-elle. Vous vous en sortez très bien.

— C'est vrai ? fit Kilty, stupéfaite.

— Oui.

— Je n'ai pas l'impression que je fais comme les autres gens.

— C'est peut-être parce que vous y pensez trop.

— Mmm, peut-être, fit Kilty. Vous ne trouverez pas M. Headie dans l'annuaire. Il n'a pas de nouveau bureau. Il est à la prison de Wandsworth.

— Quoi ?

— Ouais. Il y a quelques mois, Coldharbour Lane était le supermarché de la drogue. Mais maintenant, regardez.

Elle désigna un haut poteau métallique coiffé d'une boîte en acier.

— Ils ont fait le ménage et installé des caméras de surveillance partout.

— Alors, les junkies sont obligés de se traîner dans les impasses sombres avec leurs billets ?

— Ouais. M. Headie a été l'une des premières victimes de la grande opération de nettoyage. Il a été arrêté avec une livre de cocaïne pure dans son attaché-case.

— Il était impliqué dans le trafic ?

— Ça lui rapportait du fric, oui, légalement et illégalement. Il représentait tout le monde et proposait à certains de ses clients des services particuliers. Quoi qu'il en soit, il s'est fait coffrer.

Elle regarda sa montre et parut encore plus soucieuse.

— C'est tout ? demanda-t-elle vivement.

— Savez-vous quelque chose sur un trafic de livrets d'allocations familiales ?

Kilty agita sa cigarette, en regardant sa main pour juger de l'effet.

— Je sais que ça existe. On paie une petite partie de la valeur au titulaire. Ça s'achète aux junkies et aux poivrots. Il n'y a pas plus sordide, comme trafic.

— Le livret d'allocations de la femme que je cherche a disparu. Quelqu'un peut-il encaisser les chèques à sa place ?

— Uniquement si elle les a endossés. Quand on achète le livret, on fait endosser chaque chèque par le titulaire. Si elle a tout signé et daté d'avance, quelqu'un d'autre peut encaisser.

— Combien ça représenterait par semaine, pour quatre gosses ?

— Dans les cinquante billets, répondit Kilty après réflexion. Il me semblait que vous aviez dit qu'elle avait deux enfants ?

Maureen la fixa, et Kilty soutint son regard.

— Je n'ai pas dit que c'était son livret, si ?

Kilty sourit.

— Non, vous ne l'avez pas dit, mais vous alliez le faire, je crois.

Maureen préféra ne pas relever.

— Si le livret est à l'adresse de Glasgow, elle pourrait quand même encaisser les chèques ici ?

— Il faudrait qu'elle signale qu'elle a déménagé, dit Kilty. Elle devrait prévenir la poste de son changement d'adresse et de la date d'encaissement du premier chèque à Londres.

Maureen hocha pensivement la tête. Si Ann avait vendu son livret à Londres, c'était qu'elle avait prévu de s'enfuir ici.

— Eh bien, Kilty, c'est tout ce que je voulais savoir, dit-elle en se levant. Merci beaucoup d'être venue me retrouver malgré vos réticences. Vous m'avez vraiment rendu service.

Elle lui glissa deux cigarettes.

— Gardez-les pour vous entraîner.

Kilty les empocha.

— Vous n'avez pas rempli votre part du contrat, protesta-t-elle. Tout ce que vous m'avez dit, c'étaient des mensonges…

Mais son reproche fut interrompu par le refrain du bipeur de Maureen.

Concernant Ann, je suis au 2/1 631 Argyle Street, Brixton Hill. Venez maintenant.

Maureen se rassit. Elle fixa le message et le relut en essayant de comprendre comment un inconnu avait pu apprendre son arrivée en une journée et obtenir son numéro de bipeur. Les seules personnes qui le connaissaient étaient Jimmy, Leslie, Liam et Moe… Et le barman du *Coach and Horses*. C'était ce menteur de barman.

— Vous ne comprenez pas le message ? s'enquit Kilty.

— Si, dit Maureen. Mais je ne comprends pas comment on a eu mon numéro.

Kilty se posta derrière elle et lut le message par-dessus son épaule.

— Mon Dieu, chuchota-t-elle. Vous n'allez pas vous rendre là-bas toute seule, quand même ?

— Pourquoi ?

— Moi, je n'irais pas. N'y allez pas.

— Vous en faites pas. Je suis déjà allée dans le quartier. Hier, j'étais à Dumbarton Court. Il y a des bandes d'ados qui traînent, mais rien de bien dangereux.

— Dumbarton Court, ça va. L'Argyle, c'est une autre histoire. Quand on a fait le ménage à Coldharbour, tout le trafic s'est déplacé là-haut. N'y allez pas.

On aurait dit un ordre, mais Maureen ne voyait absolument pas pourquoi Kilty s'imaginait qu'elle lui obéirait.

— Il n'y a pas de quoi faire un drame. Je connais le type qui a envoyé le message.

— Vous le connaissez bien ?

Maureen tenait tellement à avoir raison qu'elle faillit mentir.

— Non, dit-elle. Je ne le connais pas, mais j'y vais quand même. Vous pouvez m'accompagner, si ça vous tracasse à ce point.

Kilty reposa son sac à main et sortit ses deux cigarettes, qu'elle posa sur la table.

— Donnez-moi l'adresse, dit-elle. Je vous attends ici, et si vous n'êtes pas de retour dans une heure, j'appelle la police.

Maureen lui montra l'écran du bipeur. Kilty ferma les yeux et répéta l'adresse à voix basse.

— Je croyais que vous deviez retourner travailler ? demanda Maureen.

Kilty prit l'une des cigarettes et la coinça entre deux doigts.

— Je ne travaille pas le samedi.

Elle contempla son accessoire et sourit à Maureen.

— Alors, tout ce cinéma avec votre montre ? Vous avez menti depuis le début ?

— Parce que vous m'avez dit la vérité, vous ?

Kilty porta la cigarette à ses lèvres sans l'allumer et fit mine de fumer en prenant des airs d'actrice.

— On se voit dans une heure, dit-elle en soufflant une fumée imaginaire.

34

SCARFACE

Williams était parti aux toilettes en laissant le magnétophone tourner. Ils étaient dans une petite salle d'interrogatoire aux murs gris pâle jaunis par la fumée. L'odeur de centaines d'individus effrayés y flottait, une odeur de sueur, de mensonges désespérés, de résignation et d'inquiétude. Jimmy Harris fumait en regardant ses mains. Il était resté silencieux pendant tout le trajet jusqu'à Carlisle et s'était laissé conduire docilement dans la cellule de détention provisoire. Quand Bunyan et Williams étaient revenus le chercher le matin, il avait simplement demandé des nouvelles de ses enfants. Harris ne suivait pas un plan préétabli, c'était clair, à présent. Il inventait au fur et à mesure, trébuchait sur son histoire, se rétractait et leur disait la vérité quand les larmes lui venaient. Ses mensonges n'étaient pas destinés à le sauver : il se foutait éperdument de son sort. C'étaient les gosses qui comptaient.

Il leva la tête et tenta d'esquisser un sourire poli.

— Ça va ? demanda Bunyan, qui pouvait se montrer aimable, maintenant qu'elle était seule avec lui.

Harris renifla en hochant la tête.

— Tout ira bien pour les gosses, vous savez.

Harris hocha de nouveau la tête, l'air inquiet, et prit une bouffée de sa cigarette.

— Vous avez de la chance d'avoir une famille comme la vôtre. Je ne sais pas si je trouverais quelqu'un dans la mienne pour venir faire du baby-sitting chez moi un vendredi soir.

— Vous avez des gosses ?

— Oui. Une petite fille de trois ans, Angie.

— C'est joli. Ma femme, elle voulait une fille. On arrêtait pas d'essayer, parce qu'elle voulait une fille.

— J'aimerais bien avoir un garçon, à présent.

— Les garçons, c'est dur. Ils obéissent pas comme les filles.

Bunyan rit doucement.

— On voit bien que vous n'avez pas de fille. Elles sont épouvantables. Quoi qu'on leur dise, elles font le contraire.

Harris sourit et découvrit ses affreuses petites dents, mais Bunyan ne remarqua rien. Elle regardait ses yeux. Seul avec quatre gosses et sans un sou. Seigneur. Harris se rembrunit brusquement et jeta un coup d'œil au magnétophone.

— Vous me promettez de pas livrer mes petits aux services sociaux ?

— Je ne peux pas vous le promettre, monsieur Harris, mais je ferai de mon mieux.

Harris poussa un long soupir tremblant, s'accouda à la table et posa son front sur ses mains.

— Je suis allé à Londres, dit-il sans la regarder. Quelqu'un m'a mis un billet dans la boîte aux lettres, et je suis allé là-bas une journée en avion.

C'était une information cruciale. Stupéfaite, Bunyan souffla :

— Mais qui a fait ça ?

— Je sais pas. Mais vaut mieux que je vous en parle avant que quelqu'un d'autre le fasse.

Argyle Street était une petite rue étroite, bordée d'immeubles en brique jaune plus sales et encore moins entretenus qu'à Dumbarton Court. Maureen jeta un coup d'œil par la petite vitre de la porte d'entrée du numéro 631 et se dit qu'elle n'avait vraiment pas envie d'entrer là-dedans. L'escalier était jonché de canettes de jus de fruits brûlées, de mégots et de sachets de chips vides. Au bas des marches se trouvait ce qu'elle espéra être une crotte de chien. Elle entendit quelqu'un descendre lentement l'escalier d'un pas hésitant. Elle recula et traversa la rue pour se poster à l'arrêt de bus. La porte s'ouvrit sur une femme maigre à la démarche incertaine et aux yeux vitreux. Elle portait un tee-shirt avec une inscription « Viva Las Vegas » en transfert plastique, du genre qui s'écaille au lavage. Elle remonta la rue en direction de la colline en se tenant au mur. Maureen la regarda un instant, puis s'approcha de l'entrée et monta au deuxième étage en se répétant que ce n'était que le barman pénible et qu'elle n'avait rien d'autre à craindre que de longs silences.

Il n'y avait pas de paillasson devant l'appartement 2/1. La porte était recouverte de plaques d'acier boulonnées et protégée par une seconde porte extérieure en fer forgé. Un judas gros comme une bille permettait d'observer la cage d'escalier et le moindre recoin du palier. La sonnette était solidement vissée dans le mur. Maureen sonna et recula d'un pas.

— C'est qui ? demanda un homme à l'accent écossais et au ton inquiet.

Ce n'était pas la voix du barman.

— On m'a envoyé un message pour me demander de venir.

— De qui ?

— Je sais pas. J'ai reçu le message sur mon bipeur.

Quatre ou cinq verrous de modèle différent claquèrent, grincèrent et coulissèrent. La porte s'entrouvrit et se bloqua, retenue par la chaîne de sécurité. Un œil lorgna Maureen et inspecta les environs derrière elle. Puis la porte se referma, l'homme ôta la chaîne et rouvrit, poussa la porte en fer forgé et lui fit signe d'entrer, tout en surveillant le palier. C'était un Blanc d'une quarantaine d'années. Un coup de couteau avait laissé une trace oblique sur sa joue gauche. En cicatrisant, la peau s'était contractée, tirant la joue vers le bas. Une marque plus ancienne et plus nette partait de la tempe gauche, courait sur la joue et finissait en courbe gracieuse sur le bout du nez. Maureen savait que les coups de couteau au visage étaient une coutume des gangs écossais, une façon de donner une leçon et de marquer les ennemis. Pas étonnant que ce type soit nerveux. Ni qu'il ait quitté l'Écosse.

— Entre, chuchota-t-il avec un geste pressant.

Maureen n'avait pas envie de le suivre.

— Tu es qui ? demanda-t-elle en croisant les bras et en se campant fermement sur ses jambes pour bien lui montrer qu'elle ne bougerait pas.

— Tam Parlain, dit-il. Tu es de Glasgow, hein ?

— Ouais.

— Alors, tu as dû entendre parler de ma famille.

— Non. Désolée.

Tam Parlain observait toujours l'escalier.

— Arrête, tu as forcément entendu parler des Parlain. De Paisley.

— Non, pas du tout. Pourquoi ? Vous êtes célèbres ?

Il la regarda d'un air déçu.

— Eh bien, dit-il, on parle beaucoup de nous dans les journaux.

Il sourit, et la cicatrice de sa joue se froissa. Il s'en rendit compte et cessa de sourire. Maureen avait le pressentiment que si les Parlain étaient connus, ce n'était pas parce qu'ils faisaient pousser des courges géantes.

— Allez, entre, je peux pas laisser ouvert.
— Pourquoi ?
— Y a des mecs qui en ont après moi.
— Tu sais des trucs sur Ann ?
— Ann ? La pauvre fille qu'on a trouvée morte ? Ouais, entre.

Un peu inquiète, Maureen songea à Kilty et serra le peigne pointu dans sa poche. Elle avança de quelques pas. Parlain referma la porte, et Maureen le regarda fermer de nouveau les verrous. Elle essaya de se rappeler dans quel ordre et de quelle manière, mais le temps d'arriver dans le salon, elle avait déjà oublié.

Le salon était un long rectangle avec une cuisine américaine au fond, séparée du reste de la pièce par un comptoir. Les éléments de cuisine avaient été mal installés, et plusieurs portes de placard manquaient. Un canapé en cuir vert trônait devant un mur, face à une table basse qu'on venait de nettoyer. La pièce était d'une propreté surprenante. Les murs étaient d'un blanc aveuglant, et il n'y avait pas de moquette sur le sol, mais de grandes plaques de bois peintes en noir. La fenêtre était munie de barreaux à l'intérieur.

— Assieds-toi, dit Parlain en désignant le canapé défraîchi.

Maureen s'installa, posa les mains sur le cuir de part et d'autre de ses hanches et leva les yeux vers lui. Tam Parlain était nerveux et avait le regard fuyant.

— Tam, c'est toi qui m'as bipée ?
— Ouais.

Il prit place à côté d'elle et posa le bras sur le dossier du canapé, comme un adolescent maladroit qui tente de draguer.

— Excuse-moi, dit-il. C'est quoi, ton nom, déjà ?

Elle ne voulait pas que ce taré connaisse son nom.

— Marian, répondit-elle.

Le barman le lui avait probablement donné son nom, mais si jamais ils se concertaient pour vérifier, ils penseraient l'un comme l'autre avoir mal compris.

— Et de quel coin de Glasgow tu es, Marian ? demanda-t-il, histoire de la situer et de voir dans quel milieu elle naviguait.

— D'aucun en particulier, dit-elle en sortant ses cigarettes.

Elle ne lui en proposa pas, de peur qu'il ne la touche.

— C'est le barman du *Coach and Horses* qui t'a donné mon numéro, hein ?

— Ouais.

— Tu sais quelque chose sur Ann ?

— Ouais, Ann. La pauvre. C'est affreux.

Maureen porta unc cigarette à ses lèvres et, en l'allumant, se rendit compte que ses mains étaient humides et qu'elles dégageaient une drôle d'odeur. Elles semblaient rêches. Tam avait lavé son canapé avec un détergent, tout comme le sol et la table basse. Il avait tout lavé dans la maison. C'était exactement le genre de barjot parano que serait devenu Liam s'il avait continué à dealer.

— Oui, approuva-t-elle. Affreux. Comment tu l'as rencontrée ?

— On fréquentait tous les deux les pubs du coin.

— Tu connais sa sœur ?

Parlain secoua la tête, et ils se regardèrent en silence.

— Elle habite à deux rues de là, précisa-t-elle.

— Non, je la connais pas.

— Qu'est-ce que tu voulais me dire, Tam ?

— Oh.

Il baissa les yeux et prit un air grave.

— Tu as posé des questions sur un mec au barman. Il m'a semblé que je le connaissais.

— Et tu le connais ?

— Tu as une photo ?

Il attendit. Le mec le plus parano de Brixton avait convoqué une inconnue dans son appartement fortifié pour lui proposer son aide. Maureen se rappela l'avertissement de Maxine : se débarrasser de la photo.

— Je l'ai perdue, dit-elle innocemment. Mais je peux te décrire le type.

Parlain n'était pas d'accord.

— Comment tu l'as perdue, cette photo ? aboya-t-il.

Il hurlait presque.

— J'étais dans un bar, je l'ai montrée à quelqu'un, et il a voulu la garder.

— Quel bar ? Le *Coach* ?

Il était devenu cramoisi. Il se leva et alla se planter devant la fenêtre, les mains derrière le dos.

— Non. C'était celui qui est en bas de…

Elle tendit la main en faisant semblant de réfléchir.

— Du côté… En face de la gare.

— Le *Swan* ? demanda-t-il en se penchant vers elle.

— Peut-être. Je connais pas bien le quartier.

Elle avait vraiment envie de s'en aller. Elle était désolée pour Parlain, mais elle ne savait pas de quoi un paranoïaque pareil était capable. Il se pencha encore, et elle sentit son haleine sur son front.

— Un grand bar avec un long comptoir ? Est-ce qu'il y avait un barman chauve avec une voix de tapette ?

— Je crois. Oui, c'est ça.

— Il était comment, le mec ?

— Quel mec ?

— Celui qui a pris la photo.

— Petit, avec un accent anglais et un blouson foncé…

— Gros ?

— Ouais, assez gros.

— Bon, dit-il, les bras ballants, en agitant les doigts comme s'il était pris de fourmillements. Et il y était encore quand tu es partie ? demanda-t-il en retournant à la fenêtre.

— Ouais, c'était il y a un quart d'heure. J'étais avec lui quand tu m'as bipée.

De peur qu'il ne file au *Swan* en l'enfermant dans sa forteresse, elle ajouta aussitôt :

— Je t'emmène le voir, si tu veux. C'était un mec bien, il me rendra la photo si je lui demande.

— OK. On y va.

Il fila dans l'autre pièce et en revint avec un blouson en cuir élimé. Maureen se demanda s'il avait pris la précaution de le passer au détergent, comme le reste de ses affaires. Elle se leva avec un sourire idiot.

— Allons-y, alors, dit-elle d'un ton enjoué. Je te paierai un verre, si tu veux.

Mais Parlain ignora sa proposition, ouvrit la porte et l'entraîna dehors. Maureen sentit le courant d'air et songea qu'elle avait de la chance d'être sortie de l'appartement. Parlain scruta l'escalier tout en refermant sa porte. Puis il descendit le premier, en se retournant régulièrement pour vérifier qu'elle le suivait.

— Je suis pas sûre que ce soit bien le *Swan*, dit Maureen en arrivant dans la rue. C'est un peu après le métro...

— C'est pas le *Swan*, fit Parlain en s'arrêtant.

Elle le prit par le coude, pour lui faire croire qu'elle était ravie d'être avec lui.

— Viens, je vais te montrer, c'est par là.

Ils descendirent jusqu'à la rue principale. La paranoïa de Parlain ne cessait pas une fois sorti de chez lui. Il gardait la tête baissée et ne regardait pas autour de lui, de peur qu'on ne le remarque.

— Tout droit, dit-elle.

Chemin faisant, elle débita des âneries sur Glasgow, le froid qu'il y faisait, la gentillesse des gens là-bas. Parlain cessa de répondre au bout de deux cents mètres, et Maureen finit par ne plus alimenter la conversation. Une fois passé l'immeuble de la sécurité sociale, elle commença à ralentir l'allure, tout en restant dans son champ de vision, puis elle se laissa distancer un peu. Et au moment où ils arrivaient à l'entrée d'une petite rue, elle fit brusquement demi-tour, prit ses jambes à son cou, tourna dans la première rue et descendit Brighton Terrace en coupant par de petites rues, avant de retourner vers l'artère principale et de se précipiter dans le *McDonald's*. Elle alla s'asseoir tout au fond, dos à la vitrine. Kilty Goldfarb la vit entrer. Elle regarda autour d'elle, gloussa et vint la rejoindre sur la pointe des pieds avec des airs de conspiratrice.

— Alors, vous m'évitez ? demanda-t-elle.

— Kilty, vous aimez bien boire ? dit Maureen, en nage.

— Ouais.

— Ça ne vous dérange pas de sortir appeler un taxi ?

— Vous avez l'air terrifiée.

— Je le suis, murmura Maureen.

Kilty disparut. Elle revint deux minutes plus tard et lui tapa sur l'épaule.

— Venez, dit-elle en surveillant les alentours comme un garde du corps.

Maureen se leva et gagna rapidement le taxi qui attendait.

— Où est-ce que vous voulez aller ? demanda Kilty en s'asseyant à côté d'elle.

— Dans un quartier fréquenté avec des pubs.

— Covent Garden, cria Kilty au chauffeur.

Le taxi s'ébranla dans un soupir et s'inséra dans la circulation.

35

Soûle

Leslie avait passé la nuit dans le fauteuil. Elle mourait d'envie de sortir de cet appartement glacial, ne fût-ce qu'une heure, mais elle n'arrivait absolument pas à se débrouiller avec les gosses. Ils avaient faim, et il n'y avait rien d'autre à manger que du pain. Elle avait décidé de les habiller et de les emmener dans un café, mais Alan avait caché les vêtements.

Du haut de ses six ans, le petit John jouait gentiment avec les petits, leur parlait et essayait de leur mettre le casque de Leslie, mais l'énorme chose noire leur faisait peur. Il l'enfila pour leur montrer que c'était sans danger et s'assit devant eux en caressant leurs petites jambes. Alan, en pyjama, assis dans le fauteuil de son père, les mains posées sur les accoudoirs collants, regardait Leslie comme un petit génie malfaisant.

— Dis-moi où sont les vêtements, Alan, répéta Leslie pour la quatrième fois en un quart d'heure.

Le gosse eut un sourire narquois.

— Où sont ces foutues fringues ? hurla Leslie en collant son visage au sien.

— Hé, c'est des mômes, faut pas leur parler comme ça, dit Cammy en la tirant par le bras. Ils ont la trouille.

Leslie se hérissa.

— Lève pas la main sur moi, fit-elle.

— Je lève pas la main sur toi, Leslie. Je te dis juste qu'ils vont être terrifiés si tu leur parles comme ça.

Évidemment, Alan se mit à pleurer.

— Je veux mon papa, dit-il. Où est mon papa ?

John se mit à pleurnicher sous le casque. Les bébés se joignirent au chœur et commencèrent à hurler à la mort.

— Tu vois ? fit Cammy. Tu les as terrorisés.

— Non, Cameron, c'est toi, dit Leslie en lui enfonçant l'index dans la poitrine.

Au même moment, la porte s'ouvrit, et Jimmy apparut, flanqué de deux policiers. Les enfants se ruèrent vers leur père et s'accrochèrent à ses jambes, puis les uns aux autres, faute de place où s'agripper. John arriva le dernier. Aveuglé par le casque, il se cogna au chambranle de la porte. Il rebondit, mais ne tomba pas. Il tira sur le pull de son père, découvrant une épaule maigre et jaunâtre. Jimmy calma les gamins d'une caresse, mais ils continuèrent à s'accrocher à lui.

— Où est le billet, Jimmy ?

Le gros policier paraissait fatigué. La main passée sous l'aisselle de Jimmy, il avait l'air prêt à l'envoyer valser contre le mur.

— Sous le coussin du fauteuil ?

— Oui, dit Jimmy, qui semblait épuisé.

La blonde souleva le coussin et commença à fouiller parmi les papiers.

— Jimmy, dit Leslie, pourquoi vous êtes revenu ? Ils vous ont libéré ?

— Nous sommes juste venus recueillir des pièces à conviction, expliqua Williams. M. Harris s'est rendu à Londres en avion la semaine où sa femme a été tuée.

— Oh, rêvez pas, fit Leslie. D'où il aurait sorti le fric pour payer le billet ?

Williams haussa les sourcils et regarda le pantalon en cuir de Leslie.

— Il y a toujours quelqu'un pour rendre service, hein ?

La mélodie des *Simpsons* retentit. Il glissa sa main libre dans sa poche et sortit son portable.

— Oui, c'est moi, dit-il poliment, avant d'écouter attentivement. Merci. Nous sommes déjà au courant. Oui. Heathrow.

Il adressa un signe de tête à Bunyan, lâcha Jimmy, puis sortit sur le palier et referma la porte derrière lui.

— Comment ça s'est passé avec les gosses, hier soir ? demanda Bunyan à Leslie. Ça a été ?

Sur la véranda, Williams reprit sa conversation.

— Dites, vous pourriez voir ce que vous avez sur une certaine Leslie Findlay ? demanda-t-il à l'inspecteur Inness. Elle habite Drumchapel…

— Elle a une moto ? coupa Inness, tout excité.

— Oui.

— Pourquoi voulez-vous des renseignements sur elle ?

— Elle semble mêlée à cette affaire. Vous la connaissez ?

— Nous la connaissons tous. Elle a déjà été mêlée à une affaire d'agression, avec une autre femme. Elle travaille au Foyer des femmes, n'est-ce pas ?

— Ouais. Une agression, vous disiez ? Elle est violente ?

— Ça peut arriver. Elle et sa copine ont salement amoché un type.

— Elle a été poursuivie ?

— Impossible de réunir des preuves contre elle, mais je vais vous dire une chose : si elle a recommencé, vous venez d'illuminer la journée de mon chef.

Le bar était silencieux. Les quelques clients venus en ville faire des courses tuaient le temps et manquaient le train du retour. À une table, deux hommes riaient sans joie en buvant un alcool brun. Maureen songea à Parlain, qui lui avait demandé le polaroïd. Peut-être que Frank Toner lui avait fait une crasse. Parlain aurait alors eu besoin d'une photo pour la montrer et se renseigner sur son compte. Mais non, cela ne tenait pas debout. Parlain était parano, il ne risquait pas de se lancer dans une vengeance – et depuis quand les gangsters avaient-ils besoin de photos pour se reconnaître les uns et les autres ? Ils se connaissaient tous.

— Et voilà, dit Kilty en posant un verre devant elle. Whisky citron vert. Détendez-vous, maintenant.

— J'ai eu un peu la trouille, c'est tout, dit Maureen, avant de boire une longue gorgée.

— C'était de la folie d'aller là-bas. Vous ne connaissez pas du tout le quartier.

— Vous y habitez ?

— Ouais. Enfin, à Clapham. Je loue une chambre dans un pavillon près du parc. Haut plafond, superbe cheminée années cinquante, c'est adorable.

— Vous ne pouvez pas louer un appartement entier avec votre salaire ?

— Si, mais je n'ai pas envie de me poser.

— Pourquoi vous ne rentrez pas en Écosse ?

— Et si vous arrêtiez de m'aboyer toutes ces questions ?

— Excusez-moi, je suis sur les nerfs.

— Il vous a fait peur ?

— Oh, oui. Je ne sais même pas pourquoi. C'était juste un connard parano. Il voulait une photo que j'ai sur moi. J'aurais pu la lui donner, mais je ne l'ai pas fait.

— Pourquoi ?

— Je sais pas.

— J'ai envie de fumer, déclara Kilty en sortant sa deuxième cigarette et en la posant sur la table.

— Putain, souffla Maureen en tournant lentement la tête de gauche à droite pour se détendre la nuque. J'ai eu une de ces trouilles.

Kilty alluma sa cigarette avec le briquet de Vik et entreprit de produire des ronds de fumée. Maureen se demandait si elle devait lui apprendre à faire ça correctement quand elle se rendit brusquement compte qu'elle n'avait pas pleuré une seule fois depuis jeudi. Cet après-midi, elle avait eu la trouille de sa vie, mais elle n'avait pas été prise d'une crise de larmes incontrôlable. Cela faisait des mois qu'elle n'avait pas passé une journée sans que ses yeux lui désobéissent. Peut-être que le chagrin n'était pas éternel, finalement. Peut-être qu'elle pouvait se permettre d'espérer.

— OK, dit Kilty. À vous. C'est le moment de payer votre dû. Racontez-moi l'histoire de la disparue.

Maureen lui parla d'Ann dans le matelas, de Jimmy et des gosses, de Moe qui avait signalé la disparition de sa sœur, du livret d'allocations et de Hutton, qu'on avait abattu d'une balle dans le cul. L'alcool l'animait : elle continua et parla des bébés tout maigres, d'Alan dans l'escalier et des pyjamas tortues Ninjas. Quand elle leva les yeux, elle vit que Kilty fixait son verre d'un air désemparé.

— Mon Dieu, dit-elle. Les tortues Ninjas, c'était à la mode il y a dix ans.

Et elles continuèrent à boire. Kilty aussi détestait son boulot. Elle avait songé à ce que Maureen lui avait dit la veille et envisageait de tout plaquer.

— Je ne vais plus essayer de sauver l'univers. À partir de maintenant, dit-elle en martelant la table de l'index, je cultive mon jardin. Et vous en faites autant.

— Je crois que j'aurais moins de mal à sauver l'univers, personnellement.

— Pourquoi ?

— Mon jardin est occupé par un bison soûl.

Kilty sourit.

— Ah bon ? fit-elle, comme si elle comprenait. Alors, vous voulez quoi ?

— Je veux être entourée de belles choses, dit Maureen. Je veux avoir un mec avec qui me marrer. Et je veux être satisfaite.

— Et vous pensez y arriver en essayant de faire régner la justice sur cette terre ?

— Tout le monde veut que tout finisse bien, non ? C'est un désir universel. C'est ce qui attire en religion et en politique les gens qui ont souffert, non ? Je parie que vos services sociaux sont remplis de gens qui ont des histoires pitoyables et qui veulent quand même changer le monde.

— Vous avez sûrement raison, dit Kilty en écrasant sa cigarette à moitié consumée. Mais ils m'en parlent très peu. Je suis la fille la plus chanceuse du monde. Ma mère est une crème et mon père le charme personnifié. La seule raison de ma présence à Londres, c'est que je cherche à éviter le mariage avec un gros avocat.

— C'est vrai ?

— Oh, oui. Mes parents tiennent absolument à ce que je consolide leur statut social. C'est un truc classique chez les émigrés qui ont réussi.

— Mais vous ne voulez pas vous marier avec cet avocat ?

— Pitié, ricana-t-elle. J'ai mieux à faire de ma vie que choisir des tissus d'ameublement dans des boutiques de luxe.

Maureen hocha la tête. Elle était séduite par sa façon d'accepter sans émotion le monde qui l'entourait, comme si personne ne la menaçait vraiment et que chacun était intéressant. Elle aurait voulu être comme elle.

— Vous voyez, venir d'un milieu social privilégié, ici, c'est très bien considéré, dit Kilty en se penchant en avant.

— Oui, mais à Glasgow ?

— Les gens sympas ne veulent pas vous parler. Ils pensent, à juste titre, que vous avez été avantagé par la vie.

— Et jouer les assistantes sociales, c'est votre pénitence ?

— Le catholicisme vous enveloppe comme un linceul, Maureen O'Donnell.

Elles commandèrent tournée sur tournée, savourant leurs verres et leur conversation, tout en regardant de temps en temps la télévision sans rien dire. Lorsque des types ridiculement jeunes essayèrent de les draguer, elles décidèrent d'aller dans un autre bar. Au bar numéro trois, Kilty alternait alcool et limonade pour ne pas tourner de l'œil et commençait à avoir l'élocution très difficile. Elles échafaudèrent des projets d'ivrognes insensés. Kilty rentrerait en Écosse et habiterait un moment avec Maureen. Elle ne pouvait pas retourner chez ses parents – ils auraient exigé qu'elle passe son temps entre l'équitation et des soirées assommantes. Elle tenterait une carrière d'artiste, et puis, il faudrait que Maureen laisse le bison sortir du jardin. Tout le long du chemin jusqu'à Brixton, elle chanta *Don't Fence Me In* d'une voix suraiguë. Le chauffeur de taxi fut heureux de se débarrasser de ces deux passagères ivres. Il les déposa devant le *Coach and Horses* avant qu'elles aient pu envisager une autre possibilité.

— C'est très bien, ici, dit Maureen en essayant laborieusement de trouver le compte juste pour le payer. Allez, on y va.

— C'est tout un tas de choses, marmonna Kilty d'une voix pâteuse, mais sûrement pas bien.

Il régnait au *Coach and Horses* un silence surnaturel. Les clients ne se parlaient pas. Ils étaient là pour picoler sec et ne faisaient aucun effort pour s'en cacher. Le barman qui avait dénoncé Maureen à Parlain n'était pas de service. Maureen se sentait vaguement nauséeuse. Elle respira un bon coup et entraîna Kilty dans la salle de gauche. Elles gagnèrent le bar, et Maureen commanda un triple whisky citron vert sur glace.

— Je vais essayer ça aussi, dit Kilty.

Lorsque le barman les servit sans leur demander si elles étaient certaines de vouloir des triples doses, Maureen sut qu'elle était dans un bar fait pour elle. La clientèle était surtout masculine et, chose curieuse pour le quartier, essentiellement blanche. On entendait des accents écossais, de l'Est comme de l'Ouest, légers ou prononcés. Les rares femmes présentes, attifées n'importe comment, affalées sur leurs chaises, avaient une triste allure de junkies. Ann avait dû se trouver dans son élément.

— Mon Dieu, murmura Kilty. Quel endroit merdique.

Maureen repéra un couple assis de l'autre côté de la salle. Leurs visages lui parurent familiers. L'homme la regardait, une chope entre les mains. La table ne cessait de disparaître et réapparaître derrière un écran de buveurs. Maureen essayait de se rappeler où elle l'avait vu quand la porte des toilettes des dames s'ouvrit. Une femme s'arrêta sur le seuil en titubant légèrement et en s'essuyant les mains sur son jean délavé. C'était celle qu'elle avait vue sortir de l'immeuble de Tam Parlain, avec son tee-shirt « Viva Las Vegas ». Elle traversa lentement la salle en direction de Maureen et de Kilty et s'assit lentement sur un tabouret, avant de s'affaler sur le bar en dodelinant de la tête. Les yeux fermés, elle leva la cuisse droite et retroussa la jambe de son jean pour gratter au-dessous du genou une plaie ouverte et infectée.

— Putain, murmura Kilty dans les cheveux de Maureen. Excuse-moi, mais là, je peux plus. On se casse.

Non, dit Maureen. Je veux voir quelqu'un.

— Non.

Kilty lui tendit solennellement le paquet de cigarettes qu'elle s'était acheté.

— Tu me rendras ce qui reste demain.

Elle lui tapota gentiment le sein au lieu de l'épaule, fit pivoter son petit corps de grenouille, descendit de son tabouret et se dirigea vers la porte. Deux minutes plus tard, elle revint et fourra dans la poche de Maureen un bout de papier sur lequel elle avait noté son numéro de téléphone.

— Demain.

Après son départ, Maureen continua à faire rouler le whisky citronné dans sa bouche. Elle se sentait supérieure aux autres clients et se demandait comment ils pouvaient le supporter. Elle venait d'un milieu minable, elle avait eu une existence merdique, mais au *Coach and Horses*, elle avait l'impression d'être Lisa Marie Presley. Elle alla aux toilettes et y découvrit la source de la forte odeur de citron. Les bouts d'un miroir cassé étaient encore vissés au mur taché. Elle quitta la première cabine, parce que quelqu'un avait tracé sur le mur un T avec du sang menstruel. Le siège de la seconde cabine était cassé, et il n'y avait pas de papier.

Elle retourna boire, affalée contre le bar gluant dans son beau manteau. Derrière elle, une petite mélodie argentine s'éleva et continua, continua, puis mourut. Elle revit le couple de l'autre côté de la salle, et elle essayait de se concentrer pour identifier l'homme quand elle vit Frank Toner entrer. La foule s'ouvrit devant lui. Il semblait plus petit et plus costaud que sur le polaroïd et marchait comme un boxeur à la retraite. Derrière lui titubait la femme au tee-shirt Las Vegas, qui était venue se vautrer sur le bar un peu plus tôt. Maureen ne l'avait pas vue sortir. Elle paraissait plus animée, à présent, plus heureuse, prête à rire. Le couple rejoignit le bar, et Maureen s'approcha d'eux en faisant un signe de tête à la femme. Pensant la connaître de vue, celle-ci en fit autant.

— Comment ça va ? demanda Maureen. Mieux ?

— Oh ouais, fit la femme. Nettement mieux.

Elle s'exprimait correctement. Elle avait dû être belle. Son visage était mince comme un Modigliani, et ses épais cheveux bruns luisaient d'un reflet auburn naturel. Elle avait des gestes gracieux et dansait d'un pied sur l'autre en suivant le mouvement de ses hanches. Peut-être était-elle jeune : les rides creusées dans son front et sous ses yeux semblaient prématurées, et le reste de son visage était frais et tendre. Frank Toner regarda Maureen, qui lui fit un petit signe.

— Je te paie un verre ?

— Pourquoi je voudrais que tu me paies un verre ? répliqua Toner avec un accent cockney prononcé.

Brusquement, Maureen se rendit compte qu'elle était beaucoup trop soûle pour affronter une telle situation. Elle battit en retraite.

— Laisse tomber, dit-elle en se retournant vers le comptoir. C'est pas grave, ajouta-t-elle, comme si c'était elle qui avait décidé de couper court à la conversation.

Toner annonça à tout le monde que le jour où il accepterait qu'une connasse d'Écossaise lui paie un verre, il prendrait sa retraite, bordel. Il commanda une tournée et dit au barman d'y inclure Maureen, en précisant qu'il avait blagué. Il s'esclaffa comme un sale gosse, et la meute servile en fit autant.

— J'ai pas envie de ton verre, dit tranquillement Maureen.

Personne ne fit attention à elle.

— J'en veux pas, insista-t-elle quand le barman posa le verre devant elle.

Il lui jeta un regard d'avertissement et poussa le verre devant elle.

— Prends-le, merde, dit-il. Tu vas nous attirer des emmerdes.

Maureen n'avait pas l'intention de boire ce verre, mais elle finit par le faire parce qu'il était là et qu'elle avait soif. Elle jouait avec le briquet de Vik et envisageait de se retourner brusquement pour mettre le feu au blouson de Toner quand la femme au tee-shirt Las Vegas se glissa à côté d'elle.

— Ça va ? demanda-t-elle.

Elle lui souriait gentiment. Maureen avait été insultée, et elle essayait de réparer les dégâts avec la tendresse de celle qui a connu l'humiliation et qui veut adoucir les peines des autres.

— Je m'appelle Maureen.

— Elizabeth.

— C'est ton copain ? demanda Maureen en désignant Frank du menton.

Elizabeth se retourna pour voir de qui elle parlait.

— Oh, non… Je ne t'ai jamais vue ici, Maureen.

— Je cherche une copine. Ann. Je crois qu'elle venait ici.

— Ann, répéta Elizabeth. Elle ne venait pas vraiment ici.

— Non ?

— Non.

Elizabeth regarda ses mains gonflées. Elle avait la peau épaisse et abîmée, rouge et luisante aux jointures.

— Ann allait surtout ailleurs.

— Et toi, tu viens là tout le temps ?

— Ouais.

Elizabeth se détendit un peu, soulagée que Maureen ait changé de sujet.

— C'est sympa, ici. Ça a l'air vraiment dégueulasse, mais les clients sont sympas.

Elle parcourut du regard la foule de poivrots et de clochards.

— C'est des gens bien. On se serre les coudes, tu vois ?

Elizabeth ne mentait pas. Elle croyait réellement que traîner au *Coach and Horses* était un choix de vie.

— Comment ça, vous vous serrez les coudes ? demanda Maureen.

— Oh, fit Elizabeth, prise de court. On se rend des services… des tas de petits services.

Maureen en déduisit qu'Elizabeth rendait probablement des tas de services et ne récoltait que dalle en échange.

— Tu es écossaise, alors ?

Elle sourit brusquement.

— J'aime bien l'Écosse.

— Ah bon ? Tu y es déjà allée ?

— Ouais, des fois, dit Elizabeth, incapable de se rappeler les détails, tristes ou heureux. Plus maintenant, mais avant, oui.

— En train ?

— Des fois.

Elle était de plus en plus vague. Elle dérivait.

— Ann a été tuée, dit Maureen.

— Je sais, fit Elizabeth, revenant à elle. Je sais.

— Tu la connaissais bien ?

— Pas tellement.

Elle eut un sourire inquiet.

— Je ne suis au courant de rien.

Elle recula dans la foule. Maureen se rendit compte qu'elle avait perdu ses cigarettes. Elle leva de nouveau les yeux et regarda le couple de l'autre côté de la salle. Le type était costaud, et elle lui en voulait, sans savoir pourquoi. Elle n'arrivait pas à se rappeler d'où elle les connaissait, mais c'était surtout la femme qui lui était familière. Puis, brusquement, elle se souvint : c'était Tonsa.

Tonsa était une élégante femme d'environ quarante ans avec des mèches blondes. Elle était toujours bien habillée. Liam la connaissait parce que c'était une mule professionnelle qui faisait l'aller-retour une fois par mois entre Glasgow et Londres. Il l'avait présentée un jour à Maureen. Les yeux de Tonsa étaient le seul détail qui la trahissait : ils étaient vides. Liam disait qu'on aurait pu foncer sur elle une épée dans chaque main sans qu'elle cille et que c'était pour cela qu'elle était douée pour son boulot. Tonsa avait failli faire arrêter Liam, quelques mois plus tôt : sans la moindre raison, elle avait dit à la police qu'il l'avait tabassée et s'était rétractée à la dernière minute.

Maureen traversa la salle.

— Salut, dit-elle en s'asseyant gauchement à la table de Tonsa et de son compagnon. Tu te souviens de moi ? demanda-t-elle en donnant à Tonsa une tape sur le bras. Tonsa, Tonsa, tu te souviens de moi ? C'est mon frère, Liam, qui nous a présentées.

Tonsa l'ignora et lissa la manche de son Burberry d'un air absent. Maureen regarda l'homme.

— Qu'est-ce que tu fais là ? demanda-t-il.

Il était écossais, et elle était sûre de le connaître.

— Je m'amuse, tu vois.

Elle avait envie de le frapper, mais elle n'arrivait pas à se rappeler pourquoi.

— Tu vois le mec chauve, là-bas ? demanda-t-elle en désignant Frank Toner, toujours au bar, entouré de sa cour.

— Oui. Et alors ?

— C'est qui, ce type ?

— T'occupe pas de lui.

Sans prêter attention à Maureen, Tonsa se leva et quitta la table. Maureen observa l'homme et se rappela pourquoi elle le détestait tant, pourquoi elle lui en voulait, pourquoi il était Michael. C'était Mark Doyle.

— Toi ! s'écria-t-elle en s'affalant sur la table. Qui a tué Pauline ?

Mark Doyle pencha vers elle son visage rougeaud soudain crispé.

— Toi, tu vas finir par t'attirer des ennuis. Fous le camp d'ici.

— Je cherche pas d'ennuis, dit-elle en se rendant compte

qu'elle était complètement soûle. Je suis juste là pour picoler.

— Tu es là parce que je t'ai dit qu'Ann y venait ?

— Non, je suis venue voir sa sœur et prendre un verre.

Doyle inspecta la salle.

— Parce que sa sœur vient ici ?

— Non.

Maureen sortit le polaroïd de sa poche et le lui montra discrètement.

— Je suis là à cause de ça.

Doyle se leva, empoigna Maureen par le coude d'une main de fer et la força à se lever. Ses doigts s'enfonçaient dans la chair entre les os, et cela faisait si mal qu'elle en eut le souffle coupé.

— Fous le camp, gronda-t-il en la poussant vers la porte. Fous le camp !

Tout le monde le regarda l'entraîner vers la sortie. Il ouvrit la porte et la jeta dans la rue. Maureen trébucha, s'érafla les mains sur le trottoir et rebondit sur un couple de passants qu'elle faillit pousser dans la rue.

— Et ne refous plus les pieds ici ! lança Doyle derrière elle.

Sarah ne fut guère ravie de la voir. Elle était prête à se coucher et répéta à Maureen qu'il était minuit et demi et qu'elle devait se lever le lendemain. Maureen s'assit sur le lit pendant que Sarah lui criait qu'elle ne pouvait plus rester chez elle, que c'était terminé, fini. Elle s'allongea, en se promettant de ne plus jamais boire comme cela. Elle posa sa main égratignée sur sa poitrine, et la voix de Sarah décrut tandis que les feuilles d'acanthe dansaient au-dessus d'elle et que Michael rôdait dans la pénombre de la salle de bains.

36

Percée à jour

Le froid de l'entrée l'enveloppait. Du haut de leurs tableaux, les marins syphilitiques la foudroyaient du regard. Sarah était en train de lui enfiler son manteau de force. Elle était venue dans la chambre de Maureen pendant qu'elle dormait et avait fourré toutes ses affaires dans son sac. Puis elle avait réveillé Maureen et l'avait fait descendre sans ménagement. Outre son horrible gueule de bois, Maureen avait la main éraflée, et son coude lui faisait mal quand elle le tendait.

Sarah jeta le sac près de la porte d'entrée.

— Ce n'est plus possible, Maureen. Je suis désolée, mais c'est chez moi.

— Nom de Dieu, Sarah…

— Comment oses-tu jurer ?

— Excuse-moi. Je suis désolée d'être rentrée dans cet état hier. J'avais un peu bu…

— Un peu bu ? piailla Sarah d'un ton suraigu qui fit frémir Maureen. Tu es une alcoolique !

— Merde, mais calme-toi, dit Maureen en frottant sa main blessée. J'ai la gueule de bois. Tu n'as donc aucune pitié ?

— J'en ai. J'en ai énormément pour les gens qui ne s'attirent pas tous les malheurs possibles.

— Tu es en rogne parce que j'ai pas voulu lire tes brochures religieuses, hein ?

— Sors de chez moi !

Le vif soleil la terrassa. Morte de honte, elle traversa le quartier silencieux jusqu'à la station de métro. Elle était encore à moitié bourrée et elle avait prononcé l'unique juron qui ne pouvait que mettre Sarah en colère. Elle se rendit dans un bureau de tabac de Blackheath et s'acheta un paquet de cigarettes. Le type était en train d'encaisser quand elle vit un présentoir de lunettes de soleil bon marché. Sur un coup de tête, elle acheta la paire la moins chère. C'était un vieux modèle des années soixante-dix, avec des verres marron et une monture en plastique orange. L'homme lui réclama dix livres, devinant sans peine qu'elle était trop atteinte pour discuter. Elle chaussa les lunettes en sortant, alluma une cigarette et remercia mentalement le Seigneur pour le miracle du tabac.

Elle était dans le train quand elle consulta son bipeur et trouva un message envoyé la veille par Leslie : Jimmy avait été arrêté, il fallait qu'elle rentre immédiatement. Arrivée à London Bridge, Maureen essaya d'appeler Leslie d'une cabine, mais personne ne répondit. Elle contempla la rue. Des voitures et des camions passaient devant elle en brassant l'air tiède. Elle avait envie d'avoir de nouveau froid, de retrouver sa ville, son chez-soi, son lit pour s'y cacher, de revoir de nobles collines au lieu de cette saloperie d'horizon tout plat. Mais elle ne pouvait pas rentrer. Elle ne pouvait pas retrouver Ruchill.

Ils faisaient une pause. Leslie fumait encore une cigarette, en regardant les murs jaunâtres et le lino de la pièce sinistre. Cela faisait des heures qu'elle fumait sans rien boire. Elle avait un aphte géant au bout de la langue et ne pouvait s'empêcher de le mordre. Isa s'occupait des gosses, et Jimmy était en bas, dans une cellule de détention provisoire.

Leslie avait refusé l'avocat qu'on lui proposait, pensant que cela la ferait passer pour suspecte, mais elle commençait à douter de la sagesse de cette décision. Elle n'avait rien à cacher. Le pire qu'elle ait fait, c'était de ne pas dire à Ann qu'elle connaissait Jimmy. Mais elle savait que cela ferait mauvais effet si les membres du comité disaient aux flics qu'elle avait demandé à prendre Ann au Foyer. Elle aurait dû dire qu'Ann était de sa famille dès qu'on avait évoqué son cas. Si jamais le comité allait s'imaginer qu'elle avait pu dire à Jimmy qu'Ann séjournait au Foyer, elle se ferait virer. Au mieux, on la muterait dans le grand bureau qui puait. Elle serait assise en face de cette conne de Jan et serait aussi malheureuse que Maureen.

Les policiers ne croyaient pas à son histoire de polaroïd, et elle ne pouvait pas leur dire où il était. Impossible de parler de Maureen, sinon les flics voudraient savoir pourquoi elle avait pris le polaroïd et ce qu'elle faisait à Londres. Quand elle leur avait dit que la photo représentait un certain Frank Toner, le gros avait rigolé et la femme avait souri.

— Qu'est-ce qu'il vient faire là-dedans ?

— Je crois que c'était son petit copain.

— Eh bien, je sais à quoi ressemblent les copines de Toner, avait ricané le gros, et il ne serait sûrement pas sorti avec Ann.

Leslie mordit de nouveau son aphte et frémit de douleur. Si seulement elle avait su où en était Maureen et ce qu'elle avait découvert, elle aurait pu mentir de manière convaincante. L'Anglaise rentra et s'assit en face d'elle.

— Vous voulez quelque chose à manger ? demanda-t-elle.

— Non. Écoutez, c'est seulement après qu'Ann s'est enfuie que j'ai su qu'elle était la femme de Jimmy.

— Je vois. Quand l'avez-vous su ?
— Après son départ.
— Combien de temps après ?
Mais Leslie n'avait pas l'habitude de mentir. Elle était incapable de jouer sur des faits réels pour rendre un mensonge crédible. Elle se radossa, tira une dernière bouffée de sa cigarette et l'écrasa.
— Qu'est-ce qui va m'arriver ?
— Comment ça ?
— Vous allez m'inculper ?
— Nous n'en savons rien encore.
— Si oui, de quoi vous allez m'inculper ?
— Ça dépend.
— De quoi ?
— Eh bien, si nous pouvons prouver que vous étiez en mesure de prévoir qu'il allait lui nuire et que vous l'avez aidé d'une manière ou d'une autre, vous serez inculpée de meurtre.

Leslie n'était toujours pas chez elle. Maureen faillit rappeler Vik, mais perdit courage avant d'avoir fini de composer le numéro. De l'autre côté de la vitre de la cabine, les gaz des pots d'échappement s'élevaient au-dessus de Brixton Hill pour former une brume âcre où se mêlaient fumée et poussière. C'était le début de l'après-midi, et la journée s'annonçait encore une fois douce. Elle remit ses lunettes de soleil, sortit de la cabine et prit le chemin de l'immeuble de Moe. Son lourd sac qui lui tirait sur l'épaule l'épuisait. Elle s'arrêta, le posa sur un muret et l'ouvrit. Elle avait encore les courses de Kilty. Elle sortit deux boîtes de haricots et une de corned-beef qu'elle laissa sur le muret et garda ce que Kilty ne pourrait trouver à l'épicerie du coin : deux barres géantes de chocolat Milka, un paquet de galettes de riz et une boîte d'allume-feu. Elle lui expliquerait. Elle frémit en se rappelant la nuit précédente. Elizabeth, la femme au tee-shirt Las Vegas, avait déclaré qu'elle n'était au courant de rien. Elle n'aurait pas dit cela si elle n'avait réellement rien su.

Quelqu'un avait renversé une poubelle derrière Dumbarton Court, laissant s'échapper l'odeur putride de toute une semaine de plats tout prêts et de couches-culottes souillées. Maureen monta lentement l'escalier, en s'arrêtant à chaque palier pour reprendre son souffle. Le temps qu'elle arrive devant la porte de Moe, elle en avait tellement assez qu'elle espérait presque qu'elle ne serait pas chez elle – mais elle était là.

— Qu'est-ce que vous voulez ? demanda-t-elle, avant d'ajouter un « ah » avec un petit temps de retard.

— Je ne suis pas de la sécu, dit Maureen d'une voix douce, plus pour ménager sa tête douloureuse que pour être aimable. Pas la peine de me faire le coup de l'asthme.

— Ah… je ne vois pas ce que vous voulez dire… ah.

— Où est le livret d'allocations d'Ann, Moe ?

Moe se redressa, lui lança un regard noir et la tira à l'intérieur par le revers de son manteau. Son angine de poitrine venait miraculeusement de guérir. Elle claqua la porte et se retourna vers Maureen.

— Putain, vous êtes qui, vous ?

La pénombre de l'entrée fit du bien à Maureen, qui frotta ses yeux brûlants.

— Vous avez le livret d'allocations, Moe ? chuchota-t-elle.

— Vous êtes de la police ?

— Non. Je suis juste une amie de la famille de Jimmy. Écoutez, Ann est morte il y a dix jours, et quelqu'un encaisse toujours les allocations. Vous avez ce livret ?

— Si vous êtes qu'une amie de Jimmy, j'ai pas à répondre à vos questions.

— Non, Moe, en effet, mais je suis au courant pour le livret d'allocations et pour les allers-retours d'Ann entre Glasgow et Londres. Je sais aussi pourquoi vous voulez le polaroïd. Qu'est-ce que je suis censée faire de ces informations ?

Moe s'effondra et commença à pleurer en tripotant son alliance. Son visage vira au rose soutenu, comme celui d'Ann. Maureen était soulagée d'être dans un couloir sombre et frais, mais ses jambes se dérobaient sous elle.

— Allez, venez vous asseoir, dit-elle en entraînant la femme en pleurs dans le salon.

Moe pleura longtemps, le visage caché dans ses mains. Chaque fois que ses larmes diminuaient, la simple vue de Maureen les faisait repartir de plus belle.

— Moe, votre sœur était alcoolique, et elle n'habitait pas chez vous, dit calmement Maureen. Elle vous a rendu visite, est repartie, et deux jours plus tard, vous avez signalé sa disparition. Elle aurait très bien pu être rentrée chez elle, ou encore être dans un squat, en train de cuver. C'était ridicule de signaler sa disparition.

Moe fixait la moquette en se tamponnant les yeux. Maureen soupira.

— Ça vous ennuie vraiment si je fume ?

Moe secoua la tête. Maureen sortit ses cigarettes, en alluma une et se pencha pour chercher le cendrier sous le fauteuil. Elle le trouva et le posa sur l'accoudoir. Moe la regarda faire sans rien dire.

— Vous en voulez une ? demanda gentiment Maureen.

Moe secoua la tête, porta la main à sa poitrine en sanglotant et se détourna. Trop mal en point elle-même pour discuter avec elle de sa santé, Maureen attendit patiemment que Moe ait fini de pleurer, puis elle lui tendit un mouchoir.

— Merci, dit Moe d'une voix de petite fille. Je peux téléphoner ?

— Non. On va d'abord discuter cinq minutes. Après, vous pourrez téléphoner.

— Mais je veux appeler mon mari.

— Après.

Moe la dévisagea, et son regard s'attarda sur ses yeux rouges et sa main éraflée.

— Bon, d'accord, maugréa-t-elle. Qu'est-ce que vous voulez ?

— Parlez-moi du livret.

— C'est moi qui l'ai, dit Moe en tripotant les bouclettes du fauteuil. Je pensais pas que c'était grave, puisqu'elle est morte.

— Ça l'est. Ça signifie que les enfants sont privés des allocations. Brûlez-le.

— OK, fit Moe en reniflant. Je suis désolée, je savais pas que c'était important.

Maureen tira sur sa cigarette et la regarda.

— Vous avez entendu parler d'un certain Tam Parlain ?

— Évidemment. Tout le monde le connaît. C'est des gens comme lui qui font de ce quartier un enfer. Il vend de la drogue, et ses clients viennent la prendre ici.

— Ann transportait de la drogue, n'est-ce pas, Moe ? demanda doucement Maureen. Pour qui travaillait-elle ? Et que vous a-t-elle dit au sujet de Leslie Findlay ?

Moe se remit à pleurer, le visage caché dans ses mains, en haletant.

— Oh, arrêtez, dit Maureen d'un ton las. Je sais que c'est du chiqué.

Percée à jour, Moe se redressa en rougissant.

— Je peux en avoir une ? demanda-t-elle en lorgnant la cigarette de Maureen.

— Bien sûr.

Maureen lui donna une cigarette, la lui alluma et mit le cendrier sur l'autre accoudoir pour lui éviter d'avoir à tendre le bras.

— Maintenant, répondez-moi. Pour qui travaillait Ann ?

— Je sais pas. Quelqu'un a payé ses dettes pour elle et l'a obligée à le faire. Elle savait qu'elle était en danger. C'est pour ça qu'elle m'a parlé de la photo et qu'elle m'a donné l'adresse du Foyer, pour que je puisse expliquer les choses à la police si ça tournait mal. Elle se faisait beaucoup de souci pour les petits…

Un sanglot lui noua la gorge, mais cette fois, elle ne jouait pas la comédie.

— Elle pensait à eux, elle avait peur qu'il leur arrive quelque chose.

— Elle savait que la police croirait que Jimmy la battait ?

— Non. Elle pensait qu'on découvrirait la vérité.

— Elle aurait dû tout raconter au personnel du Foyer.

— Mais on lui aurait pas permis de rester. On l'aurait envoyée à la police, et qu'est-ce qu'elle serait devenue ?

Maureen hocha la tête. Moe avait raison : le Foyer aurait immédiatement dénoncé Ann.

— Pourquoi ils l'ont tabassée ?

— Elle a perdu tout un sac de marchandises.

— Elle l'a perdu ? répéta Maureen, incrédule.

— On l'a attaquée.

— Et cette histoire de polaroïd, qu'est-ce que c'est ?

— C'était son petit copain. Il devait la protéger. Elle m'a dit qu'il fallait que je le contacte si ça se gâtait.

— Comment s'appelle-t-il ?

— Je sais pas. Tout ce qu'elle m'a dit, c'est qu'elle me laisserait une photo et que je pourrais le retrouver avec.

— Et c'est pour ça que vous vouliez que je vous la donne ?

— Je voulais juste savoir ce qu'elle faisait, protesta Moe. Pourquoi elle travaillait pour des… vendeurs de drogue. Notre famille a jamais été mêlée à des choses pareilles. On est des gens bien. Je peux avoir la photo ?

— Non. Je ne l'ai plus. Mais le type s'appelle Frank Toner, et il fréquente un pub du coin.

— De Streatham ?

— Non, de Brixton. Le *Coach and Horses*.

— Je croyais qu'il habitait en Écosse. Où elle est, la photo ?

— Je l'ai donnée à un type que j'ai croisé dans un pub.

Moe fut très vexée.

— Pourquoi vous lui avez donné alors que je l'avais demandée ?

— J'avais l'impression que vous me mentiez, Moe, et je ne voulais pas vous la laisser.

Maureen écrasa sa cigarette. Au même instant, Moe se jeta en avant et lui prit la main.

— Excusez-moi d'avoir menti, dit-elle en lui broyant les doigts. Je sais plus à qui je peux faire confiance. Merci d'avoir été gentille avec moi, je l'oublierai jamais.

Maureen dégagea sa main et se leva.

— Bon, faites attention à vous. Et brûlez ce livret.

— Oui, oui, soupira faiblement Moe.

— Vous pouvez passer votre coup de fil, maintenant.

Moe referma la porte derrière elle à double tour.

Maureen traversa la cour en retenant son souffle pour ne pas sentir l'odeur des poubelles. Un autre message venait d'arriver sur son bipeur. Elle consulta le petit écran et vit que Leslie lui avait laissé un numéro de portable à appeler d'urgence. Elle prit une rue voisine de la gare et se retrouva rapidement dans un joli quartier de pavillons dotés de jardinets et de porches garnis de plantes grimpantes. Elle alluma une cigarette et ralentit l'allure. Une voiture la dépassa en cahotant sur les ralentisseurs. Si Moe avait le livret, Ann avait dû signer d'avance tous les chèques pour que sa sœur puisse les encaisser. Elle devait savoir qu'elle allait mourir, songea brusquement Maureen.

Elle trouva une cabine téléphonique, mais l'appareil avait été fracassé, et elle dut continuer son chemin jusqu'à la station de métro en cherchant une autre cabine. Des juifs intégristes beuglaient dans un mégaphone devant un petit groupe médusé. Ils s'étaient installés sur une estrade et portaient ce qui semblait être de vieux costumes pour une pièce sur Hannibal : grosses ceintures cloutées et pantalons enfoncés dans de grandes bottes en cuir. Les bras croisés, les yeux rivés sur une vaste foule imaginaire, deux d'entre eux encadraient le porte-parole, qui vitupérait le fléau de l'homosexualité.

— Et ils seront mis à mort ! hurla-t-il. Ils seront mis à mort !

Maureen appela le numéro que lui avait envoyé Leslie, mais il était occupé.

— Liam ?

— Mauri ? s'écria-t-il. Quand est-ce que tu rentres ?

— Crie pas, tu veux ? J'ai un peu mal à la tête, là.

— Tu as encore bu ? s'inquiéta-t-il.

— Non, j'ai la grippe, je crois.

Elle avait l'impression d'être comme Winnie, à dissimuler ses beuveries sous des mensonges cousus de fil blanc.

— Je crois que j'ai attrapé ça dans le car, poursuivit-elle en se demandant pourquoi elle mentait.

— Hutton essayait de se mettre à son compte, dit Liam. C'est pour ça qu'ils l'ont tué.

Maureen mit un instant à se rappeler pourquoi cela l'intéressait.

— Oh. C'est bien, non ? Ça veut dire que sa mort n'a rien à voir avec Ann.

— Probablement. Mais personne ne sait où il se procurait sa came. Peut-être qu'elle travaillait pour lui.

Maureen essaya de trouver quelque chose d'intelligent à dire, mais n'y parvint pas.

— J'ai la tête comme une citrouille, dit-elle.

— Pourquoi t'es pas au lit, alors ?

— Sarah m'a foutue dehors parce que j'avais bu et insulté Jésus.

— Donc, soit tu t'es bourré la gueule alors que tu avais la grippe, soit tu as une grippe qui présente exactement les mêmes symptômes qu'une gueule de bois.

Elle rit doucement, en essayant de ne pas trop agiter la tête.

— Ô mon Dieu, murmura-t-elle. Je me sens super mal. Et je me suis blessée à la main.

— Tu devrais pas boire autant, dit Liam. Il paraît qu'on a arrêté ce Jimmy.

— Je suis au courant. Écoute, Liam, tes copains, les drogués d'ici, ils sont sympas ?

— Assez.

— Je peux aller les voir ? Je voudrais leur demander un truc.

— Je peux pas te donner leur adresse, Mauri. C'est confidentiel, tu sais.

— Oh, arrête, Liam, t'es pas prêtre.

— Ça va pas trop leur plaire si je t'envoie chez eux. Ils sont un peu… euh… prudents, tu vois.

— Tu peux pas les appeler pour les prévenir ?

— Ils sont peut-être pas chez eux.

— Essaie de leur téléphoner. Je te rappellerai, et tu me diras s'ils sont là.

— Ça va pas leur plaire.

— Je te rappelle dans vingt minutes.

Liam étouffa un juron et raccrocha. Maureen regarda les affichettes pornos collées sur la paroi vitrée et se demanda ce qu'en pensaient les enfants qui les voyaient. Un camion passa devant la cabine, les faisant voleter. Les juifs psalmodiaient des menaces dans leur mégaphone. Elle aurait tout donné pour être chez elle, avant que Mark Doyle lui empoigne le bras et que Sarah la traite de poivrote.

37

MARTHA

Martha parlait avec un doux regard compatissant et d'une voix traînante et apaisante comme un sirop calmant. Elle portait une jupe multicolore, un tee-shirt rouge et de grosses chaussures de sport.

— Alex est parti quelques jours, dit-elle en clignant lentement des yeux, comme si elle venait de fumer. En tout cas, chérie, Liam a dit que tu avais une sacrée gueule de bois et qu'il fallait que je m'occupe de toi.

Maureen s'enfonça dans le canapé et regarda le plafond. Martha habitait en face de la station Oval, dans un appartement exigu issu de la division inconsidérée d'un illustre logement plus vaste. Les pièces étaient trop hautes et de forme bizarre, et les moulures du plafond s'arrêtaient brusquement en haut des murs comme une phrase coupée. La minuscule cuisine avait la forme d'une carte d'Italie, avec une grande fenêtre au bout.

Martha et Alex n'avaient pas beaucoup dépensé pour la décoration, mais leur appartement semblait conçu pour apaiser une gueule de bois. Le salon était sombre, et Martha avait tiré les rideaux, bien qu'il ne fût que 13 heures. Des écharpes indiennes dissimulaient les taches d'humidité du plafond, et une ombrelle suspendue dans un coin diffusait une faible lumière indirecte. Sur la cheminée était exposée une collection de cartes postales en trois dimensions qui représentaient des chiens coiffés de chapeaux. Aux yeux de Maureen, qui sortait de la maison glaciale de Sarah, c'était l'endroit le plus agréable et accueillant qui fût, et elle n'avait aucune envie d'en bouger. Martha vint s'asseoir à côté d'elle sur le canapé affaissé.

— L'appart est à vous ? demanda Maureen.

— Non. On le loue à un mec qui vit en Irlande. L'immeuble est à lui. Il est plutôt cool, comme proprio.

— C'est sympa. Très apaisant.

— Tu veux manger quelque chose ? Une tasse de thé et un minipain au chocolat ? demanda Martha, qui connaissait toutes les astuces pour mettre quelqu'un à l'aise.

— Oh, ce serait génial.

— J'ai aussi du valium, chérie, dit Martha en se levant. Prends-en un ou deux, ça te fera du bien.

Maureen refusa. Elle mourait d'envie de rester sur le canapé, mais elle estima que ce serait mal élevé de ne pas bouger pendant que son hôtesse s'occupait d'elle et se força à chausser ses lunettes de soleil pour suivre Martha dans la lumineuse cuisine. Il fallait qu'elle rappelle Leslie, mais c'était peut-être un peu trop culotté d'appeler un portable en Écosse. La cuisine était agréable et confortable. Les éléments étaient peints en rose et jaune mat, et sur le réfrigérateur était collée une grande photo de Lionel Ritchie, dont la bouche et les mâchoires donnaient l'impression d'avoir été retouchées par ordinateur. Martha remplit la bouilloire au robinet.

— C'est très gentil à toi de t'occuper de moi, dit Maureen, soudain consciente du spectacle lamentable qu'elle devait offrir.

— Pas de problème, répondit Martha en branchant la bouilloire. Comment va Liam ?

— Bien.

— Il est toujours avec Maggie ?

— Non, ils ont cassé au Nouvel An.

Martha s'immobilisa et fixa le plan de travail en clignant des yeux.

— Quand ça ? demanda-t-elle d'une voix tendue.

Liam avait le don d'éveiller un intérêt obsessionnel chez certaines femmes un peu folles. Maureen répondit prudemment :

— Il n'y a pas longtemps.

— Ah bon ? fit Martha avec un sourire forcé. Eh bien, il m'a dit tout à l'heure qu'ils étaient toujours ensemble.

Apparemment, son intérêt pour Liam n'était pas réciproque.

— Oh, murmura Maureen. Peut-être qu'ils se sont remis ensemble, alors.

— Ouais, fit Martha en se retournant vers la bouilloire.

— Il ne me dit pas tout, tu sais, reprit Maureen, craignant que Martha ne prenne en grippe les deux O'Donnell et ne refuse de la laisser retourner sur le canapé. En fait, il a très bien pu se remettre avec Maggie sans m'en parler. Il sait que je ne m'entends pas super bien avec elle.

Martha prit deux tasses sur l'égouttoir.

— Tu ne l'aimes pas ? demanda-t-elle d'un ton sournois.

Maureen pouvait comprendre que Martha n'aime pas Maggie. L'ex-petite amie de Liam avait un père actuaire et vivait avec ses parents au sud de Glasgow dans une grande maison neuve avec jardin. Elle n'aurait jamais accepté de mettre les pieds chez Martha. Sans compter que Martha voulait se faire son mec.

— Si, je l'aime bien, mentit Maureen. C'est juste qu'on n'a pas grand-chose en commun. Liam vient souvent te voir ?

— Plus beaucoup, depuis qu'il s'est retiré des affaires.

Maureen remercia le Ciel qu'elle ne revienne pas sur le sujet des amours de Liam. Martha sortit un paquet de mini-pains au chocolat et défit l'emballage en cellophane.

— Sers-toi, chérie, dit-elle. Le pire, quand on a la gueule de bois, c'est de ne pas manger. Ton corps a besoin de sucre.

Maureen mordit dans la pâtisserie. Elle fondait si facilement dans la bouche qu'elle ne fit même pas l'effort de mâcher.

— Liam m'a dit qu'une de tes amies avait disparu.

— Ouais. Tu connais la plupart des dealers de Brixton, non ?

— Certains.

— Tam Parlain ?

— Ouais, c'est pas un mec bien. Comment tu connais son nom ?

— Je me renseignais sur un avocat, Headie, et on m'a parlé de lui.

Martha sourit.

— Coldharbour Lane ?

— Ouais.

— Pauvre M. Headie. Il buvait, dit-elle, comme si cela expliquait tout – et c'était probablement le cas.

Maureen sortit la photocopie d'Ann.

— Tu l'as déjà vue ?

Martha déplia la feuille et l'examina attentivement.

— Non. Elle se droguait ?

— Je crois pas.

Martha regarda la photo de plus près. C'était la première personne qui voyait cette image sans frémir. Elle la tint à bout de bras.

— Beurk. Dans quel état tu t'es mise, toi.

Elle sourit en la rendant à Maureen.

— Je crois pas qu'elle se soit fait ça toute seule, dit tranquillement Maureen en sortant le polaroïd de sa poche. Et ce mec, tu le connais ?

La bouilloire avait commencé à siffler, et Martha l'éteignit avant de prendre la photo. Elle y jeta un coup d'œil et se rembrunit aussitôt.

— Merde, d'où tu sors ça ?

— On l'a trouvée dans les affaires de la femme qui a disparu.

Martha jeta la photo sur le plan de travail. Elle ne voulait même pas y toucher. Elle leva les mains en agitant les doigts, paniquée.

— Tu l'as montrée à quelqu'un ?

— Une ou deux personnes, dit Maureen.

— Débarrasse-t'en, dit Martha en repoussant la photo du bout du doigt comme si c'était un rat mort. Fous-la à la poubelle. Tu sais pas ce que ça veut dire ?

— Non.

— C'est une menace. Qui est le gosse ?

— Celui de la femme qui a disparu.

Martha regarda de nouveau la photo.

— Dans une cour de récré, c'est inhumain.

— Pourquoi dis-tu que c'est une menace ?

Martha désigna le polaroïd.

— Il sait où est le gosse. Il l'a déjà approché et il peut recommencer. Et la prochaine fois, il lui fera du mal.

Elles retournèrent dans le salon, et Maureen but son thé en mangeant d'autres minipains au chocolat.

Martha lui expliqua que le polaroïd servait à effrayer Ann et à l'obliger à obéir à Toner. Elle ne fut pas surprise quand Maureen lui dit que Parlain voulait mettre la main sur cette photo. Parlain travaillait pour Toner, et quiconque était sous les ordres de Toner essaierait de se l'approprier : lui rendre le polaroïd permettrait de demander un service, le garder fournirait un moyen de pression. Si Toner savait que Maureen avait le polaroïd, elle était en danger. Maureen regarda la photo, le sourire méprisant de

Toner et le gamin qui tentait de se dégager. Ann avait dû être terrifiée.

— Qu'est-ce qu'elle a fait pour mériter ça ? demanda Martha.

— Je sais pas très bien. Je crois qu'elle transportait de la drogue pour lui et qu'elle a perdu sa marchandise ou qu'elle l'a vendue. Il l'a tabassée, et elle s'est enfuie. En admettant qu'elle ait fait la mule pour lui, à qui elle livrait la marchandise, d'après toi ?

Martha se tortilla, mal à l'aise, et but une gorgée de thé.

— Tu le sais, n'est-ce pas ?

— Ce n'est pas un secret.

— Quoi ?

— Toner est en relation avec des gens de Paisley.

— Les Parlain.

Martha sourit faiblement, sans la regarder.

— Liam serait fou d'inquiétude si je lui racontais ça.

— Ô mon Dieu, Martha, je t'en prie, ne lui dis rien. Il en serait malade.

Martha haussa les épaules.

— Non, ne dis rien, s'il te plaît, Martha. Je rentre demain matin, de toute façon.

38

Anagramme

Michael s'était insinué par la fenêtre sous la forme d'une vapeur fuligineuse qui planait au-dessus de son lit, assez proche pour la toucher. Quelqu'un tapait du pied et prononçait son prénom. Maureen ouvrit ses yeux douloureux et distingua la silhouette de Martha de l'autre côté de la pièce. Elle était assise dans le grand fauteuil en rotin et s'était lourdement maquillée. Elle adressa un sourire lascif à Maureen.

— Salut, la dormeuse, dit-elle en portant un énorme joint à ses lèvres barbouillées de rouge. Papa est là.

Maureen se leva péniblement et se frotta les yeux pour essayer de distinguer la personne assise à l'autre bout du canapé.

— C'est toi, Liam ?

— Ouais.

— Merde, mais comment tu es arrivé là ?

— J'ai pris l'avion.

Il semblait très soucieux.

— Ça va ?

— Elle m'a fait peur, dit-elle en désignant Martha.

— Mais tout va bien, maintenant, pas vrai, chérie ? Elle était tellement malade tout à l'heure, dit Martha, pour donner à Liam l'impression qu'elles étaient devenues de grandes copines.

— Écoute, Mauri, il y a un vol de retour ce soir. J'ai réservé deux places.

— Je rentre pas. J'ai pas fini.

— Maureen, j'ai fait tout ce chemin pour te tirer du pétrin, dit-il en jetant un coup d'œil à Martha.

— Je rentre pas maintenant.

— Viens t'asseoir, dit-il en tapotant le canapé à côté de lui.

— J'ai pas envie de m'asseoir, répliqua-t-elle d'un ton d'adolescente renfrognée.

Martha se leva en prenant des airs gênés, comme si elle n'avait jamais vu un frère et une sœur se chamailler.

— Je vais faire chauffer de l'eau, minauda-t-elle, avant de s'éloigner en ondulant des hanches.

Maureen attendit qu'elle soit sortie pour se laisser retomber sur le canapé. Elle refusa la cigarette que lui offrait Liam.

— Ça commence à schlinguer, Mauri, dit Liam. Les flics ont trouvé des trucs chez Harris. Sa femme était revenue…

— Quels trucs ? coupa Maureen.

— Des photos qui appartenaient à Ann. Prises au Foyer, à Noël.

— Mais c'est Leslie qui les avait ! Ann ne pouvait pas les avoir en double !

— Hé, me gueule pas dessus, protesta Liam, indigné. C'est pas moi qui les ai mises là-bas.

— Je gueule pas, cria-t-elle.

— Écoute, Mauri, les flics ont aussi découvert que Harris était venu à Londres. Ils ont la preuve qu'il était là quand Ann est morte. C'est pas suffisant ?

— Je rentre pas maintenant.

— Enfin, Mauri, dit-il doucement, te braque pas. Tu peux me croire, Frank Toner est un mec qui craint à mort. Si tu as montré sa photo à des gens, il faut que tu rentres. Tu l'as montrée ?

Elle haussa les épaules.

— Tu l'as montrée à des gens qui pourraient remonter ta piste jusqu'à Glasgow ?

Elle se rappelait vaguement l'avoir montrée à Mark Doyle. À moins que ce ne soit à Tonsa.

— Je crois que je l'ai montrée à Tonsa.

— À Tonsa ? fit Liam, horrifié. Merde, Maureen ! Ils vont croire que tu travailles pour moi.

— Mais tu deales plus.

— Il n'y a pas de retraite tranquille dans ce genre de business, crétine. Si Tonsa se rappelle qui tu es et si elle en parle à Toner, je suis foutu. Merde, Mauri, il faut que tu rentres avant de faire de grosses bêtises.

Vaguement, tout au fond de sa cervelle ratatinée, Maureen se souvint d'avoir dit à Tonsa qu'elle était la sœur de Liam. Tonsa, la seule à qui il aurait fallu ne rien dire. Elle leva les yeux vers l'ombrelle qui flottait au plafond. Liam lui avait dit de ne pas parler de lui. Il avait insisté.

— Rentrons à la maison, dit doucement Liam.

— Il me faut encore une journée, répondit-elle, paniquée. Je dois retourner voir la sœur d'Ann. C'est une petite vieille qui ne va pas très bien. On peut rester ce soir et partir demain ?

— Promets-moi que tu ne feras rien de plus.

— Promis.

Martha apparut sur le seuil, les mains sur les hanches, dans une pose qu'elle devait trouver flatteuse.

— On dirait que tu vas rester, dit-elle à Liam, avant de rire gaiement.

— On ne va pas coucher ici, répondit Liam. Il n'y a pas de place.

— Alex est parti pour quelques jours, dit Martha d'un ton dégagé. Il y a de la place à revendre. Maureen est bien, sur le canapé, non ?

— Ouais, dit Maureen. Du moment que ce n'est que pour une nuit.

À contrecœur, Liam appela la compagnie aérienne pour reporter leur départ au lendemain soir. Maureen et Martha, assises toutes les deux sur le canapé, se détendirent en l'entendant confirmer les détails.

— On y est bien, non ? demanda Martha.

— Où ?

— Sur le canapé. Il est confortable.

Décontenancée, Maureen lui rendit son sourire.

— Demain soir, annonça Liam après avoir raccroché. Mais on ne pourra plus rechanger, OK ?

— Il vaut mieux que j'aille voir Sarah pour l'avertir que je couche ici, dit Maureen en lui lançant un regard entendu.

— Bon. Alors, allons-y, dit Liam en omettant délibérément d'inviter Martha à les accompagner.

Maureen lui dit qu'elle voulait voir Kilty pour lui donner ce qui restait de ses courses. Elle était tellement soûle la veille qu'elle ne savait pas très bien comment elles s'étaient quittées, et elle voulait s'assurer que sa compagne de beuverie allait bien. Le jeune propriétaire les fit entrer dans l'étroit couloir et leur dit que Kilty était à l'étage, porte du fond. Il faudrait qu'ils frappent fort, précisa-t-il.

— Elle nous attend, dit Maureen.

— Vous allez quand même devoir frapper fort.

La porte de la chambre de Kilty tremblait sous les assauts du générique de *Money Programme*, et derrière le mur, une petite voix de soprano stridente chantait à l'unisson, un ton en dessous et avec un temps en retard. Maureen tambourina sur la porte aussi fort qu'elle put, mais le bruit couvrit ses coups. Elle recommença, et la voix se tut. Un instant plus tard, la musique s'éteignit brusquement.

— On a frappé ? demanda poliment Kilty.

— C'est moi.

La porte s'ouvrit sur une Kilty souriante. Sa chambre était vaste, avec une grande fenêtre et des volets en bois. Elle n'avait que peu de meubles : un lit d'une personne, un fauteuil en cuir et une ottomane. Sur le mur du fond s'ouvrait une cheminée encadrée de carreaux orange avec un pare-feu doré.

— Mon frère, Liam.

— Kilty Goldfarb, annonça-t-elle en lui serrant la main.

— Qu'est-ce que c'est ? demanda-t-il, stupéfait. Une anagramme ?

Kilty haussa les sourcils l'un après l'autre en regardant Maureen, et Liam l'observa avec ravissement, en espérant qu'elle allait recommencer. Elle éteignit la télévision et poussa le pare-feu tout près de l'âtre, avant d'enfiler son manteau en fausse fourrure et d'éteindre la lumière. Elle déclara que le meilleur endroit pour bavarder était le restaurant *Alhambra*, qui avait un excellent café. En chemin, Maureen, inquiète, parvint à lui faire dire qu'elle avait passé une bonne soirée et qu'elle ne regrettait rien, hormis le verre au *Coach and Horses*.

L'*Alhambra* était un restaurant marocain décoré d'une fresque qui représentait le désert. Apparemment, l'artiste était incapable de dessiner les gens autrement que de profil : des hommes chargés de lourds sacs menaient des chameaux dans un sens et dans l'autre tout le long du mur, tandis que des femmes les regardaient arriver ou partir. Kilty les entraîna à une table près de la fenêtre et commença à parler à Liam et à lui poser des questions. Ils connaissaient les mêmes gens à Glasgow et se rendirent compte qu'ils avaient dû aller aux mêmes fêtes quand ils étaient plus jeunes, mais sans jamais faire connaissance. Sur l'insistance de Kilty, ils commandèrent tous les trois du café, et Maureen dut reconnaître qu'il était délicieux : son amertume était tempérée par le subtil parfum de la cardamome et d'autres saveurs trop complexes et trop subtiles pour le palais d'une fumeuse. Elle demanda à Kilty de prendre une cigarette, et Liam et elle s'amusèrent à la regarder faire ses nuages de fumée. Cela n'ennuyait pas Kilty qu'on se moque d'elle, parce qu'elle se trouvait géniale. Et elle l'était. Elle écrasa son mégot, termina son café et enfila son manteau en disant qu'elle devait rentrer afin d'être en forme pour aller travailler. Elle les invita tous les deux à dîner le lendemain.

— On part demain soir, dit Liam.

— Oh, fit Kilty, déçue. Quel dommage. Mais vous reviendrez, n'est-ce pas ?

— Je reviendrai te voir, dit Maureen. C'est promis.

Kilty se pencha, prit Maureen par les oreilles et l'embrassa sur la joue, puis elle se leva.

— J'ai passé une supersoirée, hier, dit-elle en enfonçant son bonnet de ski jusqu'aux yeux. C'est un plaisir de vous connaître tous les deux.

— Elle est complètement déjantée, dit Liam quand elle fut partie.

— Ça oui, approuva Maureen en souriant.

Liam avait commandé deux couscous à l'agneau. Maureen n'avait pas envie de manger, mais le café à la cardamome lui avait ouvert l'appétit. Quand les plats arrivèrent, elle trouva l'odeur entêtante et le couscous léger comme l'air. Prudente, elle prit d'abord une cuillère de semoule seule, puis une autre mouillée de sauce, et finalement se mit à manger avec enthousiasme. Liam tenta de la décourager en lui disant que le dîner était le pire moment quand on avait la gueule de bois et que l'agneau avait la propriété de prolonger le malaise pendant toute une semaine.

— Comment va Winnie ? demanda Maureen. Toujours sobre ?

— Comme un chameau. Elle ne veut plus recevoir Michael, et George et elle dorment de nouveau ensemble.

— Génial, dit Maureen. Ça doit faire plaisir à Una, en tout cas. Elle n'aura pas à défendre son gosse contre une grand-mère alcoolo.

— Ouais, fit Liam en fixant brusquement la table. Ouais, c'est ça.

— Qu'est-ce qui se passe ? demanda Maureen, qui connaissait cette expression. Una ne veut plus voir Winnie ? Alistair a réussi à la convaincre ?

— Alistair est plus là.

— Plus là ?

— Il est parti.

— Comment ça, il est parti ?

— Una l'a plaqué. Ils vont divorcer. Il avait une liaison avec la voisine du dessus.

— Alistair ?

— Ouais, Monsieur Fidélité en personne.

— Mais c'était le seul d'entre nous qui était bien.

— Je sais. Ça change tout, si Una élève le môme toute seule, non ?

— Michael traîne toujours chez elle ?

— Comme une mauvaise odeur persistante. C'est la seule qui ait gardé foi en lui. Je crois que c'est pour ça que Winnie a arrêté de boire. Je pense qu'elle a peur pour le gosse.

Derrière le comptoir, les deux barmen commencèrent à se disputer, puis l'un d'eux assena un grand coup de poêle sur le bar. Un lourd silence tomba sur le restaurant. Le gosse n'était pas encore né, songea Maureen. Pas encore. Elle ne voulait pas s'inquiéter pour cela, elle n'en avait pas le temps. Elle voulait s'absorber dans le problème abstrait qu'étaient Ann et Jimmy et ne plus jamais repenser à Michael.

— Dis donc, si quelqu'un transporte de la drogue jusqu'à Glasgow, les clients paient avant l'arrivée du colis ou à la réception ?

— À la réception, gloussa Liam.

— Pourquoi tu ris ?

— Ce que tu es naïve, Mauri. Le voyage, c'est le plus dangereux. On serait tous fauchés si on payait d'avance.

Maureen lui lança un regard agacé. Il était tellement condescendant, parfois.

— Cette femme a été tuée d'une façon très curieuse.

— Comment ?

Elle le regarda enfourner une bouchée de couscous.

— Tu veux vraiment que j'en parle pendant que tu manges ?

— Ça me gêne pas.

— Bon. Elle a eu les mains et les pieds brûlés, on lui a coupé les bras et les jambes et on lui a fracassé le crâne. Est-ce que des dealers tueraient quelqu'un comme ça ?

Liam avala son dernier morceau d'agneau.

— Pas vraiment. Sauf s'ils la torturaient pour la faire parler ou s'ils voulaient qu'on ne puisse pas l'identifier ensuite.

— Sur ce dernier point, c'est raté : ils lui ont laissé sa gourmette.

— Alors, ils ont dû la torturer. À quel endroit ils lui ont coupé les jambes ?

— Au niveau des genoux.

— Vraiment ? s'étonna Liam.

— Ouais.

Le regard perdu dans le vide, il porta les mains aux endroits où se seraient trouvées les blessures sur son propre corps : les jambes, les pieds, puis les mains, comme s'il faisait une sorte de prière rituelle.

— C'est là qu'on se fait ses fixes, dit-il.

— Hein ?

— C'est là que les junkies se piquent : les bras, les mains, les pieds. Quand ils ne trouvent plus de veines ailleurs, ils se piquent derrière les genoux.

— Peut-être qu'elle s'était mise à l'héro ?

— Peut-être.

Il alluma une cigarette et se radossa en se frottant le ventre.

— C'était hyper bon.

— Tu sais pour qui j'ai de la peine ? dit Maureen. Pour la copine de Hutton. Elle est enceinte.

— J'ai pas envie de perdre mon temps à avoir de la peine pour Maxine Parlain.

Maureen en lâcha sa fourchette.

— C'est une Parlain ? De Paisley ?

Liam hocha la tête. Maureen se pencha en avant et agita l'index sous son nez.

— Son frère Tam est ici. Il m'a bipée pour me demander de venir le voir.

— Tu n'y es pas allée, quand même ?

— J'ai su que c'était lui qu'en arrivant. C'est un dealer...

— Putain, mais baisse d'un ton, grinça Liam.

— Pardon, pardon. Mais il est là et il est mêlé à cette histoire. Martha dit qu'il travaille pour Toner.

— Oui, enfin, il revend pour lui contraint et forcé.

— Comment ça, contraint et forcé ?

— Eh bien, c'est un Parlain, et comme la famille est très unie, Tam sera toujours de leur côté. Toner a peut-être réussi à le faire travailler pour lui, mais il sait qu'il sera toujours fidèle à sa famille. S'il l'a pris avec lui, c'est pour pouvoir entretenir un contact avec les autres. C'est comme l'idiot de la famille qu'une autre société engage en signe de bonne volonté.

— Ce qui fait que Toner a plein de contacts en Écosse ?

— Ouais.

— Alors, c'est pour Toner qu'Ann faisait la mule, pas pour Hutton.

— Donc, elle devait livrer aux Parlain, conclut Liam. Ce Tam, il a la tronche pleine de cicatrices.

— Je sais, dit Maureen. C'est un dur ?

— Non, tout le monde dit que c'est un con. Il s'est fait taillader le visage parce qu'il arrêtait pas d'emmerder les gens. S'il est à Londres, c'est probablement pour fuir les ennuis.

Maureen donna à Liam la fin de son assiette et le regarda manger. Les Parlain avaient très bien pu glisser le billet d'avion dans la boîte aux lettres de Jimmy. Quant aux photos, Senga avait pu les donner à Maxine, et Toner devait avoir une armée de sbires à Glasgow tout prêts à rédiger de fausses lettres pour lui. Elle songea à Elizabeth Las Vegas. Elle était allée en Écosse en train : c'était peut-être une mule, elle aussi. Tandis que Liam, repu, se curait les dents, Maureen alla téléphoner au fond du restaurant.

— Allô ? fit-elle d'un ton enjoué.

— Maureen, putain de merde, rentre ! dit Leslie.

— Quoi ?

Leslie posa le téléphone contre sa poitrine, mais Maureen l'entendit tout de même demander l'autorisation de prendre l'appel ailleurs. Elle entendit une chaise racler le sol.

— Quitte pas, quitte pas, marmonna Leslie avant de s'éloigner et de claquer une porte.

— Ça va ?

— Non. La police veut m'arrêter. Les flics me croient pas pour le polaroïd, ajouta-t-elle dans un chuchotement terrifié. Ils pensent que j'ai dit à Jimmy où Ann était et que je lui ai donné l'argent pour payer son billet d'avion. Ils ont trouvé chez lui les photos de Noël du Foyer et ils croient qu'elle est repassée par Finneston.

— Mais c'est toi qui as les photos d'Ann.

— Je leur ai dit, mais ils ne me croient pas. Et même si on ne m'inculpe pas, je vais perdre ma place si le comité apprend tout ça.

Elle avait pris un ton strident. Maureen entendit le téléphone frotter contre le cuir de son blouson : elle avait calé le téléphone contre son épaule, le temps de se ressaisir. Leslie se racla la gorge et reprit :

— Jimmy était à Londres quand elle a été tuée, Mauri.

— Tu leur as pas donné les photos du CCB, quand même ?

— Tu déconnes ? Ils vont m'inculper et je ferais ça ?

— Écoute, dis-leur que le frère de Maxine Parlain habite Londres et qu'il connaissait Ann.

— Quel est le rapport ?

— Dis-leur. Je rentre demain.

— Perds surtout pas ce foutu polaroïd.

— Pas d'inquiétude. Patience, tout ira bien.

— Même si on me vire pas, on me fera plus jamais confiance. Je vais me retrouver à bosser dans cette saloperie de grand bureau avec toi.

— Je ne retournerai pas au bureau, Leslie, dit Maureen après un instant d'hésitation. Je vais faire autre chose.

— Ouais. Eh bien, on fera les petites annonces ensemble.

— D'accord, fit Maureen, soulagée. Comment Jimmy explique-t-il la présence des photos de Noël chez lui ?

— Il dit qu'on les a mises dans sa boîte aux lettres, comme le billet. Il croyait que c'était toi.

— C'est cette salope de Senga Brolly.

— C'est ce que je pensais aussi, acquiesça Leslie.

Ils retournèrent à l'appartement expressionniste de Martha et passèrent une affreuse soirée devant la télévision, à zapper et à écouter Martha radoter qu'elle était superbe et que tout le monde la prenait pour un mannequin. Ils regardèrent une émission de ragots sur JFK, et le bavardage de Martha couvrit la moitié des passages salaces. En fait, elle et Alex ne s'entendaient plus très bien, et elle se demandait s'ils n'allaient pas rompre. Maureen fuma à en avoir la langue ankylosée. Elle avait envie de sortir et d'aller à Brixton se perdre de nouveau en Ann. Martha était avec Alex depuis six ans, cela faisait longtemps, non ? Liam avait dû passer un sale moment, avec la rupture d'Una et Alistair. Una avait probablement voulu lui parler, se confier à lui, et il avait sans doute dû aller chez elle alors que Michael y était. Martha regrettait de ne pas avoir des cheveux comme ceux de Maureen et Liam, de beaux cheveux frisés. Elle se leva et alla tripoter ceux de Liam en répétant qu'elle aurait adoré avoir les mêmes. L'idée qu'il allait y avoir un nouvel enfant dans la famille n'avait jamais semblé réelle à Maureen, même si Una essayait de tomber enceinte depuis des années, mais elle commençait à saisir tout ce que cela pouvait impliquer. Una aurait son bébé sans la présence protectrice et le bon sens d'Alistair. Martha en avait marre de ses cheveux longs et avait l'intention de se les faire couper court, vraiment très court…

— Martha ! aboya Maureen, perdant patience.

Liam la foudroya du regard.

— Quoi ? demanda Martha en souriant à Liam.

— Ne les coupe pas ! s'écria Maureen en gardant une expression furibonde pour ne pas éveiller les soupçons. Garde-les longs !

— Vraiment ?

Martha était flattée. Elle ne remarqua pas Liam qui se détournait et riait sous cape.

— Oui ! C'est très beau !

Liam ricana en soufflant la fumée et se mit à tousser.

Il était minuit. Martha insista pour que Maureen dorme sur le canapé, il lui plaisait tellement, n'est-ce pas ? Elle sortit un sac de couchage et un oreiller et donna à Maureen un tee-shirt et un bas de pyjama. Elle exigea que Liam dorme par terre dans sa chambre. Il tenta de protester, mais Martha insista sans vergogne.

— Tu as peur de moi ? demanda-t-elle en cherchant du regard le soutien de Maureen.

— Non, Martha, je n'ai pas peur, mais je préférerais dormir dans le salon.

Martha éclata de rire.

— Mais il n'y a pas de place ! Sois pas bête, je vais te préparer ton lit, dit-elle, avant de sortir de la pièce d'un pas léger.

Liam soupira et prit son blouson.

— À demain matin, Mauri.

Maureen s'installa sur le canapé, tout habillée, dégoûtée par Martha et son appartement gueulard avec sa décoration régressive de hippie. Elle savait qu'elle devait faire un choix. Affronter la situation ou abandonner le bébé d'Una à son sort, ne plus jamais revoir sa famille et vivre sa vie de son côté, les yeux fermés, avec des gens bien comme Vik. Ils sortiraient le soir au cinéma, passeraient le week-end à la mer et boiraient une bonne vieille bouteille de vin de temps en temps. Elle voulait vivre avec quelqu'un de normal et de respectable. Elle voulait Vik.

Cela faisait plus d'une heure qu'elle pensait à Michael et au bébé d'Una quand elle entendit des grincements et des gémissements dans la chambre. Elle tapa contre le mur pour leur rappeler sa présence, mais cela ne changea rien. Elle se leva et tenta de mieux fermer la porte entre les deux pièces, mais le plancher inégal empêchait qu'on pousse complètement le battant.

Elle alla s'asseoir près de la fenêtre, le plus loin possible de la porte entrouverte, et regarda les camions et les taxis noirs s'arrêter aux feux du carrefour pendant que Liam sautait Martha pour avoir la paix.

Elle se réveilla dans le fauteuil défoncé, convaincue qu'elle était chez elle et qu'Una faisait couler le sang du bébé par la fenêtre. Elle avait lâché sa cigarette, qui avait laissé une longue brûlure noire sur le tapis. Elle ne se sentait pas capable de regarder Martha et Liam en face : elle ne pourrait cacher son dégoût. Elle rassembla ses affaires et laissa un mot à Liam pour lui dire qu'elle le retrouverait à l'aéroport. Puis elle quitta à pas de loup l'appartement et sortit dans l'air vif du matin. Elle voulait retrouver Elizabeth.

Suivant les indications de son plan, elle reprit le chemin de Brixton. Le ciel était dégagé et ensoleillé. Il faisait chaud. Elle pensa à Lynn, qui devait être en train d'attendre Liam à Glasgow, puis elle essaya de se rappeler ce qu'elle avait dit à Tonsa à propos de son frère. Elle s'arrêta pour acheter des cigarettes et un demi-litre de lait qu'elle but entre Oval et Brixton. Brusquement, une image lui vint à l'esprit : Michael tenait le bébé d'Una dans ses bras et lui coupait les jambes avec ses ongles effilés comme des rasoirs.

Elle allait traverser la rue quand elle leva les yeux et vit Frank Toner de l'autre côté, avec une femme à son bras. Elle était grande, mais effroyablement jeune, comme une enfant étirée en longueur qui se serait fait greffer de gros seins. Toner la prit par la taille, l'attira contre lui et fourra son nez dans son abondante chevelure. La fille sourit de toutes ses dents, mais son regard était effrayé. Quand Toner releva la tête, il vit Maureen et s'immobilisa.

Maureen retint son souffle et le regarda traverser la rue en tirant la fille par le bras. Les voitures ralentirent tandis qu'elle courait derrière lui sur ses hauts talons. Toner pressa le pas et agita sa main libre. Comme la fille le ralentissait, il la lâcha et l'abandonna au beau milieu de la rue. Elle trébucha et s'arrêta, les cheveux devant les yeux, alors qu'une Volvo pilait devant elle dans un crissement de pneus.

Maureen resta immobile sur le trottoir. Frank Toner arrivait. Elle aurait dû prendre ses jambes à son cou, mais elle était épuisée et savait qu'elle serait incapable de courir. Si elle mourait maintenant, jamais elle ne retournerait chez elle, jamais elle ne reverrait Ruchill, jamais n'aurait à sauver l'enfant d'Una. Toner tendit le bras vers elle, glissa brutalement la main sous son aisselle et la souleva pour l'entraîner sur le trottoir. Derrière eux, la fille tituba sur ses talons aiguilles et l'appela, mais il l'ignora. L'air sentait la pluie, comme à la fenêtre de Garnethill, et Maureen se résigna.

Toner l'entraîna en lui serrant fortement le bras. Il lui faisait mal, mais elle ne résistait pas. Ils tournèrent dans Coldharbour Lane et dépassèrent les jolies boutiques et les bars. Toner devait vouloir l'emmener au *Coach and Horses*. Mais Leslie avait besoin du polaroïd. Maureen commença à se débattre et à lui griffer la main alors qu'ils passaient devant Electric Avenue. Une ombre s'approcha d'eux, et Toner tomba la tête la première sur le trottoir, en lâchant Maureen. Un bras saisit Maureen par la taille, la souleva de terre, et son sauveur l'entraîna en courant entre les étals du marché.

Mark Doyle la déposa sur ses pieds et la prit par le bras, lui éraflant la peau de ses mains calleuses. Il la fit entrer dans le hall d'un immeuble, puis ils traversèrent une cour et franchirent une porte, avant de monter des escaliers. Il la poussait devant lui, et elle courait à toutes jambes, brusquement revenue à elle et effrayée. Ils montèrent quatre étages et arrivèrent devant une porte. Doyle ouvrit trois gros verrous et la poussa à l'intérieur. C'était une petite pièce étroite et haute de plafond, éclairée par le soleil qui pénétrait par une fenêtre tout au fond.

Maureen s'en approcha prudemment et se hissa sur la pointe des pieds pour regarder dehors, craignant de trouver Toner en bas de l'immeuble. Ils étaient trois étages au-dessus des boutiques de la grande rue. Elle se retourna. À l'autre bout de la pièce, un sac de couchage rouge était roulé en boule sur un matelas sale, près d'un cendrier débordant de mégots. Mark Doyle et elle haletaient, le visage en sueur. Elle allait lui demander pourquoi il l'avait sauvée quand elle le vit se frotter les mains.

— Tu es plus lourde que tu en as l'air, dit-il en s'avançant vers elle.

Elle était seule avec Mark Doyle dans une pièce avec une seule porte et trois verrous, et personne ne le savait.

39

Mort

Assis à un mètre d'elle sur le sol en ciment, Doyle fumait une cigarette.

— Pourquoi tu t'es pas débattue ?

Maureen plongea une main tremblante dans sa poche pour prendre ses cigarettes. Elle en alluma une, et la vue du briquet de Vik lui donna envie de vomir.

— Je savais pas que c'était toi, finit-elle par chuchoter.

— Je parlais de Toner. Pourquoi tu t'es pas débattue quand il t'a attrapée ? Je t'ai vue le regarder traverser la rue. J'ai cru que t'allais dégainer un flingue, vu comme tu le fixais.

Elle ne répondit pas. Elle s'était préparée à mourir des mains de Toner, mais pas à ça, pas à Mark Doyle. Elle ne voulait pas être Pauline morte sous un arbre, elle ne voulait pas mourir avec du sperme sur le dos. Elle examina Doyle dans la lumière crue du soleil. Sa peau était bien plus abîmée qu'elle ne l'avait cru. Des boutons jaunâtres infectés et des plaques rouges parsemaient son visage. Ils étaient assis sur le sol glacé sous la fenêtre, adossés au radiateur éteint. Doyle avait posé les coudes sur les genoux et laissait pendre ses grosses mains rouges. La fumée de sa cigarette s'élevait en volutes blanches dans le rayon de soleil.

— Tu m'as fait mal, l'autre soir, dit-elle d'un ton calme. Le lendemain, j'ai eu mal au coude toute la journée.

Il hocha la tête, mais ne s'excusa pas.

— La photo, dit-il. Ça aurait pris deux minutes à Toner pour découvrir que tu l'avais. Faut t'en débarrasser.

— C'est ça qu'il cherchait ? demanda-t-elle en ramenant les pans de son manteau autour d'elle.

— Sûrement. Il a dû penser que tu étais sacrément culottée, à la montrer à tout le monde dans les pubs, puis à l'attendre comme ça de l'autre côté de la rue.

Il gloussa comme une petite fille inquiète.

Liam avait un billet pour elle, et elle ne rentrerait jamais. Elle ne pouvait rien faire, sinon attendre que Doyle s'approche d'elle et pose une main brûlante sur elle. Il se redressa et regarda par la fenêtre.

— Tu la connaissais bien, Pauline ? demanda-t-il.

Le briquet de Vik à la main, Maureen pensa à Hutton, qui avait incendié la maison de son rival pour l'anéantir. Elle pouvait faire cramer Doyle : il lui suffisait de se pencher et de tenir la flamme sous son blouson. Elle regarda sa manche. C'était de la laine. Elle n'arriverait à rien. Au mieux, ça laisserait une mauvaise odeur. Elle se mit à pleurer, le front dans la main, en se grattant le crâne.

— On était à l'hôpital ensemble, dit-elle en retenant son souffle pour s'empêcher de sangloter.

Doyle ne prit pas la peine de la réconforter. Il se détourna et tira sur sa cigarette. Si elle devait mourir, elle voulait que ça se fasse vite, que ce ne soit pas un viol interminable, que Doyle ne l'abandonne pas ici après l'avoir violée, avant de revenir et de recommencer à sa guise.

— Elle m'avait tout raconté, bafouilla-t-elle. Son père, son frère. À l'enterrement…

Doyle la regardait, fasciné, la bouche ouverte, les yeux mi-clos.

— On savait tous ce que vous lui aviez fait. Mon frère a mis des acides dans la bière de ton père pour le rendre dingue.

Il haussa les sourcils, surpris, et gloussa de nouveau, nerveusement. Maureen sentait monter en elle une vertueuse colère contre tous ceux dont le silence avait laissé Doyle vivre et Pauline mourir. Elle jeta son mégot dans un coin.

— Elle était adorable.

Sa voix mouillée de larmes résonna dans la pièce.

— Elle était gentille, douce, attentionnée, et elle a jamais rien dit parce qu'elle voulait protéger votre mère. Tu le savais, ça ? Tu savais pourquoi elle avait toujours fermé sa gueule ?

Doyle fit une grimace et se toucha la poitrine.

— Elle me protégeait aussi.

— Non, sûrement pas, merde !

Maureen se leva et se pencha sur lui en hurlant, les poings serrés, hystérique.

— Elle te protégeait pas. Putain, elle pouvait pas te saquer ! Si elle avait pas été aussi malade et affaiblie, elle serait allée à la police te dénoncer, espèce de dégueulasse. Et aujourd'hui, tu serais en taule, loin de toutes les autres Pauline.

Doyle ne réagissait pas. Il restait assis calmement et la regardait crier et pleurer.

— Tu as bousillé sa vie, reprit-elle. Un jour, elle m'a dit qu'elle laissait derrière elle une traînée de merde. Est-ce que tu peux seulement imaginer ce qu'elle ressentait ? Tu lui as volé sa vie et tu l'as souillée. À cause de tes saloperies, elle croyait que tout ce qu'elle faisait était sale.

Doyle clignait lentement des paupières, l'air détaché. Puis il ferma les yeux. La colère de Maureen se dissipa brusquement, et elle se retrouva dans cette pièce isolée avec l'homme le plus effrayant qui soit. Elle respira avec peine, les lèvres tremblantes. Doyle aurait dû lui crier dessus, mais il ne semblait même pas agacé.

Il lâcha sa cigarette et l'écrasa sous son pouce.

— Jamais elle t'a rien dit, chuchota-t-il en regardant les braises rougeoyantes sur le ciment.

Il laissa retomber sa tête. Quand il la releva, il ne la regarda pas.

— J'y crois pas. Elle a pas pu dire ça.

— Quoi ?

Il secoua lentement la tête.

— C'était pas moi, dit-il finalement.

— Comment ça ?

— C'était pas moi.

Elle recula et le dévisagea. Doyle était un ours : jamais il n'aurait menti pour recevoir l'approbation des autres. Le soleil éclairait ses cheveux constellés de pellicules. Si ce n'était pas lui qui avait fait du mal à Pauline, c'était l'autre frère. Debout dans le chaud rayon de soleil, Maureen scruta l'ombre sous la fenêtre et essaya de voir son visage.

— Mark, qu'est-ce qui est arrivé à ton frère ? demanda-t-cllc calmcmcnt.

— Il est mort, répondit-il en tripotant une plaque d'eczéma sur son cou, le regard fixé sur le sol.

— Comment il est mort ?

Doyle la regarda sans répondre, en continuant à se gratter le cou.

— Quand ?

Un mois après Pauline, à peu près.

— Et ton père ?

— Il est sorti de l'hôpital. Et puis… il est mort aussi.

Il fixa sa main en fronçant les sourcils, blême, l'air triste.

— Mark…

Elle se baissa pour l'obliger à la regarder, mais il refusa de croiser son regard.

— Mark, je trouve ça génial, dit-elle doucement.

— C'était une connerie.

— Mais tu l'as fait pour Pauline.

— Je l'ai fait pour moi, dit-il en haussant la voix. J'étais en colère. Si j'avais pensé à Pauline, j'aurais fait plus attention à elle quand elle était en vie. Ça a rien changé pour elle. Je l'ai fait pour moi.

— Mais tu as fait quelque chose, Mark.

— Arrête de m'appeler par mon prénom.

— Je dis juste que la plupart des gens ne font rien.

— La plupart des gens ont raison, dit-il tranquillement en se grattant le visage. C'est pour ça que tu cherches les mecs qui ont tué Ann ? Tu comptes faire quelque chose ?

— Son mari a été arrêté.

— Qu'est-ce que ça peut te foutre ? C'est ton mec ?

— Non.

— Alors, qu'est-ce que ça peut te foutre ?

— Il mérite qu'on le sauve.

— Personne mérite rien.

— Ton père et ton frère, ils méritaient ce qui leur est arrivé.

— Et ils pensaient que Pauline méritait ce qu'ils lui faisaient. J'entends ce que racontent les hommes. Tu sais ce qu'ils disent sur les filles comme Pauline ? Qu'elles le méritent, qu'elles ont dû faire quelque chose pour que ça leur arrive.

Maureen avait chaud, et ses cigarettes étaient restées par terre, mais elle ne pouvait se résoudre à se rasseoir dans l'ombre apaisante avec Doyle.

— Les gosses d'Ann vont finir dans une famille d'accueil si je ne fais rien pour aider son mec, dit-elle. Je crois que c'est Frank Toner qui l'a tuée.

Doyle gloussa de nouveau. Elle le regarda. Il gardait la bouche fermée, les lèvres prudemment serrées, mais ses yeux se plissaient. Il ne pouvait que glousser : s'il avait éclaté de rire, il se serait fendu la peau des joues. Il sortit son paquet de cigarettes froissé.

— Frank Toner l'aurait jamais tuée, dit-il en allumant une cigarette et en rangeant son paquet dans sa poche sans lui en proposer. Jamais il aurait perdu son temps avec ça.

— Mais il était bien prêt à me tuer, moi.

— Non. Il t'aurait peut-être un peu bousculée pour te faire peur, mais il voulait juste la photo.

— Mais s'il m'avait maltraitée, j'aurais pu porter plainte contre lui.

— Il se serait occupé de toi si tu avais fait ça.

Maureen ramassa son paquet de cigarettes d'un geste vif. Elle en alluma une en regardant Mark Doyle, de nouveau en colère contre lui.

— Tu te fiches bien de savoir qui a tué Ann, hein ?

— Non.

— Pourquoi ?

Il haussa les épaules.

— Je lui avais dit de faire gaffe. Quand on fréquente les loups, on entend des tas de choses.

— Et toi, pourquoi tu fréquentes les loups ?

— Parce que ma place est avec eux, maintenant.

— Depuis quand ?

Doyle cligna des yeux et respira un bon coup. Maureen devina que c'était sa manière à lui de pleurer.

— Depuis Pauline, dit-il doucement. Donne la photo à Toner. Tu risqueras plus rien. Laisse-la dans le pub ou donne-la à quelqu'un. À moi, si tu veux.

Il plissa les paupières.

— Je l'ai pas sur moi, mentit-elle. Mais je le ferai. Mark, si ta place est avec les loups, pourquoi tu m'as sauvée de Toner ?

Mark Doyle rougit sous sa peau abîmée.

— Quand je t'ai vue dans la rue…

Il se tut, baissa les yeux et fit rouler le bout de sa cigarette sur le sol. Il avait envie de changer de sujet.

— Tu vas essayer de savoir ce qui est arrivé à Ann, alors ?

— Ouais. Je vais aller voir Elizabeth.

Il leva vers elle un regard surpris et approbateur.

— Bon. Si tu veux avoir un avantage sur elle, parle-lui des gosses.

— Où je peux la trouver ?

— Au *Coach*. Mais n'y va pas sans la photo. Frank te défoncerait la tête. Il aura des emmerdes s'il la récupère pas.

— Avec la police ?

Mark sourit avec lassitude.

— La police lui fera rien. Il aura des emmerdes avec son patron. Frank, c'est un homme de main, rien de plus. Les déchets comme nous, ça voit jamais les vrais patrons.

Maureen le regarda, assis dans l'ombre. Elle avait envie de lui dire qu'elle n'était pas un déchet, qu'elle n'était pas comme lui, qu'elle n'avait rien à voir avec les Elizabeth, les Toner et les gamines à cheveux longs et talons hauts. Elle n'était pas au bout du rouleau, elle n'allait pas finir sa vie avec les loups, elle ne faisait que passer, et Vik était encore une possibilité. Le désespoir tranquille de Doyle lui donnait la nausée. Elle voulait partir loin de lui. Elle recula lentement vers la porte, et Doyle fit semblant de ne rien remarquer.

— Comment tu as trouvé cet appart ? demanda-t-elle.

— Un mec que je connais me le loue quand je viens ici.

— Comment il l'a eu ?

— Il l'a gagné.

40

Toilettes

Le mode d'emploi n'était d'aucune utilité, et Maureen dut deviner comment fonctionnait l'appareil photo. Enfermée dans une cabine des toilettes humides de la gare de Brixton, elle essayait de mettre la pellicule en place, le livret posé en équilibre sur le genou. Elle avait eu la brillante idée de prendre un polaroïd du polaroïd et de donner à Toner la copie, pour pouvoir confier l'original à la police et prouver ainsi que Leslie n'avait pas menti. Elle glissa la pellicule dans l'appareil béant et referma le petit clapet. L'appareil bourdonna et cliqueta, avant d'éjecter une feuille de plastique noir.

Elle rangea le mode d'emploi dans sa poche, se leva et posa le polaroïd de Toner et du gosse sur la chasse d'eau. Puis elle se pencha et essaya de cadrer la photo. Le flash inonda la cabine d'une lumière blanche, l'appareil ronronna et cliqueta de nouveau bruyamment, puis laissa glisser le cliché hors de la fente.

Le résultat était nul : les détails de la chasse d'eau étaient remarquables, mais le visage de Toner était flou et le gamin était caché par une tache blanche due au reflet du flash. Elle fit un nouvel essai en réglant l'appareil sur gros plan. Flash, bourdonnement, cliquetis : l'appareil sortit une nouvelle photo floue et grisâtre. Huit clichés plus tard, Maureen se rendit compte que cela ne marcherait jamais. Elle avait gâché dix livres pour une pellicule et quarante pour un appareil encombrant. Il fallait qu'elle trouve un autre plan. Elle ramassa les photos floues, les fourra dans son sac et déverrouilla la porte.

Une Noire en blouse blanche chargée de surveiller les toilettes se tenait sur le seuil de son petit bureau, l'air horrifié. Elle sursauta quand Maureen sortit de la cabine, son appareil photo à la main.

— On peut pas faire ça ici, dit-elle en regardant l'appareil d'un air révulsé.

— Quoi ?

— On peut pas faire ça ici, répéta la femme.

Elle battit en retraite dans son bureau et claqua la porte. Son ombre apparut derrière la glace sans tain. Elle regardait Maureen.

Interloquée, Maureen se lava le visage et les mains. Elle s'essuyait quand elle comprit que la femme était persuadée qu'elle avait pris des photos pornos d'elle-même. Le visage encore mouillé, elle remonta l'escalier en courant et partit chercher une boutique de fournitures de bureau.

Le marché était bondé. Maureen quitta l'agitation d'Electric Avenue et prit la ruelle qui menait au *Coach and Horses*. Elle s'arrêta à l'entrée de la rue et reprit son souffle en fouillant dans son sac pour chercher son peigne pointu. Si elle en croyait Doyle, Toner voulait simplement la photo, et elle ne risquait pas grand-chose en entrant dans le pub. Elle fourra le peigne dans sa poche, le manche vers le haut, et s'entraîna à le sortir. Puis elle se remit en route, encouragée par la présence rassurante du peigne et l'espoir de retrouver Elizabeth.

De l'autre côté de la rue, un ivrogne sortit du pub et se retint à une colonne du portique pour retrouver l'équilibre, avant d'essayer de remonter la rue. Maureen savait qu'on pouvait la voir de l'intérieur. Elle espérait que Toner était là, qu'elle n'aurait pas à attendre que le barman l'appelle en s'angoissant et en tentant de ne pas boire. Elle traversa rapidement la rue, poussa la porte et entra. Toner était dans la salle de gauche, accoudé au bar, entouré de sa cour. Derrière le comptoir, le sournois barman noir souriait en se grattant la nuque. Elizabeth n'était pas là, mais Maureen ne pouvait pas s'en aller maintenant. La sueur lui ruisselait dans le dos. Elle marcha droit sur Toner et s'arrêta à trois mètres de lui. Il leva la tête et la vit.

— J'ai quelque chose pour toi, murmura-t-elle.

Il s'avança vers elle, leva la main et lui assena une gifle en plein visage. Maureen sentit ses dents lui mordre l'intérieur de la joue, des éclairs de lumière blanche l'aveuglèrent, et sa bouche se remplit brusquement de la saveur salée du sang. Un lourd silence s'abattit sur le pub tandis que chaque client essayait difficilement de trouver une bonne raison de ne pas s'occuper d'une petite femme au menton ruisselant de sang. Toner glissa sa grosse main sous le bras de Maureen, comme il l'avait fait dans la rue, et la traîna jusqu'aux toilettes des dames. Dans la salle, les bavardages reprirent, un peu plus fort, un peu inquiets, tandis que Toner ouvrait la porte d'un coup de pied et balançait Maureen, tête la première, dans l'odeur d'urine citronnée. La bandoulière lâcha, et son sac glissa sur le sol en tournant lentement et gracieusement, avant de s'arrêter à quelques centimètres du mur opposé. Maureen resta allongée, inerte, tandis que le sang coulait de sa bouche sur le sol. Doyle avait menti. Elle était en danger. Toner ouvrit chaque cabine d'un coup de pied. Elizabeth était assise dans la seconde, le pantalon baissé. Elle bondit sur ses pieds quand la porte s'ouvrit violemment, comme quelqu'un qu'on réveille en sursaut.

— Dégage ! aboya Toner.

Son jean glissa sur ses chaussures, découvrant ses jambes maigres et son pubis fané.

— Dégage !

Machinalement, Elizabeth se baissa pour remonter son pantalon et se cogna durement le crâne contre la paroi de la cabine. Elle remonta son jean sur ses fesses nues, courut vers la porte, se heurtant aux murs dans sa précipitation, et sortit dans la salle, la braguette ouverte sur ses poils pubiens. Toujours allongée sur le sol nauséabond, Maureen la regarda sortir et poussa un gémissement.

Toner la saisit par la gorge et la releva en l'étranglant à moitié. Elle s'ordonna de prendre le peigne, mais sa main était paralysée. Elle avait tellement peur qu'elle était incapable de bouger. Toner la poussa vers le lavabo, lui plaqua la tête contre le mur en appuyant violemment sur sa gorge et retroussa les lèvres comme s'il allait la mordre. Maureen était paniquée. La pression de la main de Toner sur sa gorge lui faisait monter le sang au visage, et sa langue enflait.

— File-moi la photo ! gronda-t-il en postillonnant.

Maureen mit la main dans sa poche, frôla le peigne et lui tendit le polaroïd. Il le regarda en souriant comme s'il lui rappelait d'agréables vacances, puis il le rangea dans sa poche. Maureen remit la main dans la sienne et referma les doigts autour de son peigne. Si elle le poignardait, elle serait obligée de le tuer. Mais s'il appuyait encore sur sa gorge, elle allait y passer.

— Tu aurais dû me la donner depuis le début, dit-il en lui cognant la tête contre le mur.

— Je vou…

— Ta gueule !

Toner la relâcha. Il avait l'air très satisfait de lui.

— Fous-moi encore en rogne, et tu t'en souviendras, dit-il en souriant.

Il rajusta son blouson et se lissa les cheveux, puis il vérifia dans le miroir fracassé qu'il était impeccable et sortit des toilettes.

Maureen se tourna vers le lavabo et vomit, tachant l'épaule de son manteau de lait et de sang. La vue brouillée par des larmes de peur et de douleur, elle ouvrit le robinet pour se rincer la bouche et se regarda dans les éclats du miroir. Elle avait le menton rouge de sang, et une ecchymose violacée s'étalait sur son cou. Elle s'était complètement plantée. Elle avait une arme dans la poche et elle ne s'en était pas servie.

Elle avait envie de rester dans les toilettes jusqu'à ce que Toner soit parti, mais cela pouvait prendre des heures, et plus elle attendrait là-dedans, plus elle aurait peur. Elle se rinça de nouveau la bouche, en tâtant l'intérieur de sa joue du bout de la langue. La longue et profonde coupure saignait abondamment. Elle nettoya les traces de vomi sur son manteau, releva le col pour cacher son cou, ramassa son sac et noua lentement les deux bouts de la bandoulière. Elle cracha dans le lavabo une dernière giclée de sang et sortit dans la salle, la tête haute.

Toner était retourné au bar. Quand elle sortit, il la regarda d'un air goguenard, comme si elle venait de lui faire une pipe. Il dit quelque chose à sa cour, qui se retourna vers elle et ricana. Maureen repassa par le petit hall pour gagner l'autre salle vide et s'arrêta au bar, en se disant qu'elle allait prendre un whisky, juste pour lui montrer qu'elle n'avait pas peur. Mais c'était un mensonge à la Winnie. Elle avait besoin d'un whisky pour se remettre, et il le lui fallait tout de suite. De la pointe de la langue, elle essaya d'estimer la longueur de sa coupure. Le barman s'approcha.

— Qu'est-ce que je te sers ? demanda-t-il avec un sourire gêné.

— Un grand whisky, dit-elle en gardant les yeux baissés et en frottant la coupure contre ses dents.

Le barman versa une double dose dans un verre et le posa devant elle. Maureen n'avait qu'un billet de vingt et un peu de monnaie. Elle compta ses pièces d'une main tremblante, certaine qu'il ne lui rendrait pas la monnaie sur le gros billet.

— Ne reste pas là, murmura-t-il tandis qu'elle déposait le compte juste sur le bar. Je veux pas d'ennuis ici.

Elle leva son verre, avala une grande gorgée de whisky mêlé de sang et sentit l'alcool apaiser sa blessure avec autant de douceur qu'un coup de pied dans les seins.

— T'es qu'un gros con, dit-elle d'une voix rauque, en reposant son verre.

Le barman prit le verre et essuya le comptoir.

— Dehors, dit-il.

Il la suivit du regard jusqu'à la porte.

Elle voulait oublier Ann, aller chercher Liam et partir d'ici. Un vent vif soulevait des nuages de poussière et brouillait tout. Elle se sentait incapable d'affronter la foule de la grande rue, avec son manteau taché et son bleu à la gorge. Toner l'avait frappée devant quinze clients, et aucun d'eux n'avait bronché. Ils avaient pensé qu'elle le méritait. Elle se demanda si Toner avait tué Ann devant eux, si ce public d'hommes muets avait regardé cela aussi sans rien faire. Elle avait beau vouloir rentrer, elle ne pouvait repartir en laissant un tel acte impuni. Il fallait qu'elle retrouve Elizabeth. Elle s'arrêta et regarda aux deux bouts de la rue, en essayant de se mettre dans la peau d'une femme affolée qu'on vient de jeter hors des toilettes. Elizabeth avait dû chercher un endroit rassurant et calme. Maureen leva les yeux vers Brixton Hill. Elizabeth était probablement allée chez Parlain, dans Argyle Street.

Elle remonta la côte. Parlain n'avait aucune raison d'en avoir après elle, maintenant, puisqu'elle avait donné le polaroïd à Toner, mais elle avait quand même peur. Elle songea qu'elle aurait peur encore longtemps.

Elle ne voulait pas monter l'escalier, ni même attendre sur le trottoir devant son immeuble. Elle resta de l'autre côté de la rue, s'assit sur un muret derrière un abribus en plexiglas, alluma une cigarette et guetta Elizabeth. Dès l'instant où elle s'était retrouvée paralysée dans les toilettes, elle avait su qu'elle ne tiendrait pas le coup. Elle se rappela la sensation de sa main qui frôlait le peigne, le métal froid sur sa paume, sa peur de le prendre et de s'en servir. Comme Leslie, elle avait flanché.

Une ombre sortit de l'immeuble de Parlain. Elizabeth traversa en titubant la pelouse boueuse et gagna la rue, les jambes en coton, son pull de travers, comme si elle venait d'être agressée. Maureen se leva, et Elizabeth la vit. Elle traversa la rue en courant, sans se soucier des voitures, et rejoignit Maureen.

— Tu peux m'aider ? demanda-t-elle, l'air désespéré, en jetant des coups d'œil vers l'immeuble de Parlain. Mon ami veut pas, tu veux bien, toi ?

— Qu'est-ce qu'il y a ? demanda Maureen.

— Il m'a foutue dehors, mon copain, il m'a foutue dehors. Tu peux m'aider ?

— Qu'est-ce qui ne va pas ?

Mais Maureen le savait. Il suffisait de voir les tremblements d'Elizabeth et sa peau moite pour le deviner.

— Tu peux me prêter du fric ?

Maureen secoua la tête. Elizabeth désigna le bas de la côte.

— Tu me paies un verre ?

— OK, dit Maureen. Mais à condition qu'on discute.

Elizabeth hocha la tête, les yeux fixés sur la gorge de Maureen. Maureen arrêta un taxi qui remontait la côte et lui demanda de les déposer à l'*Angel*. Elle vit le chauffeur les observer dans son rétroviseur, inquiet, impatient de se débarrasser d'elles.

La patronne masculine de l'*Angel* se tenait derrière son bar, avec sa tasse bleue et son journal. Elizabeth se laissa tomber à une table, le plus loin possible d'elle, mais la femme la reconnut. Son regard passa d'Elizabeth à Maureen, et elle sembla déçue.

— Qu'est-ce qui vous est arrivé à la gorge ? demanda-t-elle en posant sa tasse.

Maureen rougit et baissa la tête.

— Je me suis bagarrée.

La patronne s'approcha d'elle, sans quitter des yeux Elizabeth, qui se terrait à l'autre bout de la salle.

— Un verre, dit-elle. Je vous sers un verre, et ensuite, vous filez.

Maureen se tourna vers Elizabeth et lui demanda ce qu'elle voulait.

— Vodka, dit-elle.

Elle ne précisa pas combien ni comment, elle lâcha juste « vodka », d'un ton qui laissait entendre qu'elle aurait pu en boire sans discontinuer jusqu'à la fin de sa vie.

— Une grande vodka, alors, dit Maureen. Et un grand whisky.

La femme les servit à contrecœur. Une junkie en manque et une Écossaise amochée, ce n'était pas ce qui allait attirer les clients à l'heure du déjeuner. Alors qu'elle traversait la salle vide et posait les verres providentiels sur la table, Maureen remarqua qu'elle la dévisageait et comprit ce qu'elle pensait : Maureen et Elizabeth étaient le même genre de fille. Et sans doute avait-elle raison.

41

Petites tapes

Maureen avait mal à la gorge quand elle parlait et quand elle avalait. Il allait falloir qu'elle boive doucement son whisky, qu'elle le laisse glisser dans sa gorge et anesthésier sa joue, alors qu'elle aurait voulu le descendre cul sec. Elle était effrayée et détestait tout le monde. Elle voulait rentrer à la maison.

— D'où tu es, Elizabeth ? demanda-t-elle d'une voix éraillée.

— Londres, dit Elizabeth en regardant son verre.

— Et où est ta famille ?

Elizabeth sourit de mauvaise grâce.

— Là où je l'ai laissée, sûrement.

— Tu as des frères ? Des sœurs ?

— Une sœur. Elle est designer. De meubles. Elle fait tout elle-même. Dans un atelier. À Chelsea.

— Ça doit bien marcher, si elle peut se payer un atelier à Chelsea.

— Non, on avait une rente.

Elle tenta de nouveau de sourire.

— Envolée, maintenant.

Elle fronça les sourcils et regarda la lumière qui passait par les fenêtres dépolies.

Maureen n'aurait pas su dire quel âge elle avait. Ses longs cheveux et son sourire innocent allaient avec une existence différente, celle d'une débutante un peu folle qui n'en fait qu'à sa tête et prend toutes les mauvaises décisions. Elizabeth n'avait pas envie de parler. Ce qu'elle s'injectait derrière le genou ne lui faisait pas d'effet aujourd'hui. Elle tremblait sous son pull sale, et des gouttes de sueur perlaient sur son front. Maureen la regarda et songea à Liam qui l'attendait gentiment chez Martha pour la ramener en sécurité à la maison. Elle n'avait jamais fait le rapprochement entre Liam et ces gens, jamais fait le lien entre sa grande et belle maison et des corps maigres comme celui d'Elizabeth.

— Tu te souviens d'Ann, celle qui est morte ? souffla Maureen.

Elizabeth s'arracha aux pensées confuses qui l'agitaient et leva la tête.

— Ouais.

— Elle avait quatre gosses. Son mari s'occupe d'eux, mais il a été arrêté, et la police va lui coller le meurtre de sa femme sur le dos. Les gamins vont être confiés à l'assistance.

Elizabeth hocha lentement la tête.

— J'avais un gosse, moi aussi.

Elle se redressa. Puis la mémoire lui revint, et son dos se voûta.

— Garçon ou fille ?

— Un garçon. Joshua. Il ne pleurait jamais. C'était un bon petit garçon.

— C'était quand ?

Elizabeth fit un geste vague qui indiquait le passé.

— Il est dans une famille d'accueil ?

— Mort. La maison a pris feu.

Elle but une longue gorgée de son effaceur liquide.

— Je suis désolée, croassa Maureen.

Elizabeth haussa les épaules, comme si on le lui avait dit des milliers de fois et qu'elle en avait assez de l'entendre.

— Si je savais ce qui est arrivé à Ann, dit Maureen, son mari n'irait peut-être pas en prison. Les gosses auraient une vie normale.

Elizabeth but une autre gorgée et fixa son verre. Doyle l'avait mal jugée : parler des enfants n'avait aucun résultat. Cela ne la touchait pas. Tout ce qui comptait pour elle, c'était ce qu'elle pouvait prendre et l'endroit où elle pouvait le trouver.

— J'ai cinq cents livres. Si tu me dis ce qui s'est passé, je te les donne.

Elizabeth se redressa.

— Cinq cents, répéta Maureen.

Elizabeth la fixa en plissant les yeux. Elle essayait de trouver le piège.

— Comment je peux être sûre que tu as cinq cents livres ?

Maureen sortit un vieux ticket de distributeur de sa poche et le lui tendit. Le solde inscrit en bas était presque effacé, mais on devinait encore les chiffres. Elizabeth sourit et se détendit.

— On peut aller les chercher tout de suite ? demanda-t-elle en lui rendant le ticket.

— Non. Quand tu m'auras tout dit.

— Mais la banque sera peut-être fermée.

— Alors, dis-le-moi vite.

— T'es pas de la police, hein ?

— Tu crois que j'aurais ça au cou si j'étais flic ?

Elizabeth hésita. Elle baissa les yeux sur son verre, puis releva brusquement la tête.

— C'était un accident, dit-elle. Elle est tombée.

Maureen ricana et le regretta aussitôt. Elle porta la main à sa gorge et essaya de déglutir.

— Tombée dans le fleuve ? demanda-t-elle.

— Non. Elle est tombée et s'est fracassé le crâne. On a essayé de s'occuper d'elle.

— Où elle est tombée ?

— Je sais pas. Tu connais Tam Parlain ?

— Ouais.

— Tam a dit qu'elle était tombée et qu'elle s'était cogné la tête. Elle était sur le divan quand j'y suis allée. Elle était dans un sale état. Elle avait plein de sang sur le visage. Personne voulait la regarder.

— Qui était sur place ?

— Ann, Tam, Heidi et Susan. J'étais avec Heidi – on suit toutes les deux le programme de désintox à la méthadone d'Herne Hill. C'était l'heure de fermeture. Tam est venu nous chercher et nous a emmenées chez lui. Elle était sur le canapé. Et puis elle est morte.

— Pourquoi il voulait que vous soyez toutes là ?

— Pour Toner. Il nous donnait une leçon pour Toner.

— Une leçon ?

— Pour nous apprendre à pas voler. Ann avait volé Toner, tu vois.

— Qu'est-ce qu'elle avait volé ?

— De la came. Tout un chargement. Elle a disparu après, mais Toner l'a retrouvée.

— Tu transportes de la came pour lui ?

— Plus maintenant.

— Et le matelas dans le fleuve ?

— Eh bien, on a eu la trouille, alors Tam et les autres l'ont mise dans un matelas et jetée à l'eau.

Sa peau blanche était de plus en plus moite.

— C'est tout ? demanda-t-elle. On peut aller à la banque, maintenant ?

— Non. Pourquoi lui avoir brûlé les pieds ? Et qui lui a coupé les jambes ?

Elizabeth se détourna, l'air gêné, comme si Maureen l'avait accusée de péter à table.

— Oh. C'est les autres. Tam les a obligées à le faire pour leur donner une leçon. Moi, j'étais partie voir le docteur.

— En plein milieu de la nuit ?

— Non. C'était après. Le lendemain, ou le jour d'après, je crois.

Elizabeth n'avait même pas conscience de mentir : elle était tellement déconnectée de la réalité qu'elle croyait sincèrement que mutiler et tuer une copine de beuverie constituait une sorte d'accident.

— Ils l'ont fait quand tu étais chez le docteur ?

— Ouais. Tu vois, elle était sur le canapé et Tam en a eu super marre qu'elle soit là, alors il a demandé à Heidi, oui, je crois que c'était Heidi, de lui brûler les pieds pour la réveiller, mais ça a servi à rien.

— Et les jambes ?

— Oh, Tam leur a dit de les couper, je sais pas pourquoi. J'étais pas là.

— Elle portait une gourmette en or. Pourquoi vous ne l'avez pas prise ?

— Tam a dit de la laisser, dit Elizabeth d'un air coupable.

Maureen se pencha vers elle et demanda en baissant la voix :

— Elizabeth, est-ce que Toner a demandé à Tam de s'occuper d'elle ?

— Non, gémit-elle, apeurée. C'est pour ça que c'est si grave. Tam l'a fait pour nous donner une leçon. Il croyait que ça ferait plaisir à Frank, mais en fait non. C'était pas ce que voulait Frank. Résultat, Tam l'a mis en colère.

Elle jeta un regard à la porte et leva son verre, mais elle tremblait tant qu'elle dut le reposer.

— Il risque de lui dire qu'on était là-bas. Tam a une grande famille, il a des gens derrière lui. Frank s'en prendra pas à lui, mais à nous.

— Le menu fretin ?

— Oui.

Elle baissa la tête et la regarda par en dessous, comme si c'était elle, la victime.

— Toner n'avait pas l'intention de la tuer, alors ? dit Maureen.

— Non, non, il voulait l'interroger sur le sac. Et maintenant, il y a une photo de lui qui a disparu. C'est très embêtant pour lui.

Maureen contempla les milliers de petites éraflures sur son verre.

— Pourquoi est-ce qu'il voulait l'interroger sur le sac ? Ann a dit qu'on lui avait volé, mais il l'a pas crue, c'est ça ?

— Au début, non, mais ensuite, il a fait savoir qu'il voulait en discuter avec elle.

Elle tenta de sourire.

— Frank discute pas de ça avec les gens, d'habitude.

— Pourquoi il a voulu lui parler, alors ?

Elizabeth poussa un soupir agacé.

— J'en sais rien. Le sac a fini dans d'autres mains, et je crois qu'il a finalement compris qu'on l'avait bien volé et qu'Ann ne mentait pas.

— Mais elle est morte avant que Toner ait pu la voir ?

— Oui, dit Elizabeth en se tortillant sur son siège comme une petite fille qui meurt d'envie de faire pipi. On peut y aller, maintenant, s'il te plaît ?

— On ira quand j'en aurai terminé ou on n'ira pas du tout. Qui lui a coupé les jambes ?

— C'est Tam qui a dit aux autres de le faire.

— Mais enfin, Elizabeth, pourquoi ces filles ont fait ce que leur demandait Tam ?

— C'était elle ou nous.

Mais Maureen savait qu'il y avait autre chose.

— Il vous a donné à manger quand vous étiez chez lui ?

Elizabeth tendit un bras couvert de bleus et saisit le poignet de Maureen pour regarder sa montre. Elle tourna la tête vers la porte.

— Il faut qu'on se dépêche d'y aller.

— C'était affreux de faire ça, Elizabeth. Elle avait quatre gosses.

— Oui, bon, j'étais pas là. J'étais chez le docteur.

Elle cligna des yeux et regarda de nouveau la porte.

— Tu ne pouvais pas être chez le docteur pendant tout ce temps. Ça a dû durer des heures.

Elizabeth y songea un instant, mais un froid terrible l'envahissait. Des milliers d'aiguilles de glace lui perçaient la peau.

— Il y avait la queue, dit-elle faiblement.

— La queue ? répéta Maureen en haussant le ton, déclenchant une douleur fulgurante dans sa gorge.

Elizabeth tripota son verre, caressant le bord du bout du doigt. Puis elle le leva et le vida, cherchant la paix et l'oubli. Maureen savait que si elle essayait de lui faire avouer le rôle qu'elle avait joué dans le meurtre, elle n'apprendrait jamais ce qui s'était passé.

— Bon, alors, quand tu es revenue de chez le docteur, tu as vu ce qu'on a fait à Ann à la fin ?

— Oui. C'est Tam qui a terminé le boulot. Il lui a donné des coups de pied.

— Où ça ?

Elizabeth porta la main à son visage.

— Au menton. Elle était par terre, et il la frappait. Elle lui tenait la jambe pendant qu'il la tapait avec son autre pied.

Elle regarda dans le vague.

— Elle lui frappait la jambe, des petites tapes, tu vois, comme des claques. Moi, j'ai trouvé ça courageux de sa part, de riposter. On peut y aller, maintenant ?

Maureen songea à l'appartement de Parlain et frémit en se rappelant les plaques de bois sur le sol sans moquette et le cuir humide du canapé.

— Qui a aidé Tam à la mettre dans le matelas ?

— Un gros mec et un autre qui s'appelle Andy.

Maureen vida son verre.

— Allons à la banque.

La patronne masculine les regarda partir en secouant tristement la tête. Elle verrait cette petite Écossaise mourir à petit feu au cours des prochains mois, c'était certain.

Elizabeth tremblait tellement qu'elle dut s'asseoir pendant que Maureen allait au guichet. La banque était remplie de patrons de boutiques venus déposer leurs sacs de caisse de la fin de la journée et d'employés qui payaient leurs factures. Maureen regarda Elizabeth. Les lumières blanches de l'agence luisaient sur son visage en sueur. Elle la vit rassembler ses cheveux devant son épaule, les lisser de ses mains tremblantes, puis les rejeter en arrière, les yeux baissés. Maureen se détourna et suivit la file d'attente qui avançait lentement. Il fallait qu'elle prenne un taxi pour aller à l'aéroport, et elle avait besoin de retirer du liquide pour elle aussi.

Elle songea à Ann, qui avait lutté jusqu'au bout, refusant de céder gentiment. La femme qui agonisait, les pieds brûlés, le crâne fracassé, avait riposté pendant qu'on lui donnait des coups de pied en plein visage. Maureen voulait riposter elle aussi, avant qu'il ne soit trop tard.

L'employé ne dissimula pas son scepticisme. Pour lui, une femme déguenillée comme Maureen ne pouvait retirer six cents livres. Il lut attentivement à l'écran les informations sur le compte de Maureen et la surveilla pendant qu'elle tapait son code.

— Vous les voulez en billets de combien ?

— Peu importe.

Elizabeth était déjà debout, tout excitée. Elle regarda la liasse de billets que lui tendait Maureen d'un œil brumeux et absent et la fourra au fond de sa poche, comme pour combler le trou béant de son âme. Puis elle se raidit et rejeta de nouveau ses cheveux en arrière. Elle savait qu'elle avait fait quelque chose de mal.

— Tu diras rien à personne, hein ? demanda-t-elle d'un ton dégagé.

Mais Maureen ne pouvait pas lui mentir.

— Ne te tue pas avec cet argent.

— Dis rien, s'il te plaît, chuchota-t-elle. Frank sait pas que j'étais là. Il serait super en colère s'il l'apprenait. Je suis que du menu fretin.

Elle baissa la tête et lui jeta un coup d'œil suppliant. Au mieux, elle était restée sans rien faire pendant que les autres, aussi cruels que des enfants effrayés, déchiquetaient et brûlaient Ann.

— Ne t'inquiète pas, répondit Maureen. Je dirai rien à Frank.

Une fois dehors, Elizabeth lui dit au revoir et s'éloigna rapidement dans la foule. Maureen se sentait accablée de fatigue. Tout cela était tellement prosaïque, tellement proche de ce qu'elle connaissait. Elle ne parvenait pas à se distancier d'Elizabeth, ni de cette bande de drogués avides qui se piquaient pendant que la mère de quatre gosses agonisait sur un canapé.

Maureen alluma une cigarette et inspira la fumée en touchant sa joue blessée du bout de la langue. Elle avait envie de voir quelqu'un qui n'aurait pu agir ainsi, quelqu'un qui n'aurait pu entendre ce récit sans se sentir fondamentalement différent des êtres qui avaient commis ce crime. La police. Il fallait qu'elle parle à la police.

— Excusez-moi.

Elle arrêta un passant et vit qu'il remarquait son cou blessé et son haleine chargée de whisky.

— Pourriez-vous me dire s'il y a un commissariat dans les environs ?

— Oui, dit-il. Là-bas, sous le pont, troisième à droite. Canterbury Crescent.

Il avait un accent africain, et ses yeux bruns étaient remplis de tristesse et de pitié pour elle. Maureen regarda dans la direction qu'il lui indiquait.

— Vous voulez que je vous y emmène ? proposa-t-il.

— Non, dit Maureen en riant comme s'il n'y avait rien de grave, comme si elle avait juste perdu son caniche. Je suis… Je le trouverai sans peine.

Elle avait dépassé le pont quand elle reprit ses esprits. Elle ne pouvait pas entrer dans un commissariat et raconter son histoire. Si elle déclarait qu'elle avait découvert une bande d'assassins, les flics ne la laisseraient pas rentrer avec Liam, ils la retiendraient des heures. Et si elle ne quittait pas Londres tout de suite, elle ne rentrerait jamais. Elle resterait ici, et l'argent de Douglas ne durerait pas éternellement. Elle savait où elle finirait : ici, avec Elizabeth et les types qui traînaient sur le trottoir. Elle aurait peur comme eux, elle dériverait pendant des années, elle ferait partie de ces paumés qui grattaient des plaies jamais cicatrisées derrière leurs genoux. Elle remonta Electric Avenue en suivant les arches en brique du chemin de fer, regagna Coldharbour Lane et acheta une carte de téléphone chez un marchand de journaux.

— Maureen, geignit Martha d'un ton réprobateur. Liam était tellement inquiet pour toi. Il est parti à l'aéroport.

— À quelle heure est l'avion ?

— 19h30. Tu ferais bien de partir tout de suite si tu veux arriver à temps.

— OK. Salut, Martha, dit Maureen, incapable de la remercier convenablement.

Hugh McAskill n'était pas à son bureau. L'agent de service au standard demanda à Maureen de ne pas quitter, qu'il allait voir s'il le trouvait. Maureen entendit dans le fond des rires d'hommes et des gens qui passaient, tandis que deux livres et demie s'affichaient au compteur. L'homme revint. Elle l'entendit renifler et bavarder avec quelqu'un. Il lui fallut vingt pence de plus pour reprendre la ligne.

— Désolé d'avoir été si long, dit-il. Il est rentré chez lui. Que puis-je pour vous ?

— Eh bien, dit précipitamment Maureen, quelqu'un avec qui je viens de prendre un verre m'a avoué avoir été témoin d'un crime, et je ne sais pas ce que je dois faire.

— Où vous êtes ?

— À Londres.

— Le crime a eu lieu là-bas ?

— Ouais.

— Dans ce cas, vous êtes dans le mauvais service, de toute façon, dit l'homme, qui semblait avoir perdu tout intérêt pour son histoire.

— Tant pis, fit-elle, surprise par sa désinvolture. Merci quand même.

— Au revoir, dit-il, avant de raccrocher.

Maureen appela les renseignements pour avoir le numéro de New Scotland Yard. Elle déclara au standard qu'elle avait des informations concernant le meurtre d'Ann Harris, et on la mit en attente. Une voix enregistrée lui annonça que son appel serait pris en compte dès qu'un interlocuteur serait disponible. Maureen attendit un temps infini. Par quatre fois, la voix enregistrée lui répéta la même phrase. Son crédit allait bientôt s'épuiser. Un homme aimable répondit enfin et lui demanda son nom et son adresse. Mais Maureen ne voulait pas être mêlée à cette affaire, elle voulait simplement communiquer des informations et filer retrouver Liam.

— Marian Thatcher, dit-elle. J'habite sur Argyle Street, derrière Brixton Hill.

— Quel numéro ?

— 631, dit-elle, contente de sa trouvaille.

— Eh bien, Marian, venez donc nous voir et nous exposer ce qui s'est passé.

— Écoutez, j'ai des gosses, je peux pas les laisser. Je peux pas vous dire tout simplement ce que je sais, et vous viendrez m'interroger après ?

— OK, dit le policier après réflexion. Faisons comme ça. Que s'est-il passé ?

— Ma carte va bientôt être épuisée. Vous pouvez me rappeler ?

— Il vaudrait vraiment mieux que vous ven…

Il y eut un déclic, suivi de la tonalité. Maureen regarda sa montre. Il était 17 h 40, et sa gorge lui faisait un mal de chien. Cela ne devait quand même pas être si compliqué de dénoncer quelqu'un. Elle appela le 999.

— Pompiers, police ou ambulance ?

— Police, dit-elle en prenant une voix étranglée et pressante.

L'opératrice expliqua à la police que Maureen était dans une cabine, et on la rappela.

— Bonjour, quelle est la nature de l'urgence ?

— Une femme, Ann Harris, est retenue dans un appartement au 631, Argyle Street, vers Brixton Hill. Je crois qu'on va la tuer.

— Qui va la tuer ?

— Tam Parlain, Elizabeth, Heidi et Susan. Elle est sur le canapé, ils vont la jeter dans la Tamise.

— Comment vous appelez-vous ?
— Venez à son secours.
— J'ai besoin de votre nom, madame.
— Marian Thatcher.
— Et votre adresse ?
— 632, Argyle Street, derrière Brixton Hill. Tam Parlain va aller chercher deux de ses potes, un gros et un autre qui s'appelle Andy, pour l'envelopper dans un matelas et la jeter dans le fleuve.
— Madame, votre nom n'apparaît pas à l'adresse indiquée.
Maureen raccrocha et quitta la cabine. Liam allait être hystérique. Elle héla un taxi. Elle avait oublié la caméra de surveillance qui filmait la rue du haut du lampadaire.

42

Knutsford

Maureen contemplait les voitures qui se traînaient devant eux sur l'autoroute et les chiffres qui défilaient sur le compteur du taxi. Le chauffeur lui jetait de temps en temps un coup d'œil dans le rétroviseur. Il avait essayé de lui parler et réussi à lui extorquer qu'elle rentrait à Glasgow, où elle vivait, mais la gorge de Maureen avait commencé à lui faire si mal que la conversation s'était arrêtée là.

— Ça circule mal ! cria-t-il pour couvrir le bruit du moteur. C'est de pire en pire, dans cette ville.

— On arrivera avant 19 h 30 ?

— Je sais pas, ma petite. Je vais faire de mon mieux. À cette heure-ci, pas moyen de savoir, je préfère pas vous mentir.

Maureen se laissa retomber contre le dossier. Elle allait rentrer à Glasgow et riposter avant le dernier soupir. Elle palpa son sac sur la banquette à côté d'elle. Elle savait ce qu'elle allait faire. Elle n'avait plus peur de Ruchill.

Le taxi arriva au terminal 1 à 19 h 20. Maureen donna soixante livres au chauffeur et fonça dans les escalators, poussant les touristes immobiles sur les marches avec leurs bagages. Sa gorge l'élançait à chaque pas. Elle passa sous une arche et se retrouva devant le comptoir de British Airways. Une longue file d'attente lasse serpentait dans un labyrinthe compliqué bordé par des cordons. Elle remonta la file en cherchant Liam. Il n'était pas là. Elle trouva la porte d'embarquement et dut faire la queue pour parler à l'hôtesse du comptoir.

— Écoutez, mon frère a mon billet pour Glasgow, et je crois qu'il est déjà à l'intérieur, dit-elle d'une voix rauque et essoufflée. Je peux aller voir ?

Mais la femme au maquillage impeccable ne pouvait la laisser entrer sans billet.

— Désolée, dit-elle en souriant. C'est le règlement.

— Vous pouvez le faire appeler ?

— Sur quel vol est-il ?

— Celui de 19 h 30.

— Eh bien, le 19 h 30 vient de partir. Il est en train de décoller, vous l'avez manqué.

— Passez un appel, dit Maureen, au bord des larmes. Il ne serait pas parti sans moi.

— Il va falloir que vous alliez au comptoir d'information pour faire passer un appel, dit l'hôtesse en désignant une autre file d'attente.

Maureen attendit. Un homme en costume coûteux achetait un billet pour Édimbourg avec une carte de crédit au plafond dépassé. Il donna à la poupée derrière le comptoir une autre carte, qu'elle prit de ses longs doigts aux ongles vernis de rose.

— Ah, fit-elle joyeusement, découvrant des dents artificiellement blanchies. Celle-ci fonctionne, monsieur.

Ils se sourirent. Maureen alluma une cigarette.

— Excusez-moi, dit la femme en se redressant et en tendant le bras vers elle. Je suis désolée, mais vous ne pouvez pas fumer ici.

— Pourquoi ?

— C'est une zone non-fumeurs. Il y a des zones fumeurs, dit-elle en désignant les pancartes accrochées au-dessus d'elle.

Maureen écrasa sa cigarette par terre, en regrettant de ne pas pouvoir se remplir davantage les poumons. L'homme d'affaires la foudroya du regard.

— Vous allez laisser ça ici, sans doute ?

— Laisser quoi ?

— Votre mégot. Avez-vous l'intention de le laisser par terre ?

— Oui, dit Maureen de son ton le plus rebelle. C'est bien mon intention.

L'homme regarda l'hôtesse et leva les yeux au ciel.

— Ah, ces fumeurs, dit-il.

Elle fixa sa carte de crédit, la main tendue au-dessus de la machine en attendant que le ticket se décide à sortir.

— Voilà, monsieur, dit-elle en souriant. Merci beaucoup.

— Non, répondit l'homme en fixant ses seins. C'est moi qui vous remercie.

Il reprit son attaché-case et décocha à Maureen un regard noir avant de s'en aller.

— Que puis-je pour vous ? demanda la femme à Maureen avec un sourire forcé.

— Je voudrais un billet pour le prochain vol pour Glasgow.

— Il n'y a plus de vol pour Glasgow ce soir.

Maureen sentit qu'elle était ravie.

— Et Édimbourg ?

— Je viens de vendre le dernier billet du dernier vol.

Une brûlante colère monta dans la gorge de Maureen, qui pencha son visage crasseux sur le comptoir.

— Va te faire foutre ! dit-elle, signant là un nouveau triomphe de la diplomatie écossaise.

Elle repartit en frissonnant à cause du manque de nicotine. Elle prit le mauvais ascenseur et se retrouva dans la station de l'express de Paddington. Craignant de se perdre dans l'aéroport si elle remontait, elle acheta malgré tout un billet, qui lui coûta dix livres. Elle était la seule personne sur le quai. Les sièges étaient en pin, et le tunnel était recouvert d'élégantes feuilles d'aluminium brossé. Elle essaya de prendre l'air d'une milliardaire excentrique et porta la main à sa gorge rouge et enflée. Un train rapide immaculé entra dans la gare. Maureen y monta et s'assit tout près de la porte. Durant le trajet, tous les voyageurs assis dans un rayon de trois mètres la fixèrent. Ce ne fut qu'à l'arrivée à Paddington, quand elle se leva, qu'elle vit la télévision allumée au-dessus d'elle. Elle traversa le hall en courant en direction de la station de taxis, ouvrit la portière d'une voiture et jeta son sac à l'intérieur.

— Gare routière de Victoria, dit-elle.

Bien qu'elle ne fût arrivée que deux heures avant le départ du car, Maureen réussit à avoir un billet pour le soir. La gare routière était bien plus miteuse que celle de Glasgow, mais des parois en verre y avaient également été élevées partout – ce devait être l'architecture à la mode pour les gares routières.

Maureen appela Vik depuis une cabine. Elle entendit à peine le message de son répondeur à cause d'un obèse assis à côté d'elle qui écoutait Mariah Carey sur son walkman en beuglant les paroles. Elle cria qu'elle rentrait et qu'elle l'appellerait quand la situation serait calmée. Sans faute. Elle avait gardé son briquet et elle le lui rendrait dès que ça irait mieux. Elle chuchota qu'elle pensait à lui, qu'elle arrangerait tout, mais le raffut derrière elle était tel que Vik ne l'entendrait probablement pas quand il écouterait son message.

Il restait dix minutes avant le départ du car lorsqu'elle finit par joindre Liam chez lui.

— Mauri, j'ai perdu deux cents livres pour ton foutu billet.

— Je te rembourserai, Liam, je suis désolée.

— Je suis pas Crésus.

— Je sais, Liam, je te rembourserai.

— Je suis un étudiant sans le sou.

Apparemment, Liam avait répété ses arguments pendant tout le vol.

— Je te rendrai l'argent demain. Je suis vraiment désolée.

Liam hésita un instant.

— À quelle heure tu arrives ? demanda-t-il.

— Je ne sais pas, dit Maureen en regardant autour d'elle. Vers 6 h 30 demain matin.

— Bon, je comptais venir te chercher, mais là, tu peux aller te faire foutre, dit-il, comme si Maureen avait été responsable de l'horaire. Au fait, désolé pour Martha. Je t'ai entendue taper sur le mur.

— Ouais, et moi, je t'ai entendu la sauter.

— Pardon, dit-il vivement.

— C'est pas à moi qu'il faut demander pardon.

À peine fut-elle assise sur le siège rêche qu'elle sut que tout allait bien se passer. Le car était à peine à moitié plein, et elle réussit à avoir presque toute la banquette du fond pour elle toute seule. Une vieille dame avait pris l'autre côté et se collait contre la vitre, ses provisions soigneusement disposées sur le siège à côté d'elle.

Le car quitta le centre de Londres en vrombissant, s'enfonça dans Swiss Cottage et prit l'autoroute M1. Maureen posa la tête contre la vitre qui vibrait, regarda la ville grise et sale s'enfoncer dans le passé, vit les petites maisons sur les basses collines quitter l'encadrement de la vitre, et brusquement, elle s'aperçut qu'elle avait frôlé la mort. Elle avait changé d'avis et riposté à la dernière minute, comme Ann. La pauvre Ann, avec sa lèvre enflée et ses gosses moches.

Maureen était au bord des larmes, mais sa gorge maltraitée résista. Elle allait rentrer et les affronter tous. Pour la première fois, elle se rappelait qu'elle avait une vie au-delà de ses ennuis actuels. Elle aimait les couleurs de Glasgow, elle y avait sa place et son passé, elle comprenait l'obscure gentillesse des gens et les raisons de ce rude climat. L'air pur lui manquait, tout comme les expressions archaïques et l'accent guttural. Elle pourrait prendre un bain chez elle bientôt, sans que Ruchill ne vienne la troubler, et dormir dans son lit. Elle ne se souciait plus d'Ann ni des histoires incohérentes de Moe.

L'autoroute laissa la ville derrière eux et entra dans un paysage plat et monotone qui s'étendait jusqu'à l'horizon, seulement ponctué de villages gris et de parcours de gymkhana. Maureen ramena ses jambes sous elle, s'enveloppa dans son manteau sale et regarda les mornes banlieues anglaises défiler derrière la fenêtre.

Joe McEwan avait travaillé onze heures d'affilée et ne se sentait pas très bien. Il buvait beaucoup de café et en était à vingt-cinq cigarettes par jour. Le bureau était presque vide : il ne restait que les divorcés et les obsessionnels. L'affaire Hutton s'acheminait vers une conclusion insatisfaisante. Les indices recueillis ne menaient à rien, les témoins terrifiés revenaient sur leurs dépositions en enchaînant mensonge idiot sur mensonge idiot, et le dossier avait absorbé le budget d'heures supplémentaires de trois semaines. Des rumeurs et les premières déclarations des témoins leur avaient permis d'apprendre le nom du pub où le taxi avait pris Hutton, l'endroit où on l'avait tué, l'identité du chauf-

employés n'étaient pas là avant Noël. Ils venaient d'être embauchés. Tout en songeant que la direction était bien désinvolte de confier une boutique à deux débutants, Maureen alla dans le restaurant. Elle s'arrêta et se rendit compte qu'il y avait des caméras de surveillance partout. On aurait pu confier sans risque la dette nationale du Brésil aux deux débutants. Dans le hall, elle vit l'enseigne d'une pizzeria. Elle continua et trouva le coin cafétéria : des chaises et des tables en plastique rouges séparées de l'escalier par un cordon. Une serveuse d'une cinquantaine d'années nettoyait le plastique éraflé avec plus de soin qu'il ne le méritait.

— Excusez-moi, dit Maureen, d'une voix qui lui parut encore plus rauque qu'avant. Vous travaillez ici depuis longtemps ?

— Ça fait cinq mois, ma petite.

— J'essaie de découvrir ce qui est arrivé à une amie qui a pris le car de nuit pour Glasgow, il y a environ un mois. Elle est descendue ici à la pause et n'est jamais remontée dans le car.

— Oh oui, dit la femme en pliant son torchon. Je sais.

Maureen sortit la photocopie et la lui montra.

— Je sais, reprit la femme. C'est épouvantable, n'est-ce pas ? Nous étions tous bouleversés, d'ailleurs.

— Comment vous l'avez appris ? demanda Maureen, surprise que la nouvelle de la mort d'Ann soit parvenue jusqu'à Knutsford.

— Je l'ai vue, ma petite. Je l'ai vue sortir des toilettes et monter dans l'ambulance. Quelle tristesse ! Ça nous a fait un choc à tous.

— Dans une ambulance ?

— Oui, on l'avait agressée, ma petite, dans les toilettes. Salement tabassée. Et on lui avait volé son sac.

— Son sac ?

— Oui. On ne l'a découverte qu'au bout d'une demi-heure. Ceux qui lui avaient fait ça étaient partis depuis longtemps.

Le sac d'Ann. Elle l'emportait partout, de peur de se le faire voler. Si Tam Parlain avait dit à Maxine qu'Ann rentrait, Hutton avait très bien pu l'attendre ici et la guetter pour faire ce qu'il réussissait le mieux : anéantir les faibles. Ils devaient savoir qu'elle allait descendre à Knutsford avec un sac qui valait des dizaines de milliers de livres. Parlain et Maxine s'étaient alliés avec Hutton contre leur propre famille et Toner. Toner devait savoir que Maxine vivait avec Hutton, et il avait dû comprendre ce qu'ils avaient fait avant qu'Hutton soit tué pour une mystérieuse histoire de came. Elizabeth disait que Toner voulait parler à Ann, et Senga avait dit à Leslie qu'Ann avait reconnu Hutton sur une photo de journal. Parlain avait tué Ann pour l'empêcher de parler. Pauvre écervelée. Toner ne pouvait pas la faire protéger ici. À Glasgow et Londres, oui, peut-être, mais pas en pleine cambrousse.

Maureen retourna rapidement au car et resta sur le parking à fumer en songeant à Ann. Fallait-il qu'elle ait été désespérée. Combien d'argent devait-elle donc pour prendre un risque pareil ? Mais c'était sur cela que comptait Frank Toner, sur quelqu'un d'assez désespéré pour courir un tel danger.

Hellian n'avait pas terminé sa phrase que Williams s'était levé et enfilait son pantalon.

— ... sous le canapé, et qui correspond *a priori* aux échantillons de sang et de cheveux de la victime. Évidemment, nous n'en serons certains que lorsque le labo les aura examinés.

Williams coinça l'appareil contre son épaule et s'agenouilla pour chercher ses chaussures sous le lit. La moquette de l'hôtel était un reliquat hideux des années soixante-dix, et ses spirales multicolores empestaient le chien.

— Parlain, vous disiez ?

— Oui. Tam, T, A, M, Parlain, P, A, R, L, A, I, N. Il travaille pour la famille Adams.

— Encore ces enfoirés. On vous a dit qui était le boss de Parlain ?

— Un certain Frank Toner, F, R, A…

— Et elle a acheté un billet pour le car de nuit ?

— Oui, mais on ne peut pas confirmer qu'elle l'a pris. L'inspecteur-chef Joe McEwan la connaît et a proposé d'envoyer un de ses hommes pour l'identifier.

— Elle ferait bien de l'avoir pris. Vous vous rendez compte que si ça se sait avant qu'on l'interroge, ils l'élimineront ?

— C'est pas de notre côté qu'il y aura des fuites, monsieur.

Maureen ne parvenait pas à dormir. Les cigarettes et ce qu'elle avait appris sur Ann la tenaient éveillée, et elle mourait d'envie d'arriver à Glasgow, de retrouver le froid et les immeubles rouges et jaunes, le ciel immense et les gamins mal élevés. Elle allait riposter et tout arranger. Il était 4 h 30 quand ils atteignirent les collines. Les abruptes pentes boueuses et rocheuses étaient couronnées de plaques de neige, et il fit brusquement plus froid dans le car. Elle regarda la campagne et vit des familles expulsées de chez elles pour laisser la place aux moutons, un millier de *Coach and Horses* dans le monde entier servant des verres salvateurs à ceux qui ne pouvaient plus rentrer et ne savaient même plus où se trouvait leur foyer. Maureen posa la tête contre la vitre et pleura devant cette terre magnifique, le visage caché dans ses mains, en essayant de ne pas renifler. Sa voisine de siège s'approcha d'elle.

— Pourquoi vous pleurez ?
— L'Écosse, sanglota Maureen en désignant le paysage. C'est tellement beau. Ça fait si longtemps que je suis partie.
— Bravo, dit tranquillement la femme. On est encore en Angleterre. Dans la région des lacs.

L'aube se levait quand le car entra dans la vallée de la Clyde. Un ciel dégagé d'un bleu électrique se couvrait au loin d'épais nuages noirs dans l'ombre desquels attendait Glasgow, son Glasgow, et elle recommença à pleurer.

43

Ruchill

Il n'y avait pas un souffle de vent dans la gare routière. L'haleine de Maureen se condensait devant elle alors qu'elle dépassait les autres voyageurs, prenait son sac sur le tas et se dirigeait vers la sortie. Le trottoir scintillait, et les immeubles semblaient figés par le froid. Maureen fendit la brume blanche qui emplissait la rue, laissant des traces de pas sombres dans le givre. Un taxi la dépassa et prit la direction du centre-ville. Elle alluma une cigarette. Sa gorge à vif lui faisait mal, et elle était dans un état épouvantable, mais elle était rentrée. Une brusque rafale de neige décolora la ville alors qu'elle passait au pied de Garnethill et remontait vers le nord. Elle fut tentée de monter chez elle déposer son gros sac, mais elle était certaine de ne jamais en ressortir. Elle noua son écharpe autour de sa tête et poursuivit sa route.

Williams se gara dans la rue face à la gare.

— Ici, ici, dit Inness, c'est parfait.

— Vous êtes sûr ? demanda Williams en tirant comme une brute sur le frein à main, ce qui fit soupirer Bunyan. Il y a un panneau de stationnement interdit.

— Pas grave.

Ils traversèrent et montèrent l'escalier en béton gris de la gare routière. Elle était presque vide. Des bus à impériale endormis étaient impeccablement garés le long du rond-point. Un car garé devant le hall était le seul à donner signe de vie. Un chauffeur en uniforme bleu venait de disparaître derrière.

— Il est déjà arrivé, dit Williams.

Il se mit à courir et arrêta un type de petite taille avec une coiffure afro.

— C'est le car de Londres ?

— Oui.

— Écoutez, je suis officier de police.

Il sortit la photo granuleuse de Maureen O'Donnell de sa poche.

— Cette femme était-elle à bord ?

Le type regarda la photo et appela son collègue pour qu'il y jette un œil.

— Je crois, oui, dit l'autre.

— Ah oui, reprit le premier. Je reconnais sa coiffure. Elle était bien dans le car.

— Et où est-elle, maintenant ?

— Comment vous voulez que je sache ?

— Avez-vous vu quelqu'un l'accueillir ?

— On les surveille pas tous quand ils descendent. On a les bagages à décharger.

— Avez-vous vu quelqu'un lui sauter dessus ?

Les deux hommes ne répondirent pas. Inness tira Williams par le bras.

— Elle est peut-être rentrée chez elle.

— Vous savez où c'est ?

— Ouais, à deux minutes d'ici. En haut de cette côte.

Le chemin était long. La neige s'épaississait à mesure que le soleil montait dans le ciel, enveloppant la ville dans une pesante lumière grise. Elle se collait à ses manches et à ses épaules, s'incrustait dans les plis de son écharpe et dans ses sourcils et étouffait la rumeur des voitures tandis qu'elle remontait Maryhill Road. Sa colère augmentait à mesure qu'elle avançait, et quand elle arriva au carrefour de Ruchill, elle était en sueur. Les bourrasques cessèrent momentanément quand elle passa sous le pont de chemin de fer désaffecté. Puis elle continua sa route, quittant cette oasis de calme pour retrouver la tourmente blanche et monter la côte.

Ruchill était un quartier mort. Une rangée de bâtiments bordait la rue d'un seul côté. Derrière s'étendaient quatre hectares de terrains vagues sillonnés de chemins envahis d'herbe. Les lotissements pourris et humides avaient été démolis les uns après les autres. De l'autre côté de la rue, une haute clôture interdisait l'accès au parc et à la haute colline ponctuée d'arbres squelettiques où se dressait la tour de l'hôpital. Maureen s'obligea à l'ignorer et poursuivit son chemin. Le premier bâtiment annexe de l'hôpital apparut en haut de la rue : un modeste pavillon rouge.

Maureen s'arrêta en tremblant en bas de la côte. Elle ôta l'écharpe de sa tête, secoua la neige qui imprégnait l'étoffe et leva les yeux. L'allée tournait brusquement et disparaissait derrière de hauts taillis. Elle reprit son chemin. Des éclats de verre crissèrent sous ses pas tandis qu'elle dépassait les buissons et se dirigeait vers la tour. Des vandales étaient venus ici nuit après nuit. Des bâtiments d'un étage se dressaient çà et là, leurs coupoles en bois effondrées gisant sur le sol, brûlées et fracassées. Des stores déchiquetés pendaient lamentablement devant les fenêtres brisées, et des rideaux voletaient paresseusement dans le vent. Elle monta jusqu'en haut de la colline et regarda l'aube sur la ville. Elle voyait son appartement.

Elle plissa les paupières. Des flocons se prirent dans ses cils tandis qu'elle levait la tête vers la tour qui se dressait sur le ciel blanc. Elle se baissa, ramassa une pierre et courut vers le bâtiment, puis elle la lança en dérapant dans la neige fondue. La grosse pierre grise traversa les airs et le rideau de flocons qui tombaient doucement. Maureen étouffa un cri en la voyant se diriger vers une haute fenêtre, qui vola en éclats. Elle ramassa une autre pierre dans l'herbe du bas-côté, s'élança de nouveau et la jeta de toutes ses forces. La pierre fracassa une autre fenêtre. Maureen sourit. Elle laissa tomber son sac et chercha les courses de Kilty. Ses doigts engourdis se détendirent quand ils sentirent le carton rêche de la boîte d'allume-feu.

Elle souriait, tout en mangeant des carrés de chocolat Milka, heureuse d'arriver enfin chez elle. Jamais, jamais elle ne dirait à personne ce qu'elle avait fait. Elle laissa la tension décroître en elle. À présent, il ne lui restait plus qu'à appeler Leslie et à attendre que la police vienne la voir. Ensuite, elle s'offrirait un bon bain, un petit somme et une journée en pyjama, assise sur le canapé devant la télévision avec une tasse de thé. Tout excitée, elle monta les marches quatre à quatre jusqu'à son appartement – et s'arrêta net.

La porte était entrouverte. L'entrée était allumée. Sans un bruit, elle posa son sac et referma les doigts autour du peigne dans sa poche. Il y avait quelqu'un. Une voix murmura quelque chose, une question, suivie d'une réponse d'un ton sec. Des pas s'approchèrent et s'arrêtèrent dans le salon. On se dirigeait vers elle. Maureen donna un grand coup de pied dans la porte, qui alla cogner le mur, et se retrouva nez à nez avec un Inness ensommeillé et ébahi.

— Qu'est-ce que vous foutez chez moi ?

Inness lui sourit d'un air narquois.

— Madame Thatcher, je présume ? J'ai des amis qui meurent d'envie de vous rencontrer.

Un homme et une femme en élégants costumes sombres attendaient dans le salon. Les lettres d'Angus étaient éparpillées sur la table. Toutes avaient été sorties de leur enveloppe et lues.

— Espèces de salauds !

Elle se rua vers les lettres, mais Inness la retint par le bras et la fit pivoter vers lui sans ménagement.

— On se calme ! hurla-t-il.

Par-dessus son épaule, par la fenêtre de la cuisine, la tour de Ruchill brûlait comme une chandelle. Les fenêtres des tourelles vomissaient des torrents d'étincelles et des nuages noirs de cendres. En bas, dans la ville encore calme, des sirènes se précipitaient vers un incendie trop bien allumé pour être dompté. Sur le palier, une porte s'ouvrit, et Jim Maliano apparut sur le seuil dans son peignoir bordeaux.

— Que se passe-t-il ? demanda-t-il, sa chevelure tremblante de fureur.

Sans lâcher Maureen, Inness le repoussa dehors.

— Nous sommes officiers de police et nous sommes là pour parler à Mlle O'Donnell. Rentrez chez vous, je vous prie, monsieur.

— Vous avez pas le droit de fouiller dans mes affaires, s'indigna Maureen. C'est mon courrier.

— Eh bien, beugla Jim, si vous êtes des officiers de police, vous devriez savoir qu'on n'entre pas dans une résidence à 8 h 30 du matin en faisant un tel raffut.

— Rentrez chez vous, je vous prie, monsieur, répéta Inness en le repoussant un peu trop fort, si bien que Maliano faillit tomber.

Jim repoussa vivement la main du policier.

— Maureen, ça va ?

Maureen n'aimait pas Jim Maliano, et il lui avait clairement fait comprendre qu'il n'appréciait ni sa personne ni son genre de vie, mais quand il y avait des problèmes, Jim accourait toujours.

— Ça va, Jim, je vous assure. Retournez vous coucher. Je vous promets qu'on fera moins de bruit.

— Vous m'appellerez si ça se gâte ? demanda Maliano en jetant un regard insolent à Inness.

— Oui, oui, Jim. Merci.

— Ruchill est en train de brûler, dit-il d'un ton enjoué, comme s'il ne s'agissait que d'une conversation anodine avec sa voisine.

Maureen et Inness se retournèrent et virent la colonne de fumée qui s'élevait dans le ciel. Inness étouffa un juron stupéfait.

— Vous devriez essayer d'empêcher ce genre de chose au lieu de venir la harceler, dit Maliano avec un regard accusateur à l'adresse d'Inness. Je note toutes les fois que vous venez, ajouta-t-il en désignant son judas, alors faites attention.

Il rougit, retourna chez lui avec un dernier regard menaçant et ferma sa porte. Maureen savait qu'il restait derrière à regarder. Elle ferma la sienne et fila dans le salon, ramassa les lettres d'Angus et les serra contre sa poitrine.

— C'est à moi, dit-elle.

— Nous saisissons ces lettres, dit sévèrement Inness, alors posez-les. Elles ne vous appartiennent plus.

— De quel droit vous avez défoncé ma porte ?

Le gros type en costume sombre s'avança vers elle.

— Mademoiselle O'Donnell, qu'avez-vous fait depuis l'arrivée du car ? Nous vous croyions morte, enfermée chez vous.

— Je suis pas obligée de vous répondre, dit-elle.

— Qu'est-ce qui vous est arrivé au cou ? demanda la petite blonde.

Inness s'approcha, et elle vit à son regard qu'il était furieux.

— Ces lettres vont être remises au procureur, dit-il.

Il essayait de la menacer, mais en quelques jours, elle avait été prise au piège chez Parlain et étranglée par Toner et avait réussi à rentrer chez elle. Inness ne risquait pas de lui faire peur avec sa moustache et ses regards furibonds.

— Foutez le camp, dit-elle.

Le gros type fixait l'ecchymose sur sa gorge.

— Qu'est-ce qu'on vous a fait au cou ? demanda-t-il.

— Sortez.

Il posa doucement la main sur son bras.

— Mademoiselle O'Donnell, je suis Arthur Williams, de la police de Londres.

Il la regardait d'un air aimable et inquiet.

— Je crois savoir que vous avez des informations concernant le meurtre d'Ann Harris.

Maureen était en train de replier les lettres et de les ranger dans leurs enveloppes. Elle mourait d'envie d'être seule chez elle, en sécurité. Elle déchira l'une des enveloppes en essayant d'y fourrer une lettre, et la coupe déborda.

— Merde ! hurla-t-elle.

L'effort lui brûla la gorge. Elle lâcha toutes les lettres et les éparpilla d'un coup de pied.

— Merde !

— Qu'est-ce qu'on vous a fait au cou ? répéta Inness.

Le gros bonhomme s'avança vers elle.

— Il faut vraiment que nous vous parlions, mademoiselle O'Donnell.

44

ROSENHAN

Williams tenant à ce que Maureen boive un peu de thé pour se réchauffer, Bunyan lui en prépara une tasse et la rapporta de la cuisine. Le thé était bouillant, et Maureen se brûla la langue, mais comme la chaleur apaisait un peu sa gorge, elle persévéra et le but quand même.

Bunyan alluma une cigarette et fit glisser le paquet sur la table basse. Maureen ne put résister à ce petit geste de camaraderie. Elle en prit une. Arthur Williams attendait calmement et souriait aimablement chaque fois qu'elle levait les yeux vers lui.

— Vous avez inculpé Leslie et Jimmy ?

— Non, dit-il doucement. Mais c'est encore possible. Tout dépend de l'issue de cette affaire.

— Vous êtes allés chez Parlain ?

— Oui. Nos collègues interrogent Tam Parlain et Elizabeth Wooly en ce moment.

— Vous avez trouvé Elizabeth ?

— Elle était chez lui quand nous y sommes allés. Comme ils ont été arrêtés sous un autre chef d'accusation, nous avons tout le temps que nous voulons.

— Quel autre chef d'accusation ?

— Détention de drogue.

Williams la regarda fumer, les yeux baissés vers la table. Sa gorge n'était plus qu'une tache rouge et noir, et il n'aurait pas été étonné qu'elle ait quelque chose de cassé. Elle était maigre et dépenaillée, et d'après les lettres qu'ils avaient trouvées chez elle, sa vie ne devait pas être rose tous les jours. Il se pencha et pianota doucement sur la table.

— Si vous nous disiez tout simplement ce qui s'est passé ?

Et, tout en continuant à fumer les cigarettes de Bunyan, Maureen leur parla du gros sac d'Ann, de ses dettes, de son agression à Knutsford, de la lettre envoyée par un cabinet d'avocats qui n'existait pas et du canapé humide de Tam Parlain. Elle laissa de côté les incohérences de Moe et le livret d'allocations et omit de parler de Mark Doyle parce qu'elle ne savait pas encore très bien quel rôle il jouait dans ce monde de loups. Elle venait de raconter ses appels à Hugh, à New Scotland Yard et au 999 quand Williams l'interrompit.

— Qu'est-ce que c'est que cette histoire de polaroïd ?

— Une photo de Toner avec le fils d'Ann. Il la lui avait envoyée pour la faire sortir de son trou.

— Mais vous ne l'avez pas ?

Maureen secoua la tête et mit la main dans sa poche.

— Mais j'ai autre chose.

Elle sortit la photocopie du polaroïd qu'elle avait faite dans la boutique de Brixton. Williams la déplia, et Bunyan et lui regardèrent Toner qui tenait la main du petit garçon.

— Beau mec, non ? fit Bunyan d'une voix douce. Vous avez eu peur ?

Maureen baissa la tête et tira sur sa cigarette.

— Ces gens font très peur, continua Bunyan.

Maureen remarqua qu'elle lui parlait comme à une enfant, comme si elle pouvait tout arranger avec un verre de jus de fruits et un biscuit au chocolat, mais Maureen avait besoin de cette confiance, en cet instant, et elle y répondit.

— Oui, j'ai eu peur, dit-elle.

— Ça ne m'étonne pas. Moi aussi, j'ai peur quand je parle à ces gens.

Maureen leva les yeux.

— Vous avez fait tout ce chemin pour m'interroger ? demanda-t-elle avec inquiétude.

— Ouais.

— Comment vous saviez que je serais là ?

— On ne le savait pas.

— Mais comment vous pouviez savoir que c'était moi qui avais téléphoné ?

Bunyan toucha le bout de son nez.

— Instinct de flic, plaisanta-t-elle avec un sourire consolateur.

— Il est quand même possible que ce soit Jimmy Harris le meurtrier, vous savez, dit Williams.

— Je sais.

— Il était à Londres au moment des faits.

— Je suis au courant.

Elle regarda Bunyan.

— Mais vous avez parlé à Jimmy, vous savez à quel point il est apathique. Je suis sûre que c'est Tam le coupable. Pourquoi aurait-il lavé un canapé en cuir, sinon ?

Williams hocha pensivement la tête.

— Mais ce n'est pas une preuve. Nous ne pouvons pas inculper quelqu'un sous prétexte qu'il a abîmé un canapé en cuir.

Il eut de nouveau ce même sourire triste, et Maureen se rendit compte que le numéro du gentil bonhomme rondouillard et inoffensif était un truc, qu'on devait l'envoyer pour interroger tous les barjots.

— Il va falloir qu'on vous emmène à Carlisle pour un interrogatoire officiel, dit-il.

— Pourquoi Carlisle ?

Williams soupira, l'air très las.

— C'est une longue histoire, dit-il.

Un coup discret frappé à la porte annonça le retour du pénible Inness. Hugh McAskill le suivait. Il passa la tête dans le salon et croisa le regard de Maureen. L'espace d'un bref instant, il sembla très triste et baissa les yeux. Quand il releva la tête, son visage était impassible.

— C'est le policier que vous tentiez de joindre ? demanda Williams.

— Oui.

Hugh resta sur le seuil du salon et hocha brièvement la tête. Williams et Bunyan comprirent et allèrent avec Inness attendre dans la cuisine. Hugh les regarda sortir, et ses yeux bleus s'éclairèrent brusquement.

— Ça va ?

— Ça va, dit Maureen. Ça fait du bien d'être chez soi.

— Les policiers de Londres sont allés chez Tam Parlain et ont trouvé du sang et des cheveux sous le canapé. En première analyse, ils correspondent aux échantillons prélevés sur la victime.

— On va libérer Jimmy ?

— C'est déjà fait. Ils ne l'avaient pas inculpé.

— Et Leslie ?

— Aussi. Cette Elizabeth, elle est dans un drôle d'état. Il a suffi de lui promettre qu'elle suivrait une cure de méthadone pour qu'elle raconte tout.

— Ouais. Moi, elle m'a tout raconté pour cinq cents livres.

— La pauvre est au bout du rouleau. Farrell vous écrivait depuis tout ce temps ?

— Ouais.

— Maureen, soupira-t-il. Je n'en reviens pas que vous ne m'ayez rien dit.

— Vous auriez été obligé de le répéter à Joe.

Ils se regardèrent, et Hugh hocha la tête.

— Il joue simplement les fous, poursuivit Maureen. Il se moque de vous. Je ne comprenais pas pourquoi il m'écrivait, au début, puis j'ai pigé. C'était facile pour vous de remonter la piste des lettres jusqu'ici. Il donne à Joe des informations sur son état mental. Il sait que Joe y croira encore plus s'il doit se donner du mal pour se les procurer.

— Je ne suis pas si sûr…

— Qu'allez-vous faire des lettres ?

— Il va falloir qu'on les donne au procureur. Nous n'avons pas le choix. Ce sont des preuves formelles de son état mental.

— Il va sortir, Hugh. C'est un foutu psychiatre, il sait parfaitement comment jouer la comédie.

Il acquiesça et se tourna vers elle pour examiner son cou.

— Laissez-moi voir.

Elle leva le menton le plus haut possible.

— Vous devriez passer une radio. Je vous emmène à l'Albert Hospital, si vous voulez.

— Non, répondit-elle. J'irai plus tard. Vous voulez une tasse de thé ?

Hugh cligna lentement des yeux et sourit.

— Avec plaisir.

Il la suivit dans la cuisine déjà bien encombrée. Bunyan était assise à la table et Williams attendait dans un coin en souriant, tandis qu'Inness lui racontait quelque chose à voix basse. Ils se turent quand la porte s'ouvrit et se raidirent en voyant Maureen.

— Rebonjour, plaisanta Williams.

— Excusez-moi, dit Maureen. Je venais juste faire une tasse de thé.

Williams se dandina en jetant à Inness un regard en coin.

— Vous avez séjourné en hôpital psychiatrique un certain temps, n'est-ce pas ? demanda-t-il.

Il la regardait innocemment, mais cette question n'était jamais innocente.

— Et alors ?

— C'est simplement… eh bien, intéressant.

Maureen alluma une cigarette. Hugh était là, et elle n'avait plus besoin de la fausse gentillesse de ce type insistant.

— Non, dit-elle en allumant la bouilloire. Vous vous trompez. Ce n'était pas intéressant.

— Quand vous étiez…

— Je ne réponds pas à des questions sur ma vie. Je réponds à des questions qui concernent Ann Harris et Londres.

— Mon collègue vient de me dire que votre frère avait été dealer. Avait-il des relations avec Frank Toner ?

— Non. Aucune.

— C'est tout de même étrange, non, que Tam Parlain habite un appartement rempli de drogues et que votre frère ait été dealer ? C'est pour cela que vous êtes allée à Londres ?

Maureen ne répondit pas. La bouilloire se mit à siffler en gargouillant, avant de s'éteindre toute seule.

— La vue est magnifique, soupira Bunyan.

Les hommes se tournèrent vers elle. Elle était assise, la main posée sur la table, une cigarette à la verticale entre les doigts. Elle souriait toute seule en contemplant le nord de la ville et la tour qui brûlait.

— Magnifique, répéta-t-elle.

— Nous allons garder les lettres, dit Inness, histoire de réaffirmer son autorité.

— Écoutez, ces lettres, il les a écrites pour que vous les trouviez. Il veut que vous croyiez qu'il est fou pour purger une peine courte.

— Vraiment ? fit Inness en ricanant. Vous êtes psychiatre, maintenant, c'est ça ?

Elle haïssait ce connard.

— Vous avez entendu parler de l'étude Rosenhan de 1971 ? demanda-t-elle.

Elle attendit sans rien ajouter, pour le forcer à avouer son ignorance.

— Non, dit-il enfin.

— Des collaborateurs de Rosenhan se sont fait interner dans des asiles psychiatriques sous prétexte qu'ils entendaient des voix. En dehors de cela, ils avaient un comportement normal. Ils mentaient, ils n'avaient aucun trouble psychologique.

— Pourquoi ils ont fait ça, alors ?

— Pour l'étude, expliqua patiemment Maureen. Les psychiatres les ont tous diagnostiqués comme schizophrènes, et tout ce qu'ils faisaient a été mis sur le compte de leur affection : prendre des notes pour l'étude, observer les gens, poser des questions sur leur cas. Certains ont été retenus des jours, d'autres des semaines. Les seules personnes qui savaient qu'ils étaient parfaitement normaux, c'étaient les autres patients.

Elle regarda Williams, qui l'écoutait en se mordant la lèvre.

— Étant une aliénée certifiée, je peux vous dire qu'Angus Farrell est tout à fait sain d'esprit.

Williams haussa les sourcils et sourit à Inness.

— Intelligente, cette jeune femme.

Inness ne lui rendit pas son sourire.

Ils s'en allaient. Inness se donnait du mal pour faire croire qu'il lui était reconnaissant de son aide, mais il ne l'aimait pas et elle non plus – et ils avaient de plus en plus de mal à le dissimuler.

— Au revoir, dit-il. Je suis sûr que nous nous reverrons bientôt.

Il lui jeta un regard méprisant et descendit l'escalier avant de dire quelque chose qu'il pourrait regretter.

— Vous n'êtes pas vraiment dans ses petits papiers, hein ? demanda Williams, amusé.

— Incompatibilité d'humeur, dit-elle.

— Vous êtes dans les miens, ajouta-t-il. Vous n'avez pas l'intention de quitter de nouveau la ville, n'est-ce pas ?

Maureen sourit.

— Non, pas avant longtemps.

— Nous reviendrons demain pour vous emmener à Carlisle. Vers midi, ça va ?

— Ça va.

— Allez passer une radio, dit-il en s'éloignant et en désignant son cou. C'est plein de petits os, là-dedans.

— Ne vous en faites pas. Ça va aller.

— Bon, dit Hugh. À bientôt.

— À bientôt, Hugh.

— Allez passer une radio.

— Je vais le faire, Hugh, je vais le faire.

Elle les regarda descendre. La petite blonde s'attarda un peu derrière eux et leva la tête avant de disparaître au palier suivant. Elle sourit à Maureen et lui fit signe de la main en agitant les doigts, comme si elle disait au revoir à un enfant.

Maureen appela le portable.

— Oh, Mauri, putain de merde, putain de merde, j'ai jamais eu autant la trouille de ma vie.

Elle marqua une pause, et Maureen l'entendit aspirer la fumée.

— On t'a relâchée ?

— On m'a relâchée, je suis chez moi et Jimmy aussi, ouf. Ils ont appelé le Foyer. Je suis virée, mais je m'en tape. Je m'en tamponne.

Maureen entendit dans le fond Cammy crier d'un ton impatient à Leslie de venir. Leslie soupira et lança :

— Je suis au téléphone, merde, Cameron. La ferme, tu veux ?

— Eh bien, dit Maureen, la police a trouvé du sang et des cheveux d'Ann dans un appartement. Je crois qu'ils vont renoncer à l'inculpation.

— Ils auraient jamais réussi à monter le dossier, de toute façon. C'était naze depuis le début, dit Leslie. Allez, on monte une affaire ensemble, maintenant qu'on est libres.

Maureen gloussa, heureuse de retrouver sa Leslie.

— Une affaire ? Mais de quoi ?

— On fera les vigiles.

— Les vigiles ? C'est dément. Je n'ai même pas lu *L'Énéide.*

— Maureen, dit gravement Leslie. Faire des blagues donne le cancer.

45

L'*EQUAL*

Maureen et Liam se retrouvèrent au café *Equal*. Affamés, des employés de bureau et des élèves des beaux-arts assis aux tables en formica noir pailletées d'or mangeaient des viennoiseries et buvaient du thé servi dans des tasses en verre fumé. Maureen et Liam parvinrent à trouver une petite table libre près du fond. Elle était située sous le plafond en pente, si bien que la place de Maureen n'aurait été vraiment confortable que pour un nain bossu. Des clients avaient gravé leurs prénoms dans le bois tendre du lambris en pin. La serveuse souffrait d'un boitement très accentué qui empirait dramatiquement quand on renvoyait la commande ou qu'on demandait quelque chose de compliqué. Apparemment, elle était aussi affligée de cors à un pied, car elle portait une pantoufle trouée à l'emplacement des orteils.

— Bonjour, dit Liam.

— Vous voulez quoi ?

— Deux petits-déjeuners. Avec du thé pour moi. Mauri ?

Maureen était fatiguée et aurait aimé boire du café, mais elle était convaincue qu'ils utilisaient plusieurs fois le même filtre.

— Du thé aussi.

La serveuse partit d'un pas traînant prendre la commande d'un employé solitaire.

— Désolé pour ce qui s'est passé chez Martha, dit Liam, comme s'il lui suffisait de s'excuser pour mettre un terme satisfaisant à cet épisode.

Maureen se redressa, indignée, cogna contre le plafond l'arrière de son crâne douloureux depuis sa rencontre avec Toner et se baissa de nouveau.

— Qu'est-ce que tu comptes faire, pour Lynn ?

— Elle n'est pas obligée de savoir, dit-il précipitamment. Qu'est-ce qui t'est arrivé à Londres ?

— Écoute, tu peux pas la harceler pour qu'elle se remette avec toi et faire des trucs pareils après. T'as pas le droit de la traiter comme ça. Lynn est trop gentille avec toi, depuis toujours.

— Et qu'est-ce que je dois faire, selon toi ? protesta Liam d'un ton exaspéré.

— Eh bien, commence par plus baiser avec d'autres femmes, fit Maureen, ironique.

— Je te rappelle que c'est pour te chercher que je suis descendu à Londres. C'est avec toi que je voulais dormir.

À la table voisine, l'employé faisait semblant de ne pas écouter, mais buvait chacune de leurs paroles.

— Me mets pas ça sur le dos, hein, dit Maureen. C'est toi qui as sorti ta queue.

— Ta gueule, Mauri.

L'employé leva les yeux et sourit benoîtement dans le vague.

— C'était tellement stupide, dit Maureen. Mais tant pis. Je me suis battue pendant toute la semaine, j'ai pas le courage de te faire la morale. Mais c'était pas ma faute.

— Restons-en là, dit Liam.

Mais il ajouta précipitamment :

— Et c'était pas la mienne non plus. Qu'est-ce qui t'est arrivé au cou ?

La serveuse revint avec deux tasses et deux assiettes ovales. Elle les posa devant eux et s'en alla avant que les jaunes des œufs aient cessé de trembloter. Le bacon, les œufs, les saucisses et le boudin noir étaient cuits à la perfection. Sur le côté des assiettes, les frites, enflées et luisantes d'huile, encadraient le reste comme des guillemets. Liam agita son sachet de thé dans sa tasse. Pour une raison inconnue, Maureen avait eu droit à une tasse de jus d'orange chaud.

— Parle-moi de ton cou, dit Liam en mangeant un morceau de saucisse ruisselant de jaune d'œuf.

— C'était dur, à Londres, tu sais ? Vraiment dur. Il y a vraiment des salauds, dans ce monde.

— Je sais, ma petite cocotte.

— Et des gens pitoyables, aussi, dit Maureen en songeant à Elizabeth.

— Ouais. Bon Dieu, je préfère avoir affaire aux salauds. Ils essaient seulement de te baiser. Les pauvres types te culpabilisent et essaient de te baiser quand même. Tu as découvert qui l'avait tuée ?

— Tam Parlain. Ann s'était fait voler un gros sac de drogue qu'elle transportait pour Toner. Tam a dit à Maxine qu'elle faisait la mule, et Maxine a dû le répéter à Hutton. Je crois que c'est lui qui lui a volé le sac. Il l'a salement tabassée.

— Ouais. C'était bien son genre. C'était un malade.

— Quoi qu'il en soit, reprit Maureen, un peu agacée d'avoir été interrompue, Toner a compris ce qui s'était passé. Il a fait savoir qu'il voulait discuter avec Ann, et Tam l'a éliminée pour pas qu'elle parle.

— Il l'a tuée, alors ?

— Ouais, devant plein de gens.

Elle écrasa un morceau de boudin noir qu'elle noya dans le jaune d'œuf. Liam la regarda en essayant de ne pas sourire.

— Il l'a tuée devant des gens ? répéta-t-il, sceptique.

Maureen s'arrêta de manger.

— Ouais.

— Si tu le dis, fit Liam. Enfin, c'est assez dingue pour être vrai.

— C'étaient tous des junkies, dit Maureen, irritée par son ton hautain. Je ne savais absolument pas ce que c'était que cet univers, jusque-là. Comment tu pouvais vendre de la drogue, Liam, toi qui savais ce que c'était ?

Liam la fixa, furieux, sur la défensive. Il était constamment comme ça, autrefois.

— J'en sais rien, dit-il en serrant les dents. Mais la plupart des gens qui prennent de la drogue ne sont pas accros. Il y en a plein qui le font de manière récréative. Tu commences par rendre service à un copain, puis à plusieurs copains, et après c'est les copains des copains. Et avant d'avoir pu te rendre compte de ce qui t'arrive, tu es devenu un monstre, et la police vient te fouiller à corps en t'accusant de toutes les overdoses du coin. Tu accuses pas tous les marchands de vin d'être responsables de l'alcoolisme de Winnie, non ?

Il se redressa et la regarda. Maureen fit marche arrière. Liam avait toujours été là pour elle, et elle n'avait pas le droit de lui reprocher son passé.

— Excuse-moi de m'être énervée, dit-elle. C'est juste que je suis crevée.

Mais Liam continua :

— J'aimais pas vivre comme ça. J'aime sortir mes poubelles comme tout le monde et ne pas m'inquiéter une fois la porte refermée. J'étais doué pour ce boulot, c'est eux qui voulaient prendre de la drogue, et si c'était pas à moi qu'ils l'avaient achetée, ç'aurait été à un autre. Mais ça m'a permis de m'acheter une maison, de payer mes études à l'université, et je peux prendre l'avion de Londres quand je veux pour aller te chercher, alors je vais pas mentir et prétendre que je regrette. J'ai fait quelque chose de mal et je ne regrette pas.

L'employé à la table voisine appela la serveuse et lui demanda où était sa tasse de jus d'orange chaud. Maureen referma les mains sur la sienne, craignant qu'on la lui prenne.

— J'aurais pas dû te parler de ça, murmura-t-elle. C'est du passé, j'aurais pas dû.

La serveuse répondit qu'elle avait déjà apporté cette fichue tasse et accusa le client de l'avoir égarée. Le type s'énerva. Comment aurait-il pu égarer sa tasse, alors qu'il était assis à la même minuscule table depuis le début ? La serveuse marmonna des horreurs et repartit en clopinant.

— Tu sais, ce que tu disais sur l'alcoolisme qui était génétique ? chuchota Liam.

Maureen hocha la tête. Il désigna sa tasse de jus d'orange.

— Il y a aussi un gène pour les comportements criminels.

Maureen éclata de rire, s'étouffa et vida sa tasse pour apaiser sa gorge.

— Tu sais ce que je trouve stupéfiant ? dit Liam en trempant une frite dans le jaune d'œuf.

— Quoi ?

— Le fait que tu connaisses deux personnes qui ont été tuées au cours des six derniers mois, répondit-il en pointant sa fourchette vers elle.

— C'est dingue, hein ? dit-elle.

— Ouais. Incroyable. En fait, c'est plus qu'incroyable. Statistiquement, c'est improbable.

Maureen le regarda et pensa à Toner qui voulait parler à Ann, aux coupures derrière les genoux d'Ann et à Moe, qui se rappelait parfaitement le nom et l'adresse du bureau de Leslie et signalait la disparition de sa sœur alcoolique au bout de deux jours.

— Salope, dit-elle.

— Quoi ?

— Foutue salope de menteuse.

Liam regarda par-dessus son épaule.

— De qui tu parles ?

— Dépêche-toi de finir de manger, dit-elle brusquement, en piquant une poignée de frites à son frère.

— Pourquoi ? demanda-t-il en éloignant son assiette d'elle.

— Tu vas me conduire à l'aéroport.

46

Bien baisée

L'avion quitta la piste en collant Maureen sur son fauteuil. Devant elle, un petit gamin tout excité déboucla sa ceinture et se mit debout sur son siège en poussant un piaillement ravi. Sa mère, inquiète, le rattrapa par la jambe et le força à se rasseoir, en adressant un hochement de tête désolé à l'hôtesse qui titubait vers eux dans l'allée, prête à mettre un terme aux débordements de joie du gosse.

Le vol dura une heure et dix minutes, mais il parut bien plus court. Le personnel de bord passa dans l'allée pour distribuer des rafraîchissements et des bretzels, suivis d'un repas insignifiant arrosé de thé et de café. Le temps que les passagers aient cessé de râler parce que leur voisin avait reçu quelque chose et pas eux, l'avion avait déjà entamé sa descente. L'appareil atterrit rapidement avec un petit sursaut et s'arrêta. Les voyageurs se levèrent et envahirent l'allée, impatients de sortir.

Alors qu'elle marchait sur la moquette industrielle de Heathrow, Maureen se rendit compte que l'hôtesse du comptoir d'information était peut-être là, quelque part, prête à lui dire d'aller se faire foutre elle aussi. Elle garda la tête baissée et gagna rapidement la station de l'express. Cette fois, une rame attendait dans le tunnel tapissé d'aluminium. Elle monta, s'assit et ferma les yeux. Elle revit la tour de Ruchill qui crachait ses torrents d'étincelles par-dessus l'épaule d'Inness et sourit béatement pendant tout le trajet, comme Kilty dans la salle d'attente du cabinet d'avocats.

Le train entra dans la gare de Paddington, et les bruits et les odeurs de la ville la firent revenir à elle. Alors qu'elle se dirigeait vers le métro, elle eut l'étrange impression que la ville l'avait attirée par un mirage pour la forcer à revenir et qu'elle ne repartirait pas. Mais non, il n'y avait pas de mirage : elle savait qu'elle avait raison. Elle en était certaine.

Elle prit un taxi à Victoria pour arriver directement chez Moe. Elle ramena ses cheveux en arrière et les attacha pour qu'on la reconnaisse moins facilement dans Brixton.

Dumbarton Court résonnait des cris des enfants qui jouaient avant le goûter. Une bande d'ados crâneurs traînait devant l'entrée, et deux garçons shootaient dans un ballon. Maureen passa devant eux et monta quatre à quatre l'escalier. Elle arriva devant la porte de Moe le cœur battant, attendit d'avoir repris son souffle et frappa légèrement, comme une visiteuse ordinaire. Elle se mit dos à la porte, pour que Moe ne puisse voir que sa nuque par le judas. La porte s'entrouvrit à peine.

— Oui ? demanda Moe.

Maureen fit volte-face et coinça le pied dans l'entrebâillement.

— Laissez-moi entrer, Moe, il faut qu'on parle. Toner est au courant.

Elle vit au regard de Moe qu'elle aurait voulu claquer la porte, lui écraser le pied jusqu'à ce qu'elle crie grâce, mais l'inquiétude prit le dessus.

— De quoi vous parlez ?

— Elle est en danger.

Moe jeta un coup d'œil sur le palier, la fit entrer, referma la porte et vérifia de nouveau par le judas que Maureen était venue seule. Puis elle se retourna vers Maureen et pinça les lèvres, les mains sur les hanches.

— Qu'est-ce qui se passe ? Je croyais que vous étiez du côté de Jimmy.

— Espèce de saloperie de menteuse, fit Maureen. Il serait allé en prison pour le reste de sa foutue vie, ses gosses allaient être confiés à des familles d'accueil, et vous en aviez rien à taper ?

Moe leva vers elle des yeux embués.

— Me refaites pas le coup des larmes. Vous aviez le choix !

Maureen hurlait. Elle vit Moe regarder le plafond. En entendant ce vacarme, un voisin serviable viendrait peut-être au secours de cette pauvre Mme Akitza.

— Vous aviez le choix, répéta-t-elle, un ton plus bas.

Moe recula et toisa Maureen.

— Qu'est-ce que ça peut vous foutre ? demanda-t-elle.

— Où elle est ?

— Je sais pas de quoi vous parlez, dit Moe en croisant les bras.

— Dans le Sud-Ouest ?

Moe frémit.

— Putain de merde, dit Maureen, c'est l'endroit le plus évident pour quelqu'un qui veut fuir Londres et Glasgow. Ça trafique à mort, là-bas.

— Ne dites rien. Ils tueront les gosses si vous le dites.

Il faisait sombre dans l'entrée. La lumière du salon perçait à peine la pénombre.

— Qui a eu l'idée ?

Moe se dandina d'un pied sur l'autre, mal à l'aise, en fixant la moquette. Elle essayait de trouver une échappatoire, réfléchissait à ce qu'elle pouvait laisser filtrer. Maureen la regarda, tout en tâtant de la langue la coupure de sa joue.

— C'est vous, hein ? Et Tam vous a suivie. Vous l'avez payé ou vous baisiez avec ?

— Je suis une femme mariée, répliqua Moe, offusquée.

— Mariée à l'homme invisible. M. Akitza est parti depuis belle lurette, pas vrai ?

Moe continuait à se dandiner.

— C'est vous qui avez donné mon numéro de bipeur à Tam, hein ? Et vous lui avez dit que j'avais le polaroïd. Il allait me tuer aussi ?

— C'est ma petite sœur, murmura Moe. Je pouvais pas la laisser tomber. C'est ma petite sœur.

— C'était qui ?

— La fille qui est morte ?

— Ouais, la junkie.

— Quelqu'un, dit Moe en haussant les épaules.

— Et vous lui avez coupé les jambes et brûlé les mains et les pieds pour cacher les marques de piqûres, parce que tout le monde savait qu'Ann était une alcoolique et pas une droguée.

— C'est pas moi, s'indigna Moe. Jamais je l'ai touchée.

— Qui lui a tailladé le visage ?

— Pas moi.

— C'est jamais vous, hein, Moe ? C'était la fille de quelqu'un, bordel. Elle devait aussi avoir des gosses, sinon les flics auraient vu que c'était pas Ann à l'autopsie.

Moe alla dans le salon. Une cigarette brûlait dans le cendrier. Elle se baissa pour la ramasser et prit une bouffée.

— Ils allaient tuer les gosses, dit-elle. Ils les auraient tous tués, un par un. Qu'est-ce qu'on pouvait faire d'autre ?

— Et la femme que vous avez tuée ? Vous savez son nom, au moins ?

— Qu'est-ce qu'on pouvait faire ?

— C'est une pauvre créature que vous avez tuée. Vous êtes des animaux.

— Elle se tuait à petit feu, de toute façon.

— Espèce de connasse ! Vous avez un peu réfléchi à ce que ça ferait aux gosses d'Ann ? Ils croient que leur mère est morte. Ils croient qu'on l'a tuée et balancée à la flotte. On leur a dit que c'était peut-être leur père qui l'avait tuée, et ils se poseront toujours la question, ça les hantera toute leur vie. Vous avez pas réfléchi à ça ?

Moe se mordit la lèvre.

— Qu'est-ce qu'on pouvait faire d'autre ? répéta-t-elle.

Maureen n'en savait rien.

— Vous m'avez menti, dit-elle. Deux fois.

Brusquement furieuse, Moe se retourna et lui donna une tape sur le bras.

— Pour qui vous vous prenez ? bafouilla-t-elle. On allait tuer ma sœur, on allait tuer ses foutus mômes, et j'ai osé vous mentir ? Pauvre conne !

Maureen recula pour lui échapper. Moe prit une autre bouffée en tremblant.

— Qu'est-ce qui va se passer, maintenant ? demanda-t-elle.

— Jimmy ne sera probablement pas inquiété, dit Maureen. On a arrêté Tam et les autres, vous savez. Ils risquent de parler d'Ann, de tout raconter.

— Tam dira rien. Frank Toner le tuerait s'il savait ce qu'il a fait. Je suis contente que Jimmy ait été libéré, ajouta-t-elle.

— Racontez pas de conneries, vous en avez rien à foutre de lui.

— Écoutez-moi un peu, vous, dit Moe en plissant les yeux. J'aime bien Jimmy. Je l'aime plus que ma sœur. Avant leur mariage, je l'ai pris à part et je lui ai dit : « Jimmy, c'est une alcoolique. Fais gaffe à toi. » Voilà ce que j'ai fait. C'est vous dire que je pense à lui. Je l'ai prévenu.

— Eh bien, ça a dû mettre de l'ambiance dans la noce. Ann savait que Leslie Findlay était la cousine de Jimmy ?

— Non. Elle l'aurait laissée en dehors de cette histoire si elle avait su. Elle voulait juste que Findlay dise à la police que Jimmy l'avait battue et qu'elle leur donne les photos qui le prouvaient. Elle disait que c'était une vraie féministe. Qu'elle ferait tout pour qu'on le poursuive...

— Mais Leslie l'a pas fait parce que Jimmy est son cousin, conclut Maureen. La femme que vous avez tuée...

— C'est pas moi, insista Moe. Pas moi.

— Elle avait aussi une famille. Peut-être que c'était la sœur de quelqu'un.

— Ouais, fit Moe en relevant le menton d'un air de défi. Mais pas la mienne.

Maureen fourra les mains dans ses poches.

— Vous croyez que Tam a tué cette fille pour vous, hein ? Pour protéger votre sœur ?

Moe croisa les bras et fixa le plancher.

— Moe, dit calmement Maureen, vous saviez que le type qui a tabassé Ann et lui a volé son sac était Neil Hutton ?

Moe semblait inquiète. Elle devinait que quelque chose allait lui tomber dessus, mais elle ne voyait pas quoi.

— Non, dit-elle finalement. Je savais pas.

— On a tué Hutton d'une balle dans le cul parce qu'il dealait en indépendant, vous le saviez, ça ?

— Non, dit Moe en baissant la voix. Je savais pas non plus.

— Tam vous l'a pas dit ?

Moe parut affolée.

— Eh bien, dit Maureen en repartant dans le couloir. C'est pas très sympa de la part de Tam, parce qu'il le savait. Il aurait dû vous le dire, non ?

Moe la suivit, décontenancée.

— Comment vous croyez que Hutton a su qu'Ann serait à Knutsford ce soir-là ? Parce que la meuf de Hutton, c'est une petite salope qui s'appelle Maxine Parlain.

Moe ne changea pas d'expression, mais son visage s'affaissa d'un seul côté, lui donnant un air vieux et vulnérable.

— Maxine est la petite sœur de Tam. Comment vous croyez que Toner aurait réagi en apprenant que Tam trafiquait avec Hutton ? S'il avait réussi à parler à Ann, il l'aurait découvert, hein ? Elle aurait pu lui décrire Hutton, et Toner aurait tout pigé. Que Tam avait dit à Hutton qu'Ann serait dans le car. Toner aurait compris que Tam avait tout manigancé.

Moe était devenue toute rouge, et Maureen eut l'impression de voir du sang sur ses lèvres.

— Si jamais Ann s'approche de Jimmy ou des gosses, je la tue de mes propres mains. Dites-le-lui. Et puis, bordel, dites-lui aussi d'arrêter d'encaisser les allocations des mômes.

Maureen défit le verrou et ouvrit la porte d'un coup.

— Vous vous êtes bien fait baiser par Tam, hein ?

Maureen héla un taxi dans la grande rue. Il faisait nuit, et les lampes orange s'allumaient en palpitant. Elle partait, elle rentrait chez elle, et les rues affreuses, les bâtiments abjects, les hommes dans les pubs et les clochards affamés ne pourraient pas la retenir. Elle héla un taxi.

— Heathrow, dit-elle au chauffeur. Vous pouvez m'y amener pour 19 heures ?

— Et même pour 18 h 30.

47

Jimmy, Jimmy

Elle ne savait plus. Elle y avait pensé pendant des jours et croyait avoir pris sa décision. Elle allait dire à Jimmy qu'Ann était en vie, parce que ce n'était pas bien de garder cela pour elle. Mais à présent, dans l'ascenseur puant, elle venait de changer encore une fois d'avis. Ce qu'avait dit Angus sur le sang l'avait hantée pendant des mois. Jimmy et les gosses atteignaient à peine une sorte d'équilibre. Si elle lui disait qu'Ann était vivante, Jimmy risquait de se lancer à sa recherche, et Ann se retrouverait sans doute inculpée de meurtre avec les autres. Mais au moins, les gosses auraient une mère, et même en taule, une mère reste une mère. Elle ne savait vraiment pas quoi faire.

Ce fut Alan qui lui ouvrit. Cette fois, il ne jouait plus les gamins perdus. Il passa le visage dans l'entrebâillement et la regarda.

— Qu'est-ce que tu veux ? demanda-t-il finalement.

Elle faillit lui répondre quelque chose de désagréable, lui faire une réflexion sur ses manières, mais elle n'en eut pas le cœur.

— Qu'est-ce que tu as au cou ? demanda-t-il en désignant sa minerve.

— Je suis tombée. Ton père est là ?

— Oui, répondit-il sans bouger.

— Va le chercher, s'il te plaît.

Alan jeta un coup d'œil vers le salon et se colla contre la porte.

— Il est occupé.

— Hé ! cria Jimmy depuis le salon. Il y a quelqu'un qui a sonné ?

Alan soupira et regarda les pieds de Maureen un moment, avant d'ouvrir et de battre en retraite. Maureen l'entendit chuchoter des grossièretés.

Assis dans son fauteuil, Jimmy était en train de passer leurs pyjamas aux petits.

— Oh, c'est vous, dit-il. Bonjour.

— Bonjour, vous, dit-elle.

Ils se sourirent comme si c'était Noël et que le Père Noël existait.

Il lâcha les sweat-shirts et enjamba les petits pour venir vers elle. Elle vit qu'il hésitait, ne sachant s'il devait la prendre dans ses bras et l'embrasser. Finalement, il se pencha vers elle et déposa sur sa joue un chaste petit bisou. Elle entra et fut frappée par la chaleur qui régnait dans le salon.

— Mince, fit-elle en enlevant son bonnet. Il fait chaud, ici.

Jimmy lui montra un radiateur à gaz au milieu de la pièce. Il était à fond, et les petits contemplaient les flammes orange, fascinés, comme si c'était une télé.

— Waouh, dit-elle. Où vous avez eu ça ?

— Je l'ai acheté avec l'argent qu'on m'a glissé dans la boîte aux lettres, dit-il, un peu gêné.

Maureen regarda Alan, debout sur le seuil de la cuisine, en train de manger une tartine de margarine.

— Ça va, petit ?

Alan avait l'air énervé. Il fonça dans l'escalier pendant que Jimmy secouait la tête, exaspéré.

— Ce petit con, murmura-t-il. Je lui ai dit cent fois qu'on vous doit tout, à vous, Isa et la petite Leslie, mais il est toujours aussi mal élevé.

— Mais vous ne nous devez rien, Jimmy, rien du tout. C'est vous qui faites le plus dur.

Les petits s'étaient imperceptiblement rapprochés du radiateur. Il était évident qu'on leur avait dit d'en rester éloignés : pleins d'appréhension, ils surveillaient les jambes de Jimmy du coin de l'œil. Maureen s'en aperçut, et Jimmy se retourna brusquement.

— Fichez le camp de là, dit-il d'un ton menaçant, en levant la main.

Les petits détalèrent en gloussant et allèrent se cramponner au fauteuil, sans quitter les magnifiques flammes des yeux. Maureen conseilla à Jimmy de finir de les habiller et lui demanda si cela l'ennuyait qu'elle monte voir Alan.

— C'est pas très bien rangé, protesta Jimmy.

Elle gagna l'étage glacial. La porte de la salle de bains était ouverte. Le bruit d'un robinet qui gouttait et une odeur écœurante de moisissure emplissaient l'air. Sous la porte de la chambre ornée d'un autocollant Radio One filtrait un rai de lumière. Elle frappa. Alan lui cria qu'elle n'avait pas le droit d'entrer, mais elle entrouvrit la porte et lui dit qu'elle avait fait tout le chemin exprès pour voir sa chambre. Il ne répondit pas. L'odeur d'urine de bébé se mêlait à celle de moisi. Elle poussa un peu plus la porte et jeta un regard à l'intérieur. Une paire de lits superposés de chaque côté de la pièce laissait une étroite bande d'espace libre au centre. Le sol était jonché de vêtements et de chaussures, de jouets cassés et de couvertures élimées. Alan était assis en tailleur sur le lit du bas le plus éloigné et regardait la porte comme un bagnard hargneux. Elle aurait dû réfléchir avant de venir.

— Ça va, fiston ?

— M'appelle pas « fiston », dit-il, furieux, mais sans hausser le ton pour que son père n'entende pas. Je suis pas ton fils. Ma mère est morte.

— C'est pas ce que ça veut dire, de toute façon, répondit-elle d'un ton agacé, en regardant les bandes dessinées posées sur son lit. C'est juste une expression. Comment ils t'appellent, tes copains ?

— Harris le Dingue, dit-il avec un regard flamboyant.

Il mentait. Maureen avait connu des gamins comme lui à l'école. On l'appelait probablement Harris-qui-pue.

— Eh bien, je vais t'appeler… Alan.

Il sourit presque.

— Tu aimes les BD ? demanda-t-elle.

Il acquiesça en les touchant du bout des doigts. Elle resta silencieuse un moment. Elle avait envie de lui dire qu'elle avait été une petite fille triste et révoltée et qu'elle comprenait ce qu'il éprouvait, mais elle hésitait. Même quand Michael battait Winnie, elle savait que sa mère pouvait toujours s'occuper d'elle et des autres.

— Tu sais, Isa et Leslie, elles te veulent pas de mal.

— Je leur ai rien demandé, siffla-t-il.

— Où est John ? demanda-t-elle.

— Chez grand-mère Isa, dit-il tranquillement.

John était calme, beau et affectueux. C'était lui le gentil, celui dont elles voulaient s'occuper. John ne comprendrait qu'en grandissant, il ne savait pas ce qui se passait, mais Alan le savait. Alan, le révolté, l'ignorant, savait.

— Tu pourrais venir chez moi un jour, dit-elle d'un ton qu'elle voulait désinvolte. J'ai des gâteaux. On pourrait regarder la télé et goûter, puis je te ramènerais.

Il abattit sa main sur la BD ouverte devant lui, arracha la page et la chiffonna rageusement.

— Je joue pas avec les filles, dit-il en la jetant par terre.

Il se retourna face au mur et tripota du doigt un trou dans le plâtre. Le trou était déjà assez gros – apparemment, cela faisait un bout de temps qu'il se tracassait.

— J'ai un grand frère, dit Maureen. Il pourrait venir aussi.

Alan enfonça le doigt dans le trou et lui tourna le dos pour mieux regarder ce qu'il faisait. Elle attendit. Il tordait le bras pour creuser, en poussant des grognements. Il était tellement désagréable que cela lui donnait envie de pleurer – pleurer à cause des gamins qui devaient le rejeter à l'école, à cause de tous les examens qu'il raterait, à cause de toutes les filles qui refuseraient de sortir avec lui et à cause de Billy Harris qui poursuivait les filles dans les bals et de l'œil de Monica Beatty.

— Ton frère, il travaille ? demanda Alan.

— Il est à l'université, dit-elle. Il fait des films.

Alan cessa son manège et se retourna.

— Il fait des dessins animés ? demanda-t-il vivement, plein d'espoir.

— Non, dit-elle. Juste des films.

Alan sembla déçu et reprit sa tâche et ses grognements.

— Quand ?

On ne lui avait jamais posé question plus courte.

— Demain ?

— D'accord.

Maureen referma la porte et redescendit lentement en se demandant quels dégâts supplémentaires subirait Alan s'il apprenait que sa mère vivait encore. Mais Ann reviendrait peut-être dans quelques années, un beau jour, et le retour de leur mère morte les démolirait tous.

En bas, elle constata la présence d'Isa partout. Il y avait une ampoule neuve dans la cuisine, l'évier était vide et étincelant, et une énorme boîte de sachets de thé trônait sur le plan de travail impeccable. Même les bandes de moquette avaient été rassemblées pour former un vague tapis, et le parquet avait été récuré jusque dans les coins.

Jimmy avait fini de mettre leurs pyjamas aux petits – des pyjamas bon marché, mais neufs. Il tenait leurs tétines au-dessus de leurs têtes, les hypnotisait quasiment pour qu'ils restent tranquilles pendant qu'il leur nettoyait le visage avec un linge humide. Maureen resta sur le seuil et alluma une cigarette pendant que Jimmy prenait un gamin sous chaque bras et allait les coucher.

— Je pourrai en avoir une en revenant ? demanda-t-il en désignant sa cigarette au passage.

— Oui.

Jimmy respira un bon coup et monta. Alan allait probablement redescendre dès que les petits seraient au lit, et Maureen n'aurait pas la possibilité de parler seule à seul avec Jimmy ce soir. Elle pouvait attendre, elle n'était pas obligée de le faire maintenant. Elle pouvait revenir un autre soir. Elle avait voulu en parler à Leslie avant de prendre sa décision, mais Leslie était toujours prisonnière de Cammyland.

— Allez, filez-m'en une.

Jimmy était derrière elle et se frottait les mains en fixant sa cigarette. Elle lui tendit le paquet.

— Vous avez fait vite, dit-elle.

Il hocha la tête, alla à son fauteuil et souleva le coussin pour prendre des allumettes.

— Alan ne descend pas ? demanda Maureen en regardant dans le couloir.

— Non, il aime rester avec les petits le temps qu'ils s'endorment.

Il souffla la fumée en rejetant la tête en arrière.

— Des fois, une cigarette, c'est tout ce dont on a besoin, hein ?

— Oui, dit-elle, en fixant la sienne comme si le petit cylindre blanc et orange allait lui dire ce qu'elle devait faire.

Jimmy s'assit.

— Jamais je pourrai vous remercier pour ce que vous avez fait pour moi et les petits, dit-il. C'était courageux à vous d'aller là-bas.

— Ce n'était pas courageux, Jimmy. Élever quatre gosses avec les allocations, ça, c'est courageux.

Jimmy contempla le radiateur qui rougeoyait. Il prit une longue bouffée.

— Je vous ai menti, dit-il tout bas pour que les enfants n'entendent pas. Elle me manque. Elle était alcoolique, elle faisait des conneries, elle tapait les petits et elle ramenait du monde ici, mais elle me manque. Elle me manque tout le temps.

— Elle n'est pas morte, Jimmy.

— Elle me manque.

— Jimmy, le corps qu'on a retrouvé, ce n'était pas Ann. Elle n'est pas morte.

Jimmy frissonna et ferma les yeux.

— Tout ce qu'elle était me manque, chuchota-t-il.

48

Martyre blanc

Le visage de Siobhain mesurait six mètres de haut, et elle les regardait méchamment. Elle était trop près de l'objectif, si bien que son visage dépassait du cadre.

— Je suis Siobhain McCloud, du clan McCloud.

Siobhain recula. Elle était dans son salon beige, et tout autour d'elle, par terre, sur la grosse télé, le canapé et le rebord de la fenêtre, étaient éparpillées ses photos découpées dans des magazines. Des photos de bébés dans des baignoires, de chiens, de plats, de mannequins, de lecteurs, de recettes et de résidences de vacances. Elle déclara au public qu'elle avait conservé les images qui lui plaisaient et qu'elle aimait les rassembler dans des albums. Elle en ouvrit un, et le projecteur de Liam l'éclaira. C'était la photo d'un attelage où trônait un couple de mariés affreux en grande tenue. La caméra fit un gros plan dessus.

— Voici, dit Siobhain, Sandra et John de Newcastle lors du plus beau jour de leur vie.

Elle tourna la page.

— Et voici mon image de crabe préférée.

Son élocution était étrange et guindée, elle parlait trop fort et semblait trop simple. Elle montra au public la photo d'une assiette de poisson et expliqua qui était « sa famille » :

des nomades des Highlands. Elle raconta qu'ils draguaient les rivières en été, qu'ils regardaient au fond dans des tubes et qu'ils trouvaient des perles qu'ils vendaient dans les villes. La caméra se tourna vers la peinture accrochée au-dessus de la cheminée, et elle raconta l'histoire de son petit frère, Murdo, qui s'était noyé dans un ruisseau à l'automne. Folle de chagrin, leur mère avait quitté le pays. Elle se tourna vers une photo d'un village de vacances en Italie et expliqua que d'après les enseignements de l'Église, il y avait trois sortes de martyres. Le martyre rouge était la mort, le vert consistait à mener une existence d'ermite dans les forêts et le blanc à s'exiler, quitter sa terre et sa famille pour préserver sa foi. Elle avait un accent à couper au couteau et n'était pas jolie du tout, avec son visage rondouillard et son menton qui disparaissait dans sa poitrine, un peu comme Hitchcock.

— Je fais vraiment grosse, là-dedans, dit-elle avec indignation à Maureen.

Les autres courts métrages avaient été accueillis par quelques applaudissements, mais lorsque les lumières se rallumèrent, tout le monde applaudit celui de Liam, certains sincèrement, d'autres par politesse. Le public se leva et commença à quitter la salle. Maureen essaya de se retourner pour voir Lynn, mais sa minerve l'en empêchait.

— Je faisais vraiment grosse, se plaignit Siobhain en fixant l'écran noir.

— Qu'est-ce que tu en as pensé ? demanda Maureen à Leslie.

— C'était un peu long, non ? fit Cammy, l'homme qui portait un blouson des Celtic dans un cinéma d'art et d'essai.

— Mon Dieu, dit Kilty Goldfarb en agitant devant lui son esquimau d'un air agacé. Ça durait neuf minutes. Tu es quoi, toi ? Attardé mental ?

— Non, dit Cammy, mal à l'aise, mais quand même… j'ai trouvé que…

Il se retourna, contempla la salle et comprit qu'il avait tout faux.

— Ça a bien plu au public, en tout cas, dit Leslie.

Liam ne s'était pas trompé en disant que la lune de miel durerait trois mois. Leslie s'agaçait quand Cammy disait une ânerie. Elle semblait aussi avoir changé d'avis à propos de ses envies de maternité, mais elle n'avait pas dit à Maureen pourquoi.

Liam se fraya un chemin dans la foule et les rejoignit, rouge et tout fier.

— Qu'est-ce que vous en dites ?

— Génial, dit Leslie.

— Magnifique, renchérit Kilty.

— Je faisais grosse, dit Siobhain, ennuyée, comme si Liam lui avait tendu un piège et avait utilisé un objectif spécial.

— J'ai trouvé ça un peu long, dit Cammy, qui n'avait plus peur de s'affirmer, maintenant qu'il y avait un autre homme.

— Je crois que ça a bien plu aux gens, dit Liam sans lui prêter attention.

Il balaya la salle du regard.

— Lynn travaillait tard ce soir, mais elle devrait déjà être arrivée.

Leslie prit Maureen à part pour lui dire que, comme ils étaient venus avec la voiture de Cammy, ils allaient déposer Siobhain, puis passer chercher Isa chez Jimmy pour la ramener. Voulait-elle venir voir les gosses ?

— Pas possible, dit Maureen. J'ai un rendez-vous.

Cammy put à peine contenir sa joie.

— OK, fit-il en souriant. À plus tard, alors.

Leslie et sa suite s'en allèrent avec les autres spectateurs. Plusieurs personnes reconnurent Siobhain et la fixèrent avec admiration tandis qu'elle sortait, impressionnés par ses performances d'actrice. Kilty les suivit du regard.

— Tu avais raison, pour ce mec, dit-elle. C'est un connard de première.

— Pourquoi elle reste avec lui, alors ? soupira Maureen.

— Dans sa famille, on a tendance à se mettre avec des crétins, non ? fit Liam.

— Oui, pas faux, dit Maureen.

— Et en voici une autre qui aime les crétins, dit-il.

Lynn avait regardé le film depuis le dernier rang et venait les rejoindre. Maureen se sentait complice de la trahison qu'avait commise Liam. Elle aussi trahissait Lynn par son silence, mais ce n'étaient pas ses affaires. Elle avait essayé de faire peur à Liam en lui disant que Martha était peut-être séropositive, mais il avait répondu qu'il avait pris ses précautions. Lynn enjamba un siège et cria :

— Avec ton film, tu as fait passer Siobhain pour une idiote.

— Non, pas du tout.

— Cela dit, fit Kilty, elle avait quand même l'air d'une timbrée.

— C'est ton meilleur film, dit Maureen.

— Tu trouves ?

— Oui. Tu as ta clé, Kilty ?

— Ouais. Tu viens prendre un verre avec nous ?

— Pas possible. J'ai rendez-vous.

Tout en garant sa voiture, Vik pensait à Maureen sur sa colline, assise dans son confortable petit appartement avec le chauffage en marche et ses boucles qui dansaient tandis qu'elle riait en regardant la télé. Il remonta à pied Sauchiehall Street, les mains enfoncées dans les poches de son blouson, la tête baissée pour ne pas avoir froid au cou. Il y avait du monde, pour un lundi. Les vendeurs de journaux et les clochards harcelaient les gens qui faisaient la queue devant les cinémas, et les buveurs arpentaient la rue à la recherche d'un bar pour la nuit. Une bande de femmes excitées en survêtement attendait devant *Porter's* pour le karaoké, et des étudiants traînaient devant Baird Hall.

Mark Doyle attendait à l'*Equal*. Il avait gardé son blouson, et il avait l'air d'un gros pervers, assis tout seul à une petite table près de la fenêtre. Il hocha la tête quand Maureen entra.

— Ça va ?

— Tu es arrivé en avance ?

— Un peu.

— Tu veux manger un morceau ?

Il haussa les épaules. Il n'avait pas l'air à son aise. Maureen se demanda s'il était déjà entré dans un endroit comme celui-là.

— Ils ont du *cottage pie*.

Il secoua la tête.

— De la friture ?

— Mal à l'estomac, dit-il.

— De la soupe ?

— Quelle sorte ?

— Minestrone.

— Ouais, j'aime bien. Je vais en prendre.

La serveuse était occupée à une autre table. Maureen regarda Doyle. Comme ce n'était pas quelqu'un avec qui il était facile de parler de tout et de rien, elle ne s'y essaya pas.

— Tu crois que Pauline serait contente qu'on se connaisse ?

Il toucha une croûte sur son visage.

— Je crois. Mais elle m'avait jamais parlé de toi. Si ça se trouve, elle pouvait pas te saquer.

Il haussa les sourcils, et Maureen sourit de sa blague. La serveuse maussade boitilla jusqu'à leur table, et elle commanda deux soupes.

Vik traversa la rue et regarda à l'intérieur de l'*Equal*. Maureen O'Donnell était assise sous la vive lumière devant la vitrine, le cou emprisonné dans une minerve en plastique couleur chair, l'air détendu et heureux. En face d'elle était assis un grand type aux cheveux noirs et aux larges épaules. Ce n'était pas son frère : il ne lui ressemblait absolument pas. Vik continua son chemin. Arrivé au *Variety*, il commanda une bière et se rendit compte qu'il tremblait de déception. Maureen serait obligée de passer devant le *Variety* en retournant à Garnethill. Elle savait qu'il était là. Shan et lui y venaient toujours le lundi.

— Elizabeth est morte, dit Doyle.

— Qu'est-ce qui s'est passé ?

— Elle est sortie sous caution et elle a voulu se défoncer. Overdose.

Il disait ça comme s'il avait parlé de la pluie et du beau temps.

— Mon Dieu, c'est affreux.

— Mais non.

La serveuse leur apporta deux assiettes de soupe garnies de croûtons huileux et une corbeille de pain spongieux.

— Pourquoi tu voulais qu'on se voie ? demanda Doyle en posant ses grosses mains sur la table sans déranger les couverts.

Maureen se figea, la cuillère à deux centimètres des lèvres. Elle la reposa dans l'assiette.

— Mon père est revenu à Glasgow.

Doyle hocha la tête, comme s'il était déjà au courant.

— C'est un mauvais père, dit-elle. Comme le tien.

— Non, dit-il fermement, en surprenant son regard.

— Mais…

— Après, on peut plus revenir en arrière. On croit qu'ils vous hantent, avant, mais quand on passe la ligne, c'est là qu'ils vous possèdent. On vaut pas mieux qu'eux.

Mais elle n'avait pas faibli après Millport, elle s'était sentie mieux, ensuite, plus forte, plus puissante. Si elle réussissait à garder courage cette fois et à ne pas perdre la tête comme avec Toner, elle pourrait le faire.

— Tout ce qu'il m'a fait, dit-elle, c'est du passé.

— C'est fini, acquiesça Doyle.

— Cette partie-là, oui.

Ils se regardèrent. Doyle prit sa cuillère et commença à manger sa soupe.

— Et c'est quoi, l'autre partie ? demanda-t-il.

— Ma sœur est enceinte. Je ne sais pas ce que je dois faire.

— Préviens-la.

— Je l'ai prévenue. Elle me croit pas.

Doyle secoua la tête en fixant la table.

— Fais pas ça, petite.

— Qu'est-ce que je peux faire d'autre ?

— Fiche le camp. Pars. C'est pas tes oignons.

— Je ne veux pas partir.

— Tu peux pas l'empêcher.

— Mais si, je peux. Tu le sais bien. On le sait tous les deux. Je peux.

Doyle secoua de nouveau la tête.

— Tu vas te détruire.

Il serra le manche de sa cuillère et observa la peau de sa main qui se fendillait aux articulations. Il continua à manger. Déçue, Maureen le regardait. Elle voulait qu'il lui donne un conseil, qu'il l'approuve, qu'il lui propose de l'aider, même.

— Rien n'est jamais fini, alors ? dit-elle.
— Non, répondit Doyle en croquant dans un croûton.

Vik attendit toute la nuit. Pendant quatre heures, assis sur un tabouret de bar, le regard fixé sur la porte, il fit semblant de parler de la musique de Gram Parsons et de Motherwell avec Shan. Chaque fois que la porte s'ouvrait, son cœur battait. Il attendit et attendit jusqu'à la fermeture, mais Maureen ne vint jamais.

Composition Chesteroc Ltd
Achevé d'imprimer en Espagne
par Litografia Roses
le 15 mai 2007.
Dépôt légal mai 2007. EAN 9782290003640

Éditions J'ai lu
87, quai Panhard-et-Levassor, 75013 Paris

Diffusion France et étranger : Flammarion